PAUL KELLER / FERIEN VOM ICH

PAUL KELLER

FERIEN VOM ICH

Roman

Mit 34 Bildern von Werner Kulle

Bergstadtverlag Wilhelm Gottlieb Korn
Würzburg

CIP-Kurztitelaufnahme der Deutschen Bibliothek

Keller, Paul:
Ferien vom Ich: Roman/Paul Keller. Mit 34 Bildern
von Werner Kulle. – 646. –648. Tsd. – Würzburg:
Bergstadtverlag Korn, 2000.
ISBN 3-87057-006-7

646.–648. Tausend 2000

© 1986 by Bergstadtverlag Wilhelm Gottlieb Korn GmbH, Würzburg

Alle Rechte vorbehalten. Ohne schriftliche Genehmigung des Verlages ist es nicht gestattet, das Werk unter Verwendung mechanischer, elektronischer und anderer Systeme in irgendeiner Weise zu verarbeiten und zu verbreiten. Insbesondere vorbehalten sind die Rechte der Vervielfältigung – auch von Teilen des Werkes – auf photomechanischem oder ähnlichem Wege, der tontechnischen Wiedergabe, des Vortrags, der Funk- und Fernsehsendung, der Speicherung in Datenverarbeitungsanlagen, der Übersetzung und der literarischen oder anderweitigen Bearbeitung.

Dieses Buch ist aus alterungsbeständigem Papier nach DIN-ISO 9706 hergestellt.

Gesamtherstellung: Jan Thorbecke Verlag, Stuttgart
Printed in Germany · ISBN 3-87057-006-7

Nach meiner Heimkehr

Der alte Johannisbrunnen rauscht wieder vor meinem Fenster. Hoch ragt das Bild des Täufers; aus der ehernen Schale, die seine erhobene Hand hält, plätschert das Wasser hinab ins steinerne Becken. In alter Zeit soll ein heidnisches Heer an diesem Brunnen vorübergezogen sein; die Recken haben den rauhen Nacken gebeugt und sind hier getauft worden. Am nächsten Tage fielen alle in der Schlacht. Ihre Leichname blieben liegen unter den dunklen Bäumen der Waldschlucht, da die Krieger heimtückisch erschlagen wurden; aber am Abend, als die Sonne rot am Himmel brannte, kamen weiße Schemen zum Stadttore herein, die hatten Kränze um die Stirnen und lächelten wie Kinder. Als sie am Brunnen vorbeizogen, ließ der heilige Baptista die eherne Taufschale fallen und faltete die Hände; denn diese reinen Seelen brauchten kein Wasser der Gnade mehr. Die Gekränzten zogen langsam zum Stadttore hinaus, den Weihnachtsberg hinauf, und als sie auf der goldglänzenden Höhe standen, winkten sie noch einmal herab ins Tal und zogen dann fort, weit über die rote Sonne hinaus, und der Heilige am Brunnenplatz schaute ihnen nach. Erst als es Nacht war, bückte er sich nach der verlorenen Taufschale, und nun hält er sie wieder in erhobener Hand seit vielen Jahrhunderten.

Das ist eine der vielen Sagen und Legenden von Waltersburg. Die Waltersburger haben ganz eigene Geschichten. Sie borgen nicht von fremden Gauen und Städten; ihr romantisches Tal war immer so reich, daß sie Fremdes nicht nötig hatten.

Der Johannisbrunnen! In seinem Becken ließ ich als Kind meine Schifflein schwimmen. Sie schwammen nach Amerika, nach Jerusalem oder gar bis ins Riesengebirge. Mein Bruder Joachim, der mit auf dem Brunnenrande saß, lächelte oft verächtlich über diese Reiserouten. Er war drei Jahre älter als ich und schon Gymnasiast. Da verachtete er meine Abc-Schützen-Geographie. Mit Schifflein spielte er nicht mehr; er liebte nur wissenschaftliche Unterhaltung. So warf er Fische aus Blech, die ein eisernes

Maul hatten, ins Wasser und angelte mit einem Magneten nach ihnen. Er hatte ein Senkblei, und wenn seine Fische nicht bissen, sagte er: es läge am Wetter oder ich stände mit meinem infam weißen Spitzenkragen zu nahe am Wasser und verscheuche die Fische.
Unterdes fuhren meine Schiffe nach Jerusalem oder ins Riesengebirge, und oben auf dem grünen Balkon am Brunnenplatz saß unsere Mutter bei ihrer Handarbeit und schaute manchmal zu uns herunter.
Wie kommt es doch, daß Menschen von einem solchen Brunnenrand fortziehen können, daß er ihnen nicht lieber und größer ist als alle Küsten des Ozeans?

*

Mein Bruder und ich sind fortgezogen, und die gute Frau auf dem grünen Balkon ist allein geblieben. Als Studenten kamen wir noch regelmäßig zu den Ferien. Joachim aber war kaum mit seinen Studien fertig, als er seine Ehe schloß mit jenem unselig schönen Mädchen, dem die Schönheit zum Fluche gegeben war. Nach einem Jahre wurde das Kind geboren, und nach nur wieder einem halben Jahre war ich dabei, als die Frau vor Gericht die Aussage machte, sie habe sich selbst mit einem Revolver in die Brust geschossen, weil ihr Mann sie nach einem furchtbaren Streit verlassen habe.
Nur meine Mutter und ich wußten, daß sie log. Der Flüchtige aber kam nicht heim, auch dann nicht, als es uns endlich gelang, ihm mitzuteilen, daß er außer gerichtlicher Verfolgung sei.
Er floh nicht vor dem Gefängnis; er floh vor dem Grauen, das ihm sein junges Weib bereitet hatte und das auch die Rettung, die ihm ihre Aussage brachte, nicht tilgen konnte. Der Bruder verscholl in weiter Fremde, und die Mutter lehnte am Balkonfenster und hörte auf das Plätschern des Johannisbrunnens. Sie träumte von fernen Ufern, an denen ihr Herzenssohn weilen würde, von Gestaden, zu denen es keine andere Verbindung gab als die sehnsüchtig hin- und hergehenden Gedanken.

Als nun auch ich mein medizinisches Staatsexamen beendet hatte, sagte ich zur Mutter, ich wolle bei ihr in der Heimat bleiben und ihr Trost sein. Sie sah mich still an und schwieg, und es zuckte ein wenig um ihren Mund. Da bat ich sie, zu reden und mir ihren tiefsten Wunsch zu sagen, und sie sprach mit Worten, die sie sich aus dem Herzen riß:
„Geh' fort... in die Welt... suche Joachim... bringe ihn wieder!"
So bin ich fortgezogen, um meinen Bruder zu suchen. Und weil ich nicht Geld genug hatte, jahrelang um die Erde zu reisen, wurde ich Schiffsarzt, jetzt bei dieser, dann bei jener Gesellschaft, und kam fast in alle großen Häfen der Welt. Ich fand ihn erst im fünften Jahre meiner Wanderfahrt und wäre bei flüchtiger Begegnung wohl an dem veränderten harten Mann mit dem fremden Namen vorbeigegangen; aber ich traf ihn an Bord zwischen Rio und Montevideo, da das Schiff tagelang nicht anhält, und wurde meiner Sache gewiß, als der Fremdling sich plötzlich scheu verbarg und weder an Bord noch bei den Mahlzeiten mehr sichtbar wurde. Da suchte ich ihn in seiner Kajüte auf. Er öffnete auf mein Klopfen und erschrak, als er mich sah. Ich drängte ihn ohne weiteres in die Kajüte und schloß die Tür.

„Ich will nur ein wenig mit dir reden, Joachim", sagte ich und wunderte mich über meine ruhige Stimme; „du wirst es mir nicht abschlagen können, da ich an die fünf Jahre hinter dir her bin. Und daß ich auf dein Leben und deine Entschlüsse keinen Einfluß habe, weiß ich von vorneherein. Also versteck' dich nicht!" — „Was willst du?" fragte er mühsam heraus. — „Ich will nicht viel. Ich will dich nur bitten, du möchtest so alle Jahre einmal um Weihnachten an die Mutter schreiben."

Da fiel er auf sein Bett und weinte rasend. Ich trat an das kleine runde Kajütenfenster, an das die Wellen klatschten, und schaute hinaus auf die rollende See.

Vorgestern bin ich nun heimgekommen nach Waltersburg zu meinem und seinem silbernen Mütterchen. Ich muß schon „silbernes Mütterchen" sagen; denn nicht nur die Haare sind silbern, auch das Gesichtchen, auch die schmalen Hände. Alles ist kostbar, edel und weiß an ihr.

Sie fragte mich nur das eine: „Ist er gesund?"

Ich sagte ihr, was ich wußte, auch daß er ein braver Mensch geblieben sei, woran wir beide niemals gezweifelt hatten. Dann, daß er in einer geachteten Stellung und wohl ein reicher Mann sei oder es doch werde. Darauf hörte sie kaum, sondern schlug die Händchen zusammen und jammerte: „Warum? Warum?"

Das war die schwere Frage, über deren richtige Beantwortung ich mir auf der Heimreise den Kopf zerbrochen hatte. Ganze Abhandlungen hatte ich in meinem Hirn ausgearbeitet, schlagende psychologische Begründungen, wie ein Mensch dazu komme, alle Brücken zur Heimat abzubrechen; aber was sind schlagende psychologische Begründungen für eine Mutter, die fragt: Warum gibt mein Sohn keine Nachricht? Warum kommt er nicht zurück? Warum läßt er mich in dieser furchtbaren Einsamkeit und Qual? Da sagte ich ihr nur die wichtigsten Sätze, die Joachim gesprochen:

„Ich hab' wohl hundertmal geschrieben und tausendmal schreiben wollen. Aber ich hab' keinen Brief abgeschickt. Ich hatte eine schreckliche Angst, dann schreibt ihr wieder, und dann halte ich's nicht aus in der Fremde, dann muß ich zurück in diese verfluchte Heimat."

Sie war ein wenig betäubt über diese Worte; aber dann glomm eine Hoffnung auf in ihren Augen, und sie sagte: „Aber jetzt wird er schreiben?"

„Ja, jetzt wird er schreiben; das ist das einzige, was ich nach meinem langen Suchen erreicht habe."

„Ich danke dir, lieber Fritz", sagte sie und drückte mir schüchtern die Hand.

*

Nun bin ich beinahe eine Woche zu Hause und fange an, mich glücklich zu fühlen und zu freuen. Ich glaube, zu den Freuden, die schwer zu tragen sind, gehört die Heimkehr aus fremden Landen. Und nicht bloß mir in meinem besonderen Falle wird es so gehen, nein, allen, die lange draußen waren und wieder nach Hause kommen. Es ist viel Scheu, viel Bangigkeit in der Seele, die Quellen der Lust und des Schmerzes fließen zusammen wie in einen tiefen Bronnen, aus dem erst langsam, wenn sich der zitternde Spiegel beruhigt hat, das Himmelsgesicht des Glücks auftauchen kann. Es gibt wohl keinen Heimkehrenden, der laut lachte, tanzte oder spränge. Ich habe in fremden Ländern viele robuste Burschen gesehen, die in ihre Heimat zurückkamen, und es war ganz gleich, welcher Farbe oder Rasse sie waren — sie waren schüchtern und verlegen, gingen alle ein wenig mit zusammengezogenen Schultern, sprachen seltsam leise und traten nicht fest auf, als ob sie der Heimaterde nicht weh tun wollten. Sie mußten sich alle in der Heimat erst wieder heimfinden. Es ist auch ganz natürlich: der Star, der aus dem Süden an den heimischen Kasten zurückkommt, pfeift auch nicht am ersten Tage. Er schüttelt in der entwöhnten Luft erst sein Gefieder zurecht.

*

Die Mutter steht immer am Fenster und schaut nach dem Briefträger aus. Aber der Brief, auf den sie wartet, kommt nicht. Er könnte längst da sein. Ich telegraphierte schon zweimal heimlich nach Rio. Es kam aber keine Antwort. Und die Mutter steht und wartet. Ich versuchte es mit der alten Ausrede, ein Brief könne verlorengehen, zumal auf so langem Wege. Aber die Mutter schüttelte den Kopf und sagte:
„Einen solchen Brief würde Gott behüten."

Die feindlichen Städte

Ich muß versuchen, wieder lustiger zu sein. Herrgott, ich bin doch ein junger Mensch, ich habe meine Aufgaben, und meine Kraft darf nicht in sehnsüchtigem Suchen, am Trotz des Bruders zerschellen. Also will ich heute gar nichts von ihm aufschreiben, sondern einmal die närrische Geschichte von der Feindschaft der Waltersburger und der Neustädter zu erzählen beginnen. Waltersburg ist eine in einem wunderschönen Talkessel gelegene Stadt von 2967 Einwohnern. Solches besagte die letzte Zählung. Der Personenstand wies im letzten Jahrhundert immer ziemlich dieselbe Höhe auf; auf runde 3000 kam er nie hinauf. Da machte unser Bürgermeister, Herr Wilhelm Bunkert, eine bedeutsame Stiftung: der dreitausendste Einwohner, der Waltersburg Anno 1904 geschenkt würde, solle eine goldene Uhr bekommen, Herrenuhr oder Damenuhr, je nachdem es ein männliches oder ein weibliches Wesen beträfe, und diese Ehrengabe wolle er, der Bürgermeister, aus eigenen Mitteln bestreiten. Die Sache stand im Stadtblatt und wurde viel bewundert. Im nächsten Jahre kamen viele Kinder zur Welt; die Zählung wurde nicht bloß vom Magistrat, sondern auch von der Bürgerschaft sehr eifrig betrieben, und da die Einwohnerschaft auf 2998 stieg, entstand in der zweiten Hälfte des Dezember zwischen der Frau Schneidermeister Lembke und der Frau Schuhmachermeister Abelt eine bittere Feindschaft, da beide hofften, noch vor Ablauf des Jahres eines Kindleins zu genesen. Am 30. Dezember gebar Frau Lembke eine Tochter. Ihr Mann, anstatt sich des blühenden Töchterchens zu freuen, ging in die Schenke und betrank sich vor Ärger, wie er sein Lebtag sich nicht betrunken hatte. Dem Ehepaar Abelt aber klopfte das Herz. Am Silvesternachmittag gebar die Frau einen Sohn, und der entzückte Vater stürzte nach dem Rathause und schrie: „Der dreitausendste Einwohner! Der dreitausendste Einwohner!" Im Vorzimmer des Bürgermeisters aber begegnete dem Siegestrunkenen eine schwarze Gestalt. Es war die Frau des Webers Michalke, die soeben den Tod ihres Mannes

angemeldet hatte. Da waren es wieder nur 2999. Der arme Schuster torkelte gegen die Wand, und dumpf hallten die Silvesterglocken in die Nacht über diese so wenig vom Glück begünstigte Stadt.
Der Bürgermeister hielt sein Angebot auch für das kommende Jahr aufrecht, und einige werdende Mütter wiegten sich in goldenen Hoffnungen. Aber der Tod hielt reichere Ernte als sonst, auch zog der Barbier mit seiner siebenköpfigen Familie nach Neustadt, und nun hielt der geizige erste Ratsmann, Bäckermeister Schiebulke, es für den richtigen Zeitpunkt, sich als einen Gönner der Stadt zu bezeigen und auch seinerseits für den dreitausendsten Einwohner eine Prämie auszusetzen, und zwar ein neues Fahrrad, je nachdem ein Herren- oder Damenrad. Die Sache kam ins Stadtblatt, und die Bürger lachten. Ob Schiebulke vielleicht meine, ein neugeborenes Kind könne radeln, wurde der Stifter befragt. Ob die andern vielleicht meinten, ein neugeborenes Kind könne von einer Uhr die Zeit lesen, gab Schiebulke giftig zurück. Da setzte der Wirt vom „Goldenen Löwen", der ein reicher Mann und ein wenig ruhmsüchtig ist, einen erschrecklich hohen Trumpf auf:
„Goldene Uhr und Fahrrad", sagte er, „sind gute Dinge. Nur leider die Kinder wachsen langsam, und solche Dinge veralten schnell. Was allein nicht veraltet, ist das Geld. Ich will meiner Vaterstadt meine Liebe beweisen und lege 5000 Mark in die Städtische Sparkasse für den dreitausendsten Bürger, den Waltersburg in diesem Jahre erhält." So lautete die Stiftung, die im Stadtblatt publiziert wurde und ungeheure Aufregung hervorrief.
Und da kam das Unerwartete, wie in solchen Fällen überhaupt meist etwas Unerwartetes geschieht.
Die Einwohnerschaft von Waltersburg hatte die Höhe von 2993 erreicht, als der vor kurzem nach Neustadt übersiedelte Barbier Arthur Heilmann mit seiner Frau und seinen fünf Kindern sich wieder in Waltersburg ansiedelte und glückstrahlend die goldene Uhr, das Fahrrad und die fünftausend Mark für sich in Anspruch nahm, da mit seinem Zuzug die Zahl dreitausend erreicht

war. In Waltersburg brach eine Revolte aus. Man wollte den frechen Barbier samt Weib und Kindern lynchen. Man schrie, das sei Betrug, das gälte nicht, das sei ja ganz anders gemeint gewesen. Der Barbier, der zuvor bei einem Rechtsanwalt in Neustadt gewesen war, bewahrte seine Ruhe, und Amtsrichter Knopf, der angesehenste Jurist in Waltersburg, erklärte im Magistratskollegium, am Stammtisch und wo immer man es hören wollte, unter Hinweis auf verschiedene Gesetzesparagraphen: es handle sich hier um eine öffentliche Auslobung, deren Inhalt durch den Barbier Heilmann erfüllt sei und dem daher unzweifelhaft die drei ausgesetzten Prämien zufielen.
Aller Ingrimm der Welt hätte an der Tatsache nichts geändert: Heilmann bekam die Preise.
O unglückliches Waltersburg! In der Stadt war dumpfe Trauer, Zorn und Haß, und alle Männer gelobten, bei diesem Barbier sich nie den Bart schaben oder die Haare schneiden zu lassen. Darauf rechnete aber der abgefeimte Schaumschläger gar nicht, sondern er zog schon nach Ablauf eines Vierteljahres wieder nach Neustadt zurück und nahm die Preise mit.
Waltersburg zählte nach diesem Abzug 2993 Bewohner. Die Auslobungen wurden nicht erneuert. Das ist nun einer der Fälle, aus denen das feindselige Verhältnis zwischen Waltersburg und dem benachbarten Neustadt schon einigermaßen erhellt.

*

Die Zeit meiner Abwesenheit hat an dem feindlichen Verhalten der beiden Städte Waltersburg und Neustadt nichts geändert. Und doch ist Neustadt eine Tochterstadt von Waltersburg, die beiden Orte sind in der Luftlinie kaum drei Kilometer voneinander entfernt und nur durch den mäßig hohen Weihnachtsberg getrennt. Nicht nur, daß die beiderseitigen Gemeindekollegien miteinander in Hader liegen und sich die zwei Stadtblättchen ständig befehden, der Haß gegen die Nachbarstadt bringt auch noch heut die Köpfe der Waltersburger Stammtischphilister in Gluthitze und überträgt sich sogar auf die Frauen und Kinder.

Bis in die siebziger Jahre des vorigen Jahrhunderts hat sich Waltersburg eines geradezu paradiesischen Friedens erfreut. Die Hussiten sind an ihm vorbeigezogen, die Horden des Dreißigjährigen Krieges haben vergessen, die Stadt auszuplündern, so daß Waltersburg mit seinen damals 2000 Bewohnern nach dem Westfälischen Frieden eine der volkreichsten Städte Deutschlands war, ein Umstand, über den in der Stadtchronik des weiten und breiten geredet wird; von den Fritzeschen Regimentern hat nur eins einmal drei Tage lang in Waltersburg Station gemacht, was den Stoff für ein weiteres Viertel der Chronik bildet, und auch die Siegerscharen Napoleons haben keine besondere „gloire" darin erblickt, die Stadtmauern von Waltersburg zu berennen. So war das weiße Lamm im grünen Felde ein sehr angebrachtes Wappentier für die friedfertige Stadt, und es gehörte schon die ganze boshafte Niedertracht der Neustädter dazu, zu behaupten, weiland der geistvolle Hohenstaufe Friedrich II. hätte den Waltersburgern das Lamm für ihr Stadtwappen nur darum verliehen, weil er ihre ureigentümliche und unausrottbare Schafköpfigkeit wohl erkannt habe.

Solch grobe Beleidigung strafen die Waltersburger mit eiskalter Verachtung; dagegen erhitzen sie sich noch heute sofort, wenn die Rede auf den Bahnbau kommt. Als nach dem siebziger Kriege sich in Deutschland die Eisenbahnen mehrten wie nach einem fruchtbaren Regen im Garten die Würmer, hatte die Regierung dem Rat angeboten, eine neue Hauptstrecke über Waltersburg zu führen, ja die Stadt zu einem Eisenbahnknotenpunkt zu machen. Dieses Anerbieten hatte die Bürgerschaft in die allerschwerste Sorge gestürzt. Sie sandten zum Kaiser nach Berlin eine Deputation mit der Bitte, der Landesvater möge das schwere Unheil, das den Frieden und die Ruhe der treuen Stadt Waltersburg bedrohe, allergnädigst abwenden. Die Deputation wurde zwar nicht empfangen, brachte aber in aller Stille ein kräftiges Wort mit heim, das ein Geheimer Rat im Eisenbahnministerium gesprochen hatte und das nicht viel schmeichelhafter klang als die Neustädter Auslegung des Waltersburger Wappentiers.

Die Hauptsache war: die Bahn kam nicht nach Waltersburg. Sie

wurde jenseits des Weihnachtsberges, etwa sechs Kilometer von der Stadt entfernt, vorbeigeführt. Daselbst wurde auch ein großer Bahnhof angelegt, da sich in der Tat die Notwendigkeit herausgestellt hatte, an diesem Orte einen Kreuzungspunkt zu errichten, und die Station führte, da sie doch benannt werden mußte, den Namen „Waltersburg-Neustadt".
Die Waltersburger lachten. Sie hatten jetzt eine Eisenbahnstation, aber diese Station konnte ihnen nichts anhaben. Später hat ein Dichter in der „Neustädter Umschau" ein Poem veröffentlicht, in dem es hieß:

„Die Waltersburger, die sind gar pfiffige Leut',
Sie sind nicht nur pfiffig, sie sind grundgescheut,
Sie haben eine Bahn, die woanders rum geht,
Sie ham einen Geldschrank, der im Nachbarhaus steht;
Sie füttern der Hasen und Rehe wohl viel,
Doch treiben sie alle dem Nachbar vors Ziel;
Sie sperr'n ihren Fluß, daß kein Fisch hineinschwimmt
Und zuviel von dem sehr guten Wasser wegnimmt;
Und wär' mal ein Mäderle gerne geküßt,
Da wartet's, bis auswärts ein Kirmestanz ist."

Für dieses Gedicht hat sein Verfasser von den Neustädtern viel Lob und von den Waltersburgern gelegentlich recht ordentliche Prügel geerntet.
Neustadt verdankte seine Gründung einem trutzigen Bürger von Waltersburg, dem Baumeister August Bunkert, der als einziger in der ganzen Stadt Waltersburg Tag und Nacht geredet hatte, die so günstige Gelegenheit, einen großen Bahnhof an die Stadt zu bekommen, nicht zu verpassen. Als er mit seinen Ideen nicht durchdrang, im Gegenteil viel Anfeindung erfuhr, die bis zu persönlichen Feindschaften ausartete, und sich insonderheit mit seinem einzigen Bruder Wilhelm Bunkert, der jetzt Bürgermeister von Waltersburg ist und damals zu der Berliner Deputation gehörte, in bitterem Hader entzweite, zog der Baurat aus dem Hause seiner Väter aus und baute jenseits des Berges dicht neben den neuen Bahnhof ein großes Hotel, dem er den

Namen „Zur guten Hoffnung" gab. Die „gute Hoffnung" erwies sich zunächst als schlecht; denn da das Hotel auf bloßem Felde stand, alle Eisenbahnpassagiere aber fanden, daß sie in der menschenleeren Wald- und Wiesengegend nichts zu suchen hätten und darum immer schleunigst weiterfuhren, stand das Hotel Jahr und Tag leer, die wenigen Bahnbeamten abgerechnet, die am Abend ihr Schöpplein tranken, und an August Bunkert kroch langsam die Pleite heran. Die Waltersburger meinten, daß der neuerungssüchtige Trotzkopf dieses Schicksal wohl verdient habe, aber zu ihrer Ehre muß gesagt werden, daß Bunkert vielen leid tat und daß man dem verlorenen Sohne gern verziehen und ihm auf die eine oder andere Art wieder auf die Beine geholfen hätte, wenn es dem Ausreißer nur eingefallen wäre, zurückzukommen, seinen Irrtum einzugestehen und die vorsichtige Art der Waltersburger zu loben, die er ehedem so heftig angegriffen hatte. August Bunkert aber dachte nicht daran, den Reuigen zu spielen, und auf einen Brief seines bürgermeisterlichen Bruders, worin dieser fragte, ob er denn auch den Rest seines schönen väterlichen Erbes noch vollends verschleudern wolle, gab er keine Antwort. Da wurde er seinem Schicksal überlassen. Dieses Schicksal gestaltete sich günstig. Die große Bahnhofswirtschaft, die August Bunkert übertragen wurde, hielt ihn zunächst über Wasser, und endlich gelang ihm der große Schlag. Er brachte eine Gesellschaft von bedeutenden Geldleuten der Großstadt zusammen und kaufte als deren Funktionär oder Generaldirektor, wie er sich lieber nannte, alles Waltersburger Gelände auf, das jenseits des Weihnachtsberges gelegen war. Die Waltersburger schlugen die Hände über den Köpfen zusammen. Hundert Taler über den ortsüblichen Preis hinaus gab Bunkert für jeden Morgen Feld-, Wald- oder Wiesenland, und die Besitzer beeilten sich, ihre entlegenen Ländereien unter so glänzenden Bedingungen loszuwerden. Innerhalb von eineinhalb Jahren besaß kein Waltersburger mehr jenseits des Berges auch nur einen Halm.

Die ganz Gewissenhaften aber schüttelten die Köpfe und sagten: Dieser Bunkert lockt seinen Auftraggebern das Geld aus der Tasche; er ist ein Hochstapler, und man sollte doch sehr überlegen, ob man den unangebrachten Preis annehmen dürfe, den die neuen Besitzer aus dem Wald- und Wiesenland nie und nimmer herauswirtschaften könnten. Doch auch diese ganz Gewissenhaften beruhigten sich und nahmen das Geld.

O du großmächtige Verwundernis! In dem prachtvollen Hochwald, den August Bunkert erworben, an den grünen Wiesen, am Flußufer, den Weihnachtsberg hinauf entstand ein schmuckes Landhaus nach dem anderen, Einfamilienhäuser, Sommerwohnungen, Baderäume, ein Kurhaus, eine „Wandelhalle" bauten sich auf, ein Basar für Lebensmittel, ein anderer für „Bekleidungs- und Gebrauchsgegenstände" wurde errichtet, Hunderte und aber Hunderte von Arbeitern waren das ganze Jahr beschäftigt. Und alle Häuser baute der Baumeister August Bunkert und wurde ein schwerreicher Mann.

Noch staunten die Waltersburger, noch lachten einige spöttisch und verächtlich, aber manch einer schwieg schon nachdenklich und dachte bei sich: Was tut sich? Da erschien in den großen hauptstädtischen Blättern ein Inserat: „Waltersburg-Neustadt, entzückend am Südabhange des 450 Meter hohen Weihnachtsberges gelegen, mitten in prachtvollem Hochwald, in grünes Wiesen- und Flußland gebettet, ein Paradies der Gesundheit und des Naturgenusses, bei vorläufig nur fünf Mark pro Qudratmeter Bauland (Anzahlung von 3000 DM an) für alle, die sich ein Eigenheim gründen wollen, eine nie wiederkehrende Gelegenheit. Nur fünfviertel Stunden von der Hauptstadt entfernt. Großer Eisenbahnknotenpunkt. Haltestelle aller Schnellzüge. Täglich zwölfmal Verbindung mit der Hauptstadt. Anfragen an Generaldirektor Baumeister Bunkert in Neustadt erbeten."

Die Proklamation des Deutschen Reiches kann seinerzeit in Berlin keinen so großen Eindruck gemacht haben wie dieses Inserat in Waltersburg. Die Leute lachten, wimmerten, fuchtelten mit den Armen und waren voll neidischer Beklommenheit. Am Abend saß ein ganzer Stammtisch im „Goldenen Löwen" mit der Kreide vor der Schiefertafel und wollte ausrechnen, wieviel ein Morgen Land koste, wenn das Quadratmeter auf fünf Mark komme. Niemand kriegte es heraus, und alle schimpften auf die

neumodische Rechnungsart. Selbst den Amtsrichter Knopf verließ seine akademische Bildung; er knurrte, er habe ja nicht Mathematik studiert, und solche Aufgaben könne überhaupt immer nur ein Volksschullehrer herauskriegen. Also schickte man nach dem Lehrer Herder, und der erklärte:
„Ein Morgen alten Maßes ist ungefähr ¼ Hektar. Ein Hektar hat 10 000 Quadratmeter; ¼ Hektar ist also 2500 Quadratmeter groß. Kostet ein Quadratmeter 5 Mark, so kostet ein Morgen 2500 mal soviel, also 12 500 Mark."
Als der Lehrer Herder dieses Resultat nannte, schlugen die zehn Männer, die noch mit am Tische saßen, heftig mit den Fäusten auf den Tisch, und zwar alle wie auf Kommando mit einem Hieb. Man schrie den Lehrer an, er müsse sich täuschen. Der aber saß mit der Würde eines Mannes, der von der Unverletzlichkeit und Beweiskraft der Zahl überzeugt ist. Sein ganzes Wesen sagte: meine Rechnung stimmt.
Da wurde zunächst eine große Stille. Dann sagte einer: „Wenn das wahr ist, sind die Kerle große Gauner; 1000 Mark haben sie für den Morgen gegeben, 12 000 Mark verlangen sie."
Schweigen. Nach fünf Minuten griff Amtsrichter Knopf die letztgenannten Ziffern auf und sagte: „Sie arbeiten mit elf Prozent."
„Elf Prozent gibt ja das Gesetz nicht zu", bemerkte der Erbscholtiseibesitzer Hirsemann mit einem Blick auf den Amtsrichter.
Der schüttelte den Kopf, was in diesem Falle „Ja" und „Nein" heißen konnte. Da ergriff der Lehrer Herder wieder das Wort und sagte:
„Entschuldigen die Herren, wenn man mit 1000 Mark kauft und mit 12 000 Mark verkauft, so sind das nicht elf Prozent, sondern elfhundert Prozent Gewinn."
Sie starrten ihn alle an wie lebslos. Nur Bäckermeister Schiebulke, der gerade trank, verschluckte sich. Der Amtsrichter geriet ins Grübeln. Seine Seele wanderte zurück bis etwa in die Tertianerzeit, und dann sagte er: „Ja, natürlich, es sind nicht elf, sondern elfhundert Prozent."

Da hoben sich neun Fäuste, um auf den Tisch zu donnern, aber diese Überraschung war zu groß und schwer; die Hände sanken still herab . . .
Was die allergrößte Hauptsache war: Neustadt, das den Namen Waltersdorf zum großen Ingrimm der Mutterstadt nach und nach ganz abgestreift hatte, war auf dem besten Wege, ein aufblühender Badeort zu werden. Zwei „Quellen" waren entdeckt worden, von denen die eine „Kaisersprudel", die andere „Felsensprudel" hieß, und die beide nach dem Gutachten eines sachverständigen Professors aus der Hauptstadt „hervorragend radioaktiv" waren. Die Neustädter feierten Siegesfeste, während die Waltersburger vier Wochen lang brauchten, ehe sie das Wort „radioaktiv" richtig aussprechen konnten und natürlich auch dann noch nicht wußten, was das sei. Humbug sei es, meinte der Amtsgerichtsrat, und wenn man dieser Auslegung auch viel Beifall zollte, so verschafften sich doch einige Waltersburger heimlich je drei Flaschen von den neuen Sprudeln, und abends wurde im „Löwen" statt der sonst so beliebten Weinprobe eine Wasserprobe abgehalten. Der Pfropfen der ersten Flasche flog mit einem Knall gegen die Decke.
„Wie — wie beim Champagner", stammelte Herr Hirsemann.
„Blödsinn", knurrte der Amtsgerichtsrat; „das is Kohlensäure; die is dem Wasser eingepumpt; alles künstlich, nichts natürlich; ich kenn doch die Wasserpfützen drüben — Betrug is es, glatter Betrug!" So wartete man, bis sich die Kohlensäure verflüchtet hatte, dann trank der Bäcker und sagte: „'s schmeckt 'n bissel salzig."
„Weil Sie heut abend wieder Salzhering gegessen haben", grollte der Richter.
„Salzig kann man nicht sagen", meinte der Getreidekaufmann Schneider, „sondern so mehr säuerlich!"
„Ja, weil Sie von gestern noch 'ne saure Schnauze haben", zürnte Herr Knopf.
Unter solchen Umständen hätte der Löwenwirt, der auch mit probierte, mit seiner Äußerung, das Wasser scheine ihm eher stark nach Schwefel zu schmecken, zurückhalten sollen; denn der

schlechtgelaunte Richter fuhr ihn an: „Mensch, wenn Sie tagaus tagein nischt anderes rauchen als Ihre eigenen Zigarren, muß Ihnen natürlich alles nach Schwefel schmecken." Darauf einigte man sich endlich: dieses Wasser schmecke wie jedes andere gewöhnliche Brunnenwasser und sei keinen Pfifferling wert.
Ganz kurze Zeit darauf gab es in Waltersburg eine neue Aufregung. Die Neustädter hatten sich für ihr Bad einen Propagandachef engagiert.
„Propagandachef!" — Dieses Wort war in Waltersburg seit Erschaffung der Welt noch nicht einmal ausgesprochen worden. Die Neustädter aber wußten nicht bloß, daß es so etwas gäbe, sie engagierten es sogar. Und der Propagandachef war ein Jude. Als das bekannt wurde, sagte der Bäcker abends im „Löwen": „Die Kerls in Neustadt verlieren den letzten Rest von Schamgefühl."
Nach etwa sechs Wochen erschien der erste Prospekt von dem Bade Neustadt. Es war ein entzückend ausgestattetes Heftchen von Kunstdruckpapier, mit reizenden bunten und Lichtdruckbildern ausgestattet, und das Werkchen pries Neustadt in so berückender Form, daß eigentlich jeder Mensch zu bemitleiden war, der nicht augenblicklich seine Koffer packte und nach Neustadt abreiste . . .

*

Die feindlichen Städte! Vielleicht, daß mir der lustige Hader die Zeit verkürzt. Von Zeit zu Zeit will ich etwas von ihm im Tagebuch vermerken . . . Joachim hat an die Mutter ein Telegramm gerichtet. „Ich kann nicht mehr schweigen; ich grüße dich und Fritz. Aber schreibt mir keine Briefe, telegraphiert nur, ob ihr gesund seid."
Mit diesem Telegramm saß die Mutter am Tisch, als ich heute abend nach Hause kam. Sie sprach nicht, sondern übergab mir nur wortlos die Depesche; aber sie sah mich stolz und verklärt an, als wollte sie sagen: „Sieh, solch einen guten Sohn habe ich!"
„Ich freue mich über Joachim", sagte ich und ließ sie allein. Von

meinem Zimmer sah ich nach dem Johannisbrunnen hinunter, dessen Wasser einförmig rann.

Die Seele des fernen Bruders war immer noch krank. Er vertrug keine Nachricht aus der Heimat. Heimat war ihm in Hölle gewandeltes Paradies. Es gab einmal ein Weib, das er mehr liebte als alles, die Mutter mit einbegriffen; es war einmal ein Freund, der ihm näherstand als der Bruder, und es war eine schöne Stadt, die ihm lieber war als der Geburtsort; das war Heidelberg.

In Heidelberg hat ihn die Frau mit dem Freunde betrogen. Darüber kommt nun der Mann, der zwischen Rio und Montevideo hin- und herfährt, nicht mehr hinweg.

Das Modebad

Dieser 5. April war ein sehr merkwürdiger Tag. Ich war drüben in Neustadt und besah mir den neuen Badeort; denn ich war immer noch nicht ganz im klaren, ob ich Badearzt in Neustadt werden oder lieber die Praxis des alten Sanitätsrats in Waltersburg übernehmen solle. Der Alte will sich zur Ruhe setzen. Um die Wahrheit zu sagen, er sitzt eigentlich schon sein ganzes Leben lang zur Ruhe. Den Waltersburgern fällt es niemals ein, krank zu werden. Der alte Pfarrer hier, der etwas derber Art ist, sagt: „Wenn einer nicht gerade unverschuldet verunglückt, ist es eine Schweinerei, krank zu werden. Denn wenn einer vernünftig lebt, wird er eben nicht krank, ebenso wie keiner ins Zuchthaus kommt, der nicht was ausfrißt." So erschien dem Pfarrer der Sanitätsrat immer höchst überflüssig, wie andererseits dem Sanitätsrat, der ein Freigeist ist, der Pfarrer überflüssig erscheint. Persönlich aber vertragen sie sich recht gut, spielen auch manchmal Karten miteinander, was ihrer lebenslangen gegenseitigen Abneigung keinen Eintrag tut. Der dritte im Bunde ist der Amtsrichter, den Pfarrer und Sanitätsrat beide für überflüssig halten; denn außer dem Schneider Hampel wird in Waltersburg niemals jemand eingesperrt, und bei Hampel kommen in mageren Jahren höchstens drei Wochen heraus. Der Amtsrichter und der Schneider Hampel stehen auf dem „Grüßfuß", und der Sanitätsrat behauptet, daß der Richter seinem einzigen „Kunden" immer zu Neujahr gratuliere. Es ist also für einen, der eine Sinekure sucht, nicht verlockend, Arzt oder Richter in Waltersburg zu werden. Im Herzen wäre es mir aber immer noch lieber, mich in Waltersburg niederzulassen, als nach Neustadt zu gehen, dessen Wunderquellen ich nicht traue, und mich also dort gewissermaßen mitschuldig zu machen, den Leuten das Geld aus der Tasche zu ziehen. Heute war ich drüben in Neustadt. Während der fünf Jahre meiner Abwesenheit ist der Ort um das Doppelte gewachsen. Er ist mit amerikanischer Rapidität emporgeschossen. Ich sah die Marmortempel über den „Sprudeln", die "Promenade" mit ihren unendlich gepflegten, unendlich bunten und unendlich langweiligen Blumenanlagen, die Kapelle, die das "Polnische Lied", den "Einzug der Gäste auf der Wartburg", das "Frühlingslied" von Mendelssohn, den neuesten Wiener Walzer und ein unendlich albernes Potpourri spielte, das von allen Darbietungen dem Publikum am besten zu gefallen schien, sah auch, wie der erste Geiger und der Flötist an der Rampe des "Musikpavillons" wie überall mit den vorbeiflanierenden Mägdelein liebäugelten; ich sah auf den Estraden leerer Restaurants Kellner lauern, die wie die Bräutigame gekleidet waren oder wie Leichenbitter, fünfunddreißig Gerichte auf ihrer Speisekarte, von denen sicherlich nicht eines halb so gut schmeckte wie das, was Mutters alte Köchin bereitet; ich sah eine "Wandelhalle" mit Schauläden, in denen die schönen und ach so "preiswerten" Broschen prangen, die man den Dienstmädchen als "Mitbringe" schenkt und deren Goldglanz mindestens anhält, bis das Mädchen am nächsten Quartal abzieht, sah schreiend bunte Gläser mit der Aufschrift "Zum Andenken" oder "Souvenir de Neustadt", Holzarbeiten vom geschnitzten Hirsch bis zu dem Kinderspielzeug, wo zwei Bären auf einem Amboß pinken und ein Affe am Reck turnt, und noch viele Kunstgegenstände, bis ich zum Theater gelangte, wo ein Zettel verkündete, daß ein vielversprechender Dichter (alle vielversprechenden Dichter debütieren in Badetheatern) sein Erstlingswerk "Geheimnisse von Neustadt" zur Aufführung bringe und Herr Georgio Calzolaio (zu deutsch: Georg Schuster), der vielbeliebte erste Liebhaber der Bühne, die Hauptrolle kreieren werde, auch an diesem Abend sein Benefiz habe. Darauf ging ich in ein Café und trank zwei Kognaks. Ein Zeitungsjunge erschien und schrie mir das neueste Berliner Mittagblatt ins Ohr; ein Herr am Nebentisch, der schon immerfort nervös hin- und herzappelte, knurrte den Kellner an, wie lange er, zum Donnerwetter, noch auf die telephonische Verbindung mit Breslau warten solle; ein Herr an einem anderen Tisch erzählte mit unerträglicher Weitschweifigkeit seinem Nachbar alle Erscheinungen seiner Krankheit, wofür sich dieser so interessierte, daß er während der Zeit des Zuhörens das ganze Mittagblatt durchschmökerte; drüben an der Wand stritten zwei rote Köpfe laut über Nietzsche; eine vorübergehende Mutter machte ihrer bleichsüchtigen Tochter Vorwürfe, daß sie ihren Brunnen statt um fünf erst um fünfeinhalb Uhr getrunken habe, was natürlich furchtbar schaden könne; Gents und noch mehr Pseudogents tänzelten vorüber, und in der Kapelle drüben blies der Waldhornist zum Herz- und Steinerweichen: „Das Meer erglänzte weit hinaus im lichten Abendscheine."

„Auch Sie, Fräulein Trude", hörte ich einen vorbeiwandelnden Primaner zu seiner sechzehnjährigen Begleiterin sagen, „haben mein Herz vergiftet, zwar nicht durch Ihre Tränen, wohl aber durch ihr Lachen."

„Aber, Herr Lempert", sagte sie, und sie waren vorbei.. Ich bekam Heimweh nach Waltersburg und ging. Draußen auf den Promenadengängen das gewohnte Publikum: der Herr in dem hocheleganten weißen Flanellanzug, der 75 Mark gekostet hat; der „Künstler", dessen Kraft wie bei Samson in der Fülle der Locken sitzt und der sich vor dem Spiegel die wirkungsvollen Gerhart Hauptmannschen Mundwinkel eingeübt hat; das knurrende Eheoberhaupt, das woanders hinstrebt, weil man auf dem Kurplatz nicht rauchen darf (warum, weiß weder er noch sonst jemand; denn der Platz ist weit, und der Himmel ist hoch); die flirtende Strohwitwe; der melancholisch und langsam schreitende Einsame, der keinen Anschluß findet; das laute Mädchen, das immer zehn Verehrer um sich hat und nie einen Mann kriegt; die Geschäftsfreunde, fachsimpelnde Oberlehrer und lebenslustige Backfische, dazwischen die „Patienten", die gewissenhaft aus geschliffenen Gläsern das Neustädter Wunderwasser schlürfen, als könnte es in vier Wochen gutmachen, was in vielen, vielen Jahren krank ward.

Ich war im klaren: Ich wollte nicht Badearzt werden. So wollte ich nach Hause und wählte als Heimweg den Pfad über den Weihnachtsberg, der als Grenzscheide zwischen Waltersburg und Neustadt liegt.

Auf dem Weihnachtsberg

Auf dem Weihnachtsberg steht ein altehrwürdiges Gasthaus. Es sieht aus wie eine Burg, hat auch einen grauen verwitterten Turm, eine Zugbrücke, Butzenscheiben und was dazu gehört. Das Echteste von dem ganzen romantischen Nest war der Wirt, der Eberhard hieß, weil er einen langen Bart hatte, oder der sich einen langen Bart hatte wachsen lassen, weil er Eberhard hieß. Die Waltersburger besuchten ihn an allen regenfreien Sonntagnachmittagen, und er lebte auf seiner luftigen Höhe so gute Tage, daß ihm der Humor niemals ausging. Dieser Eberhard war für die Waltersburger Kinder der Knecht Ruprecht. Jeden Weihnachtsabend lugten sie ängstlich, sehnsüchtig und neugierig nach dem Gipfel des Weihnachtsberges hinauf, und wenn endlich die blaue Winternacht ihren Duftschleier um den Gipfel hüllte, flammte da oben ein mächtiges Bergfeuer zum Himmel, und eine Trompete blies langsam und feierlich herab ins Tal: „Vom Himmel hoch, da komm ich her."

„Er kommt, er kommt!" stießen da die Kinder heraus, und die kleinsten zitterten in seliger Angst. Vom Berge herab aber kam mit silbernem Geläut der Knecht Ruprecht gefahren. Er thronte auf einem mit Tannenreis prachtvoll verzierten Schlitten, und andere Schlitten folgten ihm, die wurden von seinen Knechten gelenkt und waren mit Hunderten von Paketen und Paketchen beladen. Vom Stadttor an bildeten alle Kinder Spalier, die reichen wie die armen, die großen wie die kleinen. Die Eltern, Tanten und Großmütter standen hinter ihnen, und wenn der Knecht Ruprecht ankam, winkten die Kinder mit den Händen, die Väter nahmen die Mützen ab, und die Tanten und Großmütter machten tiefe, ehrfürchtige Knickse. Der Knecht Ruprecht aber saß da auf seinem tannenbekränzten Thron wie ein König und nickte nach rechts und nickte nach links, winkte mit der rechten Hand und winkte mit der linken Hand, verteilte seine Gaben an die Armen und Reichen, an die Gerechten und Ungerechten.

Nach der Feier bestieg der Knecht Ruprecht seinen Schlitten. Die Fackelträger, die Ehrenjungfrauen und alles Volk begleitete ihn bis ans Tor. Mit lustigem Klingeling fuhren die Schlitten den Weihnachtsberg hinauf, und die Leute kehrten heim, alle im Herzen froh und reich.
Das war der Weihnachtsberg bis vor acht Jahren. Da kamen die Neustädter und kauften Herrn Eberhard, der damals gerade ein wenig in Sorgen war, sein Gasthaus für einen guten Preis ab. Die Neustädter machten aus der alten edlen Burgherberge ein „Etablissement mit Burgruine, Aussichtsturm und im übrigen allem Komfort". Es wurden hölzerne Veranden mit großen Fenstern an das alte Mauerwerk geklebt, der ganze schablonenhafte öde Hotelbetrieb eingerichtet, und die Badezeitung faselte vom Fortschritt der modernen Zeit.
Daß schweres, reines Altgold in dünnes Flitterblech gewalzt wurde, empfanden am meisten die Waltersburger Kinder, die am Weihnachtsabend vergebens auspähten nach dem leuchtenden Höhenfeuer und der süßen, verheißungsvollen Melodie „Vom Himmel hoch, da komm ich her".
In Gedanken an alte, schöne Zeit stieg ich den Weihnachtsberg hinauf. So sentimental war ich aber nicht, um dem neuen „Etablissement" auszuweichen; dazu war ich denn doch zu weit in der Welt herum und hatte zu viel Schifflein scheitern sehen, um so eine Unglücksstelle feig zu umsegeln. Ich kehrte in den „Etablissement" ein. In der großen Glasveranda waren drei Kellner und ein Gast anwesend. Dieser einzige Gast saß am Fenster und guckte nicht auf, als ich zur Tür hereintrat. Daraus erkannte ich, daß er kein Deutscher war. Im übrigen genügte mir ein Blick zu meiner Orientierung. Ich erkenne den Nordamerikaner so leicht unter allen Nationen heraus wie den Star unter den bunten Finken.
Soll ich hier das Bild wiederholen, das deutsche Karikaturisten malen, wenn es gilt, einen „Uncle Sam" zu zeichnen? Das kurzgeschorene Haar, den glattrasierten, rasiermesserdünnen Mund, die etwas schlottrige Figur mit den langen Beinen und fuchtelnden mageren Armen, die Stummelpfeife, den karierten Anzug

und diesen anderen Kram? Nein! Ich ging zweimal durch die Stube, stellte fest, daß achtzehn Tische unbesetzt und einer besetzt war, und setzte mich dann an den besetzten, dem Gaste gegenüber, ohne ihn zu grüßen. Der andere blickte auch jetzt nicht auf. Er sah gelangweilt ins Tal. Ich beachtete ihn auch nicht. Der Kellner kam, und ich machte meine Bestellung. Darauf war es ganz still.
Endlich blickte der Mann mir gegenüber auf und sagte, indem er nach Neustadt hinunterwies:
„Das ist ein sehr albernes Nest da unten!"
Er sprach englisch; aber ich entgegnete deutsch:
„So kann man schon sagen. Es gefällt mir auch nicht."
„Aber bei uns in Amerika werden Sie auch dumme Badeorte gefunden haben."
„Woraus schließen Sie, daß ich in Amerika war?"
„Ich denke es mir."
„So, so!"

Darauf schwiegen wir. Erst nach einem Weilchen nahm „Uncle Sam" das Gespräch wieder auf:
„Sie halten nichts von unseren modernen Kurorten?"
„‚Nichts' kann ich nicht sagen. Es gibt zehn gute Kurorte und neunzig unnütze. Das sage ich."
„Und wie denken Sie sich einen ganz guten Kurort?"
Ich zuckte die Achseln.
„Ich habe mir manchmal ein Bild ausgemalt, wenn ich als Schiffsarzt die nötige Muße zu solchen Träumen hatte."
„Sie sind Schiffsarzt?"
„Ich war es."
Ich fand es nun angemessen, mich vorzustellen. Darauf wippte er auch ein wenig vom Stuhle auf und sagte:
„Mister Stefenson. Öl und Naphtha. New York, Milwaukee, St. Louis und Trinidad. Nun, wie ist das mit Ihrem Kurort?"
„Es ist gar nichts. Es ist ein Traum, eine verrückte Idee!"
„Verrückte Idee ist schön. Deutschland ist ein gutes Land, aber es leidet einen sehr großen Mangel an verrückten Ideen. Es ist zu brav, es macht zu viel nach. Den deutschen Unternehmungen fehlt die überraschende Pointe. Der Amerikanismus ist besser."
„Das sagen Sie so!"
„Es ist so."
Ich war verstimmt und schwieg.
„Nun?" fragte er ungeduldig.
„Mister Stefenson, wenn ich Ihnen meine Idee entwickeln wollte, würden wir viel Zeit verbrauchen; am Schluß würden Sie mich doch nicht verstehen. So was liegt Ihnen nicht."
„Wir haben Zeit, ich werde Sie verstehen, und es liegt mir", gab er zur Antwort.
Da kam ich in Laune und sagte:
„Ich will es Ihnen in ganz kurzen Linien umreißen. Ich will mal annehmen, meine Heilanstalt bestände schon und Mister Stefenson käme zu mir als Kurgast."
„Das ist gut! Das ist instruktiv!" rief er. „Wie heißt Ihr Sanatorium?"
„Ferien vom Ich."

„Wie?"
„Ferien vom Ich."
„Das ist kein guter Name. Dabei kann man sich nichts denken. Das zieht nicht."
„Mister Stefenson, wenn Sie mir schon von vornherein widersprechen, werde ich Ihnen kein Wort über meine Heilanstalt sagen. Daß Sie den Namen nicht ohne weiteres begreifen, ist doch eben das Neue und Gute."
„Well; ich sage nichts mehr. Ich höre."
„Also: Irgendwo auf der Welt, sagen wir auf dem Ostabhang dieses Weihnachtsberges bei Waltersburg, liegt die Heilanstalt ‚Ferien vom Ich'. Auch Mister Stefenson, der schon in vielen Kuranstalten und nie ganz zufrieden gewesen war, hat von der Anstalt gehört und hauptsächlich darum, weil es etwas Neues war, beschlossen, sie aufzusuchen. Er reist nach Waltersburg. Mister Stefenson kommt mit sieben Koffern und zwei Dienern an."
Mein Gegenüber nickt.
„Stimmt. Sie sind Gedankenleser."
„Der Ankömmling findet in der Nähe von Waltersburg ein Gelände von Wald, Hügeln, Gärten, ganz von einer hohen Mauer umschlossen, über die kein Mensch hinwegsehen kann. Er merkt gleich: ah, an dieser Mauer ist die Welt alle, hier ist eine Welt für sich. Die Mauer hat nur ein einziges Tor. ‚Ferien vom Ich' steht darüber. Mister Stefenson, der mit drei Wagen ankommt, zieht die Schelle an der Pforte. Eine tiefe Glocke schlägt einmal an. Da kommt von drinnen her ein Diener, der öffnet das Tor. Er ist nicht in der weltüblichen Tracht, er trägt Pluderhosen, Sandalen an den Füßen, eine weite, am Hals ausgeschnittene Bluse und ist barhäuptig. Vor Stefenson macht er keine Verneigung, sondern sagt: ‚Lieber Freund, Sie sind wohl wenig unterrichtet, sonst kämen Sie nicht mit solch unnötigem Kram hier an. Seien Sie so gut, lassen Sie Ihre Diener und Ihr Gepäck unten in Waltersburg oder sonstwo auf der Welt Unterkunft suchen und kommen Sie ganz allein, wie Sie hier stehen, mit mir.'
Mister Stefenson ärgert sich nicht wenig über diese Ansprache des dienstbaren Geistes, aber er will hinter den ‚Trick' kommen,

deshalb winkt er seinem Gefolge ab und geht in das große Ferienheim des Lebens. Die Pforte fällt hinter ihm zu. Sein Begleiter führt ihn eine Lindenallee bergan. Rechts und links sind Wiesen und einige bebaute Ackerstücke. Am Ende der Allee steht ein von Efeu umsponnenes Haus, so klein wie eine Einsiedlerhütte. Das Häuschen hat nur ein einziges Zimmer, aber das ist bequem hergerichtet, hat ein gutes Bett, einen Schreibtisch, schlichte, aber geschmackvolle Möbel und gute Bilder an den Wänden. In dieses Zimmer führt der Torwart den Mister Stefenson und sagt: ‚Hier bleiben Sie, lieber Freund, zwei Tage und zwei Nächte. Lesen Sie die wenigen Blätter, die auf dem Schreibtisch liegen, gut durch und schreiben Sie Ihre eigene Lebens- und Leidensgeschichte auf, schreiben Sie auf, was Ihnen an sich selbst nicht gefällt und warum Sie hierhergekommen sind. Nach zwei Tagen wird der Arzt zu Ihnen kommen, wird lesen, was Sie geschrieben haben, und wird den ganzen guten Mannes- und Freundeswillen haben, Ihnen zu dienen und zu helfen. Das Essen wird Ihnen inzwischen durch mich gebracht werden. Finden Sie sich mit den Blättern, die auf dem Schreibtisch liegen, nicht ab, können Sie nicht den Willen aufbringen, Ferien vom Leben zu machen, so hängt hier am Nagel an der Tür ein Schlüssel, der die Pforte unten an der Allee aufsperrt. Lassen Sie den Schlüssel von innen stecken und schlagen Sie die Pforte von außen zu. Zu bezahlen haben Sie für das, was Sie inzwischen genossen, nichts; wir freuen uns, daß Sie einmal dagewesen sind.'
So sagt der Torwart, und dann läßt er den verwunderten Herrn Stefenson allein.
Der setzt sich, noch im Reisemantel, an den Tisch und beginnt zu lesen. Ich kann hier nicht den ganzen Inhalt dieser Blätter aufsagen, sondern nur einige wenige Sätze hervorheben. ‚Betrachte dein Leben mit allem, was es gebracht hat: Arbeiten, Erholungen, Genüssen, Sünden, als eine Anstrengung, die dich müde gemacht hat und deine Kräfte zermürben wird. Mache dich los von diesen Anstrengungen, spanne aus, mache Ferien. Löse dich zunächst los von dem Götzen, dem du alle Tage opferst, von deinem von dir so zärtlich geliebten Ich. Entkleide diesen Götzen

allen Tandes, den du ihm mit großen Entbehrungen verschafft hast, seines wohlklingenden Namens, seiner Genußsucht, seiner Herrschaft über Geld und andere Machtmittel.'"
Hier unterbrach mich mein Zuhörer.
„Bitte, sagen Sie das nicht mit so phrasenhaften, abstrakten Worten; sagen Sie es einfacher und instruktiver!"
„Schön! Nehmen wir also an, daß jener Herr Stefenson die zwei Tage und zwei Nächte in dem Einsiedlerhäuslein ausgehalten hat, ohne fortzulaufen. Nach zwei Tagen kommt der Arzt. Herr Stefenson wird ihm entgegenrennen und ohne jede Einleitung sagen: ,Ich habe Ihre Blätter gelesen und muß Ihnen sagen, Herr Doktor, daß mir die Sache zum Teil sehr abenteuerlich, zum Teil sehr langweilig vorkommt. Warum soll ich zum Beispiel hier in dem Ferienheim nicht mehr Stefenson heißen, sondern einen anderen Namen haben?'

,Setzen Sie sich', wird der Arzt antworten und Herrn Stefenson auf die Bank neben der Haustür drücken.

,Holen Sie Ihre Lebensbeschreibung.'

Herr Stefenson gehorcht, und der Doktor beginnt zu lesen, was Herr Stefenson in den zwei Tagen einsamer Einkehr in sich selbst über sein Leben niedergeschrieben hat. ,Ich werde diese Blätter mitnehmen', sagt der Doktor, ,und sie zu Haus noch einmal lesen, dann bekommen Sie Ihr Manuskript zurück und können es selbst vernichten.' ,Das ist so ähnlich wie bei Lahmann', sagt Stefenson. ,Ja', nickt der Doktor, ,ich habe vieles von Lahmann, der wieder vieles von Prießnitz und anderen hat. Wenn einer hochkommen will, muß er immer auf die Schultern anderer steigen.'

Der Arzt unterhält sich nun lange mit Mister Stefenson und erklärt ihm auch, warum er im Ferienheim des Lebens seinen Namen ablegen soll. ,Sie sind hier nicht Mister Stefenson, Sie sind irgendein Mensch, der — sagen wir — John heißt; dieser John hat mit Herrn Stefenson gar nichts zu tun. Stefenson ist irgendwo in New York, Milwaukee oder auf Trinidad, zermartert sich dort sein Hirn um neue Gewinne, wird gelobhudelt, befeindet, belogen, betrogen — arbeitet und amüsiert sich halb zu Tode, hat mancherlei Schwächen, die sein Leben und vor allen Dingen seine Freude am Leben verkürzen, ist trotz seiner Millionen ein armer, gehetzter Mensch, während dieser John hier keinen liebedienernden Troß, keinen vorteilssüchtigen Freund, aber auch keinen Feind hat, froh und sicher unter seinesgleichen lebt und, wenn er mit einem Genossen im Garten arbeitet, nicht weiß, ob dieser Mann draußen in der Welt ein Fürst oder Minister oder ein kleiner Beamter ist. Sehen Sie, John, das ist ein ganz köstlicher Humor, den wir hier betreiben. Wenn die Leute ihren Namen abgelegt haben und auch alle die gleiche Tracht haben, kennt man den Großen vom Kleinen nicht mehr heraus. Der Geist verrät sie nicht. Daß der Patient während der Dauer der Kur seinen Namen ablegt, ist für den Erfolg für uns eine große Hauptsache. Der Name ist meist die stärkste Kette, die mit der Last und Lust des Alltags verbindet, sie muß in Ferientagen gelöst werden. Und wäre der Name auch ein Schmuck, wie ja der Name eines guten Kaufmanns gewiß ein kostbarer, schwer erworbener Schmuck ist — wer richtig ruhen will, legt allen Schmuck ab. Weniger wichtig ist das Ablegen der gewohnten Tracht, aber doch wichtig genug, bei uns zur Bedingung gemacht zu werden. Und für uns hat es noch das eine Gute: Es hält uns alle albernen Pfauen des Lebens vom Halse, vor allen Dingen eitles Weibervolk; wer zu uns kommt und bei uns bleibt, der meint es ernst mit sich selbst. Im übrigen hoffe ich, daß Ihnen unsere bequeme, gesunde Tracht gefallen wird; auch unsere Damen sind sehr zufrieden mit ihr. Wovon Sie weiterhin erlöst werden müssen, ist das Geld. Sie haben während Ihres ganzen hiesigen Aufenthalts mit Geld nichts zu tun. Was Sie bei sich tragen, geben Sie an der Kasse ab, es wird Ihnen verwahrt und verzinst bis zu Ihrem Austritt, abzüglich des Betrages für Ihren Kuraufenthalt. John, der Feriengast, besitzt nicht einen Pfennig. Er braucht auch keinen Pfennig, und er ist schon nach kurzer Zeit glücklich, nicht den ganzen Tag über sich Hände entgegenstrecken zu sehen, auf die er Geld legen soll, wie es Herrn Stefenson geschieht, bei dem die Bewegung nach der Brieftasche schon automatisch geworden ist. John hat nur eine Tasche fürs Taschentuch — Geld hat er nicht, Schlüssel,

Messer, Taschentoilette, Füllfederhalter, Notizbuch, Brieftasche, Taschenapotheke und aller andere Ballast wird über Bord geworfen. Auch die Uhr! Es geht John gar nichts an, wie spät es ist, es ist gänzlich ohne Interesse für ihn, ob es dreizehn Uhr siebzehn oder vierzehn Uhr sechsundzwanzig ist, er braucht nicht zu hetzen, sich nicht zu ängstigen, er hat Zeit, er kommt immer zurecht. Nur die Mahlzeiten darf er nicht versäumen; aber zu ihnen ruft eine Glocke. Oh, Mister Stefenson, Sie werden sehen, wie wohltuend das ist, wenn man nicht am Tage sechzigmal nach der Uhr sehen muß! Die Uhr, die über dem Herzen schlägt, schlägt schneller als das Herz, als wollte sie wie ein Schrittmacher zu immer größerer Eile anspornen — und der Weg führt doch ans Ende des Lebens. Warum sollen wir es so eilig haben, dorthin zu gelangen? Der Schrittmacher wird bei uns außer Tätigkeit gesetzt.

Da nun John mit Mister Stefenson rein gar nichts zu tun hat, geht es ihn auch rein gar nichts an, was diesen amerikanischen Großkaufmann von Weltereignissen aufregt und interessiert. Es geht John nichts an, ob Stefensons Kurse fallen, was in den Parlamenten gekohlt wird oder was im ‚Völkerbund' für Schindluder getrieben wird, ja, es geht ihn nicht einmal das mindeste an, wer Weltmeister im Boxkampf geworden ist — kurz, John liest keine Zeitungen. Auf dem Fragebogen, den Sie, Herr Stefenson, auszufüllen hatten, steht: ‚Wie lange lesen Sie durchschnittlich täglich über der Zeitung, wie lange also im Jahre?' Sie haben den täglichen Zeitverbrauch auf dreiviertel Stunden, den jährlichen also auf 274 Stunden berechnet. Wenn man den Tag mit neun Arbeitsstunden annimmt, verwenden Sie aufs Zeitunglesen dreißig Tage, also einen ganzen Arbeitsmonat des Jahres. Und dann kam auf dem Fragebogen die Aufforderung: ‚Schreiben Sie kurz nieder, was Sie von Ihrer Zeitungslektüre aus dem vorigen und aus dem vorvorigen Jahre noch wissen!' Was Sie vom vorigen Jahre noch wissen, steht auf fünf kleinen Blättern, und Sie geben ehrlich an, daß es Ihnen schwere Mühe verursacht hat, diese fünf Blätter zu füllen. Vom vorvorigen Jahre wußten

Sie fast nichts mehr, nur ein paar ganz große Ereignisse standen noch im Gedächtnis. Nun ist ja sicher, daß durch das Zeitunglesen viel latenter, nur im Augenblick nicht bereiter Besitz erworben wird. Aber Sie selbst müssen sich fragen, ob dieser Besitz die Aufwendung eines ganzen Arbeitsmonats des Jahres wert ist. Das Zeitökonomische geht uns übrigens hier nur in zweiter Linie an. Die Hauptsache ist uns: John darf sich nicht das Frühstück verderben lassen, weil Herr Stefenson in ebendemselben Augenblick aus der Zeitung einen giftigen Ärger über einen Deputierten saugen würde, der nach seiner Meinung eine idiotische Rede gehalten hat; John betrinkt sich nicht am Abend aus Freude darüber, daß einer Konkurrenz von Mister Stefenson die Butter vom Brote gefallen ist; John disputiert nicht eine Stunde lang darüber, ob das Bündnis zwischen den Staaten Soundso zustandekommen wird oder nicht; kurz: John verzichtet auf die Peitschenhiebe des Zeitungsstils. Er sagt sich so: Für Herrn Stefenson aus Amerika mögen die nervenanstrengenden Dinge, die täglich in der Zeitung stehen, wichtig, ja unerläßlich sein; denn Herr Stefenson steht in der harten Schule des Lebens und kann sich um sein Pensum nicht drücken; aber ich — o ich, John, ich habe Ferien, und die ganze Schule geht mich rein gar nichts an.

Es kommt noch eines hinzu — John erzieht sich. Herr Stefenson meint, ohne ihn ginge es nicht. Auch wenn er reist, auch wenn er in einem Bad ist, behält er die Hauptfäden seiner geschäftlichen Angelegenheiten immer in der Hand. Er läßt sich ellenlange Berichte schicken, er liest die Zeitungen, er kabelt, er regt sich auf, freut sich wettert und ist eigentlich auch auf Reisen immerfort zu Hause, immer im Joch. John pfeift sich eins. John sagt: Wenn Herr Stefenson tot wäre, ginge es auch; folglich geht es auch, wenn Herr Stefenson verreist ist. Vielleicht geht es sogar besser, als wenn er zu Hause ist. Nur nicht zu eitel sein! Frisches Blut tut manchmal gut, und vielleicht kann John Herrn Stefenson zu guter Letzt an der Hand nehmen und sagen: Sei froh, daß du mal ausgeschieden warst, du hast inzwischen glänzende Geschäfte gemacht, so wie ein Spieler meist gewinnt, wenn er einem Vertreter auf einige Minuten seine Karten überläßt.

Im Ferienheim gibt es täglich einen Anschlag, auf dem in wenig Zeilen die Hauptereignisse des Tages mitgeteilt werden. Wer daraus schließt, daß er über einen Punkt unbedingt weitere Auskunft haben müsse, der geht in die Kanzlei, dort liegen dreißig Zeitungen. Kann sich der Betreffende bald beruhigen, dann ist es gut; wenn das nicht der Fall ist, verläßt er die Ferien und geht in die Lebensschule zurück. Bis jetzt sind nur drei Prozent unserer Feriengäste nach der Kanzlei gekommen, um Zeitungen zu lesen; die allermeisten lesen nicht einmal die Anschläge. Sie sind zu ernst; sie sind wie auf einem fremden Stern; die Erdenereignisse gehen sie auf einige Zeit gar nichts an.

Und so wie mit den Zeitungen, ist es mit der Privatkorrespondenz. Sehen Sie sich an, Herr Stefenson, wie es die Leute in den modernen Kurorten treiben. Eine der allergrößten Hauptpersonen ist der Briefträger. Man kann sein Erscheinen nicht erwarten. Vor jeder Ausgabe der Post zwanzig Minuten Nervenvibrieren, innere Unruhe, gespannte Erwartung. Und der Erfolg? Ein paar freuen sich; aber Herrn Mayer hat seine Frau geschrieben, daß sich der Hausmeister ruppig benommen habe, und Herr Mayer ist auf Stunden in menschenfresserischer Laune; das Töchterchen von Frau Ludwig ist vom Tisch gepurzelt, und die Mutter telegraphiert, man solle gleich den Arzt befragen, was ohnehin natürlich schon geschehen ist; Baron Erwin zieht die Stirn in Falten, weil seine Isolde nicht geschrieben hat; der Schriftsteller Niessen kriegt ein Romanmanuskript zurück und bricht fast in Tränen aus über die Idiotie der betreffenden Redaktion; im Herzen der blonden Else steckt eine Ansichtskarte ihres Referendars ein verzehrendes Feuer der Sehnsucht an; der Geheime Oberregierungsrat bekommt das Schreiben eines ‚Freundes', das ihm suggeriert, seine Stellung sei erschüttert, und der Frau von Puttbus schreibt die Schneiderin ab. — Die Ärzte können sicher rechnen, daß das, was sie in einer Woche aufbauen, manchmal der Briefträger in zehn Minuten einreißen kann.

Und deshalb wünscht das Ferienheim sehnlichst den Briefträger zum Kuckuck, weil er die Ferienruhe stört, weil in seiner schwarzen Tasche meist nichts anderes steckt als ermüdende Aufgaben aus der Schule des Lebens. Deshalb bitten wir unsere Feriengäste: Sagt euren Verwandten, gerade, weil wir uns lieb haben, wollen wir uns einmal auf einige Zeit trennen. Schreibt nur im Notfall an mich; alles Kleine laßt weg, erzählt es mir, wenn ich heimkomme. Es wird mir dann lieb sein; es wird sein, als ob wir uns neu gegeben wären. Bedenkt, daß mir von der Leitung des Ferienheims, wenn ich in zwei Wochen mehr als einen Brief erhalte, nahegelegt werden wird, das Heim zu verlassen. Ich kann nicht Ferien machen, ich kann nicht ausspannen, wenn mir die papierene Last immer am Fuß sitzt. Das ist eine scheinbar harte Maßregel des Ferienheims, die viele gehindert hat, zu uns zu kommen, alle zu Sentimentalen; aber wir haben die Anordnung als richtig erkannt und halten an ihr fest. Wer einen großen Teil seines Erholungsaufenthaltes an ein Postbüro binden will, soll anderswo hingehen.

Das ist, wenn ich so sagen darf, die negative Seite unseres Heilverfahrens, das, was wir ausscheiden: Namen, Rang, Titel, moderne Bekleidung, das Geld, die Uhr, die Zeitung, das unnütze Briefschreiben oder, wenn Sie es krasser sagen wollen, Verwandtschafts- und Bekanntschaftsfesseln.

Sie merken schon, Mister John, daß ich an alte Klosterideale angeknüpft habe. Nur, daß es sich eben nicht wie beim Kloster um die Lebenseinrichtung überhaupt, sondern nur um eine Ferienpause des Lebens handelt, und daß wir nicht aus religiösen, sondern aus sanitären Beweggründen handeln. Zur Seelsorge sind wir weder befähigt noch berufen. Aber — um auch diesen wichtigen Punkt zu berühren — wir empfehlen allen denen, die noch eine religiöse Anschauung haben, aus reinster Menschenfreundlichkeit, auf Grund dieser Anschauung einen recht tiefen Herzensfrieden mit ihrem Herrgott zu machen; das ist die allergrößte seelische und darum auch die allergrößte körperliche Wohltat. Ein Arzt, der diesen Punkt außer acht ließe, wäre ein Stümper. Deshalb wird all unseren Feriengästen Gelegenheit geboten, Gott zu dienen, wie sie es bedürfen. Daß wir uns dabei jeder Einmischung in dieses ureigenste Gebiet des Menschen enthalten, ist ganz selbstverständlich.

Die ärztliche Behandlung wird natürlich für jeden Feriengast individuell sein; für Schwerkranke ist das Ferienheim kaum, mehr für die Müden, für die, die das Leben in seiner Hast und Hohlheit nicht mehr freut, für die, die gern noch einmal mit frischen Kräften von vorn anfangen möchten. Für die Alkoholkranken, die Morphium- und Opiumsüchtigen hat man jetzt draußen Entziehungskuren, die großen Segen bewirken; wir wollen hier allen denen Entziehungskuren gewähren, die auf irgendeine Weise vom Leben vergiftet sind. Ganz generell werden alle erlöst von allem Eitlen und Hohlen ihres bisherigen Daseins, von der drückenden Last öffentlichen und privaten Lebens, von unnützen Bedürfnissen; individuell sollen sie erlöst werden von ihren Krankheiten, Lebenssünden und Lebensschwächen, von unfruchtbarer Sorge, Angst und Reue, sollen Kraft im Frieden und die kostbare Fähigkeit zur Freude wiedergewinnen.

Wir scheiden aus dem Ferienheim die üblichen Vergnügungen aus. Sie finden bei uns keine Rennen, Reunions, Tombolas, Früh-, Mittag- und Abendkonzerte, keine Spielsäle, Taubenschießen, Theater- und Varietévorstellungen, keine prunkhaften Umzüge und italienischen Nächte — denn das alles ist nichts als anstrengende Hohe Schule des Lebens und betrügt alle die, die mit neuen Kräften nach Hause kommen wollen. Wir suchen die Freude. Das ist die Freude an gesunder Beschäftigung in frischer Luft. Sie, lieber John, werden wahrscheinlich einige Gartenbeete umgraben müssen, auch werden Sie sich gelegentlich am Fällen eines Baumes oder am Holzsägen beteiligen müssen; es kann aber auch sein, daß Sie mal einen Hecht angeln oder ein paar Körbe Äpfel pflücken müssen. Da Sie, wie Ihre Niederschrift ausweist, seit zwanzig Jahren kein schöngeistiges Buch gelesen haben, werden Sie um das Quantum von drei Romanen, einem Epos und einem Bändchen Lyrik nicht herumkommen. Während wir bei sogenannten Leseratten Entziehungskuren machen, muß bei Ihnen in diesem Falle eine Art Zwangsernährung einsetzen. Die körperliche Kost wird ganz Ihrem Befinden angemessen und natürlich gut und schmackhaft sein. Alle Wochen zweimal werden Sie sich das Abendbrot selbst bereiten. Wie Sie das anstellen, ist Ihrer Phantasie überlassen. Im großen Küchen- und Vorratshause finden Sie alle Rohmaterialien. Wir haben gegenwärtig einen Feriengast, der draußen in der Welt eine Schar von Dienern hat. Auch er muß sich das Abendbrot zweimal in der Woche selbst bereiten. Anfangs wußte er nichts anderes, als daß er sich Brotstullen schnitt, die entsetzlich dick und krumm gerieten, die Stullen mit Butter beklebte und starke Wurstscheiben mit der Pelle darauf legte. Das nächste Mal hatte er schon erluchst, wie man Kartoffeln an einem kleinen Feldfeuerchen kocht, und hatte sich dazu einen Hering verschafft. Dann ergänzte er seine Mahlzeit, indem er Radieschen aus der Erde zupfte, Nüsse und Früchte von den Bäumen holte, und am vierten Abend, den er sich selbst bereitete, lud er einen Freund und eine Freundin ein, war sehr stolz auf sein Mahl und aß mit Genugtuung und Appetit. Das sind Kleinigkeiten, die vielleicht wie Spielerei aussehen, aber doch einen Sinn haben. So werden Sie sich z. B., wenn ein kühler Tag ist, das Feuer in Ihrem Ofen selbst anzünden und unterhalten müssen. Hobelspäne und Reisig können Sie sich leicht holen, das Holz müssen Sie selber hacken. Sie werden sehen, Mister John, wie warm und goldig solch ein selbstentzündetes Feuer brennt, viel wohliger, als wenn es ein Diener angefacht hätte. Ein volles Dutzendmal werden Sie die Kacheln abfühlen, wie sie nach und nach warm werden, mit einer heimlichen, stillen Freude im Herzen. Und wenn am Abend Sie ein paar andere Feriengäste besuchen, Leute, von denen Sie nicht wissen, wie sie eigentlich heißen, wer und woher sie sind, von denen nichts anderes bekannt ist, als daß es eben auch ernsthafte Menschen sind, die sich zu einer Ferienpause des Lebens aufgerafft haben — wie schön wird es sein, mit ihnen zu plaudern oder sich etwas zu erzählen und selbst auf das Feuer zu achten.

Gute Kammermusik werden Sie manchmal zu hören bekommen; doch nicht oft und nicht viel. Aber zur Laute wird öfter gesungen werden, und manchmal wird irgendwo ein Bläserchor stehen, und es wird sein, als ob Soldaten in der Ferne marschierten, oder ein Waldhorn wird ins Tal schallen wie in alten, romantischen Tagen. Sport dürfen Sie treiben: Reit- und Schwimmsport, Turnen im Luftbad, Tennis- und Kegelspielen. Auch Karten spielen dürfen Sie, aber ohne Geld; denn John hat keinen Pfennig in der Tasche, und wollte er sich mit seinen Gegnern verabreden, ein Kieselsteinchen bedeute zehn Mark und eine Eichel zwanzig, und würde alles hinterher in bare Münze sauber umgerechnet, so würde es wohl doch herauskommen, und das Spielernest würde energisch ausgenommen werden. Tabak und Alkohol, worum Sie sich in Ihrem Selbstbericht zu bangen scheinen, ganz nach ärztlichem Befund. Wenn Sie mich nun fragen, wie lange ein solcher Ferienaufenthalt währt, so muß ich Ihnen sagen, daß die kürzeste Frist sechs Wochen beträgt, daß es aber sehr viel günstiger ist, wenn die Ferienpause drei Monate oder noch länger dauert. Die ersten vierzehn Tage werden Sie ja doch innerlich gegen vieles revoltieren, vielleicht am Heimweh leiden nach der eben abgelegten alten Haut. Sie müssen erst heimisch werden, müssen das große Ferienglück erst ganz fühlen, müssen die unaussprechlich süße Freude empfinden, wie Sie gesünder und fröhlicher werden, dann erst kommt das Heil. Aber wenn Sie dann in die große, schwere Schule zurückgehen, werden Sie mehr neue Kräfte, einen größeren Mut zum Leben mitnehmen, als wenn Sie unterdes Mineralwasser getrunken, Reunions besucht und hundert Zeitungen gelesen hätten. Mit einem Wort: Sie werden an die Ferien denken, wie ein Kind an die freie Spielwiese denkt, wenn es wieder in der Etagenwohnung der Großstadt hinter seinen Aufgabenbüchern sitzt.'

Mit diesen Worten endete der Arzt, der mit seinem neuen Patienten vor der Tür des Einsiedlerhäuschens saß, seine Belehrung, und damit ende auch ich, Mister Stefenson, den Aufschluß über das Ferienheim des Lebens, das nur in meiner Phantasie lebt und wohl auch immer nur dort leben wird." —

Ich schwieg, und der Mann, der mir gegenüber am Gasthaustisch saß, schwieg auch. Er hatte die ganze Zeit, während der ich sprach, mit halbabgewandtem Kopfe dagesessen und hinunter nach Neustadt gesehen. Endlich stand Stefenson auf, nickte kurz mit dem Kopf, sagte: „Danke sehr! Guten Abend!", nahm seinen Hut und ging aus der Stube, nachdem er den Kellner bezahlt hatte. Ich ließ ihn gehen.

*

Am nächsten Tage ließ sich Mister Stefenson bei mir in Waltersburg melden.
„Guten Morgen", sagte er; „ich muß Ihnen sagen, daß mir das gar nicht paßt, daß ich John heißen soll."
„Wieso — wieso?" fragte ich verwundert.
„Ja, das hat mich verdrossen. Ein Kerl namens John hat mich nämlich mal furchtbar geärgert. Er hat die Frau geheiratet, die ich heiraten wollte. Ich mag nicht John heißen. Ich habe mir ein Adreßbuch geben lassen und nach einem einfachen, aber nicht zu häufigen Namen gesucht. Ich will Zuschke heißen."
„Sie wollen Zuschke heißen? Warum — wieso — wo wollen Sie Zuschke heißen?"
„In Ihrem Sanatorium natürlich — in Ihrem Ferienheim —"
„Aber, Mister Stefenson, es existiert doch nicht, es ist doch ein Phantasiegebilde — eine Utopie —"
Da sah er mich fest an.
„Es wird existieren; denn wir werden es zusammen begründen."
Ich schlug die Hände zusammen.

*

Der seltsame Mann hat mich verlassen. Geschäftsmäßig, trocken, sogar ein wenig mürrisch hat er mir auseinandergesetzt, wie er sich die Verwirklichung der Idee meines Ferienheimes denke. Als ich ihm abriet, das viele Geld, vor dessen Summe ich erschrak, zu wagen, da vielleicht unsere Zeit, auch das Volk hierzulande nicht geeignet sei für romantische Sonderbarkeiten, wurde er zornig und sagte:
„Wer eine Idee hat, soll an sie glauben, oder er soll gar nicht von ihr sprechen."

Er nahm mich in den Bann der großen Kühnheit und Sicherheit seiner Seele, und ich willigte endlich ein. Zuletzt sagte Stefenson:
„Einen Kontrakt wollen wir nicht machen. Ich gebe das Geld, Sie geben die Idee und Ihre Kraft. Erzielt unser Unternehmen einen Gewinn, so werden wir ihn gerechterweise teilen; wenn nicht, dann sind Sie ein schlechter Arzt, und ich bin ein schlechter Geschäftsmann gewesen. Wir werden uns dann ohne gegenseitige Hochachtung, aber auch ohne feindselige Gesten voneinander trennen."
Dann ging er. Ich saß an meinem Tisch, starrte die Platte an, lachte mal auf, trommelte mit den Händen, lief durchs Zimmer, legte mich aufs Sofa, rauchte Zigaretten und tat endlich was Vernünftiges — ich ging an die frische Luft. So mag einem Feldherrn zumute sein, der zur Führung einer Kriegsarmee berufen wird, oder einem Dichter, dessen großes Stück über die Bühne gehen soll, oder einer jungen Mutter, die ihr erstes Kindlein geboren hat. Mit einemmal das verwirklicht zu sehen, was bisher nur ein schöner Traum war, mit einemmal vor die größte und liebste Aufgabe des Lebens gestellt sein — wo wäre ein berauschenderes Glück?
Mein trautes Waltersburg! Wie warm liegt der Sonnenschein über deinen schrägen Dächern und alten Giebeln, wie schön singen die Spatzen am Johannesbrunnen, wie freundlich und gesund schauen die Kinder aus!
Warte nur, mein altes Waltersburg, für dich kommt, wie für das Dornröschen, ein selig Erwachen. Ich, dein Sohn, bin dein Ritter. Ich will dich küssen mit einem heißen, so lebenspendenden Kuß, daß alle Starrheit von dir fällt und du mitten in wonnigem Leben stehst!
Ich bin nicht August Bunkert; ich will dich, deutsche Maid, nicht zu einer weltmodisch aufgetakelten kokottenhaften Dame machen — der Träumerglanz soll in deinen Augen bleiben, der weiße Schimmer auf deiner Stirn, das schöne, stille Lächeln um deinen Mund, und du sollst doch in allen Landen berühmt werden als eine Wohltäterin der Menschen. Ja, das will ich, das ver-

spreche ich, das verspreche ich dir! Das, was wertvoll in mir ist, habe ich ja von dir, du meine teuere Heimat! Draußen in der Welt, drüben in Neustadt, kann ich nicht wirken. Ein Zuschauer nur, stehe ich vor der bunten Bühne, und weil ich so lange und so oft zuschaute, täuscht mich keine Kulisse mehr; ich weiß: hinter den bemalten Wänden liegt unordentlich Gerümpel und geht rauhe Zugluft durch schlechtschließende Türen. Langsam wanderte ich zum Eulentor hinaus. Es geht da keine Chaussee; eine alte Landstraße führt ins Grüne. Am Hasenhügel setzte ich mich auf einen Stein. Mir gegenüber lag der Ostabhang des Weihnachtsberges. Über den Fluß ging der Blick auf ein Hochplateau von Wiese, Feld und Wald und stieg dann den Berg hinan. Das wäre der rechte Ort für mein Ferienheim.
Nur in Waltersburg kann ich den rechten Ort für mein Ferienheim finden, in dieser freundlichen, närrischen, gesunden Stadt! Wie Moses schaute ich in mein Gelobtes Land.

Luise

Es ist ein Brief angekommen, der mir die überschäumende Freude des Tages genommen hat. Die Pflegeeltern der Tochter Joachims haben geschrieben. Bei dem Scheidungsprozeß wurde die kleine Luise dem Bruder zugesprochen. Da er aber weltflüchtig wurde, geschah dem Kinde das, was vielen solchen überzähligen armen Würmern geschieht — es kam „in Pflege". Ein „kinderloses, aber sehr kinderliebes, in durchaus geordneten Verhältnissen lebendes Ehepaar in Berlin sucht Kind von besserer Abkunft gegen einmalige Erziehungsbeihilfe als eigen anzunehmen".

Ich wußte, was für Tragödien sich hinter solchen Inseraten verbergen, wie oft sie der Deckmantel elendester Gaunerei, schamlosester Ausnutzung sind. Und damals war es das erstemal, daß ich meine Mutter nicht verstand. Sie weigerte sich auf das entschiedenste, das Kind zu sich zu nehmen und zu erziehen, und da ich immer wieder in sie drang und die Unschuld des Kindes nicht verderben, seinen kleinen Leib nicht frieren und darben lassen wollte in der Fremde, wurde die Mutter hart wie Eisen und sagte, ich entehre sie mit meinen Vorstellungen und Bitten. Sie war zu tief gekränkt in ihrer Frauenseele, sie haßte das Weib, das dieses Unheil angerichtet, zu bitter, litt zu furchtbar unter dem Verlust des Lieblingssohnes, als daß ihre sonst so gute, freundliche Art auch diesmal den rechten Weg hätte finden können. Ja, sie sagte mir, daß sie die Bitte vom Vergeben aus ihrem „Vaterunser" gestrichen habe. Der Bruder war geflüchtet, ich mußte hinter ihm herziehen, ein abenteuerliches Leben beginnen, um ihn zu suchen und ihn schließlich nach fünf Jahren zu finden und zu einer ganz kurzen Aussprache zu bewegen. Ich konnte mich damals um die kleine Luise nicht weiter kümmern, ich wußte nur, daß eine entfernte Verwandte das Mädchen zu dem „kinderlieben" Ehepaar nach Berlin gebracht, die geforderten fünfzehntausend Mark „Erziehungsbeihilfe" als einmalige Abfindung bezahlt und berichtet hatte, es scheine sich um außerordentlich honette und christliche Leute zu handeln. Als ich Joachim in der Schiffskajüte gegenüber saß, indes draußen die schwere See rollte, glaubte ich, der Augenblick sei so gewaltig, daß er an die tiefsten Tiefen des Männerherzens rühren, daß er eine der festverschlossenen Türe öffnen, und daß die Frage daraus hervortreten werde: „Lebt das Kind noch?" Joachim stellte die Frage nicht, und als ich nach Hause kam und nach etwa zehn Tagen es wagte, die Mutter zu fragen, ob die kleine Luise am Leben sei, wandte sie sich ab und sagte hart: „Das weiß ich nicht!"

Da fiel mir auf, daß die Mutter und Joachim sich sehr ähnlich seien. Ich bin mehr nach dem Vater geschlagen. Der ist ein weicher Mann gewesen. Und ich selbst bin wohl auch als Mann viel zu weich, stoße mir überall leicht das Herz wund und werde wahrscheinlich einmal viel leichter unter die Räder kommen, als es Joachim passieren könnte. Nun haben die Pflegeeltern der kleinen Luise an Mutter einen Brief geschrieben. Sie hat ihn aber nicht geöffnet, wie sie zehn oder mehr andere Briefe, die von derselben Stelle schon gekommen sind, auch nicht geöffnet, sondern ungelesen verbrannt hat. Diesen letzten Brief habe ich an mich genommen und ihn soeben gelesen.

Mir graut. Schlechtes, fettfleckiges Papier, in elender Rechtschreibung und noch elenderem Stil die Enthüllung niederster Schakalinstinkte, Geldgier, Erpressungsversuche, Frechheiten. Was sich wohl sogenannte feinere Leute einbildeten — sie setzten Kinder in die Welt, kümmerten sich aber nicht um sie, sondern ließen sie anderen Leuten zur Last. Ob sich die feine Gesellschaft je klar geworden sei, was es heiße, ein Kind aufzuziehen? Zehntausend durchwachte Nächte und bei Tag keine ruhige Stunde. Ob das mit solchem Lumpengeld wie fünfzehntausend Mark bezahlt sei? Sie, die Pflegeeltern, seien brave, sehr christliche Leute, wie das ganze Stadtviertel bezeugen könnte, und niemand etwas schuldig, aber die anderen, die zehn Briefe nicht beantworteten, was seien die? Das bißchen Geld, das bezahlt worden sei, sei längst weg. Das hätten allein Doktor und Apotheke verzehrt;

denn wer weiß, was die Luise von ihren Eltern alles für Krankheiten geerbt habe. Wenn sie, die Pflegeeltern, nicht so kinderliebe Menschen wären, läge das Kind längst auf der Straße oder im Grabe. Sie müßten ihr Letztes zusetzen, um das Mädchen zu erhalten. Aber nun habe das ein Ende. Sie würden den ganzen Skandal in die Zeitung bringen und sich auch an das Vormundschaftsgericht in Waltersburg wenden. Im übrigen seien sie bereit, gegen Zahlung von weiteren zehntausend Mark das Mädchen in Pflege zu behalten, obwohl Luise ein Kind sei, das nur Ärger bereite.
Solches und noch Ärgeres enthielt der Brief. Ich trug ihn zur Mutter.
„Lies den Brief!" sagte ich.
Sie schüttelte zornig den Kopf.
„Du mußt ihn lesen, Mutter", sagte ich todernst und in hartem Befehlston.
Sie starrte mich an und wurde blaß.
Ich legte den Brief auf den Tisch und verließ das Zimmer.

Nach einer Stunde suchte ich die Mutter wieder auf. Sie lag auf dem Sofa und zuckte wie in Krämpfen.

„Liebe, gute Mutter", sagte ich und streichelte ihren frühgebleichten Scheitel.

„Ändere es, Fritz", sagte sie mühsam, „ändere es; tue, was du willst, aber ändere es — es ist entsetzlich!"

Schmerz und Grauen schüttelten sie.

Ich küßte ihr die Hand und sagte: „Ich fahre mit dem nächsten Zuge nach Berlin."

*

Der Zug rollte sein einförmiges Lied durch die ebene Landschaft. Es regnete fein, glitzernde Tröpfchen zittern an den Fensterscheiben und rinnen schließlich in schmalen Bächlein herab. Keiner meiner Fahrtgenossen spricht ein Wort. Mir ist das recht lieb. Ich bin in einer trostlosen Stimmung. Ferien vom Ich! Ein Erlösungswort für gequälte Menschen, eine Zufluchtsstätte für müde Herzen, eine friedliche Insel im brandenden Ozean, und ich der Lotse, der halb zerschellte Schiffe nach dem Hafen geleitet. Bitterer Spott über mich selbst quillt mir im Herzen auf. Wenn nun einer meiner Kurgäste mich einmal befragt: Wie bist du eigentlich dazu gekommen, solch ein Prophet des Friedens zu sein, wer lieh dir den Talar? Bist du selber so ein harmonischer Mensch, hast du gesiegt über die Unrast der Zeit und die Kämpfe deines eigenen Herzens? Hast du zunächst alle diejenigen, die dir durch verwandtschaftliche Bande nahestehen, so in den Frieden gerettet, daß du nun ausgehen kannst, um fremdem Volk zu helfen?

Oh, seht ihn nur an, den Propheten, den Friedensapostel! Seht nur, wie er im Eisenbahnwagen sitzt und endlich versuchen will, ein Kind, das ihm durch die Bande des Blutes ganz nahesteht, vor völliger Verwahrlosung zu retten; fragt ihn nur nach seiner Mutter, die in Tränen zu Hause sitzt, fragt ihn nach dem einzigen Bruder, der in Gram und Haß verschollen ist — fragt ihn nach all dem und wundert euch dann, daß dieser Mann einer großen Gemeinde freiwillig seine Bauhilfe anbieten will, während ihm der Regen und der Wind durch die Löcher seiner eigenen Giebel dringen. Wie ein Geistlicher ist er, der gegen die Sünde predigt und selbst ein arger Sünder ist, wie ein Richter, der einen Verbrecher straft und den selbst eine geheime Schuld drückt, wie ein Arzt, der andere dem Tode entreißen will und der selber dem Tode geweiht ist!

*

Berlin N. Eine der Proletarierstraßen, von denen jede einzelne mehr Einwohner hat als ganz Waltersburg. Fünfstöckige Häuser. Im Erdgeschoß Geschäfte mit billigen Waren, in jedem zweiten oder dritten Hause eine „Restauration", in deren Fenster Würste hängen und Schnapsflaschen stehen. Auf den Bürgersteigen und dem Fahrdamm ein Gewühl schreiender, blasser Kinder. Schlechtgenährte Frauen, dicke Bierkutscher, schmale Schreiberlein, modisch, aber windig gekleidete junge Mädchen, schwatzende Weiber, mit Lastkarren daherkauchende Männer, hie und da ein Faulenzer, der zum Fenster herausliegt, die Arme auf ein Kissen gestützt und den Stumpfsinn in Reinkultur zeigt, Köter von unbestimmbarer Rasse, wie wahnwitzig schellende Straßenbahnen, Autos, Droschken, Lastwagen, Radler, dicke, stauberfüllte Luft, an jeder Straßenecke ein bärbeißiger Schutzmann — Berlin N.

Das war das „Milieu", in dem meine Nichte Luise bisher aufgewachsen war. Ich ging vom Stettiner Bahnhof aus auf die Suche nach ihrer Wohnung. An einer Straßenecke bot mir ein Kind Schnürbänder zum Verkaufe an. Ein kleines, blasses Mädchen war es. Ich sah sie an und trat einen Schritt zurück.

„Wie heißt du denn?"

Das Kind erschrak und sagte ängstlich: „Luise!"

„Wie heißt du noch? Wie ist dein anderer Name?"

Noch ein verängstigter Blick, und das Mädchen rannte, so schnell es nur konnte, davon. Ich fühlte es wie Lähmung in meinen Gliedern, aber ich eilte dem Kinde nach. Bei einer Tornische holte ich es ein und faßte es am Arm.

„Fürchte dich nicht, Luise. Ich tue dir nichts."

Das Mädchen brach in Tränen aus.
„Sperren Sie mich nicht ein!"
„Warum soll ich dich denn einsperren?"
„Weil ich — weil ich — die Schuhbänder — Sie sind ein Geheimer..."
Das Kind weinte noch lauter.
„Hallo! Seht nur da! Was hat denn der mit dem Mädel? Warum weint denn det Mädel? Haut ihn! Das is so eener! Wird er gleich das Kind in Ruh' lassen!"
Ich war im Nu von einer Rotte Menschen umstellt. Einige Rowdys nahmen eine drohende Haltung an, Männer murrten, ein Weib kreischte mich an:
„Pfui über so 'nen Spitzel — 'n armes Mädchen, wat sich 'n paar Jroschen verdient, festezunehmen..."

„Is ja jar keen Jeheimer, ist ja 'n solcher! Haut ihn!"
Die kleine Luise entschlüpfte mir, ein Schutzmann kam breit wie ein Hilfskreuzer auf die Gruppe zugesegelt, die alsbald um ihn und mich einen mehrfachen Belagerungsring schloß.
„Was ist los?" fragte der Gesetzeshüter.
„Er hat 'n kleines Jöhr belästigt — er hat 'n Kind jemißhandelt — er hat ihr blutig jeschlagen — er hat jesagt, er is 'n Jeheimer, aber er is 'n Lump."
Der Schutzmann stand wie ein Fels.
„Wer sind Sie?"
Ich zog meine Legitimationskarte heraus.
„Was ist geschehen, Herr Doktor?" fragte der Schutzmann, nachdem er die Karte gelesen.
„Doktor — 'n Doktor is er — amputieren will er ihr — Versuchskarnickel braucht er, der Schwein..."
„Ruhe!" donnerte der Schutzmann. „Was ist geschehen?"
„Ich will es gerne sagen", antwortete ich, „aber nicht vor diesen Leuten, die die Sache nichts angeht."
Ein wüstes Geschrei antwortete mir; immer mehr Volk sammelte sich an.
„Kommen Sie in Ihrem eigenen Interesse mit mir", riet der Sicherheitsmann.
„Jawohl!" sagte ich, und wir durchbrachen die Kette.
Niemand konnte mich schützen, daß ich ein paar Püffe und Stöße erhielt. Ein Trupp johlte hinter uns her, wurde aber durch ein Pferd, das auf der Straße gefallen, in seinem Interesse abgelenkt, und ich war mit dem Schutzmann allein. Wir traten in einen Hauseingang, und ich gab ihm eine kurze Aufklärung. Als er den Namen der Pflegeeltern Luises gehört hatte, sagte der Schutzmann:
„Der Mann ist 'n Tagedieb und die Frau 'ne Schlampe. Da sehen Sie man, daß Sie det Wurm da abkriejen."
Ich dankte ihm, und wir trennten uns. Einen Augenblick überlegte ich noch, ob ich zuvor einen Rechtsanwalt zu Rate ziehen solle, aber dann ging ich direkt nach Luises Wohnung. Ein Hinterhaus von vielen Stockwerken. Auf dem Hofe spielten

Kinder im Staub der Stubendecken, die geklopft wurden. Die Treppe war dunkel und schmutzig. Im dritten Stockwerk las ich den Namen von Luises Pflegevater. Ich läutete zweimal, dann kam ein zaghafter Kindertritt, die Türe wurde geöffnet, ein entsetzter Schrei, die Tür flog wieder zu. Ich läutete abermals. Ein großer, starker Mann erschien. Er trug einen Christusbart, ziemlich lange Haare und stak in einem schwarzen, wenig sauberen Rock. Später erfuhr ich, daß der Mann „Prediger" bei irgendeiner neuen Sekte war.
Er wollte mich erst mit einer hochmütigen Miene mustern, aber plötzlich wurde sein Gesicht scheinheilig freundlich, und mit ölglatter Stimme sagte er:
„Ah, Herr Oberkommissar, ich hab' schon gehört — weiß schon — der Herr Polizeiinspektor haben meine Pflegetochter beim Handel erwischt — aber ich kann bei meiner Ehre versichern — Herr Inspektor, ich bin unschuldig — ich verbiete dem Mädel aufs strengste — haben es ja auch gottlob nicht nötig — aber sehen Sie, Herr Inspektor, so 'n hergelaufenes Kind von schlechter Abkunft, das man so aus purem Mitleid — ich bin Oberprediger bei der Gemeinde der Jünger von Kapernaum —, das man so aus christlicher Barmherzigkeit aufzieht und das doch nicht gerät, weil der Feind sein Unkraut unter den Weizen sät, das stiehlt sich nun 'n Jroschen, kauft sich Schuhbänder oder Streichhölzer oder was weiß ich und verkauft sie, um zu naschen — natürlich nur — um zu naschen..."

Das Geschwefele erstarb an meiner wortlosen Ruhe.
„Was wünschen der Herr Inspektor — ich würde den Herrn Inspektor gern in die Wohnung bitten, aber meine Frau ist zufällig heute noch nicht mit dem Aufräumen fertig..."

Da sprach ich endlich.
„Sie irren — ich bin kein Polizeimann — ich bin der Onkel der kleinen Luise."
„Sie sind — Sie sind — ach so — ach so — der sind Sie..."
Er brach in ein meckeriges Lachen aus.
„Ich will Sie zur Rechenschaft ziehen, Sie schlechter Kerl!" rief ich außer mir.
„Sie wollen mich — was wollen Sie?"
Sein Gesicht veränderte sich. Eine zynische Frechheit machte sich auf seinen Zügen breit.
„Was wollen Sie!" brüllte er. „So 'n Balg — so 'n unsauberer Balg — und Sie wollen noch — ah, wenn Sie mir was zu sagen haben, schreiben Sie es mir; ich bin für Sie nicht zu sprechen — verstehen Sie — für Sie nicht zu sprechen; denn ich bin ein anständiger Mensch!"
Die Tür fiel ins Schloß. Ich blieb allein stehen; ich fürchtete, nun würde die kleine Luise drin zu schreien anfangen.
Aber es blieb still. Nur eine Tür krachte noch zu. Da eilte ich die schmutzige Stiege hinauf.

Samariterdienste

So lebte das einzige Kind meines Bruders! In einer Umgebung von Schmutz, Heuchelei, Armseligkeit und Roheit. Ein Glück, daß dem Weltverbesserer doch noch das Kehren vor der eigenen Tür einfiel, ehe er an die große Mission ging, anderen zu helfen. Fast in jeder Familie gibt es einen, auf den sich die anderen ganz besonders verlassen, zu dem sie in ihren Kümmernissen und Nöten kommen, dem sie es überlassen, zu ordnen, was sie selbst schlecht gemacht haben, der Geld borgen muß, wenn die andern nichts haben, der immer schieben, immer unterstützen, immer aushelfen muß. Den Starken als Stütze der Schwachen kann man ihn nennen, wenn man es ideal ausdrücken will; sonst kann man auch kurz sagen: der Lastesel. Nachgerade kam es mir vor, als ob ich in unserer Familie diesen Ehrenposten bekleidete.

Ich kann nicht behaupten, daß ich mit Freundlichkeit an meinen Bruder dachte, als ich durch den Staub des Hofes nach der Straße zurückflüchtete. Was an diesem Kinde geschah, war jahrelange Sünde. Auch an die Mutter dachte ich nicht ohne Bitterkeit. Sie war in diesem Augenblick nicht mein silbernes Mütterchen, sie war eine reine, aber selbstgerechte Frau, die nicht stark genug war, der Schuld mit Herzenstapferkeit ins Auge zu sehen und auf dem Schlachtfeld der Sünde Samariterdienste zu tun, sondern eine, die sich ängstlich in ihrer wohlumhüteten Sauberkeit hielt, mehr bekümmert um sich selbst als um das, was draußen zugrunde ging. Jawohl, ich hatte nicht Lust, das alles so hinzunehmen, ich wollte meine Meinung sagen. Was sollte ich denn tun, ich einzelnstehender Mann? Es würde schwer genug halten, das Kind loszubekommen. Der ekle Kerl von Pflegevater war zum gesetzlichen Vormund und Pfleger bestellt, die Erziehungsrechte waren an ihn abgetreten. Um ihm das Kind in Güte gewissermaßen abzukaufen, dazu fehlte mir das Geld. Mit gesetzlichen Mitteln aber so einem abgefeimten Schuft an den Leib zu gehen, würde schwer genug sein. Das nächste war, einen Anwalt zu befragen.

*

In meinem Hotel suchte ich das Lesezimmer auf, setzte mich in eine Ecke und grübelte. Ich mochte wohl schon lange so gesessen haben, da tippte mich jemand auf die Schulter. „Sie sollten mal Ferien vom Ich machen, Sie haben es nötig!"
Es war Mister Stefenson, der also zu mir sprach. Ich war ganz erstaunt, ihn so plötzlich hier in Berlin zu sehen.
„Ferien vom Ich sollten Sie machen!" wiederholte er.
„Von wem erfuhren Sie denn, daß ich hier bin? Von meiner Mutter?"
„Von wem anders sollte ich es wissen? Sie sind in Familienangelegenheiten hier — wegen einer kleinen Nichte — wollen sie in eine andere Pension bringen — ja, lieber Doktor, das gefällt mir nicht!"
„Was gefällt Ihnen nicht?"
„Daß Sie Ihre Zeit mit solchem Familienkrimskram vergeuden."
„Erlauben Sie, das ist wohl doch meine Sache."
„Ihre Sache und meine Sache. Sie haben jetzt keine Zeit für solche Dinge. Es paßt nicht in unser Programm. Sie haben selber gesagt, zu unserem Ferienheim gehöre vor allen Dingen die Erlösung von drückenden familiären Fesseln. Ist das keine Fessel, die Sie am Fuß schleppen? Jetzt, wo wir in der allerschwersten Gedankenarbeit stehen müßten, fahren sie einem kleinen Mädel nach. Was liegt der Welt an dem kleinen Mädel? An Ihrem Ferienheim soll ihr etwas liegen."
„Ich glaube, Herr Stefenson, so eng sind wir denn doch noch nicht miteinander verbunden, daß Sie in dieser Weise mit mir reden dürfen."
„Ich darf", sagte er phlegmatisch. „Ich habe in Ihnen so etwas wie einen Propheten gesehen — die Propheten gehen aber in die Wüste, ehe sie öffentlich auftreten, nicht nach Berlin — die Apostel verlassen Weib und Kind — der Soldat, der in den Krieg zieht, darf nicht rückwärts schauen, er sagt: Was schert mich Weib, was schert mich Kind? Der Familiensimpel bleibt immer ein mittelmäßiger Kerl."
Ich erhob mich und wollte ihm grob kommen. Aber ich setzte mich wieder, sah auf einen Augenblick in seine ehrlichen, quell-

klaren Augen und sagte dann: „Sie haben vielleicht in manchem recht, Mister Stefenson, aber im ganzen sind Sie doch im Unrecht. Wenn ein Soldat in den Kampf ziehen soll und am Fuß eine Beule hat, wird er danach trachten, daß ihm erst ein Arzt die Beule öffnet und die Wunde säubert und verbindet, ehe er marschiert. Sonst bleibt er am Wege liegen. So geht es mir auch. Ich muß mir erst diese Angelegenheit mit meiner kleinen Nichte vom Halse schaffen, ehe ich an unsere Aufgabe gehen kann."
„Gut, so schaffen Sie sich die Angelegenheit vom Halse — morgen vormittag zwischen neun und elf. Um elfeinhalb können wir dann unsere Beratung haben."
„So rasch geht das nicht."
„Wie lange kann es denn dauern?"
„Wohl einige Wochen oder auch Monate."
Herr Stefenson lächelte sanftmütig.
„Das ist sehr schön! Ja, dann sind Sie wohl so freundlich, mich nach einigen Monaten gelegentlich wissen zu lassen, mit wem Sie schließlich Ihr Sanatorium begründet haben. Ich bin gar nicht abgeneigt, mir dann einen Prospekt schicken zu lassen. Für jetzt guten Abend!"
Er verließ mich. Ich sah ihm nach, als er aus dem Zimmer ging, und wußte, daß es aus war mit meinem Lebenstraume. Ich saß ganz still, und ich weiß jetzt nicht mehr, was ich damals alles dachte. Ich wußte in jener Stunde nur, es war aus, um eines kleinen Mädchens willen, das ich kaum auf zwei Minuten lang gesehen hatte — aus! Dieser Mann, der vor zwei Tagen soviel Geld auf eine Idee von mir setzen wollte, hielt mich nun für einen Schwachkopf. Aber auf so elende Weise durften wir uns nicht trennen. Rasch warf ich einige Zeilen auf eine Karte, ich müsse Herrn Stefenson noch einmal sprechen, nicht um ihn umzustimmen, daran dächte ich nicht, sondern um nicht ganz ungerechtfertigt zu scheiden. Ich schickte Stefenson durch einen Kellner die Karte, und er kam auch bald persönlich. „Mister Stefenson — es ist nichts Geschäftliches mehr, nur etwas rein Menschliches. Es ist darum, daß wir uns jetzt ohne gegenseitige Hochachtung, aber doch auch ohne beleidigende Gesten trennen

wollen, wie Sie selbst einmal gesagt haben. Haben Sie noch zehn Minuten Zeit für mich?" Er nickte, und ich erzählte ihm ohne alle Umschweife die Tragödie Joachims und seines Kindes und wie ich das Mädchen heute draußen auf der Ackerstraße getroffen hatte. Mir wurde das Herz warm beim Erzählen, aber Stefenson blieb ganz gleichgültig. Zuletzt sagte er:
„Es ist eine traurige Geschichte, die Sie da erzählt haben, aber sie kommt alle Tage vor. Es ist gar nichts Neues. Ich habe die Geschichte auch erlebt. Aber etwas Interessantes ist dabei: Sind Sie wirklich fünf Jahre lang hinter Ihrem Bruder her gewesen?"
„Ja, ich fand ihn nicht eher."
„Hm! — Sagen Sie, wollen wir den Abend noch zusammenbleiben? Ich möchte den Sommernachtstraum in der deutschen Aufführung ansehen. Kommen Sie mit? Sie haben es wohl nicht so eilig nach Hause?"
Ich wußte, daß ich bei diesem Manne verspielt hatte, aber ich nahm die Einladung an. Er sagte, er habe nun noch Geschäfte, wir würden uns im Theater treffen. Damit händigte er mir eine Theaterkarte ein und verließ mich. — Mendelssohns Ouvertüre zum „Sommernachtstraum" huschte und zwitscherte an mir vorüber, Shakespeares unsterbliches Werk reinster Fröhlichkeit tat sich in glänzender Darstellung vor mir auf, aber ich saß wie ein Geistesabwesender auf meinem Platze. Der Stuhl neben mir war leer geblieben. Stefenson war nicht erschienen. Der Märchenwald, durch den die Elfen huschten, blaute vor meinen Augen; aber ich dachte an den Wald am Abhang des Waltersburger Weihnachtsberges.
Pyramus und Thisbe trieben ihren grotesken Spaß. Da dröhnte von meiner Logentür her tiefes Gelächter. Stefenson stand dort. Er beachtete mich nicht, er schaute nur vergnügt nach der Bühne und lachte so laut, daß er die Aufmerksamkeit des Publikums auf sich zog.
Die nächste Pause kam. Da setzte sich Stefenson neben mich und sagte zur Entschuldigung seines späten Kommens:
„Manche Geschäfte wickeln sich in Berlin sehr langsam ab."

Nach dem Theater fuhren wir nach einem Restaurant. Nachdem wir gegessen hatten, sagte Stefenson ganz unvermittelt: „Die Luise habe ich flott gemacht. Zuviel Schwierigkeiten habe ich mit dem alten Gauner nicht gehabt. Der Hauswirt war gerade bei ihm und drängte um die Miete; da machte es der Kerl um dreihundert Mark. Er gab alles schriftlich, was ich wünschte. Mit Anwälten ist das nichts. Das ist teuer und umständlich. Mit dreihundert Mark war alles in zwanzig Minuten gemacht, und ich hatte das Kind. Dann war ich um eine Pflegeschwester aus. Das hat länger gedauert. Das hat unsinnig lange gedauert. Die ganze schöne Eselsszene habe ich im Theater verpaßt. Die Pflegeschwester ist nun mit der Luise in unserem Hotel. Nummer 187 wohnen sie. Bald fahren sie nach einem Erziehungsinstitut in Thüringen. Es ist mir empfohlen worden. Da wird ja wohl die Luise körperlich und seelisch zurechtgestutzt werden."
Ich schlug wieder einmal die Hände zusammen.
„Guter Herr Stefenson, das haben Sie getan?"
„Ich bitte, exaltieren Sie sich nicht! Eine Zeitlang wird die Luise in dem Institut bleiben, und dann kann sie zu uns in das Ferienheim kommen— so als eine Art — als eine Art Einweihungsengel."
Mich würgte es in der Kehle.
„Sie wollen das Heim doch mit mir gründen?"
„Ja", sagte er ganz ruhig, „ich will. Es hat mir was an Ihrer Geschichte gefallen. Natürlich nicht das Sentimentale; aber daß Sie fünf Jahre lang die Jagd machten, das zeugt doch von einer gewissen Ausdauer. Und Ausdauer ist zu gebrauchen."

*

Ich bin wieder im stillen Waltersburg. Berlin N liegt hinter mir wie ein wüster Traum. Welch Gegensatz! Die kleine Luise ist gut untergebracht.
Stefenson hat mir gestern schriftlich mitgeteilt, daß er mich für keinen Philosophen halte, auch nicht für das, was man einen lebensklugen Menschen nenne, und was ich als Arzt tauge, könne

er nicht beurteilen. Er halte mich für einen Dichter. Meine ganze Idee sei weniger ärztliches Problem als vielmehr eine Dichtung. Aber Dichtung sei besser als Problem. Dichtung ist etwas Gezeugtes, Probleme sind etwas Konstruiertes, Dichtung ist Lebewesen, Problem ist Mechanik. Und so solle ich nur jetzt meine Dichtung ganz ausgestalten und ihm vertrauensvoll übergeben. Was ausführbar sei, werde ausgeführt werden, das andere werde als blauer Dampf in die Höhe ziehen und auch als Wölklein am Himmel noch schön sein.

In den Tagen des Werdens

Beschaulichen und nachdenksamen Charakters ist Herr Stefenson nicht. Es geht alles so verblüffend schnell bei ihm, daß er, wenn ein anderer noch bei den ersten Erwägungen und Bedenken stände, schon immer am Ende ist. Freilich kommt dazu, daß er Glück hat. Das Gelände am Ostabhang des Weihnachtsberges steht zum Verkauf. Es gehört einem Manne, der wie Hans im Glück ständig seinen Besitz vertauschte. Dieses Gut hat er gegen große, sehr ertragreiche Steinbrüche umgetauscht, die Steinbrüche gegen eine Fabrik, die noch besser war, und so ist es langsam bergab gegangen, und Herr Stefenson mit seinem großen Geldbeutel hat wenig Schwierigkeiten gefunden. Achtundvierzig Stunden haben die Verhandlungen gedauert, dann war das Gut, das mit Wiese und Wald 2500 Hektar groß ist, von Stefenson gekauft. Um einen Preis, bei dessen Nennung einem früheren Schiffsarzte die Gänsehaut ankommt.

„Nun ist das Gelände da, nun muß die Gemeinde errichtet werden", sagte Stefenson sehr einfach. „In einem Jahre müssen sämtliche Häuser stehen."

„In einem Jahre?"

„Ja! Die Deutschen brauchen, wenn sie einen Dom bauen wollen, vierhundert Jahre, der Amerikaner braucht, wenn er eine Stadt baut, sechs Monate."

„Es ist dann aber auch danach."

„Ob es danach ist oder nicht, ist gleich", erwiderte Stefenson verdrossen. „Jedenfalls habe ich für die ganze Chose nicht mehr Zeit. Ich muß nach New York, nach Milwaukee, nach Trinidad. Sehen Sie sich das Gelände an und machen Sie Ihren Plan. Ich werde auch einen Plan machen. Ich brauche drei Tage Zeit dazu."

„Ich würde drei Jahre dazu brauchen, aber um Ihretwillen werde ich in sechs Wochen mit meinem Plane fertig sein."

Er wandte sich finster ab. Drei Tage lang lief er auf dem erworbenen Gelände umher, zeichnete, machte Notizen und ging mir aus dem Wege. Am vierten Tage teilte er mir auf einer Postkarte mit, er habe einen kleinen Abstecher nach Sizilien unternommen. Ich war sehr froh darüber und ging nun daran, mein Ferienheim im Plane zu entwerfen.

Das Gelände kannte ich genau. Die meisten meiner Bubenstreiche hatten in jenem Wald gespielt; auf jenen Wiesenrainen war ich als Student tausendmal gegangen. Eines war zu vermeiden — alle Gleichförmigkeit. Eine Villa neben die andere zu bauen, ein Logierhaus wie das andere, alles in zimperlich geordneten Gärten, wo man kaum einen Fuß hineinzusetzen wagt wie in die gute Stube einer peinlichen, eitlen Hausfrau, das sollte uns gewiß nicht einfallen, ganz abgesehen von Basaren, Hotels, Restaurants, Plätzen und Straßen großstädtischer Art.

Im Mittelpunkt der Ferienheimat soll das Rathaus liegen. Es soll ein großer, geräumiger Bau altdeutschen Stils sein. Der Bürgermeister wird darin wohnen; denn einen solchen wird uns wohl das Gesetz auferlegen; aber auch die Sprechzimmer der Ärzte sollen im Rathaus untergebracht sein, ebenso die Verwaltungsräume, die Kasse, die Nachtwächterstuben. Auch einen großen, ehrwürdigen Saal soll das Rathaus haben, in den die Feriengäste manchmal zu einer Feierstunde nationaler, künstlerischer oder geselliger Art geladen werden. In diesem Rathaus wird auch das „verbotene Zimmer" mit den Zeitungen sein. Ein Posten wird davor Wache halten und nur diejenigen einlassen, die eine Karte vorzeigen, und eine solche Karte wird jedem während der Dauer des Ferienaufenthalts nur zweimal gewährt werden.

Das Rathaus wird am Lindenplatz liegen, dort, wo die große Linde mitten auf der Wiese steht. So oft auch die Dichter vom Platz unter der Linde und vom Tanz mit dem schönen Kinde und dem Traum im Abendwinde gesungen haben, mir ist die alte Weise nicht zu abgeleiert, ich will das fröhliche Glück vergangener Tage neu erstehen lassen.

Am Lindenplatz, dem Rathaus gegenüber, soll die Lindenherberge liegen, unser größtes Gasthaus. Das Modell muß man in schönen deutschen Städten suchen, etwa in Rothenburg, Goslar, Wernigerode oder Hildesheim, und dann ist es für unsere

Zwecke auszugestalten. Eine Bauernschenke denke ich mir, ein Herrenstübchen, einen Poetenwinkel mit Butzenscheiben, wo Lieder zur Laute gesungen werden. Öfter als einmal in der Woche darf sich niemand in einer der drei Stuben sehen lassen; denn dreimal in der Woche ins Gasthaus zu gehen, ist fürwahr genug für einen Kurgast. Es darf sich auch keiner einbilden, daß er etwa nur Bauer oder nur Herr oder nur Sänger zur Klampfe sei — er muß alles sein wollen und sein können, und wenn er dreimal in der Woche „ausgehen" will, dann muß er eben jedesmal in eine andere Abteilung, und das Braunbier, das in der Bauernschänke ein biederer Wirt mit seiner Gattin verschänkt, muß ihm ebenso munden wie der Wein, den ein schönes Mädchen im Poetenwinkel kredenzt.

Ein Kaffeehaus werden wir auch haben; denn sonst bekämen wir keinen österreichischen Kurgast. In diesem Kaffeehaus wird alles zu haben sein, was ein Wiener Kaffeehaus auszeichnet, von der drangvollen Fülle bis zum Zigarettendampf, nur keine Zeitungen.

Vielleicht wird mir mancher ob meiner großen Toleranz gegen Tabak und selbst gegen Alkohol zürnen, aber ich sorge dafür, daß alles im Lot bleibt.

Da in den Wirtschaftsräumen umsonst nichts geschänkt wird, da aber auch keiner der Gäste einen Pfennig Geld in der Tasche hat, sind alle genötigt, ihre Zeche recht schön und breit an die schwarze Tafel ankreiden zu lassen, und das gibt nicht nur eine gute Selbstkontrolle, sondern garantiert auch eine gewisse öffentliche Aufsicht. Alle aber, denen der ärztliche Befund solche Genüsse verbietet, können sich unten am Fluß in der Fischerklause, dem zweiten Gasthaus, bei alkoholfreiem Getränk des Lebens freuen, und es stehen auch verschiedene Selter- und Milchhäuslein im Gelände, alle bedient von dazu verordneten Damen aus der Kurgesellschaft. Denn das ist eine wesentliche Seite meines Gesundungsheimes, daß alle Kurgäste, soweit es ihr Zustand erlaubt und wünschenswert erscheinen läßt, arbeiten müssen. Aus faulem Nichtstun sproß noch in den allerseltensten Fällen ein Heil. Nein, es werden alle Mitglieder unserer Gemeinde tätig sein, und dadurch werden sich auch die Kosten vermindern, zu denen der einzelne beizutragen hat. Daß ein guter Bestand geübten Personals immer da sein muß, ist selbstverständlich. Aber, wenn ich z. B. für den Poetenwinkel drei Kellnerinnen brauche, wird eine, die aufsichtführende und bestimmende, eine Berufskellnerin, die zwei Helferinnen werden Damen aus der Kurgesellschaft sein, und es wird mich gar nicht beirren, einer jungen Gräfin solchen Schankdienst auf eine Woche aufzuerlegen. Wem es nicht paßt, der geht! Wir werden alle unsere Gäste mit Liebe und Hochachtung behandeln, aber keinen umdienern und keinen anzulocken oder zu halten suchen. Wir werden mit dem Phlegma der Starken allen Widerständen begegnen.

Jeder Kurgast wird sich wöchentlich mindestens einmal dem Arzt vorstellen und neben sonstiger Kurverordnung die Arbeit vorgeschrieben erhalten, die er in nächster Woche zu leisten hat. Die Verwaltung wird dem Ärztekollegium rechtzeitig mitteilen: Wir brauchen für nächste Woche fünfundvierzig landwirtschaftliche Arbeiter und Arbeiterinnen, sechzehn Forstarbeiter, neun Gärtnergehilfen, vier Angler, zwei Jäger, neun Obstpflücker, vierzehn Erbsenleser, sechzehn Mann für Wegebesserung, sieben Viehhüter, ein Streichquartett, vierzehn Kellnerinnen und Milchverschleißerinnen, sechs Kegelaufsetzer, zehn Hilfskutscher, zwölf Wäschebleicherinnen, drei Nachtwächter, acht Frauen zum Spielen mit Kindern von vier Jahren aufwärts, ad libitum Künstler und Artisten, Dichter, Rezitatoren, Musiker, Sänger, Schnellmaler, Turner, Zauberkünstler und ähnliches, 168 Küchengehilfen für je drei Stunden täglich, zwanzig Mann für Haushälterarbeiten (vier Stunden), fünf Boten (Radler), einen Mann für die Festrede am Sonntag, dazu einen gemischten Festchorus von beliebiger Stärke, zwei Laternenanzünder, zehn Frauen oder Männer für die Vorbereitung des nächsten Waldfestes, zehn Hilfsbriefträger, zwanzig Hilfsarbeiter und Hilfsarbeiterinnen für die Anlegung und Bepflanzung des neuen Philosophenplatzes, sechs Damen, die das Kühemelken und Käsebereiten erlernen wollen, einen Vorsitzenden und vier Beisitzer (zwei männliche und zwei weibliche) für unser privates Friedensgericht.

Solches etwa wird die Kurverwaltung beantragen. Was davon in Erfüllung geht, hängt natürlich nicht von den Bedürfnissen der Kurverwaltung, sondern von dem Befund des Ärztekollegiums ab, und der schönste Erfolg wird es sein, wenn alle Aufgaben durch freiwillige Meldung der Feriengäste gedeckt werden. Daß die Arbeit immer nur im Rahmen der eigentlichen Kur, immer nur stundenweise geleistet werden darf, ist selbstverständlich. Das Ferienheim ist ein Arbeitshaus idealster Art, es macht die Arbeit zur Lust und Quelle der Genesung und würgt den alten Drachen ab, dessen Pestatem die Welt vergiftet: daß körperliche Arbeit das Mal der Minderwertigkeit trage. Das Ferienheim wird das Gegenteil lehren und beweisen, indem es gerade durch körperliche Tätigkeit gesunde, glückliche Menschen schafft. So wird alle Verwaltungs- und Büroarbeit als viel zu anstrengend unseren Gästen niemals zugemutet werden. Aber mit den Muskeln arbeiten, tätig sein, sichtbare Werte mit seinen zehn Fingern schaffen sollen alle, und selbst den Faulenzern und Drohnen des Lebens, die vielleicht nur durch die Romantik des Heims, durch die Neugier angelockt werden, soll, wenn sie guten Willens sind, ein besseres Bild der Menschenfreude ins Herz geprägt werden.
Hinter dem Rathause, von ihm durch einen kleinen Schlag schöner Tannen getrennt, beginnt die Bäderstraße. Es werden da in gesonderten Häusern die Wannen- und Schwimmbäder, die elektrischen und die Dampfbäder eingerichtet; an sie reihen sich in dichtem Kiefernwald die Luft- und Sonnenbäder und die Planschwiesen.
Parallel mit der Bäderstraße geht der „Stille Weg". Es stehen da freundliche Häuslein für solche Gäste, die einer größeren ärztlichen Beaufsichtigung und vermehrter Pflege bedürfen, die ihnen von Berufspflegerinnen zuteil wird. Alle anderen Gäste wohnen „draußen", und es wird nicht zuviel auf Pülverlein und übermäßiges Wassergepansch, auch nicht arg viel auf Hantelturnen und Massage gegeben werden, sondern auf tüchtige körperliche Arbeit und frohen Sinn. Daher werden die meisten Kurgäste in Bauernwirtschaften wohnen. Wenn wir von diesem

Riesengelände nur zwei Dritteile zur Feldbebauung anwenden, können wir sechzig große Bauernwirtschaften zu je hundert Morgen Land einrichten; auf jeder Besitzung können vier Pferde, dreißig Stück Rindvieh, Hühner, Gänse, Enten, Tauben, Kaninchen, Hunde, Katzen, Bienen sein, und alle diese Tiere sollen von den Feriengästen gepflegt werden, immer unter Leitung sachverständiger Personen. Denn der Herr und König des ganzen Hofes wird der Bauer sein. Möge es uns gelingen, tüchtige Bauern zu finden, die nicht nur den Pflug zu führen wissen, sondern die kernige Menschen sind voll Biederkeit und froher Laune, derber Herzlichkeit und aufrechten Sinnes. Wer nicht anderweitig abkommandiert ist, arbeitet auf dem Hofe, wo er wohnt, nach Anweisung des Bauern oder der Bäuerin, immer nur pflichtgemäß zwei bis vier Stunden am Tage. Wer etwas darüber tun will und darf, soll es tun.

Oh, wie werden die Leute am „Stillen Weg", die ihr Zustand vom Glück der Arbeit ausschließt, sich sehnen, „hinaus" zu ziehen in die gesunde, frische, befreiende Tätigkeit; wie glücklich werden sie sein, wenn ihnen der Arzt eines Tages sagt: Mein Lieber, du bist nun soweit, als schwacher Hilfskämpe mitzutun, darfst auf einen Bauernhof, darfst zunächst mal die Tauben füttern, den Hühnerstall nach Eiern absuchen und den Hund prügeln, wenn er eine Wurst gestohlen hat, und wenn auch das zu schwer ist, aufpassen, ob in den Nistkästen Sperlinge oder Stare wohnen.

*

An die Bauernhöfe knüpfe ich meine größte Hoffnung. Ich möchte die in glitzernde, entnervende Ferne Gewanderten zum Erdduft und zur Einfachheit wenigstens in Ferienwochen heimführen. Es soll und es muß gelingen. Alle, die einmal Ferien vom Ich machen, die als neue, als ganz andere Menschen, losgelöst von allem, was sie drückte und knickte, auf einige selige Wochen zum Ausgangspunkte, zum Mutterschoß unseres Kulturlebens zurückkehrten — zum Bauern-, Hirten- und Fischerleben —, sie müssen mit gesünderem Herzblut in ihr Leben

zurückkehren, sie müssen mehr gewinnen als durch Mineralwasser und Bäderzerstreuung.
Die Hirten, Fischer und Jäger vergesse ich neben den Bauern nicht. Wenn da einer kommt, der vor dem Revolver stand, weil er überreizt war, der soll oben an der Ginsterheide die Kühe hüten. Den ganzen Tag wird er aufmerksam sein müssen, daß die Bullen sich nicht bekämpfen und daß glücksduselige Muttertiere mit ihren mutwilligen Kälbern nicht den nahen Klee zerstampfen, und abends wird der Mann einsam vor einem wohlig ausgestatteten Hirtenhäuslein sitzen, die wiederkäuenden Tiere werden um ihn sein, und die Sterne werden über ihm wandern und ewige Worte zu ihm reden; es wird aus Verlassenheit und Gram ganz allmählich Ruhe und Frieden werden, und in den Menschenhaß wird sich die Sehnsucht einschleichen: „Nächsten Sonnabend, wenn ich Urlaub habe, gehe ich in die Lindenherberge und sehe lustigen Menschen zu!" Oh, wie ich nach guten Bauern, so werde ich nach guten Ärzten suchen müssen. Nicht ihr ärztliches Wissen ist für mich in der Hauptsache maßgebend. Ob sie gute Psychologen, ob sie tiefe Menschenfreunde sind, danach werde ich fragen. Die Jäger — ach, die Jäger, wird es wohl heißen, sind sowieso gesund. Die zu uns kommen, sind es nicht. Nur die Stubenhocker werde ich auf die Pirsche schicken und nur die Zappeligen und Unruhigen auf den Rehbock mit dem bestimmten Geheiß, einen zu erlegen. Wie sie da ruhig sitzen werden, heute drei, morgen fünf Stunden lang. Immer vergebens. Und die Mücken werden stechen, und der Tau wird fallen. Und sie werden nicht schimpfen dürfen, wie sie es sonst tun.
So auch mit den Fischern. Die Aufgeregten werden solange angeln, bis sie befriedigende Beute bringen. Wessen Aufmerksamkeit wochenlang auf eine Federspule gerichtet gewesen ist, der hat sich ausgeruht und singt abends im Poetenwinkel sein Lied als einer der Andächtigsten der Lebensfreude.
Bauernhäuser, Fischerhütten, Jäger- und Hirtenhäuslein, das werden in der Hauptsache die Wohnstätten meines Ferienheims sein. Das ist eigentlich mein ganzes Programm. Ich kann es keiner hochmögenden Kommission einreichen, aber eben darum hoffe

ich, daß es gut ist. Im übrigen bekenne ich frei, daß ich mich auf Architektenkunststücke nicht verstehe. Ich habe trotzdem auf einer großen Karte unser ganzes Gelände aufgezeichnet und überall vermerkt, wo ein Bauernhof stehen soll, auch die Grenzen seines Bezirks bestimmt; ich habe die Hirtenhäuslein, die Milchstuben, die Fischerbuden angegeben, und zwischen all dem Hin und Her führen Stege und Landstraßen, alle krumm und winkelig, aber angemessen dem, was an Hebung und Senkung des Terrains und was an Baumschlägen, Hecken, Bächlein, Wald und Wiesenland da ist. Eine Umwallung werden wir kaum brauchen, das Plateau hebt sich gen Waltersburg natürlich ab, nur an der einen Stelle, wo das Gelände nach der Stadt eben übergeht, wollen wir eine Mauer und eine Pforte errichten. Neben der Pforte soll unser „Zeughaus" stehen. Dort wird der Ankömmling, der sich entschlossen hat, unsere Ferien zu üben, in seiner Zivilkleidung hineingehen, Kleider, Uhr, Geld, alles, was er bei sich trägt, auch seinen Namen ablegen, als neuer Mensch, neugekleideter Feriengast ein neues Leben beginnen. Das ist mein Plan. Ich weiß nicht, ob er so ausgeführt werden kann, ich weiß nur, daß er so ausgeführt werden sollte.

Das Kind

Mitten in der Arbeit taucht viel öfter als mir lieb ist das Bild der kleinen Luise vor mir auf. Am Morgen nach dem Theaterabend, als ich das Kind im Hotel fand, war es ganz verängstigt, zitterte und weinte. Auf alle Fragen sagte es immer nur: „Ich will heim!" Zu den Schindern ins Elend wollte es zurück, weil es dort zu Hause war. Vor Stefenson und mir fürchtete sich die Kleine, auch vor der fremden Schwester scheute sie sich. Ich wollte sie streicheln, aber sie wich mir aus und duckte sich. Das arme Ding hat wohl in seinem Leben schon viel Prügel bekommen. Ich sagte freundlich zu ihr:
„Luise, fürchte dich doch nicht. Sieh mal, ich meine es gut mit dir, ich bin ja mit dir verwandt; ich bin dein Onkel."
Sie sah scheu an dem fremden Manne empor, der ihr wohl zu vornehm erschien, um mit ihr verwandt zu sein. Ob sie einen Vater oder eine Mutter oder eine Großmutter habe wie andere Kinder, danach fragte sie nicht. Es war auch besser; denn ich hätte ihr sagen müssen: „Nein, das hast du alles nicht; du hast nur einen Onkel." Während ich mir noch vergeblich Mühe gab, ein klein wenig das Zutrauen von Luise zu gewinnen, erschien Stefenson mit einem Diener, der ein großes Paket schleppte. Das Paket legte der Amerikaner vor dem Kinde auf den Tisch und sagte: „So, da habe ich dir ein bißchen Spielkram gekauft!" Es war eine kleine Weihnachtsausstellung von allerhand Spielzeug: Puppen, eine kleine Wiege, Hampelmänner, Kreisel, Schachteln mit geschnitzten Tieren, Baukasten und viele Kleinigkeiten. Sogar eine Knallpistole war dabei. Dem Kinde entfuhr ein kleiner Schrei seligen Erschreckens, es erhob die Händchen, tastete schüchtern nach einer Puppe, zuckte aber zurück. Da fuhr sie Stefenson an: „Nun, du kleine Gans, so greif doch zu! Das ist alles dein. Das mußt du nehmen. Damit mußt du spielen, sonst setzt es was ab!"
Auf diesen rauhen Ton war Luise offenbar gut eingerichtet. Sie fing gehorsam an zu spielen. Nach fünf Minuten kam ein leises

Lachen, das Gesichtchen erhellte sich, und ich sah noch deutlicher als gestern beim ersten schreckhaften Begegnen in Joachims Züge, sah in Joachims Augen. Ich erinnere mich nicht, je ein kleines Mädchen gesehen zu haben, das so auffallend dem Bilde ihres Vaters glich, wie Luise meinem Bruder ähnlich ist. Wir hatten vielerlei in Berlin zu tun und blieben acht Tage dort. Am fünften Tage kam Stefenson in mein Zimmer und sagte: „Jetzt hat mich das Balg gefragt, wenn Sie ihr Onkel wären, ob ich vielleicht ihr Vater sei? Nu nee, du kleine Gans, hab' ich gesagt, das fällt mir gar nicht ein, dein Vater zu sein. Na, sie heulte gleich, und da hab' ich denn gesagt, ich bin ihr Stiefvater. Damit war sie ganz zufrieden."
Ich wußte schon, daß Luise in großer Liebe und Dankbarkeit an Stefenson hing. Seine rauhe, kurze Art schreckte sie nicht, und seine Fürsorge tat ihr wohl.
So war der Abschied nach acht Tagen, als Luise nach Thüringen fahren und wir nach Waltersburg zurückkehren mußten, schmerzlich für das Kind. Nur der Abschied von Stefenson, nicht der von mir, obwohl sich Luise auch zu mir ganz freundlich gestellt hatte.
Als wir im Eisenbahnwagen saßen, sagte Stefenson: „Die Gefühlsduselei mit dem Kinde hört nun auf. Dazu haben wir keine Zeit."
Ich nickte ihm zu und schwieg. Als ich nach Hause kam, trat mir die Mutter mit fragenden Augen entgegen.
„Ich habe das Kind in saubere Verhältnisse gebracht", sagte ich ihr und ging in mein Zimmer. Die Mutter fragte nicht mehr, und ich erzählte nichts. Wir fühlten beide, wie sich eine eiskalte Wand zwischen uns aufrichtete. Nach drei Tagen sagte die Mutter, Joachim habe geschrieben, es gehe ihm gut. Mir war dabei, als ob sie von einem fremden Menschen erzählte, dessen Schicksal mich nichts angehe.

*

Die Zeichnungen, der Aufbau meines großen Ferienheims nahmen mich fortan ganz in Anspruch. Ich kann sagen, es waren reine Glückstage. Tage voll Fruchtbarkeit, Hoffnung, Kraftgefühl. Und doch stahl sich Luises Bild bei Tag und Nacht in meine Seele. So sagte ich mir eines Morgens, an drei verlorenen Arbeitstagen läge nicht viel, Stefenson säße sicher weit unten in Palermo oder Syrakus, und sehr bald nach diesen Erwägungen saß ich in einem Schnellzuge nach Thüringen.

Ich hatte die Freude, daß mir Luise vertrauensvoll und dankbar entgegenkam und daß sie sich schüchtern an mich schmiegte, als ich sie auf die Stirn küßte.

Die würdige Vorsteherin des Pensionats sagte, es sei ja wohl noch zu kurze Zeit, als daß das Kind sich schon in ihm völlig fremde Kultur ganz hätte fügen können; aber Luise zeige so gute körperliche und geistige Anlagen, daß sie hoffe, das Kind würde mir recht bald Freude bereiten. Die Anstalt lag an der Promenade der hübschen thüringischen Stadt. Als ich das Haus verließ, saß gegenüber dem Eingang auf einer Ruhebank Mister Stefenson. Es blieb mir gar keine Zeit, mich groß zu erstaunen, sondern er trat mir gleich entgegen und sagte mürrisch:

„Ich finde das sehr merkwürdig von Ihnen, daß Sie auch jetzt noch Zeit zu solchen Exkursionen haben."

„Ach, Mister Stefenson", entgegnete ich heiter, „ich dachte, Sie wären Ihrerseits noch auf Ihrer Exkursion nach Sizilien."

„Sticheln Sie nicht", entgegnete er finster, „ich bin nicht nach Sizilien gefahren zum Amüsement oder um einem kleinen Gänschen nachzureisen, sondern um in aller Ruhe die Pläne für unser Ferienheim machen zu können. Wenn ich nun Pech gehabt habe mit den drei Plänen, die ich gemacht habe, weil ich den ersten in Palermo zerrissen, den zweiten in Modena verbrannt und den dritten in Luzern überhaupt nicht erst angefangen habe, so hatte ich doch gehofft, Sie würden inzwischen Gewissen genug haben, zu Hause zu bleiben und zu arbeiten."

„Hab' ich auch, Mister Stefenson! Mein Plan ist fertig."

„Ah — das ist gut. Wieviel kostet er? Wie balanciert er?"

„Was er kostet, wie er balanciert, weiß ich nicht. Das ist nicht meine Sache. Ich bin kein Kaufmann. Wofür sind Sie da?"

„Fürs Geldgeben!"

Er schüttelte melancholisch den Kopf.
„Ihr Plan ist unrentabel", sagte er düster.
„Mister Stefenson, ich will Ihnen einen alten deutschen Witz erzählen. Ein Schlächter kam in eine kleine Wirtschaft, um eine Kuh zu kaufen. Der Bauer führte ihn nach dem Stalle. Sie kamen in einen ganz dunklen Raum. Da sagte der Schlächter: ‚Aber Mensch, wie kann ich Ihnen für ein so elendes Tier so viel Geld geben, wie Sie verlangen?' — ‚Sachte', sagte der Bauer, ‚das hier ist nur der Rübenraum, die Kuh steht erst hinter der nächsten Tür.'"
„Was gehen mich Ihre verdammten deutschen Witze an?" grollte Stefenson.
„Fahren wir erst nach Hause", entgegnete ich. „Und vorher können Sie ja mal die kleine Luise besuchen. Sie macht sich heraus."
„Das fällt mir nicht ein", sagte Stefenson kalt. „Ich hasse diese deutsche Sentimentalität."
So fuhren wir nach Hause. Ich übergab Stefenson meine Zeichnungen und schriftlichen Ausführungen. Er nahm sie mit nach Neustadt, wo er immer noch in einem Hotel wohnte. Nach fünf Tagen suchte ich ihn zu sprechen. Es hieß, Mister Stefenson sei verreist. Eine Viertelstunde etwa dachte ich darüber nach, wohin Stefenson wohl sein könnte. Dann telegraphierte ich an die Vorsteherin des Instituts in Thüringen:
„Ist Mister Stefenson noch dort?"
Am Abend kam die Antwort:
„Stefenson war hier, ist aber eben zurückgereist."
Darauf machte ich mir das Vergnügen, zum Neustädter Bahnhof zu gehen und den Zug zu belauern, von dem ich vermutete, daß er Herrn Stefenson mitführen würde. Ich hatte den Zeitpunkt ganz richtig aus dem Kursbuch festgestellt.
Als Stefenson die Bahnsperre passierte, trat ich ihm plötzlich entgegen, und er war nicht weniger erschrocken als ich, da ich ihn plötzlich auf der Promenadenbank in Thüringen traf.
„Guten Abend, Mister Stefenson", sagte ich, „wie geht es der kleinen Luise?"

„Wieso — wieso — Luise — was geht mich das Gänschen an?"
versuchte er sich herauszulügen.
Ich blickte ihn freundlich an und sagte:
„Die Frau Vorsteherin, die ich eben telegraphisch anfragte, sagte mir, daß Sie dort waren."
Da hustete er.
„Wissen Sie was", sagte er zornig, „es ist nicht schön, daß Sie mir nachspionieren. Was geht mich das Gänschen an? Aber da Sie schon mal so ein Spion sind, will ich Ihnen sagen, ich kann für diese Schwäche nichts. Meine Mutter war eine Deutsche."

Vorarbeiten

Es ist ein halbes Jahr her, seit ich die letzte Eintragung in mein Tagebuch machte. Im Mai war es, als Stefenson erschnoben hatte, daß ich ein Tagebuch führe und darin manches über den Ausbau unseres Ferienheims, aber auch über seine eigene Person niedergeschrieben habe. Seit der Zeit quälte er mich, ihm das Tagebuch einmal zur Lektüre zu überlassen. Er war neugierig wie ein Backfisch, und es nützten mich alle Versuche nichts, ihm klarzumachen, daß es — gelinde gesagt — sehr indiskret sei, Einblick in ein fremdes Tagebuch zu verlangen. Es dauerte so lange, bis er die Aufzeichnungen in Händen hatte. Dieser Mensch ist ein ganz wunderliches Gemisch von Kindlichkeit und halsstarriger Energie.
Nach drei Tagen gab mir Stefenson das Tagebuch zurück und sagte, indem er ein sauersüßes Lächeln zwischen seinen dünnen Lippen zerquetschte: „Sie haben mich sehr schlecht charakterisiert."
„Dieses Urteil sah ich voraus, Mister Stefenson; die Fortsetzung des Tagebuches werden Sie auch nicht zu sehen bekommen."
Er machte eine Handbewegung, die bedeuten sollte, daran liege ihm auch nichts, und ging wieder nach seinem „Büro". Dieses besteht aus einer Holzbude, in der ein langer roher Tisch, einige Brettstühle, eine Kleiderhaken und der Telephonapparat die ganze Ausrüstung bilden. Der Tisch ist mit Papieren aller Art bedeckt. Hier liegen die kostbaren Pläne unserer Ferienhäuser, sind Aktenstöße, stehen Modelle. In einem Nebenraume klappern ein paar Schreibmaschinen. Stefenson sagte mir einmal, Schreibmaschinenklappern und Telephongeschelle sei ihm die schönste Musik.
In dem Büro sind unsere Beratungen. Dorthin müssen Architekten, Maurermeister, Lieferanten aller Art, Verwaltungsbeamte, Stellungsuchende zum Vortrag kommen. Anfangs hatte Stefenson die Absicht, mich von den Hauptkonferenzen mit den Bauleuten auszuschließen oder mir doch eine rein zuhörende Rolle

zuzuweisen. Als ich ihm aber energisch sagte, er scheine vorzuhaben, ein schleudriges Klein-Chikago zu errichten, das sich ganz gut für Engros-Schweineschlächterei, aber nicht für mein romantisches Ferienheim eignen möge, wurde er immer stiller und ließ mich nach und nach mit den Architekten selbständig wirken. Nur das Tempo der Arbeit bestimmte er, und das stand immer auf Volldampf. Der Mann arbeitet selbst von morgens fünf Uhr bis nachts um elf, ohne irgendwelche Ermüdung zu zeigen. Stefenson leitet seine Verhandlungen meisterhaft; keine Kleinigkeit entgeht ihm. Sobald ein Thema angeschlagen ist, wird es Schritt für Schritt erledigt. Kein Abweichen vom Wege ist erlaubt, das Dazwischenwerfen einer aufblitzenden, abseits liegenden Idee ist streng verpönt, kein unfruchtbares Durcheinandergerede gestattet, sondern planmäßige, geordnete Arbeit wird geleistet, Für und Wider werden kurz beleuchtet, Nebensächlichkeiten unter den Tisch fallen gelassen, der Beschluß knapp und fast immer schriftlich gefaßt; dann wird aber auch im Verlauf der weiteren Verhandlungen auf den erledigten Punkt nie wieder zurückgegriffen. So wußte man am Schluß solcher Verhandlungen immer: das stand zur Beratung, das ist beschlossen, so und so, dann und dann muß es ausgeführt werden. Stefensons Gehirn hat eine wohlgeordnete Registratur, und etwas schwärmerisch angelegte Leute wie ich, denen leicht die Gedanken durcheinanderpurzeln, können viel von solchem Manne lernen. Nur darf Stefenson meine romantische und philanthropische Idee nicht aus dem Auge lassen, und das tut er auch nicht. Stefenson und ich sind in vielen Dingen die reinsten Antipoden; aber ich schätze es als ein Glück, mit einem so klaren Kopf zusammen zu arbeiten, wenn ich auch manchmal einen wilden Zorn über seine Kaltschnäuzigkeit habe. So ist der Mann. Wir vertragen uns und haben Händel miteinander — je nachdem. Ich glaube, ich werde gut fahren, wenn ich mit Stefenson gleichen Kurs halte. Es gibt kaum eine größeres Unglück auf der Welt, als sich mit dummen oder schwachen Menschen zu verbinden, und kaum einen größeren Vorteil, als einen klugen Freund.

*

Als unsere Idee bekannt wurde, war die Physiognomie der Waltersburger ungefähr die eines Kalbes, das zum ersten Male donnern hört. Die Leute wunderten sich rasend. Sie steckten die Köpfe zusammen, redeten viel auf den Bierbänken und kamen doch, da sie immer nur Gerüchtsbrocken sammeln konnten, zu keinem klaren Bilde.
Den Ausschlag soll der Amtsrichter gegeben haben, der sich dahin geäußert hat: es scheine sich um eine Art Verrücktenanstalt im großen zu handeln; den nötigen Spleen scheine ich von der Weltreise mit heimgebracht zu haben, und was etwa fehle, habe Mister Stefenson aus seinem reichen Vorrat an Tollheit ergänzt. Günstig war uns von Anfang an die Stimmung der Waltersburger gar nicht. Zu dem neidischen und verärgerten Gefühl, das einem unerwarteten Werk vom lieben Publikum immer gespendet wird, gesellte sich ein ganz besonderer Verdruß. Stefenson hatte erklärt, daß er eine ganz neue Gemeinde begründen werde mit einem eigenen Bürgermeister und einer Verwaltung, die alles im Umkreise Bekannte in den tiefsten Schatten stellen werde.
Darüber waren die Waltersburger wütend. Nachdem ihnen schon die Neustädter untreu geworden und der Mutterstadt gewaltig über den Kopf gewachsen waren, sollte sich hier auf ehemaligem Waltersburger Grund und Boden abermals ein neues Gemeinwesen auftun, das den Bestand Waltersburg verkürzte und die eigene Stadt in immer kümmerlichere Unberührtheit drängte. Waltersburg war wie eine Mutter von mittelmäßigen Anlagen, die sich ärgert, wenn ihre Töchter in der Gesellschaft Glück haben.
Eitel waren die Waltersburger immer. In der Pfarrkirche ist ein Altarbild, das angeblich von Tintoretti stammt. Ein begüterter Graf, der ehemals hier residierte, soll es von einer Pilgerfahrt mitgebracht haben. Die Echtheit des Bildes ist zweifelhaft, nur nicht für die Waltersburger, die das Gemälde zu den Meisterwerken Tintorettos rechnen. (Tintoretto, „das Färberchen", hat bekanntlich neben ausgezeichneten Stücken viel Mittelmäßiges, ja Schleudriges geleistet.) Als ein großes neues Reisehandbuch

erschien, waren die Waltersburger neugierig, ob ihr Tintoretto zwei Sterne oder nur einen haben werde. Die Enttäuschung war groß; denn ganz Waltersburg mitsamt seinem Tintoretto wurde in dem Handbuche überhaupt nicht erwähnt. Der Schrei der Empörung, den damals der gebildete Teil der Stadt ausstieß, hat noch heute ein Echo in vielen Herzen.
Für uns kam bald der Umschwung. Stefenson berief eine Versammlung nach dem Saale des größten Waltersburgers Hotels, den „Drei Raben". Er lud zu dieser „freien Zusammenkunft, in der er Aufschlüsse über seine Neugründung geben werde", nicht nur den Magistrat und alle Honoratioren mit ihren Damen, sondern auch je einen Schuster, Schneider, Bäcker, wie alle anderen Handwerkszweige mit ihren Frauen. „Es muß wie bei der Arche Noahs sein", sagte er gutgelaunt, „von jeder Art ein Pärchen." Der Erfolg war schwach. Einzelne zwar priesen Herrn Stefenson wegen seiner gerechten unparteiischen Art, aber andere rümpften außerordentlich stark die Nasen, und als die Versammlung begann, zeigte es sich, daß fast keine Frauen da waren. Die Frau Provisor und die Frau Kanzleirat hatten entrüstet erklärt, man könne sich doch nicht mit Krethi und Plethi zusammensetzen, und fast alle anderen „Damen der Gesellschaft" hatten sich dieser Auffassung angeschlossen. Die Weiber der Handwerksleute aber hatten sich „geniert", zu kommen. Aber auch die Männer waren nur in schwacher Anzahl erschienen. Der Magistrat ließ sich durch einen Beisitzer vertreten. Am meisten freute es mich, daß der Lehrer Herder da war. Er wurde auch zum Leiter der Versammlung gewählt. Stefenson hielt eine Rede. Er spricht die deutsche Sprache ohne jeden fremden Akzent. Denn nicht nur seine Mutter ist eine Deutsche gewesen; ich habe unterdes herausgekriegt, daß Stefensons Vater zwar ein Stockamerikaner von reinster Monroedoktrin war, daß aber sein Großvater bis zu seinem dreißigsten Lebensjahre in Hamburg gelebt hat und bis dahin Georg Stefan hieß. Stefenson hat ein deutsches Blut in sich.
Der „Mister" sprach. Er sagte, über die Idee seiner geplanten Kuranstalt wolle er nicht reden; diese sei ein so unerhörtes ge-

niales Problem (dabei trat er mich grob auf den Fuß), daß er es im Rahmen einer so kurzen Aussprache nicht erläutern könne. Waltersburg habe zwar keine hervorragend günstige Lage und werde von vielen anderen Orten auch durch den Reiz der Umgebung wesentlich übertroffen (Gebrumm in der Versammlung), aber sein Freund und ärztlicher Beirat sei ja, wie alle wüßten, ein Waltersburger Kind, und so habe er dem Freund zuliebe dieses Gelände für die Ausführung seiner Idee gewählt. Er gehöre zu den Leuten, die sich eher das eigene Hemd ausziehen, als daß sie zugeben, daß der Freund friere. (Frau Postschaffner Hempel verließ entrüstet das Lokal.) „Kommen Sie gut nach Hause, Frauchen!" ruft ihr Stefenson nach. (Abermaliges Gebrumm. Postschaffner Hempel erhebt sich, sagt in halblauter Entrüstung: „Das ist ja kolossal!" und stampft seiner Ehehälfte nach.) „Also", fährt Stefenson ruhig fort, „was mir eine Hauptsache zu sein scheint: ich beabsichtige nicht, eine neue politische Gemeinde zu gründen; ich werde meine Siedlung unter den amtlichen Schutz des Magistrats von Waltersburg stellen. (Freudige Verblüffung. Der Beisitzer horcht auf und trommelt erregt mit den Fingern auf den Tisch.) „Ja", geht Stefensons Rede weiter, „wir werden unserem Sanatorium, das seinesgleichen in der Welt nicht hat, den Namen ‚Kuranstalt Waltersburg: Ferien vom Ich' geben, und der Schnickschnack von sogenanntem modernen Badeort, wie es Neustadt ist, wird in Dunst zerstieben vor der glorreichen Waltersburger Neugründung. (Der Besitzer springt auf, beurlaubt sich bei dem Vorsitzenden auf wenige Minuten und stürmt aus dem Saal.) Mitbürger von Waltersburg! Damen und Herren! (Von den Damen ist nur noch die phlegmatische Gärtnersfrau Bächel anwesend.) Es macht mich glücklich, daß Sie in solcher Anzahl erschienen sind. Etwas Erfreuliches kann ich Ihnen mitteilen. Ich erwarte, daß binnen zwei Jahren unsere Kuranstalt etwa zwei Dritteile Ihrer gesamten Gemeindesteuern tragen wird, so daß bisherigen hundertzwanzig Prozent auf vierzig Prozent herabsinken werden. (Erschrecktes Aufatmen, dann lautes Bravo. Bäckermeister Schiebulke und Klempner Geldermann stürzen im Geschwindschritt von Siegesboten auf die Straße.) Ja, aber, meine teuren Mitbürger, auch Opfer werde ich von Ihnen verlangen müssen. (Kunstpause des Redners. Bedrücktes Schweigen der Zuhörer.) Wir haben nicht Zeit, der Verwirklichung unserer Idee sehr viel Zeit zu widmen; wir müssen die Aufgabe im Sturme nehmen. Binnen Jahresfrist muß alles fix und fertig sein. Sie werden begreifen, daß dafür ein Heer von Architekten, Bauleitern, Maurern, Zimmerleuten, Tapezierern, Töpfern, Tischlern, Glasern, Klempnern, Schmieden, Schlossern, Stubenmalern, Gärtnern und Hilfsarbeitern aller Art nötig sein wird, nicht zu rechnen die Legion derer, die diese Schar versorgt mit Nahrungsmitteln, mit Kleidern, Schuhen, Mützen und Wäsche. Ja, liebe Waltersburger Mitbürger, Ihre ganze prächtige Kaufmannschaft, alle Ihre Handwerkerkreise muß ich mobil machen, alle werden ihren Betrieb verzehnfachen müssen..." Der Redner hielt inne; die Erregung stieg aufs höchste. Da kam die von Stefenson ganz leichthin gesagte, aber treffende Schlußbemerkung: „Ich möchte mit Waltersburger Bürgern Abkommen treffen. Was das Finanzielle anbelangt, so wird nichts auf Ziel entnommen, sondern alles immer sofort bar bezahlt werden." Da war es aus. Alles erhob sich; ein Handwerker stieg auf einen Stuhl: „Das ist gut!" rief er; „das ist famos! Herr Stefenson lebe hoch!" „Hoch!" schrien die paar Männlein, die noch da waren. Im selben Augenblick stürzte der Besitzer in den Saal.

„Der Herr Bürgermeister", keuchte er, „der Herr Bürgermeister, der bis jetzt leider verhindert war, kommt selbst."
Stefenson nickte ihm lächelnd zu. Da wurde es lebhaft auf der Treppe, Männer und Frauen aller Gesellschaftsschichten füllten den Saal. Eine halbe Stunde lang stand Stefenson steif und still, und als alle da waren, auch der Bürgermeister, sagte er: „Ich habe dem, was ich vor Ihnen, sehr geehrte Herrschaften, über meine Neugründung heute ausgeführt habe, nun nichts mehr hinzuzufügen."
Worauf sich der Leiter der Versammlung, Lehrer Herder, erhob und in glänzender Erfassung der Situation sagte:
„Ich schließe die Sitzung!"

Die „Neustädter Umschau"

In Neustadt erscheint ein Blättchen, die „Neustädter Umschau". Es kommt wöchentlich zweimal heraus in einem Umfang, daß eine einzige Nummer genügt, ein Butterbrot gut zu verpacken. Als der Verleger einen neuen Redakteur suchte, versprach er einen Monatsgehalt von sechzig Mark. Es meldeten sich drei Doktoren, sechs Referendare, zwanzig Studenten, sieben ehemalige Lehrer, ein „sehr gebildeter" Schlossermeister, davongejagte Seminaristen, freie Schriftsteller und ein paar schwankende Gestalten. Der Verleger wählte von der ganzen Rotte den Unfähigsten, einen herabgekommenen, versoffenen Kerl, der aber Doctor juris war, was in der „Umschau" mit Fettdruck angezeigt wurde. Dieser Mensch macht die „Umschau" in der Art, daß er in seiner nüchternen Tagesstunde, die vormittags nach seinem jeweiligen Aufstehen liegt, im Lesesaal des Neustädter Kurhauses den Stoff für die nächste Nummer aus großstädtischen Zeitungen abschreibt. Einen lokalen Teil hat die „Umschau" kaum; jedenfalls war er stets jämmerlich. Desto mehr fiel es auf, als das Blatt auf einmal recht flotte, wenn auch dreist geschriebene Artikel gegen unser Waltersburger Ferienheim brachte.

Der erste Artikel beschäftigte sich mit mir. Es wurde darin ausgeführt, daß ich nach meiner Promovierung (die, wie man erfahre, nicht ohne gewisse Schwierigkeiten vor sich gegangen sei) eiligst das Vaterland verlassen habe, um auf allen Meeren und unter allen Breitengraden der leidenden Menschheit meine ärtzliche Kunst angedeihen zu lassen. Das einzige Leiden, mit dem ich zu tun gehabt hätte, wäre die Seekrankheit gewesen, und da sich gegen diese bekanntlich überhaupt nichts tun lasse, so sei ich ja sicher ganz am Platze gewesen. Mein Geist habe so ungeheuer viel Zeit zum Ausruhen gehabt, daß ich (wahrscheinlich unter dem verheerenden Einfluß der Tropensonne) auf die Idee meiner Anstalt „Ferien vom Ich" gekommen sei. Neustadt solle jubeln und mir eine Dankadresse schicken, mir auch sonst alle mögliche Förderung angedeihen lassen; denn das moderne Weltbad spare sich durch meine Anstalt ein Hanswursttheater, und es wäre nur zu bedauern, wenn sich die Neugründung nicht bis zum nächsten Fasching hielte. In dem jederzeit reichhaltigen Vergnügungsprogramm von Neustadt würde es sich jedenfalls ganz gut ausnehmen, wenn es um die Faschingszeit hieße: Morgen Besichtigung der Waltersburger Kuranstalt „Ferien vom Ich". Ängstliche seien versichert, daß ein Ausbruch von Irrsinnn nicht zu befürchten ist, da sich dieser in der Waltersburger Anstalt nur ganz harmlos und kindlich äußere.

Das war der Begrüßungsartikel, der meiner Gründung von dem freundnachbarlichen Neustadt zuteil wurde. Stefenson brachte ihn mir persönlich. Er beobachtete mich, als ich ihn las.

„Niedlich!" sagte ich; „ich hätte das den Kerlen gar nicht zugetraut."

„Na, sehen Sie", atmete Stefenson auf, „es freut mich, daß Sie nicht entrüstet sind oder diesen braven Zeilenschinder etwa gar verklagen wollen. Der Artikel ist wirklich nett."

Eine der nächsten Nummern der „Umschau" beschäftigte sich mit Mister Stefenson. Es hieß darin, nach authentischen Auskünften aus Amerika sei Mister Stefenson, der bekanntlich das Waltersburger Kuranstalts-Unternehmen finanziere, einer der merkwürdigsten Geschäftsleute aus dem Lande der unbegrenzten Möglichkeiten. Seine geschäftliche Laufbahn habe Stefenson als Küchenboy in einem Hotel vierten Grades begonnen. Als aber der einzige silberne Löffel, über den jenes Hotel verfügte, eines Tages verschwand und ganz zufällig in der Pappschachtel, die des jungen Stefenson Kleiderschrank darstellte, aufgefunden wurde, wohin er auf eine Herrn Stefenson auch jetzt noch ganz unerklärliche Art gekommen wäre, sei der vielversprechende junge Mann nach Texas ausgewandert. Aber auch dort sei er vom Unglück verfolgt worden. Denn obwohl der Strick, an den die Bewohner einer Farm den Jüngling wegen angeblichen Pferdediebstahls hingen, riß und also gewissermaßen ein Zeichen vom Himmel für die Unschuld des Gerichteten vorlag, hätten die barbarischen Urweldsgesellen den Gast aus dem Norden so fürchterlich verprügelt, daß Stefenson zwei künstliche Rippen als Andenken an jenes Abenteuer behalten habe. Das weitere Leben des Mannes, den die Waltersburger im Begriff ständen, zu ihrem Ehrenbürger zu machen, sei ebenfalls recht bewegt und reich an Zwischenfällen gewesen. Stefenson sei einmal als Kutscher bei einem großen Petroleumtransport engagiert gewesen. Dieser Transport sei von Indianern überfallen, die ganze Begleitmannschaft tot- und sämtliche Petroleumfässer entzweigeschlagen worden. Nur Stefenson sei am Leben geblieben, da er so vorsichtig war, bei der herannahenden Gefahr als erster zu fliehen. Es habe sich nun so gefügt, daß Stefenson am nächsten Tage zwei abenteuernde, reiche, aber recht dumme Kerls in einer benachbarten Stadt getroffen und diese vertraulich auf ein Gelände aufmerksam gemacht habe, wo ohne Zweifel starke Petroleumquellen vorhanden seien. Diese beiden Burschen habe Stefenson, nachdem er die Spuren des Überfalls gründlich beseitigt hatte, auf das Gelände geführt, allwo noch ein penetranter Petroleumgeruch war, und die beiden Gimpelchen hätten sich bereit erklärt, an Stefenson zunächst mal fünfhundert Pfund zu zahlen, damit er alles Nötige für die Erschließung der Quellen in die Wege leite. Als sich aber Stefenson die Sache weiter bei sich selbst überlegt habe, hätte er sich gesagt, wenn er ehrlich sein wolle, müsse er an der Ergiebigkeit des Unternehmens zweifeln, er wolle also seinen Geldgebern lieber weitere unnötige Kosten ersparen und, ohne sich erst durch „Good bye" und andere Abschiedsförmlichkeiten aufzuhalten, sofort nach Chikago verschwinden.

Die fünfhundert Pfund (das seien nach deutschem Gelde zehntausend Mark), die Stefenson mitgenommen habe, hätten die Basis für seine weiteren geschäftlichen Unternehmungen, gebildet, für Unternehmungen, die nicht weniger originell als die Petroleumgeschichte gewesen seien. So sei Stefenson nach und nach zu einem gewissen Vermögen gekommen. Da aber die engherzigen amerikanischen Richter öfters an Herrn Stefensons Geschäftsgebaren Anstoß genommen und es dem sonst ganz anspruchslosen Manne trotz der geradezu luxuriösen Ausstattung

der amerikanischen Gefängnisse in diesen gar nicht gefallen habe, so sei er auf den Einfall gekommen, sein Wirkungsfeld vorübergehend mal nach Deutschland zu verlegen, und seine Wahl sei auf Waltersburg gefallen, die Stadt, die das weiße Lamm im grünen Felde in ihrem Wappen führe.
Als ich diesen Artikel gelesen hatte, geriet ich in große Aufregung. Stefenson verstand mich nicht.
„Es ist wahr", sagte er, „der Artikel könnte farbenreicher gehalten sein, die Geschehnisse sind etwas nüchtern gegeben, aber, mein Lieber, der heutige Geschmack verpönt das Allzukrasse. Ich finde den Artikel ausgezeichnet, viel viel besser, als den, der neulich über Sie in dieser Zeitung stand."
„Stefenson!" schrie ich ihn an: „Sehen Sie denn nicht ein, daß uns dieser Zeilenschmierer, dieser Süffling unmöglich macht? Jetzt bleibt nichts anderes mehr übrig, jetzt müssen Sie den Mann verklagen."
„Ja, glauben Sie, daß ich toll bin?" entgegnete Stefenson. Ich erzählte ihm, was schon der Artikel über mich für allerhand Unheil angerichtet habe. Nicht bloß, daß sich meine Mutter fast die Augen aus dem Kopfe geweint habe, ich hätte gehört, wie die Leute hinter mir zischelten.
„Stefenson, unseren guten Ruf müssen wir behalten, sonst sind wir ruiniert."
„Guten Ruf?" verwunderte er sich. „Wie kann man seinen guten Ruf behalten, wenn man Geschäfte macht? Das ist doch unmöglich. Er wird einem doch selbstverständlich kaputt gemacht. Wenigstens äußerlich — in der gegnerischen Presse — das ist ja unausbleiblich. Darüber regt man sich doch nicht auf!"
Ein Brüllen tönte von der Straße herauf.
„Der Pferdedieb! — Der Löffelstehler! — Der Petroleumstänker! Raus, raus!"
Stefenson lugte durch die Gardine.
„Sechs oder sieben junge Burschen. Sie benehmen sich ganz weltstädtisch. Petroleumstänker ist bei der Kürze der Zeit schon ein ganz gut geprägter Zuruf!"

„Stefenson, es geht nicht — Sie werden sehen, es geht bei uns nicht. Sie sind hier nicht in Amerika. Die ganze Stadt wird uns boykottieren."
„Desto besser."
„Die Geschäftsleute werden nicht mehr liefern."
„Gegen bar werden sie bestimmt liefern."
„Nein, unser ganzes Unternehmen wird scheitern, wenn Sie den infamen Artikel nicht Zeile für Zeile in öffentlichem Gerichtsverfahren als Lüge brandmarken."
„Das soll mir gewiß nicht einfallen", lachte er.
Es war in meiner Wohnung am Johannisplatz, wo diese Unterredung stattfand. Das Lärmen auf der Straße wurde indes lauter, die demonstrierende Schar wurde größer. Da verließ mich Stefenson. Den Kopf mit seinem grauen Zylinderhut bedeckt, schritt er seelenruhig durch die Menge. Diese schwieg betroffen und gab eine Gasse frei, dann lärmten die Leute hinter Stefenson her. Ich war so verbittert, daß ich wohl eine Stunde lang planlos vor der Stadt am Bache hin und her ging, ehe ich Stefensons Büro aufsuchte.
„Wissen Sie, was unser erster Architekt gemacht hat?" fragte er gleich bei meinem Eintritt. „Seinen Kontrakt mit mir hat er gelöst. Der Esel! Mir hat er einen großen Gefallen getan; denn ich weiß einen tüchtigeren und billigeren Mann, als er ist, und bin froh, daß ich ihn los wurde. Glück muß man haben!" Er rieb sich die Hände.
„Mister Stefenson", sagte ich ernst, „wir werden wohl unsere Kontrakte alle lösen müssen. Denn obwohl ich natürlich von dem Schundartikel eines verkommenen Subjekts nicht ein Wort glaube, so sehe ich doch ganz klar, daß unsere Situation hier unhaltbar wird, wenn Sie sich nicht von dem Schmutz, der auf Sie geworfen wurde, reinigen. Wir vermögen nicht ohne die Achtung unserer Mitbürger zu bestehen. Wir werden unmöglich!"
Stefenson ging mit großen Schritten auf und ab. Er kaute an seiner pechschwarzen Zigarre. Ganz milde sagte er:
„Ja, sehen Sie, lieber Freund, Ihr Volk in Ehren — meine Mutter war ja auch 'ne Deutsche..."

„Und ihr Großvater väterlicherseits war Georg Stefan aus Hamburg", wollte ich dazwischenwerfen, verschluckte es aber.
„Ja, also die Deutschen", fuhr Stefenson fort, „bilden sich was ein auf den Humor, den sie haben und den andere, z. B. die romanischen Völker, gar nicht haben. Schön — ich gebe zu, Sie haben Dichter, die ausgezeichneten Humor haben, und auch deutsche Geisteszivilisten sind vielfach mit einer beträchtlichen Dosis von Humor begabt. Aber das ist alles so — entschuldigen Sie — so sparsam, so auf Kleinbetrieb, auf Hausbedarf berechnet. Der Humor, der ins Große geht, der fehlt Ihren Leuten. Himmel, ist das nicht grandioser Humor, wenn ein anständiger Mann sein Geld und seine Zeit auf eine große, aber sehr wackelige Sache setzt, und es kommt so 'n Preßäffchen und kläfft was von Pferdedieb und Petroleumstänker? Das nenne ich Humor. Das liest sich doch nett. Da hat doch der Abonnent was von seinem Blatt. An die Geschichte glauben? Wenn der Leser nur ein bißchen Hirnschmalz hat, fällt's ihm nicht ein, ein Wort zu glauben. Aber er tut so, als ob er's glaubte, er mimt mit in der Maskerade und amüsiert sich dabei königlich. Und der, dem der Feldzug gilt, wird ein bekannter, ein berühmter, ein reicher Mann. So sind alle zufrieden: die Zeitung, die den Schwindel aufgebracht hat, die Leser, die eine amüsante Frühstückslektüre gehabt haben, und der Mann, der angegriffen worden ist und seinen Profit hat. Ich sage Ihnen, in Amerika ist es leichter, zehn Verbrechen wirklich zu begehen, als eines zu erfinden, das originell genug ist, einem Manne der Öffentlichkeit angehangen zu werden. Und auch in Amerika lebt trotzdem jeder nur auf dem Grunde des Vertrauens seiner Mitbürger. Aber der Humor, Mensch, der Humor darf nicht fehlen!"
„Wir in Deutschland haben einen anderen Humor", sagte ich und war froh, daß es so ist.
Da kam einer unserer Bauführer und meldete kleinlaut, daß wahrscheinlich fast alle unsere Arbeiter kündigen würden. Als er gegangen war, saß Stefenson gesenkten Hauptes am Tisch.
„Werden Sie nun begreifen", fragte ich, „daß Sie die gerichtliche Klage anstrengen müssen, daß es absolut Zwang für uns ist?"

„Ich kann die Leute nicht verklagen", sagte Stefenson schwermütig.
„Sie können nicht?" fragte ich betroffen. „Warum können Sie nicht?"
„Weil ich den Artikel über Sie und über mich selbst geschrieben habe."
Ich sprang auf. Stefenson winkte sacht mit der Hand. „Ja, sehen Sie, das ist so gekommen: Ich dachte, wenn ich die Artikel in das Neustädter Blatt lanciere, gibt es Aufsehen in der Gegend. Und es ist billig. Mit hundert Mark war der Redakteur zufrieden, mit dreihundert der Verleger, so daß sie mir die Erlaubnis gaben, mich und meine Sache in ihrem Blatte recht kräftig zu beschimpfen. Na, ich wollte die Geschichte so durch zwei, drei Wochen fortsetzen, dann wollte ich das Waltersburger Stadtblatt ebenfalls gewinnen und darin Artikel gegen die Neustädter „Umschau" loslassen. Das sollte so hübsch hinüber- und herübergehen, bis zuerst die Provinz- und dann die hauptstädtische Presse davon Notiz nahm und im bunten Teil Auszüge brächte, etwa unter der Überschrift: ‚Der Sturm im Wasserglase' oder ‚Krieg der Zaunkönige' oder ‚Ein Mordsskandal in Dingsda' oder so ähnlich. Da hätte nun das große Publikum auf einmal etwas von uns gehört, hätte die bittere Pille unserer Idee in der Verzuckerung sensationellen Humors geschluckt, und überall hätte man von uns und unserer originellen Kuranstalt gesprochen, und wir wären durchgewesen. Diese ganze schöne Propagandaidee hätte mich etwa lumpige tausend Mark gekostet, und nun fällt sie durch die Humorlosigkeit dieser Leute zusammen."
Ich kam aus der Verblüffung zuerst nicht heraus. Dann aber begriff ich, was zu tun sei.
Es stellte sich heraus, daß Stefenson nach seiner Art mit dem schmierigen Zeitungsleiter von Neustadt alles schriftlich vereinbart hatte, daß also Beleg- und Beweismaterial da war. Das freute mich, und ich entwarf in Eile einen kurzen Artikel für unser „Waltersburger Tageblatt". Es lautete:
„Einen fürchterlichen Reinfall haben die Neustädter erlebt. Ihre weitverbreitete ‚Umschau' hat ihren sieben Lesern (bitte! sieben

ist kein Druckfehler) Schauermären über die Unternehmer der in Waltersburg zu begründenden großen Kuranstalt aufgebunden, Geschichten von geradezu grotesker Dummheit. Während das gebildete Waltersburger Publikum die klatschfetten Zeitungsenten als solche natürlich sofort erkannt hat, sollen sie gewissen Neustädter Kreisen über die Maßen gemundet haben. Denn der Haß gegen das aufblühende Waltersburg ist zu groß, als daß nicht auch die eselhafteste Lüge, wenn sie nur gegen die Nachbargemeinde gerichtet ist, in Neustadt Glauben fände. Wie schwer der Reinfall ist, möge folgender Aufschluß bekunden: Mister Stefenson hat der von ihm hochgeachteten Gemeinde Waltersburg, der vielgeschmähten Stadt, mit dem weißen Lamm als Wappentier', eine Genugtuung geben wollen, indem er die Neustädter Bevölkerung durch ihre eigene Zeitung aufsitzen ließ. Mister Stefenson hat — wie vorliegende Dokumente beweisen — die beiden aufsehenerregenden Artikel, die natürlich von A bis Z erfunden sind, nämlich selbst geschrieben und gegen Zahlung von hundert Mark an den Herrn Redakteur und Zahlung von dreihundert Mark an den Verleger in der Neustädter ‚Umschau' veröffentlicht. So viel war ihm der Spaß wert. Die Neustädter aber mögen nun die Zoologie nach einem für sie passenden Wappentier gefälligst selbst durchforschen."
Als Stefenson dieses kleine Manuskript gelesen hatte, drückte er mir die Hand.
„Ich danke Ihnen", sagte er anerkennend: „Sie sind gar nicht so unamerikanisch."

*

Und ich bin doch ganz und gar unamerikanisch. Ich kann nicht einmal sagen, daß ich ein reines Glück im Herzen fühlte, als ich unser Ferienheim so fabelhaft schnell wachsen sah. Die Riesenscharen von Arbeitern bedrückten mich oft, und wenn ich sie abends in ihren großen Baracken lachen und lärmen hörte, dachte ich daran, wie schön es war, als noch die stillen Raine durch grüne Felder liefen. Überall Ziegelfuhren, aufgerissene Wege, Kalk, Staub, Steine, Unordnung. Ich fühlte mich auf diesen

Bauplätzen außerordentlich unbehaglich, und wenn ein schöner Baum zum Opfer fallen muß, bereitet es mir Schmerz, als ob einem unschuldigen Freund ein großes Unrecht geschähe. Für den Architektenberuf bin ich verloren. Ich sehe nach dem Plane ein Haus immer ganz anders, als es vor mir steht, wenn es fertig ist. Ich glaube, ich sehe alles zu schön; es kann in Wirklichkeit nicht so werden, wie ich es träumte. Ich sehe einen Bauplatz wie ein unordentliches Zimmer. Erst, wenn „aufgeräumt" sein wird, wird es hoffentlich anfangen, mir zu gefallen. Die meisten Baulichkeiten sind unter Dach. Das Herbstwetter war heiter. Im Winter wird mit unverminderter Kraft an dem Innenausbau weitergeschafft werden.

Joachim

Anfang des Monats bekam ich folgende Depesche: „Treffe drei Uhr fünfzig nachmittags Bahnhof Neustadt ein. Bruder Joachim."
Das Telegramm war frühmorgens in Berlin aufgegeben.
Erst langsam begriff ich, daß da etwas Wunderliches geschah, daß mein verschollener Bruder plötzlich heimkehrte. Da quoll es mir heiß durchs Herz, und ich wollte zur Mutter gehen und ihr das Wunder erzählen. Aber ich ging zuerst zu Stefenson. Er las das Telegramm und sagte gleichgültig:
„Na, also, da holen Sie nur Ihren Bruder von der Bahn ab."
„Ich weiß nicht, wie ich's mit der Mutter machen soll."
„Der Mutter würde ich vorläufig nichts sagen. Sie wissen ja noch nicht, warum Ihr Bruder heimkommt. Also sprechen Sie erst mit ihm."
Diesem Rate folgte ich. Schon kurz nach drei Uhr war ich auf dem Bahnhof. Ich verbrachte qualvolle Minuten des Wartens. Als aber der Zug einlief, war ich ganz ruhig. Ich sah Joachim an einem Fenster stehen und winkte ihm zu. Als er ausgestiegen war, sagte ich:
„Willkommen, Joachim; ich freue mich, daß du gekommen bist." Sein Gesicht war bleich, und die Hand, die er mir gab, war feucht.
„Weiß es die Mutter?"
„Nein, ich wollte erst mir dir sprechen."
„Das ist gut. Ich kann wohl am besten hier in einem Hotel unterkommen. Ich heiße Harton, verstehst du, Doktor Harton aus Baltimore."
Er sprach mit einem Gepäckträger; dann fuhren wir nach einem Hotel.
Unterwegs fragte ich ihn:
„Bist du gesund?"
„Ja — oder auch nein — ach Gott, ich weiß es selbst nicht."
Ich wollte Joachim erst Zeit lassen, sich zu waschen und ein wenig auszuruhen, aber er nötigte mich bald mit auf sein Zimmer. Auf

seinem Reisekoffer saß er, den Mantel noch um die Schultern, und sprach mit gepreßter, etwas abstoßender Stimme:
„Da bin ich nun doch hierher gekommen. Ich hätte es nie für möglich gehalten. Aber als wir anfingen Briefe zu wechseln, verlor ich meine Sicherheit — das Heimweh — das quälende Heimweh..."
Ich trat ans Fenster und sah auf die Straße.
„Fritz!"
Ich wandte mich ihm wieder zu.
„Fritz, warum habt ihr eigentlich dieses Attentat, nun ja, ich muß schon Attentat sagen, es hat mich ja ganz wehrlos gemacht — warum habt ihr eigentlich diese Geschichte mit dem Tagebuch gemacht?"
„Was für eine Geschichte mit dem Tagebuch?"
„Nun, daß du mir durch diesen Mister Stefenson, der ja wohl mit dir geschäftlich verbunden ist, dein Tagebuch über Waltersburg hast schicken lassen."
„Ich dir mein — hast du denn mein Tagebuch geschickt erhalten?"
„Ja, natürlich. Nicht das Original, aber eine Maschinenabschrift."
„Oh, dieser Mensch — dieser Stefenson!"
„Weißt du gar nichts darum?"
„Nichts! Gar nichts! Stefenson hat sich zwar mal meine kleinen Aufzeichnungen entliehen; aber ich habe geglaubt, das geschehe nur aus purer Neugier. Nun hat er eine Abschrift machen lassen und sie dir geschickt."
„Ja. Ich bekam die Blätter im Juli. Ein Vierteljahr lang habe ich es ausgehalten, sie ungelesen in einer Schublade zu verwahren; ich habe sie manchmal verbrennen wollen, aber nicht den Mut dazu aufgebracht, und habe sie endlich doch gelesen, täglich wieder gelesen, bis meine Kraft alle war, so daß ich notdürftig meine Angelegenheiten ordnete, und — und nun eben da bin."
„Das haben meine wenigen Aufzeichnungen zuwege gebracht?" fragte ich verwundert.
„Ja, du weißt nicht, was das heißt, keine Heimat mehr zu haben. Die anderen Auswanderer finden ja doch mehr oder weniger alle eine neue Heimat, neue Freunde, neue Kreise, in denen sie

sich wohlfühlen. Ich habe nichts von alledem gesucht und bin ganz losgelöst von aller Wurzelerde gewesen. Da ertrug ich dein Tagebuch nicht, nicht die Schilderungen von dem alten Nest Waltersburg, nicht die Berichte über die Mutter, selbst die Geschichten über das Spießertum in der Heimat haben eine — nun ja, ich gestehe es — eine rasende Sehnsucht nach Hause in mir angefacht. Und dann auch das — auch das — aber lassen wir das!"
Er hatte sagen wollen, das von dem Kinde, und brachte es nun nicht über die Lippen. Vielleicht war das Kind die Hauptsache gewesen. Aber ich sah, in wie schwerer Erregung der Mann schon war, und hütete mich, dieses ernsteste Thema nun zur Sprache zu bringen.
Joachim stand auf, ging ein paarmal schweigend durch die Stube, riß dann plötzlich den Mantel von den Schultern, warf ihn auf das Bett, dehnte sich mit hochgestreckten Armen und sagte tief aufatmend:
„Ach Gott, ich bin doch froh, daß ich hier bin."
Wir reichten uns stumm die Hände.
Dann sagte ich:
„Nun, Joachim, wollen wir uns aber freuen und als Männer beraten, was zu tun ist."
Er sah mich von der Seite an.
„Du weißt wohl natürlich auch nicht, daß mich Mister Stefenson als zweiten Arzt für dein Sanatorium berufen hat?"
„Hat er das?"
„Ja, allerdings nur unter der Bedingung, daß mir deine Idee von den Ferien vom Ich eingeht. Und sie geht mir ein, mein Junge; sie ist vernünftig und fruchtbar; ich gratuliere dir dazu!"
Eine rote Welle schlug mir ins Gesicht.
„Schönen Dank, Joachim. Du weißt, wie sehr ich dich immer mir für überlegen gehalten habe."
Er winkte, schwermütig den Kopf schüttelnd, ab. Dann setzte er sich mir gegenüber und ergriff wieder meine Hand.
„Sieh mal, Junge, daß du mich nun fünf Jahre lang gesucht hast — das — nun ja, es gibt eben Schulden, die sich nicht be-

zahlen lassen. Was nun aus mir wird, weiß ich nicht. Ich will allen Starrsinn ablegen; ich will mich mal ganz wieder von den Wellen der Heimat treiben lassen, ich will auch gutem Rat zugänglich sein. Aber ich möchte nicht erkannt werden; ich möchte nicht, daß all der Schwatz und Klatsch — ach, laß uns die heilige Stunde nicht durch schmutzige Erinnerung verderben. Wenn es möglich wäre, daß ich als Doktor Harton aus Baltimore vor den Leuten gälte, sähe ich mir gern auf einige Zeit das Leben in der Heimat an. Da kam mir der Vorschlag dieses kuriosen Mister Stefenson, als Arzt in eure Anstalt einzutreten, ganz gelegen. Jeder legt dort seinen Namen ab, jeder lebt unerkannt seinen Tag, jeder ist fern von dem glücksfeindlichen Schwarm, der einem aus der Vergangenheit nachdringt, kurz, lieber Fritz, ich möchte der erste sein, der in deiner Zufluchtsstätte Ferien macht von seinem Ich."

Beide Hände streckte ich dem Bruder entgegen. Wie ein offenbares Zeichen himmlischen Segens für meine Gründung stand der langvermißte Bruder vor mir als erster und willkommenster Gast meines Ferienheims. Wie konnte sich ein Glück herrlicher fügen! In dem überströmenden Gefühl des Augenblicks sagte ich: „Joachim, du hast diese Stunde eine heilige genannt. Zürne mir nicht, wenn ich dich nun noch bitte: sprich auch ein einziges gutes Wort von der kleinen Luise."

Da wurde sein Gesicht finster.

„Ich kann noch nicht — laß mir Zeit!"

Und ich schwieg. Es wurde still in der Stube. Der Abend dunkelte durch die Fenster. Allmählich aber kam die Unterhaltung wieder auf. Wir entwarfen Pläne für die nächste Zukunft.

*

Als wir nach mehreren Stunden nach dem Speisesaal des Hotels kamen, saß dort Mister Stefenson. Ich ging sofort auf ihn zu und sagte:

„Mister Stefenson, das ist sicher: Sie sind einer der größten Prachtkerle der Welt. Da ist er — mein Bruder Joachim — den

Sie heimgezaubert haben." Stefenson antwortete mir nicht, schüttelte aber dem Bruder herzlich die Hand.
„Das ist schön, daß Sie gekommen sind. Hergezaubert habe ich Sie zwar nicht; denn ein Mann wie Sie läßt sich nicht herzaubern. Aber, daß Sie gekommen sind und uns bei unserem Bau helfen wollen, ist ein Glück; denn Ihr Bruder hat zwar Phantasie und auch sonst brauchbare Eigenschaften, aber im ganzen ist er ein Schwärmer."
„Danke, Mister Stefenson!"
„Oh, bitte!"
Wir setzten uns zusammen. Stefenson kam sofort aufs Geschäftliche.
„Sehen Sie, Doktor Harton, den ganzen Bau, wo wir die elektrischen Bäder, überhaupt alle klinischen und medizinischen Einrichtungen unterbringen wollen, habe ich trotz des Widerspruchs meines geehrten Kompagnons bis jetzt nur in den Außenumrissen fertiggestellt; die endgültige innere Einrichtung sollte bleiben bis Sie kämen; denn Sie haben in solchen Dingen große Erfahrung, da Sie sich schon zweimal organisatorisch sehr bewährt haben."
„Woher wissen Sie das?"
„Na, ich habe mich doch selbstverständlich in mehreren guten Auskunftsbüro über Sie erkundigt. Wenn Sie nichts getaugt hätten, hätte ich mich doch auch nicht um Sie bemüht. Aber wir brauchen Sie! Deshalb schickte ich Ihnen das Tagebuch."
Verärgert fuhr ich den Krämer an:
„Sie haben also wieder nur ans Geschäftliche gedacht?"
„Na, selbstverständlich, Sie verwundertes Unschuldslamm! Woran soll man denken als ans Geschäftliche, wenn man ein nicht gar zu schlechter Kaufmann ist?"
Joachim lächelte; mir aber stürzte wieder einmal ein gläsernes Tempelchen ein, in das ich meinen Götzen Stefenson gesetzt hatte.
Stefenson nahm nun meinen Bruder ganz in Anspruch. Er fragte über tausend Dinge aus Amerika. Ich schwieg. Vielleicht war es ganz gut, daß der durch die Heimkehr äußerst aufgeregte Bru-

der zunächst durch die trostlos nüchternen Schwadronaden dieses Kaufmanns Stefenson abgelenkt wurde.
Wir hatten schon Abendbrot gegessen, als sich Stefenson verabschiedete. Er erzählte, er habe einen kleinen Neffen. Der Vater sei tot, die Mutter an einen gefühllosen Mann wieder verheiratet, der dem sechsjährigen Knaben ein Stiefvater sei. Der Junge sei jetzt bei entfernten Verwandten in Hamburg. Er wolle den Knaben, der Georg heiße, mal probeweise zu sich nehmen; vielleicht, daß etwas aus ihm würde. Die Gründung einer so neuen Gemeinde mit allem ihrem Drum und Dran müsse ja auf einen Jungen einen tiefen Eindruck machen und ihm fürs ganze Leben einige stählerne Gerüstschienen in die Seele spannen. Nun wolle er also mit dem Nachtzug reisen, und er hätte es gern, wenn ich ihn zum Bahnhof begleitete, da er wegen der Vertretung manches Geschäftliche mit mir noch zu erledigen habe, womit er den Bruder nicht langweilen wolle. Als wir auf der Straße waren, sagte Stefenson: „Nun will ich Ihnen was anvertrauen, damit Sie mir nicht hinterher wieder aus dem Häuschen fallen und alles verderben. Also, mein kleiner Neffe, der Georg, ist nämlich gar kein Junge, sondern ein Mädchen — er ist die kleine Luise."
„Stefenson, Sie sind toll!"
„Nein. Ich bin vernünftig. Die kleine Luise muß Ferien von ihrem Ich machen. Als Mädel ist es ihr hundsmiserabel gegangen, ausgenommen die letzten drei Vierteljahre, wo sie in dem Institut war, aber auch dort mehr Strenge als Liebe, mehr Dressur als Erziehung genossen hat. Heraus soll sie aus ihrer Haut, ein Junge werden, Courage kriegen, dieses Ducken abgewöhnen, wenn eine Hand nach ihr faßt; nein, sich selbst rumhauen mit Buben und Straßenbösewichten und immer bei mir sein und da eine gerechte Behandlung haben."
Ich ging neben dem sonderbaren Manne her, der so Seltsames und Großes an meinem Leben getan hatte, und versuchte nur, ihn wenigstens zum Aufschieben seiner Idee zu bewegen. Er schlug es rund ab.
Keine Gewalt der Erde, sagte er, werde ihn hindern, das Kind, das es in dem Thüringer Institut viel zu schlecht habe, von dort

zu entfernen und es in der Tracht eines Knaben erst mal zur Lebensfreude und zum Bewußtsein seiner Kraft und seines eigenen Wertes zu erziehen.

Ich wußte, daß Mister Stefenson in die kleine Luise vernarrter war, als je ein Vater oder Großvater in ein Kind war. Allmonatlich war er unter irgendeinem Vorwand einmal nach Thüringen verschwunden; das Mädchen hatte sich an den Mann, den sie als ihren liebevollsten Freund erkannte, jedenfalls dankbar angeschlossen, und dem alten Seehund, den wahrscheinlich nie eine zärtliche Hand gestreichelt hatte, tat diese Kindesliebe so wohl, daß er diesmal auf allen kaufmännischen Vorteil vergaß und wie ein verliebter Narr handelte.

Mochte er es tun!

Stefenson reiste ab.

——————————————————————

Wie hatte er gesagt? Keine Gewalt der Erde wird mich hindern, das Kind zunächst mal in der Tracht eines Knaben zu erziehen. Drei Tage nach Stefensons Abreise bekam ich einen Brief von ihm.

„Mein Lieber! Die Idee, Luise als Knaben zu kleiden, habe ich aufgegeben. Denn sie will nicht. Sie heult, daß sie ein Junge werden soll. Auch die Haare mag sie nicht abgeschnitten kriegen. Da ist nichts zu machen; Luise bleibt ein Mädel. Hier lasse ich sie aber nicht; sie hat es viel zu schlecht. Ich will mal sehen, daß ich das Kind zunächst in Neustadt unterbringen kann. Ich weiß da eine gute Familie, die mir den Gefallen gegen Entschädigung tun wird. Und ich kann dann die Erziehung täglich beaufsichtigen. Diskretion Ehrensache, namentlich gegen Ihren Bruder, der mir für die Erziehung des nur außerordentlich geschickt zu behandelnden Kindes nicht geeignet erscheint. Wir kommen Montag mit irgendeinem Zug. Am Bahnhof zu erwarten brauchen Sie uns nicht.

Stefenson."

*

Am nächsten Tage sollte ich Joachim zum Heimweg abholen und hatte versprochen, vorher die Mutter zu unterrichten.
Wir saßen beim Frühstück zusammen; ich versuchte ein paar Anläufe, brachte aber die Botschaft nicht heraus. Die Mutter verwunderte sich sehr. Dann machte ich einen Spaziergang durch die Stadt. Als ich zurückkam, stand die Mutter am Fenster und schaute wie so oft dem Strudeln des Johannisbrunnens zu. Die ersten Schneeflocken flogen durch die Luft und hüllten den Platz in traulichen weißen Schimmer; aber die Sehnsucht dieser Frau ging wieder in die Weite, und sie sah nichts von der silbernen Pracht um sie her.
Auch ich war jahrelang in der Fremde. Doch ich war überzeugt, die Mutter hatte kaum einmal an mich gedacht, wenn sie an Joachim siebenmal dachte. Ich ging an ihrer Tür vorbei nach meinem Zimmer. Da saß ich, bis es hohe Zeit war, nach Neustadt aufzubrechen, um zur verabredeten Stunde dort zu sein. Endlich sagte ich mir, daß ich ein Geselle von kindischer Eifersucht sei, und ging in das Zimmer der Mutter.
„Ich habe dir etwas mitzuteilen, Mutter; erschrick nicht!" sagte ich, und die nervöse Frau erschrak natürlich aufs schwerste.
„Es handelt sich um Joachim!"
„Um Gottes willen — ist ihm etwas passiert — ist er in Not — willst du zu ihm fahren?"
Ich mußte lächeln. Zu ihm fahren! — Daß ich damit mein Lebenswerk aufgegeben hätte, daran dachte die Mutter nicht.
„Es ist nichts Schlimmes, Mutter; es ist etwas Gutes, was ich dir von Joachim zu sagen habe."
„Sage es mir, Fritz, will er — will er nach Hause kommen?"
„Ja, er kommt schon heute."
Da stieß sie einen Schrei aus, dann weinte sie laut, schlug in die Hände, rannte durchs Zimmer und sprach laute Dankesworte zu Gott, der ihr das größte Glück beschieden habe, das es für sie gebe. Als sie etwas ruhiger wurde, fragte sie:
„Und er ist ganz von selbst gekommen, oder hast du ihm noch einmal geschrieben, daß er kommen soll?"
Ich schüttelte den Kopf.

„Ganz von selbst gekommen", sagte sie selig; „der treue Sohn!"
In trockenem Tone entgegnete ich:
„Mutter, es wird lange dauern, ehe ich mit Joachim eintreffe, den ich in Neustadt abhole. Erst in der Dämmerung kommen wir. Inzwischen rege dich nicht allzusehr auf und vergiß nicht deinen Baldriantee zu trinken."
Das nahm sie ungnädig auf.
„Baldriantee — wie kannst du jetzt von so etwas reden."
„Ich werde natürlich mit nach Neustadt fahren."
„Nein, Mutter; Joachim wird nur unter der Bedingung hier leben, daß er von den Leuten nicht erkannt wird. Deshalb wird er als Arzt in meine Kuranstalt eintreten."
„Und nicht bei mir wohnen?"
„Nein, er wird im Ferienheim wohnen."
„Oh — oh, du nimmst ihn mir?"
„Ich nehme ihn dir nicht —", entgegnete ich unwillig; „mache mit Joachim selbst ab, wie ihr es halten wollt; ich werde mich da nicht einmischen."
Ich ging verdrossen meines Weges. Aber draußen im Winterwalde wurde mein Herz wieder warm; ich war glücklich. Immer, wenn ich mich glücklich fühle, habe ich Lust, etwas Gutes zu tun. Heute fiel mir nichts anderes ein, als daß ich bald eine Anzahl von Futterplätzen und Nistkästen für die Vögel in meinem Ferienheim anbringen würde, auch auf die Gefahr hin, als Gäste lauter Sperlinge zu mir zu ziehen.
Die Mutter! — Nun würde sie wohl das Haus von unterst zu oberst kehren und alle Leckerbissen bereiten, die sie auftreiben konnte. Wahrscheinlich würde sie meine beiden geräumigen Zimmer für Joachim einrichten und mich nach der Giebelstube umquartieren. Ich war schon wieder eifersüchtig und voll häßlichen Mißtrauens, und es fiel mir ein, daß es besser wäre, sich auf Mutter und Bruder zu besinnen, wenn man was Gutes tun will, als auf die Spatzen...
Es lag dichter Nebel auf der Chaussee, als ich mit Joachim heimging. Nicht einmal die Kuppe des Weihnachtsberges war zu erkennen. Die Heimat hatte ihr Haupt verhüllt wie eine schmol-

lende Frau. Und Joachim ging stumm und betreten neben mir
her, fast wie ein Sünder. Er war auch ein solcher; denn er hatte
sein Herz verhärtet, und alle Herzensverhärtung ist Sünde.
„Ein Wanderbursch mit dem Stab in der Hand
Kommt wieder heim aus fremdem Land.
Sein Haar ist bestaubt, sein Antlitz verbrannt,
Von wem wird der Bursch wohl zuerst erkannt?"
Es war ganz, wie es Vogel in seinem alten hübschen Gedichte
schildert: die Leute kannten Joachim nicht mehr. Er war schon
in seinen letzten Studentenjahren selten zu Hause gewesen, als
verheirateter Mann fast gar nicht, und dann kamen die Auslandsjahre, da sein Kopfhaar dünn und sein Bart dicht wurde
und die Zeit die große Retusche an seinem Gesicht vollzog —
er war ein anderer geworden.

In sieben Jahren soll sich der Körper des Menschen ganz erneuern. So wanderte jetzt kein Atom dessen mehr nach der Heimat zurück, was vor sieben Jahren auszog. Hätte Joachim keine Seele gehabt, so wäre wirklich ein ganz fremder, ein ganz anderer Mensch nach Hause gekommen. Dem Bäcker Schiebulke begegneten wir. Er war Joachims Angelkamerad gewesen. Jetzt fühlte er sich geehrt, daß ich ihn auf der Straße anhielt, und eilte gewiß alsbald ins nächste Gasthaus mit der Kunde, daß ein Dr. Harton aus New York angekommen sei als zweiter Arzt für das Ferienheim, und es müßten doch schon massenhaft Kurgäste angemeldet sein, wenn man schon einen zweiten Arzt brauche.

Auch der alte Sanitätsrat lief uns in den Weg. Er war ja zwar nicht gut auf mich zu sprechen, aber er ging doch nicht an uns vorbei und begrüßte den „Herrn Kollegen von drüben", den ich ihm vorstellte. Auch die Frau Provisor, von der erzählt wurde, sie hätte, als sich Joachim verlobte, mit negativem Erfolg zwei Schachteln schwedischer Zündhölzer abgelutscht, um ihr gebrochenes Herz zum Schweigen zu bringen, sah den ehemals Heißbegehrten jetzt nur neugierig an und ging vorüber.
So näherten wir uns dem Johannisplatz. Joachims Schritte wurden kleiner und langsamer, sein Stock stampfte hart auf das Pflaster. Irgendwo stand wohl jetzt der Mond; denn der Nebel über dem Johannisplatz war durchsichtig und silberhell.
„Der alte Brunnen!" sagte Joachim leise; „es ist merkwürdig, daß meine Gedanken meist um den alten Brunnen gingen, wenn ich an die Heimat dachte."
Nun näherten wir uns dem Vaterhause und standen am Brunnenrand; da blickte wirklich wie in alten Kindertagen die Mutter auf uns herab.
Joachim stützte sich auf das Gemäuer, und weiße Tropfen aus der Schale Baptistas besprengten seine Hand wie mit einem Weihwasser, ehe er in das Heiligtum seines Vaterhauses eintrat.
Ich stieg mit ihm die Treppe hinauf und öffnete nach leisem Klopfen die Tür zur Mutter.
Ich sah noch, wie beide mit leisem Aufschluchzen die Arme ausbreiteten, schloß die Tür und blieb draußen.

Weihnachten

Stefenson ist an dem von ihm angegebenen Tage nach Hause gekommen. Auf meine Frage nach der kleinen Luise entgegnete er grob, ich solle mich nicht in seine Privatangelegenheiten mischen; hätte ich mich früher nicht um das Kind gekümmert, wo es das Mädel nötig gehabt hätte, so sei meine Anteilnahme jetzt völlig überflüssig. Das gleiche könne er auch nur mit Bezug auf meinen Bruder sagen; er hätte sich jetzt schon Vorwürfe über dessen Berufung gemacht. Da könnten bloß Schwierigkeiten entstehen.
„Mister Stefenson", sagte ich, „Sie benehmen sich wie ein Drache, der die verwunschene Jungfrau behütet."
„Drache hin, Drache her; ich geb' sie nicht heraus", knurrte er.
„Das sollen Sie ja gar nicht; wir überlassen Ihnen ja das Kind."
„Wirklich?"
„Wirklich!"
„Na, dann ist es gut!"

Stefenson hat die Waltersburger zu einem Festabend im großen Theatersaal des neuen Rathauses berufen (der Name Rathaus ist beibehalten worden, obwohl wir keinen eigenen Bürgermeister haben werden). Dieser Theatersaal ist Hals über Kopf fertiggestellt worden. Er könnte schöner sein. Aber er ist geräumig, und die Akustik ist gut. Auch ist eine hübsche Liebhaberbühne da. Sonst sieht es im Rathaus noch sehr wild aus, und es gehört viel Tannenreisig dazu, um die unfertigen Wände, Kalkkübel und Schutthaufen zu maskieren, die in der Nähe des Treppenhauses einen unschönen Anblick bieten.
Der Lehrer Herder hat ein Melodram geschaffen. Der Mann dichtet, komponiert und malt. Über braven Dilettantismus geht es bei Herder nirgends hinaus, aber er schafft für den Hausbedarf brauchbare, gefällige Sächelchen.

Die Einladung ist wieder an alle Volkskreise ergangen nach dem Noahrezept: „Von jeder Art ein Pärchen." Dazu sind alle Kinder geladen, die zum großen Teil bei dem Melodram mitspielen. Die Tatsache, daß die Kleinen auf Stefensons Kosten die Gewänder geliefert erhielten, die zu ihren Rollen gehören, hat dem Spender vollends die Sympathie der Stadt verschafft.
Der Festsaal war denn auch beängstigend voll — zugleich für Joachim die große Probe, ob er erkannt werden würde oder nicht.
Er wurde nicht erkannt. Die Leute betrachteten ihn mit der Neugier, die dem überseeischen Arzte galt, von dessen Ankunft sie alsbald mit der gläubigen deutschen Ausländerverehrung gesagt hatten, nun müsse es wirklich eine gute Kuranstalt werden, da sogar ein amerikanischer Arzt mittue. Von der Zeit an schienen den Waltersburgern die Neustädter geschlagen; denn Neustadt hatte nur deutsche Ärzte.
Ich besuchte diese harmlose Weihnachtsfeier mit erregtem Herzen. Einige Tage vor dem Festabend war mir Herder begegnet und hatte mir mitgeteilt, daß nun in seinem Melodram sogar die eigene Nichte von Herrn Stefenson eine Hauptrolle übernehmen und ein kleines Liedchen singen würde. Ich verbarg mühsam meinen Schrecken.
Herder erzählte weiter:
„Ich habe mit der Kleinen — die Leute sagen, es sei die Tochter des amerikanischen Petroleumkönigs — eine Probe gemacht. Sie hat eine allerliebste Stimme, aber sie erscheint etwas schüchtern."
Ich verabschiedete mich und ging sofort zu Mister Stefenson.
„Es ist unerhört..."
Er wußte augenblicklich, was ich meinte.
„Gar nichts ist unerhört", unterbrach er mich rauh. „Die Nichte von Mister Stefenson kann auftreten und singen, wo sie will. Sie muß auftreten, sie muß ihre Schüchternheit überwinden. He, Sie scheinen mir ein schöner Psychologe zu sein, wenn Sie solche Momente außer acht lassen wollen."
Was hatte es für Zweck, sich mit diesem Manne zu zanken? Nun mußte eben durchgehalten werden...

Die Mutter saß mit Joachim, mir und Stefenson in einer Seitenloge, nahe der Bühne. Ich sah und hörte kaum etwas von dem Melodram, von dem Gewimmel von Zwergen, Kobolden, Nußknackern, Pfefferkuchenmännlein, Tiergestalten, Besenbinderbuben und all den Mannschaften, die zum üblichen Weihnachtsstück gehören; ich wartete mit Herzklopfen auf den Weihnachtsengel, als dessen Darstellerin Miß Stefenson aus Chikago auf dem riesigen roten Theaterzettel angegeben war. Nun war nur noch das letzte „Bild" übrig, nun mußte Luise auftreten und damit die Entscheidung kommen.
Der Vorhang hob sich. — Eine Bethlehemsgrotte. Die heilige Mutter mit ihrem Kind, Joseph, die Hirten, die drei Könige; rings in Anbetung versunken knieten Zwerge, Besenbinder, Pfefferkuchenmännlein. Es war alles in halber Nacht, nur von einem mattroten Schein erhellt.
Da erschien plötzlich ein Licht über der Grotte, ein wunderschönes Engelein trat in den hellen Schein und sang mit zittrigem Silberstimmchen:

„Vom Himmel hoch, da komm' ich her
Und bring euch allen frohe Mär':
Geboren ist in Davids Stadt
Er, der des Lebens Fülle hat."

Die Mutter saß wie starr. Einmal tastete ihre Hand nach der meinen und drückte sie in kurzem, heftigem Erschrecken. Dann war sie regungslos. Die ganze Gemeinde saß in Andacht.
Joachim war ganz gleichmütig. Als der Vorhang gefallen war, sagte er:
„Mister Stefenson, Ihre Nichte ist ein reizendes Kind!"

―――――――――――――――――――――

Die Mutter wollte sofort nach Hause. Ich begleitete sie. Wir gingen stumm in dem Menschenstrom. Erst als wir daheim angelangt waren und die Lampe angezündet hatten, sah mich die Mutter voller Angst an.
„Fritz — das Kind — dieses Kind..."

Ich sah ihr ernst in die Augen und schwieg.

„Fritz — sage mir — ist es — ist es...?"

„Ja. Es ist Luise."

Da sank sie auf das Sofa und verbarg den Kopf. Ich trat zu ihr. Nicht ohne Bitterkeit sagte ich:

„Mutter, du brauchst dich nicht zu ängstigen, das Kind wird dir nie Ungelegenheiten machen; es ist in Mister Stefensons Pflege gut aufgehoben."

So wollte ich gehen. Aber ich brachte es doch nicht fertig. Ich blieb am Tische sitzen. Nach langer Zeit, in der nichts zu hören war als das leise Singen der Lampe und der Schlag unserer Standuhr, stützte die Mutter den Kopf auf den Tisch und sagte müde:

„Das Kind ist Joachim ähnlicher, als er sich jetzt selbst ist!"

Nach einem Weilchen meinte sie:

„Es wird wohl keine Möglichkeit geben, daß ich das Kind zu mir nehme?"

„Nein, Mutter, es gibt keine solche Möglichkeit mehr!" Damit ging ich nach meinem Zimmer.

Fügung...!

Joachim wohnt jetzt in der Lindenherberge, wo schon einige Zimmer fertiggestellt sind und auch der Küchenbetrieb schon im Gange ist. Im Rathaus gegenüber haust Stefenson. Er hat seine Arbeitstätigkeit noch vermehrt und, wie er mir sagte, keine Zeit mehr, Luises willen täglich nach Neustadt zu fahren und sich um das „Gänschen" zu kümmern. So wolle er das Mädel lieber zu sich nehmen. Das sei ihm zwar sehr störend, aber was wolle er machen? Er hätte auch gefunden, daß die Pflegeeltern in Neustadt die Sache mit Luise nicht recht verständen. Ich grunzte. Sonst sagte ich nichts...
Die weitere Ausgestaltung unserer Riesenanstalt schritt mit größter Schnelligkeit vor sich. Da sagte Mister Stefenson eines Tages zu mir:
„Und nun, mein Lieber, ist es die allerhöchste Zeit, daß wir an die Bauernrequirierung gehen. Zehn Höfe sind fast fertig, das Vieh ist rasch zu beschaffen, ebenso die Haus- und Ackergeräte, aber das Bauernvolk, das uns einpaßt, das will gesucht sein. Ich hatte anfangs an Agenten gedacht, aber das ist nichts; die gehen bloß auf ihre Provision aus und schicken uns Schinder und Plunder auf den Hals. Haben Sie also die Freundlichkeit, sich in einen Vieh- oder Getreidehändler oder, wenn Ihnen das besser liegt, in einen Gütermakler zu verwandeln und mich morgen auf die Bauernsuche zu begleiten." Nun, diese Aufgabe paßt mir, zumal ich Stefenson bereit fand, unser Glück zunächst in Schlesien zu probieren. Ich bestimmte die Ausrüstung. Schaftstiefel, englische Lederhosen, eine Joppe aus grünem Tuch mit Hirschhornknöpfen und grüner Tascheneinfassung, ein Vorhemd ohne Schlips, ein seidenes Tüchlein um den Hals, eine Lodenmütze, das war meine Ausrüstung. Solcher Kleidung bringen die Bauern Zutrauen entgegen, da vermuten sie keine verkniffenen Städter, keine „Juden oder Winkeladvokaten", die sie übers Ohr hauen wollen.

Es wäre alles gut gewesen, wenn nicht Stefenson am nächsten Morgen, als die Reise losgehen sollte, die kleine Luise mitgebracht hätte.
Ich schlug Skandal. Was er sich einbilde, ein so kleines Kind auf so lange Reise mitzuschleppen? Ob er denn nicht bedächte, daß uns das Mädel nur stören und aufhalten würde? Es war alles umsonst; Luise fuhr mit.
„Pappa hat mehr zu sagen als der Onkel", sagte die Kleine mit einem Anflug von schnippischem Ton.
„Sie macht sich heraus; sie fängt an, Courage zu kriegen", sagte der „Pappa" anerkennend.

Auf einer größeren Station stiegen wir während des Zugaufenthaltes aus, um dem Kinde Orangen zu kaufen. Noch als wir am Stande des Obsthändlers waren, näherte sich uns eiligen Schrittes eine Frau. Sie starrte erst mich an, dann das Kind, faßte es blitzschnell an der Hand, riß es an sich und küßte es wie rasend.
Das Mädel schrie erschrocken auf, Stefenson sagte betroffen: „Aber, Madame, was tun Sie?", und ich wand der Frau das Kind aus den Armen. Neugierige Leute eilten herbei; es gab gewaltiges Aufsehen.
„Zurück in den Wagen!" rief ich Stefenson zu, der mir verwirrt folgte. Bald saßen wir im Abteil, und die Tür flog zu.
Draußen schrie eine gellende Stimme.
„Es ist mein Kind — es ist mein Kind — laßt mich zu meinem Kinde! Luise! Luise!"
Die Leute hielten die Frau, die sich verzweifelt wehrte, an den Armen fest; der aufsichtführende Beamte eilte an unser Abteil und begehrte Auskunft. Ich stieg aus, stellte mich vor und sprach einige aufklärende Sätze. Zuletzt sagte ich:
„Herr Vorsteher, fragen Sie die Frau, ob sie gesetzlichen Anspruch auf dieses Kind habe!"
Er entfernte sich, ging zu der Frau, wies alle Leute beiseite und sprach leise auf sie ein. Sie stand tiefgesenkten Hauptes mit

herabhängenden Armen, heftig schluchzend vor ihm. Nun tat er wohl die Frage: „Haben Sie einen gesetzlichen Anspruch auf jenes Mädchen?"
Da schüttelte sie den Kopf. Ein Blick voll Wehes traf noch unser Wagenfenster, dann verließ die Frau den Bahnhof.
„Wer war die böse Frau?" fragte Luise verängstigt.
„Eine Verrückte", sagte Stefenson rauh.
„Wird sie nie wieder zu mir kommen?
„Nein, nie wieder!"
Wie lange doch der Aufenthalt noch währte! Die Leute spazierten draußen und gafften neugierig nach unserem Fenster. Ich zog den Vorhang vor. Endlich setzte sich der Zug langsam wieder in Bewegung. Aber kaum hatte er den Bahnhof verlassen und fuhr noch nicht mit voller Geschwindigkeit, da gab es einen gewaltigen Ruck und Stoß, und der Zug stand.
Ich riß das Fenster auf. Von der Lokomotive sprang der Heizer ab, Schaffner eilten den Bahnsteig entlang — ein Schaffner kam zurück und gab uns Auskunft...
Über das Feld rannte jene Frau...
Das Weib hat sich dicht hinter dem Bahnhof auf die Schienen geworfen, und der Lokomotivführer hatte den Zug noch rechtzeitig zum Stehen gebracht.
Luise war auf die Sitzbank geklettert und schaute durchs Fenster.
„Da rennt sie — da rennt die böse Frau!" rief das Kind.
„Laß das verrückte Weib!" knirschte Stefenson.
Wir fuhren weiter. Grauer Nebel zog über die Fluren, frierende Vögel saßen auf den Telegraphendrähten, alles, was draußen war, fror, die Bäume und die Berge, die Tiere und die Menschen. Die eine irrte nun allein mit dem aufgeschreckten Weh verschmähter Mutterliebe im Herzen durch die kalte Flur, das Kind hatte sich vor ihr entsetzt, und selbst der Tod hatte sie verschmäht.
Stefenson saß finster in seiner Ecke.
Das Kind begann wieder zu sprechen.
„Alle verrückten Menschen sind sehr böse."
Da brummte sie Stefenson an:

„Das kann man nicht sagen, du Gänschen! Manche Menschen können nicht mal richtig dafür, daß sie verrückt sind."
„Wieso nicht?"
„Das verstehst du nicht. Das versteht selbst unter den großen Menschen von Tausenden kaum einer richtig."
„Du hast aber gesagt, sie ist verrückt, und du hast es böse gesagt", verharrte das Kind.
„Dann habe ich eben eine Dummheit gesagt. Denn ich kenne die Frau nicht und kann daher auch nicht wissen, ob sie verrückt oder böse ist."
„Böse ist sie", wiederholte Luise; „denn sie hat mich sehr gequetscht und mich in die Wange gebissen. Sie soll nicht wiederkommen."
Grau rann der Regen über das Wagenfenster.
All unsere frohe Laune war dahin. Schwache, gedrückte Menschen, saßen wir da im Zuge, der uns schnell davonführte und eine große Strecke zwischen uns und die Sünderin legte, die uns gestört hatte in unserer Behaglichkeit, und die wir daher nicht rasch und rauh genug abschütteln konnten.
Der göttliche Freund Mariens von Magdala fiel mir ein. Wie hätte er wohl gehandelt in meinem Falle. Hätte er die Arme auch beiseitegestoßen, sich einen Beamten kommen lassen und sich hinter „gesetzliches Recht" verschanzt? Wäre er dann weitergefahren, fast hinweg über den zuckenden Leib, und hätte er der Fliehenden nachgeschaut vom sicheren Fenster aus, mit hochmütigem Abscheu in der Seele? Oder wäre ihr der Meister nachgegangen, hätte sie an der Hand genommen und ihr, wenn sie guten Willens war, ein Zweiglein vom verlorenen Mutterkranz wieder versprochen, ihr ein klein wenig goldene Kindesliebe für die Zukunft verheißen?
Ferien vom Ich!
Ich werde mich vor allen Dingen erlösen müssen von allem kalten Hochmut des Herzens und allem auch noch so „gesetzmäßigen" Zurückstoßen der Schwachen und Schuldigen...

Bauernanwerbung

In S. mieteten wir einen Wagen und ein Pferd und machten ein paar ergebnislose Besuche auf den umliegenden Dörfern. Wie die Werber für eine Freiwilligenlegion kamen wir uns vor. Auf der Landstraße trafen wir aber eines Tages ein Bäuerlein, das in einem großen bunten Taschentuche allerhand Waren eingepackt trug, die es wohl auf dem Markte erstanden hatte.
Ich schaute den Bauern prüfend an. Er hatte ein offenes, nicht unkluges Gesicht. Und der Mann ging zu Fuß und trug sein kleines Paket. Das war einer für uns. An die reichen schlesischen Bauern konnten wir uns nicht wenden, die hätten uns ausgelacht mit unserem Pachtangebote. Kleine Landwirte mußten es sein, die auf ihrer engen Scholle ein kümmerliches Leben führten und froh waren, in eine gute Pachtung zu kommen.
Stefenson hielt das Pferd an.
„Wollen Sie mitfahren?"
„Nee!" antwortete der Bauer.
„Warum denn nicht?"
Das Bäuerlein wies auf unseren lahmen Mietsgaul.
„Der Schimmel erzieht mich nich; ich wieg' 'n Zentner!"
„Sie haben wohl schönere Pferde?"
„Nee, ich hab' bloß drei Zugkühe. Aber su schnell wie der Schimmel traben se ooch."
„Hören Sie mal, Gevatter", sagte ich, „Sie foppen uns. Das Pferd hat viel Geld gekostet."
Er meckerte.
„Na, da mußt ihr schöne tumme Kerle sein."
Lachend ging er neben unserem Wagen her, und wir fragten ihn ein wenig über die Gegend aus. Bald kam ein Straßengasthaus, und lud den Bauern ein, mit uns einzukehren und ein Glas mit uns zu trinken.
„Nu", sagte er, „das kann ich schon. Aber, ich sag's Ihn' gleich ehrlich: zu holen is bei mir nischt. Würfeln tu ich nich, und billig zu verkoofen hab' ich ooch nischt! Keene Kuh, kee Schwein, kee

Getreide und ooch keene alten Schränke und zinnernen Teller."
„Warum vermuten Sie denn, daß wir ihnen was abschachern wollen?"
„Ja, da müßt' man doch euch Stadtjuden nich kenn'. Umsunst gebt ihr doch eenem fremden Bauer keen Schnaps zum besten."
„Da haben Sie ganz recht", sagte Stefenson. „Wir wollen etwas von Ihnen. Wir wollen *alles* von Ihnen: Ihre Wirtschaft, Ihre Kühe, Schweine und Hühner und sogar Sie selber und Ihre Frau und Ihre Kinder."
Der Bauer brach in helles Gelächter aus.
„Hatt' ich mir's doch gleich gedacht, daß Sie der Menschenfresser sind."
„Also den nehmen wir bestimmt!" sagte Stefenson zu mir, wie wenn eine Ware zum Verkauf stände.
„Mich nehmen Sie?" vergnügte sich der Bauer. „Sie sein ja der ulkigste Kerle von der Welt."

Stefenson zog die Stirne kraus. Drinnen setzte er sich dem Bäuerlein an dem rohen Tisch der Schankstube gegenüber, nahm ein Notizbuch heraus und sagte:
„Wie heißen Sie?"
„Ich? — Mit'm Familiennam' su wie mei Vater und mit'm Vornamen wie Napoleon."
„Mensch, wie heißen Sie! Ich muß das wissen. Es handelt sich um eine Angelegenheit, die für Sie wichtiger ist als für uns. Sie werden schon alles erfahren. Also, wie heißen Sie?"
„Wie heißen *Sie* denn?" fragte der Bauer zurück. Stefenson wurde ungeduldig.
„Wenn Sie es denn wissen müssen, ich bin Mister Stefenson aus Amerika, ein sehr reicher Mann."
„Da könn' Se lachen! Deswegen haben Se wahrscheinlich ooch so'n scheenes Pferd."
„Dummer Kerl!" sagte Stefenson verdrossen und stand auf. Der Bauer lachte.
„Nu hat a sich erst richtig vorgestellt, und nu steht a auf."
Es war Zeit, daß ich mich ins Mittel legte. Der Mann mußte wissen, um was es sich handelte, sonst war mit ihm nicht zu reden. Freilich war es nicht leicht, so einer naiven Haut die Idee von den Ferien vom Ich klarzumachen. Ich versuchte das auf folgende Weise:
„He, lieber Freund, haben Sie schon irgendmal einen Städter kennengelernt, der richtig arbeitet?"
„Nee. Die Städter sein olles faule Luder. Se könn' Heringe oder Leinwand oder Pillen verkoofen oder in a Stuben sitzen und kritzeln, aber arbeiten könn' se nicht. Se schlafen ja olle bis um sieben."
„Da haben Sie recht. Und glauben Sie, daß so ein Leben, wie es die Städter führen, gesund ist?"
„Miserablig ungesund is es! Se sehn ju olle aus wie Quarkschnitten, und Kräfte ham se nich die Spur. Se verfaul'n reeneweg."
„Bravo! Was Arbeit ist und was Gesundheit ist, weiß nur der Bauer. Nun wissen Sie aber, es gibt Badeorte, Kuranstalten."

„Jawohl. Da gehn die allerfaulsten Ludersch hin; die Kranken pflegen sich lieber zu Hause."
„Schön. Sie sind ein heller Kopf. Sie begreifen mich vollständig. Wenn man nun aber einen Kurort machte, wo keine feinen Villen und Hotels sind, nein, wo lauter Bauernhöfe wären und wo die Städter, die eine Kur machen wollen, mal auf dem Hofe oder auf dem Felde feste zugreifen und arbeiten müßten, das würde doch den Schlingeln gesund sein — nicht wahr?"
„Gesund schon! Aber das faule Kroppzeug wird sich schön hüten und arbeiten. Wenn se aufs Dorf komm'n, saufen se einem bloß die gutte Milch weg und fressen die scheensten Birn' von a Bäumen. Sonst tun se nischt."
„Doch, doch, Herr Nachbar! Es wird schon Leute geben, die das Leben in der Stadt mal satt haben und durch die Arbeit auf dem Felde gesünder werden wollen. Das ist eine gute Idee, die hat ein Doktor ausgeknobelt."
„Die Doktors verstehn alle nischt, die Schäfer sind klüger."
„Das mag wohl sein; aber der Doktor, der das ausgeknobelt hat, der versteht schon seine Sache. Schn Sie, kurz heraus: es soll eine Kuranstalt gemacht werden, die hat vierzig Bauernhöfe, und auf allen Höfen sollen die Kurgäste arbeiten. Und der Mann, der jene Anstalt gründet, ist eben jener Herr dort."
„Der? — Vierzig Bauernhöfe? — Se sind wohl nicht recht bei sich?"
„Doch — doch — ich werd' Sie doch nicht belügen."
„Wie heißt er? Mister? Mister — Ausmister!"
Er lachte über seinen Witz.
„Mister bedeutet ‚Herr'. Weil er eben ein Amerikaner ist."
Da erhob sich der Bauer. Er rief Stefenson an, der an einem anderen Tisch der kleinen Luise eine Schinkenstulle zerteilte.
„Sie, Herr Mister, komm'n Se mal her! Zeigen Se mal Ihr Portemonnaie!"
Ich zwinkerte Stefenson zu, den Wunsch zu erfüllen. Stefenson warf schweigend seine dicke Brieftasche auf den Tisch.
„Bitte!" sagte er phlegmatisch.
Der Bauer rührte sich nicht.

„Na, nu kucken Sie mal nach, was drin ist!" ermunterte ich ihn.
„Ich werd' mich schön hüten; nachher sagen Se, es fehlt was!" Mißtrauisch wie ein alter Fuchs vor der Falle, so saß der Bauer vor der Brieftasche. Da schlug ich die Tasche auf und entnahm ihr blaue und braune Schätze. Der Bauer schaute wie in ein Wunderland von Reichtum. Aber er rückte beiseite.
„Wenn Se su reiche Herr'n sind, warum setzen Se sich da zu mir armen Schlucker? Zum Ausstoppen bin ich mir viel zu schade."
Ich gab die Brieftasche an Stefenson zurück und redete dem neuen Freunde gut zu. Ich erklärte ihm genau, was wir mit ihm vorhätten, wie er als Pächter auf einen unserer Höfe ziehen solle, wie wir ihm die günstigsten Bedingungen einräumen und ihm seine eigene Wirtschaft zu gutem Preise abkaufen würden, falls er sie nicht anderweitig günstig loswürde. Wie ein König solle er auf seinem Gute hausen. Die Kurgäste sollten unter seiner Leitung arbeiten und sich an seiner guten Laune erfreuen. Ich kriegte heraus, daß der Bauer Emil Barthel hieß, noch nicht ganz fünfzig Jahre alt war, ein gesundes Eheweib namens Susanne sowie zwei kräftige Söhne und zwei Töchter besaß, daß von den vier Kindern aber drei auswärts in Dienst standen, da er sie auf seiner kleinen Wirtschaft nicht beschäftigen und ernähren konnte.
„Na, sehen Sie, Barthel, es wäre doch schön, wenn Sie alle Ihre Kinder bei sich haben und ganz für sich arbeiten könnten. Da wäre doch auch was zurückzulegen."
Er saß nachdenklich da.
„Stoppen Se mich wirklich nich aus?"
„Ich denke nicht daran."
„Wie kommen Se denn gerade auf mich?"
„Na, wir haben Sie eben getroffen, und Sie gefallen uns." Dabei bin ich doch dem Herrn Mister grob gekommen."
„Das schadet nichts. Den Kurgästen werden Sie auch manchmal grob kommen müssen. Das gehört zur Kur."
„Sie sind auch so eener, der dort Bauer wird?"
„Nein, ich bin der Doktor, der alles ausgetiftelt hat."
„'n Doktor sind Se? So seh'n Se aber nich aus!"

„Hm! Nun, so ein Doktor wie die andern bin ich auch nicht. Mehr so 'n halber Schäfer."
„Oh, das wär' nich schlecht! Aber ich glaub's nich; ich kann's nich glauben!"
Ich zog einen Umschlag mit Photographien aus der Tasche.
„Jetzt werd' ich Ihnen mal Bilder von unseren Höfen zeigen. Da — das ist ein Wohnhaus."
„Das? — Das is ja 'n Schloß!"
„Ja, wir haben schöne Wohnhäuser. Sie sollen ja mit Ihrer Familie nicht allein in dem Hause wohnen; es sollen ja auch noch zwanzig Kurgäste drin Platz haben."
„Dunnerwetter!"
„Und das ist die große Wohnstube, und so sieht der Kuhstall aus und so die Scheuer."
Er atmete schwer.
„Wie groß ist denn die Wirtschaft?"
„Hundert Morgen."
Da verdüsterte sich seine Stirn.
„Warum halten Sie mich denn zum Affen? So 'ne große Sache kann ich doch nicht pachten; da gehört doch Geld dazu."
„Gar kein Geld! Nur, daß Sie fleißig sind und alles gut in Ordnung halten. Wir werden ebenso auf unsere Rechnung kommen wie Sie; denn, sehen Sie, die Äcker rentieren sich doch, und was die Wirtschaft nicht bringt, bringen die Kurgäste."
„Nu ja, die werd'n ja überall behumst."
Der Mann betrachtete mich wie einen Zauberer, der Märchendinge vor ihm ausbreitete. Zuletzt erklärte er sich bereit, mit uns nach seinem Dorfe zu fahren und mit seiner Susanne Rücksprache zu nehmen.
Unterwegs sprach ich noch viel auf Emil Barthel ein. Er antwortete fast nicht mehr. Vor seiner kleinen Wirtschaft hielten wir. Das Wohnhaus hatte nur ein Erdgeschoß mit hohem Dach; Stall und Scheuer waren klein, aber es war ein Blumengärtlein vor dem Hause und alles sauber und freundlich. Ein behäbiges Weib in blauer Schürze trat vor die Tür, als Barthel vom Wagen kletterte:

„Nee, Emil", sagte sie, „da haste nu sogar Fahrgelegenheit gehabt und kummst su spät! Dabei sull a de Medizin fürs kranke Mädel hol'n."
„Mutter", meinte Emil, „wenn du mit sulchen Kerlen fährst, bleibste kleben. Sieh dir bluß den Schimmel an; der hat zwee eingeleimte Hulzbeene. Aber 's sind amerikanische Millionäre, die haben vierzig Paar Pauergüter und lauter Schlösser."
Susanne lachte gutmütig.
„A hat een' sitzen", meinte sie. „Na, kumm ock rein!"
„Frau Barthel", rief ich ihr zu, „Ihr Mann wird Ihnen viel zu erzählen haben. Glauben Sie nur, es ist kein Spaß, es ist Ernst. Wir fahren jetzt ins Gasthaus, und in etwa zwei Stunden werden wir mal zu Ihnen kommen. Wir müssen mit Ihnen ein ernstes Wort reden, und es wird Sie nicht reuen."
Die Frau schüttelte verwundert den Kopf; ihr Gatte Emil aber tippte erst ihr, dann sich an den Kopf, nahm sie am Arme und zog sie ins Haus.

Im Dorfgasthause wurde uns ein schlichtes, aber schmackhaftes Mittagmahl bereitet, und nach einiger Zeit brachen wir auf zu einem Besuch bei Emil Barthel.
„Nee, komm'n Se wirklich?" fragte er; „ich hatte gedacht, 's wär' alles bloß Ulk."
Die Stube war niedrig, aber sauber, und über den Tisch war ein großes buntes Tuch gebreitet. Emil Barthel bewirtete uns. Er bot uns in einer Papiertüte Zigarren an, von denen ich vermutete, daß sie aus dem Dorfkramladen zu fünf Pfennig das Stück gekauft seien. Mit Schadenfreude sah ich zu, wie Stefenson, der von früh bis in die Nacht eine Havanna nach der andern schmauchte, sich mit Todesverachtung an dieses Rauchzeug heranmachte.
„Nun, mein lieber Barthel, möchte ich zunächst etwas feststellen: es handelt sich in unserer Angelegenheit weder um einen Spaß, zu dem wir uns wahrhaftig nicht so viel Zeit nehmen würden, noch um einen Betrug."
„Also ist es tatsächlich wahr?" sagte Barthel und trommelte auf den Tisch. Sein Gesicht wurde ernst, und er holte aus zu einer Rede:
„Seh'n Sie, meine Herr'n, wenn Se nu wirklich so was Komisches vorhaben — man kann ja nie wissen, was den Stadtleuten einfällt — nu, so muß ich Ihn'n ehrlich sagen: das Ding gefällt mir nich. Denn warum? Die Stadtleute werd'n nich kommen. Die sind viel zu faul. Wenn se ins Bad machen woll'n — woll'n se sich amüsieren. Da woll'n se doch nich Kühe melken und ackern. Meine Herr'n, Se haben keene Ahnung, was das für schwere Arbeit is. Vor solcher Arbeit haben sich die Stadtleute immer gedrückt. Aber gesetzt den Fall, se kämen doch — da wär's noch viel schlechter. Denn warum? Die Stadtleute verstehen nischt. Denken Se, daß die mir auf dem Hofe was helfen könnten? Die gragelten mir doch bloß im Wege rum. Die quatschten und quasselten doch bloß."
„Die fielen einem ja in die Puttermilch!" lachte Frau Susanne.
„Die täten ja alles bloß mit Glacéhandschuh'n machen woll'n", ergänzte der Mann.

„Donner!" schrie da Stefenson jähzornig und hieb die Faust auf den Tisch, daß aus seiner Fünfpfennigdampfrolle ein Feuerwerk stiebte, „nun ist's aber genug. Wer nicht will, will nicht! Haben Sie das Risiko zu tragen? Müssen Sie sich unsere Köpfe zerbrechen, ob unsere Gründung eine Pleite ist oder nicht? Haben Sie nicht bloß zu gewinnen? Das allerbeste ist..."

„Das allerbeste is, Se geh'n wieder!" sagte Barthel seelenruhig. Und nun wären wirklich all unsere Beziehungen zu dem Hause Barthel abgebrochen worden, wenn es nicht im selben Augenblick an die Tür geklopft hätte und zwei Damen über die Schwelle getreten wären. Eine kleine zartgliedrige Braune und eine große Blondine, beide mit feinen Gesichtern, so gut man das in dem Dämmerlichte der niederen Bauernstube feststellen konnte. Die Kleinere sagte, daß sie von der Erkrankung des Barthelschen Kindes gehört habe und mal nachfragen wolle; sie

sehe aber, daß gerade Besuch da sei, und wolle nicht stören. Ach, erwiderte die Frau, von Störung sei keine Rede; denn das seien zwei ganz fremde Herren, mit denen sie weiter nichts Ernsthaftes zu besprechen hätten und die auch gleich gingen. Trotzdem fühlte sich die gute Mutter Barthel bemüßigt, uns die kleine Sprecherin vorzustellen. „Das ist nämlich unsere Lehrerin, Fräulein Annelies von Grill."
Anneliese von Grill! Ein prüfender Blick in die großen braunen Augen, und ich hatte die Identität mit dem kleinen Majorstöchterlein festgestellt, das manchmal in Waltersburg zu Besuch gewesen war und das ich — da ich acht Jahre älter war — immer etwas onkelhaft begönnert hatte. Nun stand ich ihr lachend gegenüber und fragte sie, ob sie nicht mehr wisse, wer ich sei. Da erkannte sie auch mich, und es gab ein fröhliches Wiedersehen und große Verwunderung über die Umstände, unter denen es geschah. Ihre Lebensgeschichte war kurz: der Vater früh gestorben, die Mutter auf eine kleine Pension angewiesen und knapp imstande, aus ihr eine Lehrerin zu machen, die nun vertretungsweise in diesem Dorf angestellt war.
Auf einmal fragte die sehr wohllautende Altstimme der Blondine:
„Das ist doch nicht etwa der Doktor von dem Waltersburger Sanatorium Ferien vom Ich?"
„Allerdings, meine Gnädigste, dieser Doktor bin ich."
Das Mädchen brach in klingendes, lautes Gelächter aus.
„Also, das sag' ich Ihnen, wenn mir die Wahl gelassen worden wäre, wen ich sehen wolle, Sie oder den Kaiser von Hinterindien in all seiner Pracht und Herrlichkeit — ich hätte mich für Sie entschieden."
„Ich freue mich, daß ich Ihnen so interessant bin", sagte ich.
„Oh, interessant ist gar kein Ausdruck. Wir stehen Kopf über Sie! Jetzt fehlte bloß noch, daß jener Herr dort der Mister Stefenson aus Amerika wäre."
„Das ist er!" mischte sich Emil Barthel ein, „es ist der Herr Mister aus Amerika."
Stefenson verneigte sich phlegmatisch.

„Also, Herrschaften, dann müssen Sie schon erlauben, daß wir uns etwas zusammensetzen und diese kostbare Begegnung genießen."

Dieses Mädel hatte einen burschikosen Ton an sich, und ich bat Anneliese von Grill, uns zunächst mal mit ihr bekannt zu machen. Die Blonde stellte sich aber selbst vor.

„Ich bin eine nach meiner eigenen Meinung außerordentlich begabte Opernsängerin ohne Engagement, gegenwärtig zu Besuch bei meiner Freundin Anneliese, um in der paradiesischen Einsamkeit dieses winterlichen Dorfes Ferien vom Ich zu machen. Mit Künstlernamen bin ich Irmingard Schwarzeneck, bürgerlich höre ich auf den Namen Eva Bunkert und bin die Tochter des Baumeisters August Bunkert in Neustadt."

Wir sahen der Tochter unseres grimmigsten Konkurrenten aus der feindlichen Nachbarstadt verdutzt in das strahlende Gesicht, und das Mädchen brach wieder in ein fröhliches Lachen aus.

„Es scheint, daß wir Sie sehr belustigen, mein gnädiges Fräulein."

„Außerordentlich! Ist es nicht immer lustig, wenn Waltersburg und Neustadt aufeinanderplatzen?"

Wir nahmen Platz und saßen alle um den runden Bauerntisch. Emil Barthel sagte:

„Siehste Mutter, du hast gesagt, es sind Schwindler, und ich hab' gesagt, höchstwahrscheinlich, aber man kann ja nich wissen, und da hab' ich wieder mal recht gehabt."

„Und nun, Herrschaften", rief Fräulein Bunkert, „es mag so indiskret sein, wie es wolle, ich muß wissen, was Sie hier bei Vater und Mutter Barthel zu tun haben; ich sterbe sonst vor Neugier."

Und Stefenson — ach, Stefenson betrachtete das Mädchen mit unverhohlenem Wohlgefallen. Er sagte mir hinterher, sie sei „sein Typ". Groß, schlank, blond, übermütig. Da gehe er halt auch mal aus sich heraus.

Er ging sehr aus sich heraus. Diese Eva Bunkert war eine Eva in des Wortes wahrster Bedeutung, mit allen Künsten, Listen und Teufeleien des Weibervolks ausgestattet. Sie machte die tollsten Anstürme auf den biederen Stefenson. Damals, sagte

sie, als er die Neustädter mit den Zeitungsartikeln hereingelegt habe, habe sie auf die Gefahr hin, in ihrer Vaterstadt gelyncht zu werden, gesagt: dieser Mann sei zum Küssen. (Bei diesen Worten schlug Stefenson die Augen nieder und zog seinen dünnen Mund gewaltig in die Breite.) Daß er, Stefenson, in einer so öden Spießergegend wie Waltersburg und Neustadt einen so grandiosen Ulk wie dieses Ferienheim inszeniere, sei vielleicht der beste Witz der Weltgeschichte. Sie denke sich unser Heim als eine immerwährende Maskerade, als einen Bauernball ohne Ende, als einen Fasching ad infinitum. Und diese schweren Beleidigungen unserer großen erhabenen Idee ließ Stefenson über sich ergehen, zuckte kaum manchmal die Schultern, und er lächtelte... der Verräter.
„Meine Gnädige", warf ich dazwischen, „Sie dürften über unser Ferienheim denn doch nicht genug informiert sein. Wir meinen es ernst."
„Ja, gerade, daß Sie es ernst meinen, ist ja das Gute", erwiderte sie. „ Ein Witz, der nicht ernst gemeint ist, ist gar kein Witz."
„Das ist eine sehr kluge Sentenz", stimmte der verräterische Stefenson bei. Ich war empört. So ein Mann, der pfiffiger war als der Pfiffigste, blieb an der Leimrute eines blonden Zopfes sofort kleben. Als der Herrgott das Weib erschuf, hat sich der Teufel sicher gefreut.
Aber neben mir die kleine braune Anneliese gefiel mir doch sehr gut. Sie war freundlich, es lag viel Güte auf ihrem Gesicht, und es blinkerte auch in ihren großen Augen das schöne Lichtlein harmlosen Schalks. Während Stefenson und Eva Bunkert eine lärmende, vor vielem Gelächter unterbrochene Unterhaltung führten, sprach ich leise mit Anneliese von ihrem und meinem Leben, und es kam ein stilles Behagen über mich in der schlichten Bauernstube.
„Sie meinen es wohl gut mit diesem Ehepaare Barthel?" fragte ich.
„Es sind ehrliche und auch ganz lustige Leute."
„Glauben Sie, daß es recht wäre, wenn wir sie für uns gewännen?"

„Ich werde ihnen gut zureden, daß sie Ihr Angebot annehmen. Es wird gewiß beide Teile nicht reuen."
„Ich danke Ihnen!"
„Also, hören Sie, Herr Mister Barthel", lachte unterdes Eva Bunkert; „wenn Sie das Angebot von Mister Stefenson abweisen wollten, wären Sie, mit Respekt gesagt, ein Riesenochse. So ein Glück schneit Ihnen nie wieder ins Haus."
Emil Barthel zuckte verlegen die Schultern.
„Ich möcht' ja; aber die Mutter sagt..."
„Gar nicht sagt sie", fuhr Frau Barthel dazwischen, „aber er — er hat die Herren, ehe die Fräuleins kamen, direkt rausschmeißen wollen."
Emil Barthel schwur, daß das nie in seiner Absicht gelegen habe, und es gab einen ehelichen Streit.
Mitten in den Auseinandersetzungen erschien ein altes Weib.
„Jees, jees", jammerte es, „die Emma hat su viel Hitze und klagt immer mehr über a Hals."
Emma war die zwölfjährige Tochter Barthels. Ich erfuhr, daß das Kind über Halsschmerzen geklagt habe, und der Schäfer, ein heilkundiger Mann, Hoffmannstropfen, Heringslauge und Speckpflaster verordnet hatte. Die Hoffmannstropfen hatte Barthel heute aus der Stadt geholt.
„Ich bitte Sie, sehen Sie mal nach dem Kinde", bat mich Anneliese, „es sind bereits drei Diphtheriefälle im Dorfe vorgekommen, und einen Arzt haben wir hier nicht."
So ging ich mit ihr und den Barthelleuten nach einem Oberstüblein, wo das Kind in hohem Fieber lag.
Diphtherie! Keine Zeit mehr zu verlieren. Ich gab ein paar vorläufige Verhaltungsmaßregeln und schrieb einige Worte an einen Kollegen im nächsten Orte, da ich ja die Behandlung nicht selbst übernehmen konnte. Ein Radler fuhr mit der Botschaft los. Das Mädel ist dann auch gerettet worden, und Barthel hat nachträglich drei Mark Strafe zahlen müssen, weil er dem Schäfer, der die Heringslauge und das Speckpflaster verordnete, einige Ohrfeigen als Honorar ausgezahlt hat.
Als wir damals nach der Barthelschen Wohnstube zurückkehrten,

fanden wir Stefenson und die schöne Eva in angeregtester Unterhaltung. Für das erkrankte Kind hatte sie einige bedauernde Worte, dann lachte sie wieder. Eva hatte mit Stefenson verabredet, daß sie mit Anneliese gleich nach der Eröffnung unserer Kuranstalt im Mai als Feriengast bei uns einziehen wollte. Annelieses vertretungsweise Schulmeisterei, sagte sie, gehe bloß bis ersten April, und daß sie selbst kein Engagement an einer Oper kriege, sei vorläufig sicher, also könnten sie beide kommen.
„Und Ihr Vater?" fragte ich.
„Ach, mein Vater darf natürlich davon nichts wissen, der ist ja wütend auf Sie. Dem schicke ich durch Mittelspersonen Briefe von irgendwoher, daß er meint, ich sei wer weiß wo. Und bei Ihnen werde ich die Grünzeugfrau Emilie Knautschke sein."
Ich beschloß, dieses Mädchen, das in die ernste Männerfreundschaft zwischen Stefenson und mir einen so lauten Lachton mischte und unsere große Idee zur Hanswurstiade herabstimmte, unschädlich zu machen.
Wie ich das tun sollte, wußte ich nicht.
Aber ich hatte Glück. Die Tür öffnete sich, und ein dünnes Stimmchen zirpte herein:
„Pappa, wie lange bleibst du denn? Ich muß immerfort allein in dem dummen Gasthaus sitzen."
Luise war es, die wir im Wirtshaus zurückgelassen hatten.
Stefenson sprang auf und eilte nach der Tür.
„Kindchen, auf dich hatt' ich ja ganz vergessen. Aber geh hier hinaus! In diesem Haus ist Diphtherie."
Er schob Luise besorgt auf die Straße. Eva Bunkerts Gesicht wurde etwas ernster.
„Ach, Herr Stefenson ist verheiratet?"
Ich war so boshaft, zweimal mit dem Kopf zu nicken.
Da räusperte sich Eva Bunkert und sagte, es sei wohl jetzt Zeit, nach Hause zu gehen.
Ich hielt sie nicht auf. Es kam zum allgemeinen Aufbruch. Draußen auf der Straße schmiegte sich die kleine Luise dicht und zärtlich an Stefenson an und schmollte mit ihrem „lieben Papa", der sie im Stiche gelassen hatte.

Und Stefenson, ob er auch nach Eva Bunkert hinschielte, trat nicht zu ihr und sagte vor den Ohren des Kindes: „Ich bin nicht ihr Vater!"
Nein, er hielt stand dem Vaternamen gegenüber, den er sich selbst gegeben hatte. Er verleugnete das Kind nicht. Da hatte ich ihn wieder gern.
Als wir allein waren, sagte Stefenson:
„Das hätte nun alles so gut in unser Programm gepaßt, und nun ist nichts zum Abschluß gekommen."
Ich erwiderte:
„Diese Eva Bunkert ist eine ganz gute Erscheinung; aber ich fürchte, sie würde unserer Sache schaden."
„Schaden?" fuhr er auf.- „Nützen! Glauben Sie mit Sentimentalität, alten Rückständigkeiten und mit Duckmäusertum noch was auszurichten? Glauben Sie, daß ein schönes Gesicht, eine gute Figur, ein beweglicher Geist des Deibels ist? Oh, ich sage Ihnen, wenn wir die moderne Welt und ihre Schädlichkeiten besiegen wollen, müssen wir verflucht modern sein. Mit noch so ehrwürdigen Armbrustpfeilen geht keiner mehr an gegen die Schnellfeuergeschütze der neuen Zeit."
Wir blieben noch einen Tag in diesem Dorfe und trafen die Mädchen wieder. Beide waren gleichmäßig freundlich. Stefenson widmete sich ganz der schönen Eva und sprach mit mir oder Anneliese kaum ein Wort.

Der Journalist

Nun ist's ein Jahr her, seit die Verwirklichung meiner Idee von dem großen Ferienheim keimte und wuchs. Jetzt nähert sie sich der Reife. Anfang Februar gab es eine Sensation. Stefenson reiste nach Amerika zurück. Da höhnten die Neustädter, dem sei wohl im letzten Augenblick doch angst und bange geworden vor seiner übergenialen Neugründung und nun käme der Zusammenbruch. Ich blieb ganz ruhig; denn ich wußte, daß alles gut vorgesorgt war und Stefenson nun nach Hause fuhr, um seine dortigen dringendsten Geschäfte in Ordnung zu bringen.
Die kleine Luise wollte der Amerikaner mit auf die Reise nehmen. Erst nach ernsten Vorhaltungen, die beinahe in Feindseligkeiten ausarteten, ließ er das Kind zu Hause. Aber Neid und Zorn war in seinem Herzen, und zwar nicht nur wegen des Kindes.
„Ich bin begierig, wie Sie sich gegen Fräulein Eva Bunkert benehmen werden, wenn sie nun kommen wird, um unser Heim zu beschauen. Ich fürchte, Sie werden den rechten Ton nicht treffen."
Ich lächelte.
„Fürchten Sie, daß ich zu abweisend oder zu entgegenkommend sein könnte? Eva Bunkert ist ein sehr schönes Mädchen."
„Ich bitte Sie", sagte er herb, „daß Sie sich mit Fräulein Bunkert weder in der einen noch in der anderen Art zu viel beschäftigen, sondern mir diese ausgezeichnete Akquisition für unsere Kuranstalt persönlich überlassen."
„Ich überlasse Ihnen diese Akquisition", sagte ich großmütig und feierlich. Darauf knurrte er, vor Mitte Mai könne er keinesfalls zurück sein.
Als ich ihn zum Zuge begleitete, wünschte ich aufrichtig, er möge bald zurückkommen ...
Vor drei Tagen ist nun unser Freund Emil Barthel mit seiner Susanne und seinen Kindern bei uns eingezogen. Er hat den Forellenhof dicht unten am Bach übernommen. Des Staunens

seiner Leute war gar kein Ende. Sie gingen bedrückt durch die
großen, neuen, so behaglich ausgestatteten Räume wie Fremde,
die ein merkwürdiges prächtiges Haus betrachten. Aber sie werden in diese Räume hineinwachsen. Der Bauer hat uns schon
wesentliche Dienste erwiesen. Er bezeichnete uns Kameraden
und Bekannte, die sich als Pächter unserer Höfe eignen würden,
und ob wir auch kaum den dritten Teil davon gebrauchen
konnten, so gaben uns die ausgewählten Leute wieder die Adressen neuer Kandidaten, so daß unsere zwanzig Höfe besiedelt
sind. Der andere Teil des Geländes wird von den alten früheren
Dominialgebäuden aus bewirtschaftet.
Es geht alles schnell, ruhig und sicher, wo ein zielbewußter Wille
und wo — Geld da ist.
Manche unserer Höfe haben herkömmliche poetische Namen,
wie Forellenhof, Erlenhof, Grundhof, Hof am Hange, Berghof,
Sonnenhof, aber es gibt auch eine Waldschölzerei, eine Heimwehfluh, eine Steinmühle, eine Genovevenklause, eine große und
eine kleine Einsiedelei, ein Haus „Über den sieben Bergen", ein
„Old Nigger home" (nach Stefensons Wunsch), eine Heideheimat, eine Juxherberge, eine Meierei „Zum Gelben Kakadu",
ein Knusperhäuschen, eine Kassubenhütte, ein Zigeunerlager und
eine Räuberhöhle.
Mit Romantik ist nicht gespart. Tradition fehlt ja leider allen
diesen Dingen, aber sie wird sich bald finden; wir haben pfiffiges
Bauernvolk ausgewählt, und das dichtet in seiner kräftigen Seele
soviel zusammen, daß sich alsbald allerhand Geschichtlein um
unsere Siedlungen spinnen werden, schneller als der Efeu wächst,
den wir an mancher Wand einpflanzten, oder als das Moos wuchert, das wir auf schräge Dächer legten.
Das größte Glück ist die Freude am gelungenen Werk, ein Abglanz des erschütternden Titanenjubels, der Gottes Brust durchloht hat, als er im Glanz von Millionen Sonnen die Schöpfung
vor sich sah.
Auch ich bin nie so glücklich gewesen wie in dieser Zeit der Gründung unseres Heimes, nie so selig, gläubig und am Leben hängend, nicht einmal in der Kinderzeit, die doch alle Tage

Schöpferjubel bringt, und sei die Veranlassung auch nur eine gelungene kleine Schanze im Bach oder die zum erstenmal geglückte Schleife des Schuhbandes.

―――――――――.――――――――――

Die Mädchen sind gekommen. Gestern. Sie kamen am Vormittag und wollten schon mit dem ersten Abendzuge wieder abreisen trotz der Einladung, ein paar Tage dazubleiben und bei Frau Susanne im Forellenhof zu wohnen.
Eva Bunkert war zurückhaltender als bei unserer ersten Begegnung. Sie konnte es sich zwar nicht versagen, nach Betrachtung des Baches, der an Barthels Hof vorbeifließt, zu behaupten, in diesem Gewässer lebe keine einzige Forelle, weshalb der daranliegende Hof wahrscheinlich „Forellenhof" heiße, aber es sei ja bekannt, daß Namen fast immer täuschen, wie zum Beispiel körperlich etwas zurückgebliebene Männlein mit Vorliebe Siegfried hießen oder oft keifende Xantippen mit den holden Namen Mariechen oder Trautchen begabt seien.
Nach dieser Abschweifung ins Schnippische wurde das Mädchen ernster. Sie betrachtete den großen Forellenhof von innen und außen und sagte mit einem Seufzer:
„Es ist schön hier. Ich glaube, man kann in einem solch einfachen Hofe glücklicher sein als in einem prunkenden Hotel. Wenn ich es einrichten kann, werde ich wirklich einmal hier Ferien vom Ich machen."
„Ich möchte es wohl auch", sagte die kleine Anneliese, „aber für mich ist so etwas viel zu teuer."
„Du, meine Liebe", lachte Eva Bunkert, „du müßtest ganz andere Ferien vom Ich haben — Weltstadtleben, Theater, Bälle, Autofahrten — man muß das haben, was einem fehlt."
„Mir würde nichts fehlen in solchem Frieden", sagte die kleine Braune.
Ich ging mit den Mädchen durch unser Gelände, führte sie nach dem Rathaus, nach der Lindenherberge, den Stillen Weg hinab über die Genovevenklause, und als ich nach der Waldschölzerei weiter wollte, passierten wir das Zeughaus und das große

Eingangstor. Dort gab es eine Auseinandersetzung zwischen einem fremden Herrn und dem Türschließer. Der Herr, der im Reiseanzug war und eine kleine Handtasche trug, verlangte in ungestümer Weise mich zu sprechen, während der Diener entgegnete, der Herr Doktor sei aufs dringendste und unabkömmlichste beschäftigt, und unsere Anstalt würde überhaupt erst am ersten Mai eröffnet. Der Fremde ließ sich nicht abweisen, und als er mich erblickte, rief er:
„Ich möchte wetten, daß jener Herr der Doktor ist!" Damit schob er den Diener beiseite und kam auf mich zu.
„Gestatten Sie, mein Herr, eine kurze Viertelstunde?"
„Sie sehen, ich habe Besuch!"
„Jawohl — es tut mir auch leid, Sie stören zu müssen, aber ich habe nur eine Viertelstunde Zeit. Wenn ich mich vorstellen darf: George Brown, Mitarbeiter der ‚Staatsbürgerzeitung' in New York. Ihr Geschäftsfreund, Mister Stefenson, hat mich persönlich gebeten, Sie zu besuchen und Ihnen dieses Schreiben zu überreichen."

Er übergab mir einen Brief, den ich mit Erlaubnis der Damen öffnete und stellenweise vorlas:

„New York, den 25. März.
Mein Lieber!
Sie wollen nie recht zugeben, daß ich Sie genau kenne, aber mein Spürsinn ist, was Sie anlangt, so groß, daß ich hier viel tausend Meilen von Ihnen prophezeie, ohne besorgt zu sein, einen Irrtum zu begehen: Wenn Sie diesen Brief durch Mister Brown erhalten werden, werden Sie gerade mit den Damen Eva Bunkert und Annelies von Grill einen sehr vergnügten Spaziergang durch unser Heim machen. Ich beglückwünsche Sie dazu und bitte, mich den Herrschaften zu empfehlen.
Was Mister Brown anlangt, so empfehle ich Ihnen, diesen Herrn recht rücksichtsvoll zu behandeln, ihm nicht etwa zu sagen, Sie hätten gerade Besuch und daher keine Zeit für ihn. Denn Mister Brown ist einer der einflußreichsten Journalisten in den Staaten, und wir werden den Zuzug aus Amerika für unsere nach deutschen Normalbegriffen immerhin etwas merkwürdige Anstalt recht nötig haben.
Grüßen Sie Luise von ihrem Papa, der sich sehr nach seinem Gänschen sehnt, aber noch nicht weiß, wann er zurückkehren kann.   Stefenson."
Ich schaute verwundert auf Brown, den Überbringer dieser seltsamen Epistel. Brown war ein Fünfziger, der Kotelettbart und der Schnurrbart sowie die gescheitelten Haare waren stark angegraut, der Anzug etwas geschniegelt modern, die Wangen, wie mir schien, wohl ein wenig geschminkt. Irgend etwas an dem Mann kam mir bekannt vor, auch in seiner heiser klingenden Stimme. Vielleicht war ich ihm mal drüben begegnet. Ich fragte ihn, ob er auf dem letzten großen Preßkongreß in Baltimore, den ich besucht hatte, gewesen sei, und er erwiderte, daß er daselbst eine Rede gehalten hätte. Daher die matte Erinnerung.
Die Mädchen verwunderten sich nicht weniger über die seltsame Prophezeiung in dem Stefensonschen Briefe als ich. Ich sagte, ich könne mir das überraschende Eintreffen einer solchen

Voraussage nur dadurch erklären, daß Stefenson vermutet habe, die Damen befänden sich für längere Zeit in unserem Heim, ich mache mir wahrscheinlich öfters das Vergnügen, sie auszuführen, und es könne sich wohl so fügen, daß uns Mister Brown zusammen anträfe. Daraufhin weissage ein Mann wie Stefenson eben drauflos. Treffe es nicht ein, schade es nicht, treffe es aber infolge seines Glückes ein, sei es ein guter Bluff.
Brown schüttelte den Kopf.
„Mister Stefenson ist kein Bluffer, er weiß immer, was er sagt."
„Sie kennen Mister Stefenson persönlich?" fragte Eva Bunkert mit unverhohlenem Interesse.
„Mein gnädiges Fräulein", erwiderte Brown, „ich kenne alles, was man in New York und in den Staaten kennen muß."
„Und Mister Stefenson gehört zu dem, was man in Amerika kennen muß?"
„Ja, er gehört dazu."
Der Journalist schloß sich unserem Rundgang an. Meist verhielt er sich schweigsam, sprach über das, was er sah, weder Lob noch Tadel aus, bat nur, sich von Zeit zu Zeit eine Notiz machen zu dürfen, und stellte außerordentlich sachverständige Fragen, Fragen, die ich, sobald sie sich in technische Einzelheiten verliefen, oft gar nicht beantworten konnte. Das Nigger-Home gefiel dem Amerikaner. Es war düster in der niederen Stube; wir zündeten ein paar mattbrennende Petroleumlampen, die an den Wänden hingen, an, um die Illusion zu verbessern.
„Nun müßte jemand einen Niggersang anstimmen", sagte Brown. Da stand auch schon Eva Bunkert an die Wand gelehnt, schränkte die Arme über der Brust und begann mit wohllautender Stimme zu singen:

„Way down upon the Swaney ribber
Far far away...
There's, where my heart is turning ebber,
There's, where the old folks stay..."

Sie sang dieses schwermütigste aller Heimwehlieder mit tiefer innerer Bewegung, und Mister Brown summte mit näselndem

Tone die Begleitung dazu, so wie es die Neger tun, wenn fern der Heimat einer der ihrigen an der Wand lehnt und das innerste Weh der weltverschlagenen, geknechteten Seele im Liede ausströmen läßt. Dann summen sie alle mit, die Körper werden regungslos, und die großen, heißen Augen starren ins gelbe Licht der matten Lampen...
Wir gingen weiter und kamen an den Hof am Hange. Dort steht eine große Buche, um die eine Bank läuft. Von hier aus kann man unsere ganze Siedlung überschauen. Warmes Frühlingslicht spielte durch laue Luft, die Zweige trugen alle die kurzen, grünen Kinderkleidchen erster Jugend, die Vögel waren heimgekommen und übten und probten in abgerissenen Trillern und Läufen das große Lebens- und Liebesleid des Maien ein. Da wurde mir das Herz weit. Unsere Siedlung war schön, keine langweilige Linie in ihr, kein Steinkoloß, keine Erinnerung an geschniegeltes, ödes Geputztsein, sondern Heimatlichkeit, Wärme, Frieden.
„Wenn man das sieht", sagte die kleine Anneliese, „meint man, hier werden immer nur gute Menschen wohnen können. Es ist alles rein und gut; schlechten Leuten würde hier das Herz springen."
Ich war ihr dankbar und sagte:
„Aber es soll doch eine Zufluchtsstätte werden für solche, die nicht glücklich sind, auch wenn sie durch eigene Schuld unglücklich geworden sind."
„Ich finde", sagte Eva Bunkert, „in dem Ganzen ist ungeheuer viel Kindliches."
„Das ist ein hohes Lob, mein Fräulein, was Sie da sprechen", meinte Mister Brown. „Genialität ist nie etwas anderes als das Ursprüngliche, das Kindhafte. Sie glauben gar nicht, wie kindlich unsere guten amerikanischen Humoristen sind. Ganz im Ernst! Sehen Sie deren Tier- und Kinderbilder an, es ist alles geschaut mit den abgeklärten Augen des ernsten Mannes und alles gefühlt mit dem Herzen des kleinen Buben."
„Stefenson ist ein Genie", sagte Eva Bunkert warm.
„Das will ich nicht sagen", entgegnete Brown, „er ist nur das

Werkzeug; der Schöpfer der ganzen Idee ist, wenn ich recht unterrichtet bin, der Herr Doktor, der mit uns auf dieser Bank sitzt."

Ich wehrte das Lob ab, und Eva Bunkert sagte:

„Wohl, der Doktor hatte die Idee, hatte den Traum in der Seele, aber Stefenson hatte den Mut, den Traum in Wirklichkeit zu verwandeln. Ich möchte sagen, der Doktor hat ein schönes Motiv in die Welt gesungen, und Stefenson hat ein herrliches Lied daraus geschaffen."

„Sie sprechen sehr gut und lieb von meinem Landsmann", sagte Mister Brown gerührt.

„Oh", rief Eva Bunkert, „ich schwärme für Stefenson. Es hat mir noch nie ein Mann solchen Eindruck gemacht wie er, obwohl er der Konkurrent meines Vaters ist. Erst recht deshalb! Ich mag die Leute nicht leiden, die sich nur für die Freunde und Gönner ihrer eigenen Sippschaft begeistern können."

Da wurde auch die kleine Braune munter.

„Ja", seufzte sie, „es ist schade, daß Mister Stefenson verheiratet ist! Er wäre der erste, der bei der stolzen Eva Bunkert wirklich Glück hätte!"

„Du Plappermaul!" zürnte Eva, reckte aber den Kopf hoch. „Nun, ich leugne es nicht: der Mann gefällt mir. Weil er eben ein so ganzer Mann ist. Vom Heiratenwollen aber ist gar keine Rede."

„Es wäre keine schlechte Partie", meinte ich.

„Eben deshalb!" sagte Eva trotzig. „Ich will mal keine gute Partie, ich will einen Mann heiraten!"

„Ich wußte gar nicht, daß Stefenson verheiratet ist", warf Mister Brown ein.

„Wie? Und Sie wollen ihn so genau kennen?"

„Oh — ich als anständiger Journalist kümmere mich um das, was Stefenson für das Land und die Welt bedeutet, nicht um seine Privatverhältnisse. Ich habe nie gehört, daß Stefenson verheiratet sei. Es ist mir auch ganz gleichgültig."

„Der Herr Doktor hat es uns gesagt", erwiderte das Mädchen.

Da grunzte Mister Brown so tief und absonderlich, daß ich er-

schrocken aufschaute und ihn ansah. Und ich blickte — in Stefensons Augen. So klar, in so deutlichem Zorn blitzten diese Augen mich an, wie ich sie von hundert Gelegenheiten her kannte, wenn dem jähzornigen Manne die Galle überlief, was oft genug geschah.
Ein wüster Verdacht erwachte in mir. Dieser Mister Brown war gar kein amerikanischer Journalist, es war Stefenson selbst, der uns in einer vorzüglichen Maske getäuscht hatte. Noch einmal blickte ich ihn an; ich sah wieder in ein fremdes Gesicht. Aber ich wurde den Verdacht nicht mehr los. Jedenfalls, alter Freund, so dachte ich, bist du es wirklich, so entlarve ich dich; bilde dir nicht ein, mit ein bißchen Detektivenschlauheit deutsche Gimpel zu fangen.
Ich fing an, auf Stefenson zu schimpfen.
„Der Mann mag seine Vorzüge haben", sagte ich, „aber wo viel Licht ist, ist auch viel Schatten. So ist Stefenson — ich sage das ruhig, obwohl er mein Freund ist — ungeheuer eitel!"
„Das ist kein Schaden", fiel Eva ein. „Viele große Männer sind eitel: viele Staatsmänner, viele Geistliche, alle Dichter — selbst solche, denen man es gar nicht zutraute, wie Kriegsleute, Flieger, Polizisten, sind eitel. Was heißt überhaupt eitel sein? Wer umzirkelt den Begriff? Auf sich halten, auch in kleinen Äußerlichkeiten nicht verpowern, ist eine gesunde Eitelkeit. Eine andere kann Mister Stefenson gar nicht haben."
Da lachte Mister Brown.
„Oh!" sagte er, „was das anlangt, so ist Stefenson so eitel, daß er, wenn er sich im Rasierspiegel sieht, erst immer seinem schönen Bild eine kleine Verneigung macht, ehe er sich einseift."
„Ich denke, Sie kümmern sich nicht um Herrn Stefensons Privatleben", rief Eva verärgert.
„Gewiß nicht", sagte der Journalist, „aber manches fliegt einem halt so zu. Wenn es Spaß macht: ich kenne noch ganz andere Schwächen Ihres Geschäftsfreundes."
„Danke!" wehrte Eva ab, „es macht gar keinen Spaß!"
Ich dankte auch. Wenn dieser Mann wirklich Stefenson war, so war es das Dümmste, auf Stefenson zu schimpfen; denn er würde

dann noch weit heftiger auf sich selbst schimpfen. Das mußte ich doch von seinen Artikeln her wissen. Auf solche Weise konnte ich dem alten Fuchs den Bart sicher nicht scheren.
Da kam mir eine Bemerkung von Anneliese zu Hilfe.
„Damals hatte doch Herr Stefenson seine Tochter mit sich. Hieß sie nicht Luise?"
Ich jubelte innerlich, und die Schlechtigkeit, einem Menschen aus einer seiner edlen Eigenschaften heraus eine Falle zu stellen, kam mir gar nicht zum Bewußtsein. Ja, ich beging eine neue Schlechtigkeit, ich schwindelte. So stark war das Verlangen, diesen Journalisten, wenn er wirklich Stefenson war, als Stefenson zu entlarven.
„Allerdings", entgegnete ich meiner Nachbarin, „Stefensons Tochter heißt Luise. Das Kind hängt sehr am Vater und er an ihr. Er wollte sie durchaus mit auf die Reise nehmen, aber das gaben wir anderen nicht zu. Und es war auch sehr gut; denn das Kind ist nicht wohl."
„Wieso nicht wohl?" fragte Mister Brown, und das in einer solch erschreckten Weise, daß ich jetzt meiner Sache völlig sicher war.
„Ah, so — so...", entgegnete ich gleichgültig, „bei Kindern findet sich leicht mal etwas; das ist nicht so tragisch zu nehmen."
„Ich finde", sagte Mister Brown scharf, „wenn ein Mann wie Stefenson, ein einziges Kind hat, ist es Pflicht, ihm sofort telegraphisch Mitteilung zu machen, wenn dieses Kind ernstlich erkrankt."
„Von ernstlicher Erkrankung habe ich nicht gesprochen", entgegnete ich ruhig, und diese Bemerkung war auch sehr angebracht; denn im selben Augenblick stürmte die kleine Luise mit zwei Bauernbengeln unter großem Hallo aus dem nahen Walde. Das Mädel hat sich bei uns inzwischen völlig eingerichtet, und von Schüchternheit ist gar keine Rede mehr. Jetzt kam sie auf mich zugestürmt.
„Ach, Onkel — ich wußte gar nicht, daß du hier oben bist. Wir spielen gerade Haschen."

Anneliese liebkoste das Kind, und Eva Bunkert kniff es in die Wangen, daß es quiekte. Aufmerksam betrachtete Eva die Züge Luises.
„Von ihrem Vater hat sie gar nichts", sagte sie, „sie muß ganz nach der Mutter sein."
„Im Gegenteil", entgegnete ich, „das Kind ist das ganze Abbild des Vaters."
„Dann habe ich auf ihn vergessen", sagte Eva mit fast trauriger Stimme.
Mister Brown atmete schwer. Ein so schwefelgelb giftiger Blick schoß um den Buchenstamm herum auf mich zu, daß ich meiner Sache immer gewisser wurde. Und was hatte dieser Journalist gesagt? Er habe es sehr eilig, nur eine Viertelstunde Zeit zum Besuch. Jetzt war er schon über zwei Stunden da, und es wurde Abend. Wahrscheinlich würde dieser „Mister Brown" plötzlich entdecken, daß er Zeit habe, einen ganzen Monat bei uns zu verweilen. Nun wandte er sich Luise zu. Aber es kam nicht so, wie ich dachte. Mister Brown legte ohne jede wärmere Gefühlsbewegung dem Kinde die Hand auf den Kopf und sagte mit der üblichen Kinderfreundlichkeit:
„Luise, ich kenne deinen Papa. Ich fahre wieder zu ihm, ich werde ihm von dir erzählen. Bist du sehr krank gewesen?"
„Papa soll bald wiederkommen", antwortete die Kleine.
„Ja, ja! Aber ich frage, ob du sehr krank gewesen bist?"
„Wieso? Ich bin nie krank!?"
„Aber hast wohl müssen im Bettchen liegen oder im Zimmer bleiben?"
„Nein, ich bin alle Tage draußen herumgerannt; ich war gar nicht eine einzige Stunde krank."
„Hm!"
Mister Brown grunzte voll Behagens, und ich fühlte mich in der Rolle des blamierten Europäers nicht recht wohl. So mahnte ich zum Aufbruch. Die Mädchen schlenderten mit dem Kinde voraus, und ich folgte mit Mister Brown in einiger Entfernung. Jetzt wollte ich dem Fuchs an den Kragen.

„Ich finde eine merkwürdige Ähnlichkeit zwischen Ihnen, Mister Brown, und meinem Freunde Stefenson. Sie haben dieselben Augen, dieselbe Nase, dasselbe Kinn und dieselbe Sprache, ja sogar dieselbe Art, sich zu räuspern. Ist das nicht merkwürdig?"
„Sehr merkwürdig!" entgegnete Brown. „Ein Schnorrer drüben hat mir mal gesagt, ich sähe Kaiser Wilhelm ähnlich. Dem habe ich es noch halb und halb geglaubt und ihm fünf Prozent dessen geschenkt, um was er mich anpumpen wollte, aber eine Ähnlichkeit zwischen mir und Stefenson hat noch niemand herausgefunden. Ich bin Ihnen übrigens für die gute Absicht, mir etwas Angenehmes sagen zu wollen, sehr verbunden."
Er schaute mich an, und ich blickte in ein stockfremdes Gesicht. Auch glaubte ich trotz des Abenddämmerns genau feststellen zu können, daß dieser Bart nicht angeklebt, daß diese Haare keine Perücke seien. So wurde ich an meiner Entdeckung irre, und da ich einen zweiten Hineinfall nicht erleben wollte, sagte ich: „Gott, man kann sich täuschen!" Da blieb er stehen, sah mich an und sagte:
„Sie haben mich wohl gar für Stefenson selbst gehalten, der Ihnen in einer Ferienmaske was vormimt? Dem alten Knaben wäre ein solcher Streich zuzumuten, he?"
„Aber nein — aber nein! So ähnlich sind Sie ihm nun doch nicht."
„Nun, möglich ist alles auf der Welt. Hauptsächlich bei Ferien vom Ich!" sagte Brown vergnügt.
Und er lachte. Es war ein fremdes Lachen.
Unterwegs begegnete uns ein Telegraphenbote. Er überreichte mir ein Kabeltelegramm, das aus Milwaukee kam und lautete: „Verbindung mit X-Bankverein gelöst; weitere Zahlungen durch Dresdner Bank. Stefenson."
Die Verhandlungen, von dem Bankverein, mit dem wir bis jetzt gearbeitet hatten, zur Dresdner Bank überzugehen, schwebten schon einige Zeit, und dieses Telegramm belehrte mich nun, daß Stefenson in Milwaukee und nicht in Waltersburg war. Meine Phantasie hatte mir wieder einmal einen Streich gespielt...
Während ich den Telegraphenboten abfertigte und das Telegramm las, war Mister Brown den Mädchen nachgegangen, hatte

die kleine Luise an den Händen gefaßt und tanzte mit ihr „Ringel-Ringel-Reihen". Die lange Schlottergestalt nahm sich dabei merkwürdig genug aus, das Kind jauchzte, kam fast außer Atem, schlug zum Schluß entzückt in die Händchen und sagte: „Er tanzt genau so schön wie Papa!"
„Alle Amerikaner tanzen so schön, mein Mäuschen", sagte Brown und küßte das Kind auf die Stirn. Dann zog er die Uhr und sagte:
„Der Zug, mit dem ich zurückfahren wollte, ist ja nun längst fort. Sie waren so liebenswürdig, mich sehr lange dazubehalten. Den nächsten Zug aber darf ich nicht versäumen. Ich muß morgen in Berlin und übermorgen in Hamburg sein. Mein diesmaliges europäisches Gastspiel ist aus."
„Sie haben nur den kleinsten Teil unserer Siedlung gesehen, Mister Brown."
„Oh — ich habe genug gesehen. Den Geist — den Kern! Ich bitte Sie, mir Ihren ausführlichen Prospekt mitzugeben. Daraus werde ich mich informieren, und Sie werden sehen, daß ich am treffendsten das kritisieren werde, was ich nicht gesehen habe."
Am Rathausplatz trennte er sich von uns. Ein Angestellter geleitete ihn zur Pforte, wo sein Wagen hielt. Eva Bunkert sah ihm lange nach.
„Es ist merkwürdig", sagte sie, „er hat mich ungeheuer an Stefenson erinnert."
„O nein", meinte die kleine, harmlose Anneliese, „Mister Stefenson ist doch ganz anders, viel jünger und auch viel hübscher."
„Trotzdem! Was meinen Sie, Doktor?"
Ich zuckte die Achseln.
„Die Amerikaner haben alle dieselbe Art, sich zu geben."
„Das trifft es nicht", sagte Eva nachdenklich. Und auch ich geriet wieder ins Grübeln.
„Ich glaube, es ist immer etwas unheimlich, wenn man nicht weiß, mit wem man spricht. Aber das wird ja in Ihrem Heim immer so sein, die Leute werden nie wissen, mit wem sie sprechen. Werden sie da nicht vorsichtig, ängstlich, unsicher werden?"
„Gewiß nicht. Gesetzt den Fall, dieser Mister Brown sei der

verkappte Mister Stefenson gewesen, wie es ja tatsächlich den Anschein hatte..."
„Um Gottes willen, Sie glauben das doch nicht etwa?" rief Eva erschreckt. „Und ich hätte dann so — so — von Stefenson gesprochen..."
„Aber nein! Stefenson ist in Milwaukee. Hier ist ein Telegramm, das er heute früh dort an mich aufgab."
„Gott sei Dank!"
„Ich wollte nur unsere Idee des Unerkanntseins in unserem Ferienheim verteidigen. Sehen Sie, wenn Mister Brown der maskierte Stefenson gewesen wäre, wäre die Partie unehrlich gewesen. Wir hätten ihn nicht erkannt, wohl aber er uns. In unserem Heim wird das ganz anders sein. Keiner wird den andern kennen. Da wird keine Befangenheit, keine Ängstlichkeit, sondern ein Mut zur Offenherzigkeit sein, der unerhört ist in der Welt. Die Menschen werden Wahrheiten hören, die sie niemals vernähmen, wenn sie ihren Namen und Stand sagten, sie werden aber auch ihre Meinung sagen dürfen in einer Weise, die niemals möglich wäre, wenn sie ihre wirkliche Persönlichkeit dafür einsetzen müßten."
„Ach ja", seufzte Eva Bunkert, „die gröbsten und rücksichtslosesten Rezensenten sind die anonymen oder pseudonymen."
„Der Friede dieses Ortes wird alle Schärfe mildern, wird aus der Rücksichtslosigkeit wohltuende Offenheit, aus ätzender Grobheit klare Wahrheit werden lassen."
„Sie meinen es gut mit den Menschen", sagte gerührt die kleine Anneliese und sah mich mit ihren großen braunen Augen dankbar an.
Ich aber — ich weiß nicht, warum — schaute nach der schönen Blonden hin. Ich glaube, ich erwartete eine neue Bemerkung von ihr. Aber sie schwieg.
Die Mädchen blieben im Forellenhofe.
Ich habe vor Monatsfrist im Rathaus Quartier bezogen. Lange schaute ich auf den Lindenplatz hinab. Der Mondschein spielte um den alten Baum. Ich dachte an vielerlei, viel an Eva Bunkert,

aber noch mehr grübelte ich über der Frage: War er's? War er's nicht?
Am übernächsten Morgen erhielt ich zwei Briefe, die ganz dieselbe Handschrift aufwiesen. Der eine Brief war von Stefenson und kam aus Milwaukee; er enthielt allerhand geschäftliche Weisungen sowie die Mitteilung, daß er, Stefenson, wahrscheinlich erst im Sommer nach Europa zurückkehren könne. Der andere Brief war von Mister Brown, trug den Poststempel Hamburg und meldete, daß der Journalist im Begriffe stehe, nach Amerika zurückzukehren, sich noch einmal für die freundliche Aufnahme bedanke und inzwischen unseren Prospekt mit Interesse gelesen habe.
Ich verglich die beiden Briefe wieder und wieder. Die Schriftzeichen glichen sich außerordentlich. Hätte man je einen der großen, geschwungenen Buchstaben aus den Briefen ausgeschnitten, man hätte eine Kongruenz feststellen können.
Da sagte ich, der Erfinder der Idee von den Ferien vom Ich, zu mir selbst:
„Ach, es ist doch gut, wenn man weiß, mit wem man es zu tun hat!"

Die ersten Kurgäste

Am 1. Mai ist unsere Heilanstalt eröffnet worden. Die Feier war schlicht. Lehrer Herder hatte es sich nicht nehmen lassen, wieder ein Melodram zu dichten, zu komponieren und zu inszenieren. Das Publikum bestand aus Waltersburgern, unseren Bauern, deren Dienstleuten, unserem Personal und fünfzehn Kurgästen. Von diesen fünfzehn Kurgästen genießen zehn Freikur, und von diesen zehn sind sieben Schauspieler ohne Sommerengagement. Stefenson sandte ein längeres Glückwunschtelegramm aus St. Louis.
Fünfzehn Kurgäste! Das war ein magerer Anfang nach der starken Reklame, die wir gemacht hatten. Ich telegraphierte das klägliche Ergebnis nach Amerika und erhielt von Stevenson die Antwort: „Hatte ich mir gedacht!"
Wir beschlossen, die Leute nicht einzeln über die Höfe zu verstreuen, sondern einen Teil in den Forellenhof, einen anderen in die Waldschölzerei zu geben. Die Schauspieler aber schwärmten nicht für Feld- und Waldarbeit; sie wünschten mehr dekorative Posten. Fünf von den sieben wollten Nachtwächter sein, einer bot sich als Hilfsbriefträger an, wobei seine Tätigkeit gleich Null gewesen wäre, und einer sagte mit mildem Augenaufschlag, er könne sich nur als Krankenpfleger glücklich fühlen. Wir hatten aber keine Kranken.
Da stellte der Bauer Emil Barthel vom Forellenhof neben dem Großknecht, den er bereits hatte, den „langen Ignaz", noch einen zweiten Knecht ein und sagte zu mir: „Ich hab' es Ihn'n gesagt, Herr Doktor, de Stadtleute sein olle faule Luder. Mit den is nischt anzufangen."
„Geduld, Barthel, Geduld!"
Der Anfang war wirklich kläglich. Zwar sang Egin Harold, der als Nachtwächter bestellt worden (und der in seinem Privatberuf Opernsänger war), das
„Hört, Ihr Herr'n und laßt euch sagen,
Die Uhr hat eben zehn geschlagen!"

mit tremolierender Empfindsamkeit; aber um Mitternacht sang er noch viel empfindsamer vor dem Hofe des Sonnenbauern, der eine hübsche blonde Magd hatte: „Gute Nacht, du mein herziges Kind!", um 1 Uhr droben am Hange: „Ihr lichten Sterne habt gebracht so manchem Herzen schon hienieden..."; um 2 Uhr: „Steh' ich in finst'rer Mitternacht", und von 3 Uhr an: „Morgenlicht, leuchtend im rosigen Schein..."
Die benachbarten Hofhunde wurden ob dieser Gesänge so tief ergriffen, daß sie alle mitsangen, und alsbald lag auf dem Rathaus eine Beschwerde über den Nachtwächter wegen nächtlicher Ruhestörung. Als nun Egin Harold von dem unmusikalischen Sonnenhofbauern noch gar angedroht bekam, er werde den Hofhund loslassen, wenn der Wächter sein Gesinge vor dem Kammerfenster der Magd nicht einstelle, quittierte der beleidigte Künstler seinen Posten und übergab die Abzeichen seiner Würde an seinen Berufsgenossen, den Bassisten Hagen Korrundt, wobei er mit einiger Abänderung des Lohengrin-Textes sang:

„Den Spieß, dies Horn, den Pelz will ich dir geben.
Das Horn soll in Gefahr dir Hilfe schenken,
Der Spieß im wilden Kampf dir Mut verleiht,
Doch in dem Pelze sollst du mein gedenken,
Der jetzt auch dich aus Schmach und Not befreit."

Die „Schmach und Not", aus der Hagen Korrundt befreit wurde, bestand darin, daß er, der ein starker Mann war, ein paar Stunden am Tage dem Waldschölzer hatte helfen müssen, Bäume zu fällen. Jetzt war er als Nachtwächter vom Tagesdienst befreit. Abends um zehn Uhr bestieg Hagen einen großen Granitblock, den er den „Fafnerstein" getauft hatte, stand malerisch dort oben in seinem wilden Zottelpelz mit seinem langen Spieße und seinem funkelnden Horn, sang mit dröhnendem Baß die Stunde, kletterte dann vom Fafnerstein wieder herab und ging schlafen.
Die Kur bekam Herrn Hagen Korrundt sehr gut. Er erzählte mir in der Sprechstunde, daß er früher an einem chronischen Hungergefühl, das wahrscheinlich auf nervöser Grundlage beruhte, ge-

litten habe, seit er aber bei uns sei, sei er aller Beschwerden ledig. Als ich daraufhin der Köchin in der Waldschölzerei ein Lob erteilte, sagte das Weiblein nur zwei Worte: „Er frißt!" —
Es ist ein Schauspieler da, der mit seinem wirklichen Namen Eduard Käsenapf heißt. Als Künstler nennt er sich Guido Janello, bei uns aber, da er doch nicht erkannt sein darf, Knut Waterstream.
Dieser Knut Waterstream ist dünner als ein Regengerinnsel. Ich schickte ihn zur Arbeit in die Gärtnerei. Einiges erzählte mir der Gärtner, einiges beobachtete ich selbst, wie Knut arbeitete. Er sollte dürres Laub zusammenrechen und flüsterte den braunen Blättern zu:

„So wie ein Blatt vom Wipfel fällt,
So geht ein Leben aus der Welt,
Die Vögel singen weiter!"

Stützte sich auf den Rechenstiel und stand eine Viertelstunde lang in melancholischer Betrachtung über die Verwelkbarkeit des Laubes und anderer irdischer Dinge. Darauf übergab er dem Gärtner den Rechen und sagte:
„Tun *Sie* dieses Totengräbergeschäft; ich vermag es nicht!"
Ein andermal sollte Knut ein Beet ausjäten. Er ging siebenmal mit düsterem Antlitz um das Beet herum, spreizte dann alle zehn Finger über dies neue verruchte Arbeitsfeld und deklamierte:

„Giftiges Kraut, gesäet mitten unter den Weizen, O du teuflische Saat, wie bist du vom Feinde gestreut! Satanas hat sich dein Korn in höllischen Scheuern gestapelt, Hat mit beklauten Fingern diese Aussaat verrichtet, Daß du nun wucherst und wächst dem güldenen Weizen zum Schaden, Daß du die Sonne ihm stiehlst, den nächtlichen Tau der Gestirne. Weiche, du teuflische Brut, verkrieche dich tief in den Boden, Krieche zur Hölle zurück, zum Satan, von dem du gekommen, Nie mehr soll dich erblicken mein schwer beleidigtes Auge, Einzig soll es sich freuen am goldenen Schimmer des Weizens!"

Daraufhin hat der Gärtner Herrn Knut Waterstream belehrt, daß das, was er als Weizen anspreche, in Wirklichkeit junger Kopfsalat sei und daß sich gegen das Unkraut mit Beschwörungen nichts ausrichten lasse. Man müsse das Zeug Stück für Stück mit der Wurzel aus der Erde herausziehen; anders gehe es nicht. „Lieber Freund", hat da Knut Waterstream mit melancholischer Stimme erwidert, „wir verstehen uns nicht!"
Dann ist er gesenkten Hauptes nach Hause gegangen.

*

Es soll der Sänger mit dem König gehen. Sänger hatten wir von Anfang an genug; am 10. Mai kam der König an. Ein wirklicher König war es zwar nicht, aber immerhin der Bruder eines regierenden Fürsten, eine Hoheit. Um diese Zeit versandte unser Propagandachef folgende Notiz an dreihundert Zeitungen:
„Der Andrang nach der Kuranstalt ‚Ferien vom Ich' zu Waltersburg, der besten und originellsten Heilstätte der Welt, ist enorm. Die ermüdete Intelligenz flüchtet in unseren Frieden; die heimatlosen Kinder der Welt kommen auf ein Weilchen zurück ins grünbelaubte Mutterhaus der Natur. Künstler von Weltruf, Mitglieder europäischer Regentenhäuser sind bei uns eingekehrt. Wie romantisch, wenn ein Heldentenor, der vergötterte Liebling allen Volkes, bei uns als schlichter Nachtwachtmann mit funkelndem Speer und silbernem Horn durch die im Sternenschein liegenden Gassen schreitet, die Stunden singend, wie es in alten Tagen geschah, oder wenn er einer heimlich geliebten, schlummernden Dame sein Troubadourlied singt; wie rührend, wenn ein gefeierter Schauspieler voll Lust und mit nie ermüdender Emsigkeit seine Gärtnerarbeit verrichtet; wie ergreifend, wenn der Allerhöchstgeborene Herr, dessen Wink das ganze Land gehorcht, auf dessen Stimmungen die Welt achtet, im demütigen Bauernkleide, von niemand erkannt, seiner ländlichen Tätigkeit nachgeht! Wahrlich, die Kuranstalt ‚Ferien vom Ich' ist ein Triumph der Menschheit, ist der Sieg über das Unglück, ist ein Paradies auf Erden!"

Als ich diesen Erguß in den Zeitungen las, wußte ich: auch unser Propagandachef war ein Dichter. Einer von blühender Phantasie.
Hoheit kam zu mir und fragte:
„Sagen Sie mal, Doktor, ist denn unter den paar Männchen, die hier bei Ihnen rumkrauchen, etwa der König von England oder von Italien drunter?"
„Gewiß nicht, Hoheit."
„Ja, wer ist denn da mit dem Allerhöchstgeborenen Herrn gemeint, auf dessen Stimmungen die Welt achtet?"
„Ew. Hoheit selbst."
Hoheit prusteten los und kriegten einen Hustenanfall. Nachher sagten Hoheit:
„Verfluchter Kerl, ihr Propagandachef, er macht was aus einem!" —
Der Erfolg der Reklamenotiz war riesenhaft. Es wurden achtzigtausend Prospekte von uns eingefordert, und es meldeten sich über dreitausend Kurgäste an. Ob der nachtwächternde Heldentenor oder der ackerbauende Fürst die größere Anziehung ausübte, war nicht zu entscheiden. Flugs erschien in Hunderten von Zeitungen folgende Notiz:
„Kuranstalt ‚Ferien vom Ich', Waltersburg. In einer Woche 83 000 Menschen, die an die Pforten unseres Heims anklopften!!! Auf absehbare Zeit können wir trotz unserer riesigen Anlagen neue Gäste nicht aufnehmen, da jeder unserer Feriengäste ganz individuell behandelt werden muß. Vornotierungen aber zulässig."
Diese hochmütige Kürze tat noch größere Wunder. Unser Büro konnte die Berge von Zuschriften nicht im geringsten mehr bewältigen. Ich telegraphierte unsere fabelhaften Erfolge nach Amerika. Und wieder traf die Antwort ein: „Hatte ich mir gedacht!"

*

Hoheit ist ein recht liebenswürdiger Kurgast. Hoheit ist überhaupt einer, der seiner zu großen Nachsicht gegen sich selbst die

Erschlaffung seiner Nerven verdankt. Wir Ärzte drücken das höflich aus: Er hat zu konzentriert gelebt. Es ist schön, daß wir unsere fachmännischen Ausdrucksformen haben; denn es würde sich stilistisch nicht gut ausnehmen, wenn man sagte: Hoheit ist vielleicht eine ganz gute Haut, aber ein bißchen Schweinekerl und Lüderjan!
Also, Hoheit haben zu konzentriert gelebt und sind vielleicht nur zu uns gekommen, weil sie hier ein Feld für originelle Extravaganzen wittert. Rares wittert. Alles andere liegt hinter diesem Mann, schwere Familienratsbeschlüsse, unfreiwillige Reise um die Erde, zeitweilige Verwendung in den Kolonien, Aussöhnung mit dem Familienchef, abermaliges Fallen in Ungnade, morganatische Ehe, Scheidung, Schulden, Zeitungsskandale und was so zum Bilde des tollen Prinzen gehört.
Drei Tage hat Hoheit in der Besinnungseinsiedelei zugebracht und mir einen Lebensbericht eingereicht, über den mir die Haare zu Berge gestanden haben, obwohl ich als Arzt und Weltumsegler ja gerade und unerfahren und prüde bin. Am Schluß stand: er habe sich eigentlich erschießen wollen, aber er könne ja noch mal diese „neue Chose" probieren, ob ihm noch ein bißchen Geschmack am Leben beizubringen sei. Das Leben komme ihm so eklig und wertlos vor wie ein alter, schmutziger Kupferdreier, für den man keine Zwiebel mehr zu kaufen kriegt. Er gebe sich ganz in meine Hand, wolle alle Arbeit tun und bitte, mit ihm recht rauh zu verfahren; es sei ihm immer am wohlsten gewesen, wenn ihm gelegentlich mal sein hoher Bruder, Landesherr und Familienoberhaupt ein paar Ohrfeigen angeboten habe. Dann habe er auf Sekunden das Gefühl gehabt, daß er und sein Leben noch ernst genommen werden können. Heißen wolle er Max Piesecke. —
„Also, lieber Piesecke", sagte ich in der Sprechstunde zu ihm, „daß Sie ein großer Lumpenkerl sind, wissen Sie und brauche ich Ihnen nicht erst zu sagen. Höchstwahrscheinlich läßt sich mit Ihnen nichts mehr anfangen. Erschießen werden Sie sich nicht, dazu fehlt Ihnen die Courage. Aber miserabel zugrunde gehen werden Sie! Es wird weh tun, Piesecke; Sie werden die Wände

auskratzen, ehe Sie hin sind! Aber, Piesecke, sehen Sie — ich glaube, ungefällig sind Sie nicht. Sie haben auch noch Sinn für Humor. Nun, Piesecke, es wäre doch ein kolossaler Witz, wenn aus Ihnen noch mal ein brauchbarer Kerl würde! He? Sie müssen selbst darüber lachen! Und für mich wäre es gut — wegen Ihrer Familie. Also versuchen wir's halt. Gelingt's, freue ich mich; gelingt's nicht, schmeiße ich Sie raus!"
„Wahrscheinlich werden Sie mich rausschmeißen!" sagte Piesecke nachdenklich.
„Sie sind ein schlechter Pessimist, Piesecke! Sehen Sie, wenn Sie ein bißchen Philosophie im Leibe hätten, müßten Sie wissen: es gibt keinen grimmigeren Spaß, als ein Pessimist zu sein und über den Pessimismus zu lachen!"
„Wie? Bitte, schreiben Sie mir den Satz auf!"
„Gern!"
Ich schrieb den Satz auf einen Zettel, übergab ihn Piesecke und sagte:
„Stecken Sie sich dieses Wertpapier in Ihre Jackentasche und verlieren Sie es nicht! Und nun werde ich Ihnen noch etwas sagen, Piesecke! Sie werden höchstwahrscheinlich nach acht Tagen bei uns ausreißen wollen. Sie sind gar nicht imstande, bei uns zu bleiben und das Gesundungsleben durchzuführen. Dazu fehlt Ihnen die Willenskraft. Und um nicht unnützerweise acht Tage lang meine Zeit mit Ihnen zu vergeuden, werden wir einen notariell aufgenommenen Kontrakt machen. Er wird kurz sein und lauten:

> Falls ich nicht ein Jahr lang im Waltersburger Kurheim ‚Ferien vom Ich' aushalte oder mich den Anordnungen des dirigierenden Arztes nicht füge, zahle ich eine Million Mark Reugeld."

„Was?" schrie Max Piesecke. „Wenn ich so etwas tue und mein Bruder erfährt es, schlägt er mich tot!"
„Schön! Dann habe ich nicht mehr nötig, Sie zu kurieren."
Piesecke sank in sich zusammen.
„Ich bin immer Erpressern in die Hände gefallen", jammerte er.
„Morgen nachmittag viereinhalb Uhr wird der Notar hier sein",

entgegnete ich ruhig; „Sie werden dann entweder das von mir aufgesetzte Abkommen unterzeichnen oder Ihrer Wege gehen."
„Ferien vom Ich!" stöhnte Piesecke; „ich habe gar keinen Willen mehr."
Am nächsten Tage, um 4.35 Uhr, unterschrieb vor dem Notar, meinem Vertrauten, Max Piesecke das von mir gewünschte Abkommen mit seinem hochfürstlichen Namen.
„Nun passen Sie mal auf, Piesecke", sagte ich, „jetzt wird noch was aus Ihnen!"

———————————————————————

All' unsere Höfe sind mit Kurgästen besetzt. Wir haben soviel Anmeldungen, daß wir die Wahl hätten, wen wir aufnehmen wollen, aber wir gehen der Reihenfolge der Anmeldungen nach. Ich habe von früh bis spät Arbeit, obwohl unser Ärztekollegium immer größer wird. Es lastet zu viel Geschäftliches auf mir. Das drückt auf die Seele; denn ich bin kein Kaufmann. Was tut mir doch dieser Stefenson an, daß er gerade jetzt, wo er hier am nötigsten wäre, in Amerika sitzen bleibt? So viel ich auch schon an ihn schrieb und telegraphierte, er kommt nicht zurück. Immer die gleiche Antwort: „Ich bin hier noch unabkömmlich."
Unser Direktor — ein früherer Offizier — ist zum Glück ein tüchtiger Mann. Es ist Schwung in seinen Gedanken, er hat Initiative und Spürsinn. Wie ein guter Jagdhund ist er, er hat's in der Nase, wenn er über das weite Gelände unseres Arbeitsfeldes schnuppert, wo irgendwo in einer geheimen Furche ein verborgener Erfolg aufzustöbern ist. Er ist aus dem Holz, aus dem die guten Feldherren, Diplomaten, Kaufleute geschnitzt sind. Die leitet alle ein unfaßbarer Instinkt, eine Art sechster Sinn, den andere Leute nicht haben.
Der Direktor heißt von Brüsen und wird wegen seines würdevollen Auftretens von den Kurgästen „der Herr Präsident", von den Angestellten aber „der Direks" genannt. Oft habe ich bei seinen Maßnahmen das Gefühl: genau so würde Stefenson gehandelt haben. Brüsen ist auch von Stefenson angestellt worden. Mein Geschäftsfreund hat den Offizier a. D. mal irgendwo

kennengelernt, sich mit ihm etwa zwei Stunden unterhalten, dabei — wie er schrieb — gefunden, „daß sich dieser Mann zwei verschiedene Dinge auf einmal vorstellen könne, was nur sehr wenig Menschen vermöchten", daß er ferner „zu klug sei, um die Alltagsklugheit zu haben", daß er nicht in den Doppelsohlenstiefeln ängstlicher Vorsicht einherstampfe, in denen man von hundert Schnellfüßlern überholt werde, und daß er von guter, zäher Geistesmuskulatur sei. So hat Stefenson die Adresse dieses Herrn gemerkt und ihn für uns nun an den Tag gezogen. Es ist ein Glück, daß dieser Direktor da ist. Was täte ich ohne ihn? Einen Entscheid fällt er fast nie sofort. Er will, wenn es sich um wichtigere Angelegenheiten handelt, immer einen Tag oder doch einige Stunden Bedenkzeit. Dann steht aber auch seine Meinung felsenfest. Und er entscheidet immer so, wie ich annehmen möchte, daß Stefenson entschieden haben würde, auch manchmal in Dingen, die viel Geld kosten, so waghalsig, so wurstig, so ohne Skrupel, wie es eben nur ein reicher Mann kann, der so fest steht, daß er weiß: ich kann nicht fallen, komme, was wolle. Ein paarmal sah ich den Direktor scheu von der Seite an. War er etwa gar...
Das war krasser Unfug. Dieser kleine Schwarzbart mit dem runden Bäuchlein war bestimmt nicht der große, hagere Stefenson. Auch in dem Journalisten Brown hätte ich nichts anderes vermuten sollen, als eben den Mister Brown.
Ich muß mich wahrhaftig erst in die Ausführung meiner eigenen Idee von der Unpersönlichkeit meiner Kurgäste gewöhnen. Es wird mir schwer, in dem Nachtwächter Korrundt nicht den Opernsänger zu sehen, ja es wird mir sogar schwer, unsere verbummelte Hoheit mit Piesecke anzureden. Dabei ist doch der Mann wirklich mehr Piesecke als Hoheit. Ich bekümmere mich absichtlich nicht um die Personalien der Kurgäste, die ich nicht selbst behandle, sehe keine unserer Geheimlisten ein, soweit ich es nicht als leitender Arzt tun muß. So begegne ich Menschen auf unseren Wegen, sehe Leute in unseren Gärten und auf unseren Feldern arbeiten, von denen ich nicht weiß, wer sie sind, woher sie kommen, wohin sie gehen, von denen mir nur bekannt ist,

daß sie aus einer drückenden Enge entflohen sind in das Reich unserer grünen Gesundheit.
Der Sekretär, der unsere Statistik macht, sagte mir, daß neunzig Prozent unserer Kurgäste aus Großstädten kommen. Ich glaube das gern. Die Großstadt ist keine gute Mutter. Dazu sind ihre Arme und Hände zu steinern hart, ist ihre Sprache zu laut und liebeleer, sind ihre Sinne zu flunkerig, sind ihre Wünsche ohne Heimlichkeitssinn zu sehr auf den Engrosramsch der Genüsse gerichtet, ist ihr Aufputz zu sehr abgespart von den wahren Bedürfnissen ihrer Kinder. Von den Palasträumen ihrer Verwaltung aus regiert diese Stiefmutter Großstadt ihre Familie, die zum größten Teil in dumpfen Winkeln hockt und in engen Kammern schläft; in ihren glänzenden Parkanlagen dürfen barfüßige Jungen und zerlumpte Mädchen spazierengehen. Wie die niederträchtigste Amme, die ihren unruhigen Zögling mit Schnaps betäubt, errichtet sie in all ihren Vorstädten Destille neben Destille. Und wenn die Kinder gar zu viel darben und zu murren beginnen, schenkt ihnen diese „Mutter" Großstadt einige Bonbons „öffentlicher Fürsorge" oder billiger Lustbarkeit, Bonbons, die nicht satt, stark und gesund machen können, sondern nur den Magen ansäuern und die Zähne des Willens und Charakters verderben.
Wann endlich wird die Menschheit des trügerischen Schimmers müde sein, in Scharen ausziehen aus dem ungesunden Hause der Stiefmutter Großstadt und im großen Ferien machen von diesem jammervollen Ich?

— — — — — — — — — — — — — — — — —

Heut ist ein Unglück passiert. Annelies von Grill und Eva Bunkert wollten als Kurgäste zu uns kommen und beim Forellenbauer wohnen. Der Bauer hatte seinen Spazierwagen nach dem Bahnhof geschickt zur Abholung. Sein Knecht, der lange Ignaz, spielte den Kutscher. Aber auch Piesecke fuhr mit. Hoheit will sich in die Geheimnisse der Kunst einweihen lassen, ein Bauerngefährt auf einem etwas holperigen Feldweg mit Geschick zu leiten. Auf dem Rückwege ist dann das Unheil geschehen. Pie-

secke hat kutschiert, und gerade dort, wo der Weg eine steile Böschung hat, umgeworfen. Die Damen sind den Abhang hinuntergekugelt, die beiden Kutscher desgleichen, und die scheugewordenen Pferde haben den umgekippten Wagen hinter sich hergeschleift und greulich zugerichtet.
Von den vier abgepurzelten Personen hat sich der Knecht Ignaz zuerst erhoben. Er hat sich erst die Glieder zurechtgeschlenkert, dann die Wahlstatt überschaut und darauf zunächst mal dem unglücklichen Piesecke ein paar ungeheure Ohrfeigen versetzt. Darauf ist Ignaz den Pferden nachgerannt, hat sie zum Stehen gebracht, sich überzeugt, daß mit dem Wagen nicht weiterzufahren sei, und ist dann zu den Damen zurückgekehrt. Annelies ist außer dem Schreck nichts passiert, die schöne Eva hat sich einen Fuß verstaucht. Ignaz hat die holde Blonde auf seinen kräftigen Buckel laden und nach Hause tragen wollen, doch das hat sie abgelehnt. Piesecke hat nichts zu sagen gewußt als: „Pardon, pardon, es ist mir dieses alles sehr fatal." Schließlich hat Eva dem Knechte befohlen, ein Pferd auszuspannen, sie hinaufzuheben, und ist so halb lachend, halb weinend bei uns eingeritten.

Am selben Tage noch kam Hoheit zu mir, um wegen der erhaltenen Ohrfeigen Beschwerde zu führen. Er sei — so sagte er — immerhin ein Kurgast, und Ignaz sei ein gemieteter Knecht. Er müsse gegen solche Behandlung Protest einlegen.
Ich aber sagte: „Piesecke, ich habe so viel Wichtiges zu tun, daß ich mich wirklich nicht darum kümmern kann, wenn sich mal zwei unserer Kutscher prügeln."
Darauf erhellte sich Pieseckes Gesicht, und er sagte: „Jawohl, ich sehe es ein! Wenn ich mich körperlich werde gekräftigt haben, werde ich ihm die Ohrfeigen zurückgeben."
„Das müssen Sie", erwiderte ich; „das gebe ich Ihnen auf; das werde ich Ihnen direkt in die Kurverordnung schreiben, lieber Piesecke!"

Sommerabend

Die Arbeit war getan; ich war frei. Eigentlich wollte ich ja hinauf zum Hirtenhaus, aber ehe ich mich's versah, schlenderte ich doch wieder zum Forellenbauer hinab. Ich redete mir ein, ich müsse mich um mein Sorgenkind Piesecke bekümmern, und so nebenbei könne ich ja auch nach Eva fragen, deren kranker Fuß allerdings von einem Kollegen behandelt wird. Das Mädchen saß vor der Haustür auf der grüngestrichenen Bank und putzte Gemüse. Sie heißt hier einfach „Hanne". Einen Familiennamen führt sie nicht, ebensowenig wie Anneliese, die sich in „Bärbel" umgetauft hat.
Am Hoftor blieb ich stehen. Ein liebliches Bild! Abendsonne bestrahlte das schöne Mädchen, eine weiße Taube saß auf der Rückenlehne der Bank, ein goldgefiederter Hahn blinzelte mit seinen Äuglein zu dem Mädchen empor, wartend, ob für ihn etwas abfalle. Dann kam der große Zottelhund, wedelte mit seinem buschigen Schwanz den Hahn gutmütig, aber bestimmt zur Seite, nahm dessen Platz ein und saß in stummer Bewunderung vor der schönen Frau.
Und noch ein anderer schaute verliebt zu dem Mädchen hin, das war Piesecke, der an der Stalltür lehnte und eine Sense in der Hand hielt. Oh, den armen Piesecke scheint es ganz arg erwischt zu haben. Er verdrehte die Augen und seufzte einmal so laut, daß man es über den Hof hinweg hörte. Ich ärgerte mich über diesen Menschen.
Gleich wurde mir eine Genugtuung. Eine derbe Faust kam aus der Stalltür heraus, gab dem träumenden Piesecke einen Stoß in den Rücken, daß er samt seiner Sense in den Hof taumelte, und eine rauhe Stimme rief:
„Schlaf nicht, du Döskopp! Mach, daß du aufs Kleefeld kommst!"
Die schöne Hanne blickte auf und lachte, Piesecke geriet in Wut, fuchtelte mit seiner Sense ein wenig vor der inzwischen geschlossenen Stalltür herum und ging dann niedergeschlagen über den Hof. Am Tor traf er mich.

„Das ist eine Gemeinheit", sagte er und hatte Tränen in den Augen.
„Piesecke", tröstete ich ihn, „ich bin Zeuge dessen gewesen, was jetzt vorfiel. Das ist gegen jede Ordnung, ist gegen den Sinn unseres Ferienheims. Der Knecht Ignaz hat sich gegen einen Kurgast solche Frechheiten nicht herauszunehmen. Ich werde ener-

gisch mit dem Bauern reden. Oder soll ich Sie auf einem anderen Hofe unterbringen?"
„Um Gottes willen nicht", rief Piesecke erschrocken; ich — ich — da hielte ich's ja gar nicht aus auf einem anderen Hofe ... ich — ich hab' mich ja schon so — so — an den Grobian gewöhnt."
Und er ging gesenkten Hauptes mit seiner Sense davon.
Ich begrüßte eben die blonde „Hanne", da trat auch schon der Bauer Barthel aus der Haustür. Das war mir nicht lieb, und so sagte ich ein bißchen unwirsch:
„Barthel, das geht aber nicht, daß Sie Knechte mieten, die unsere Kurgäste verprügeln. Denken Sie mal, wenn das in der Öffentlichkeit bekannt würde! Da käme niemand mehr zu uns. Den langen Ignaz müssen Sie entlassen."
„Ich kann nich, Herr Dukter", erwiderte Barthel achselzuckend. „Ma kriegt so schwer 'n gutten Knecht. Kurgäste kriegt ma zehnmal leichter wie 'n Knecht. Und a Ignaz, den kenn' ich vu Jugend uff, das is a ganzer Kerle. Der schofft's! Wos sull ich machen, jetzt, wu die Ernte kummt? Ich kann doch nich die Ernte mit 'm Piesecke machen! Se sullten mal zusehn, Herr Dukter, wenn der Piesecke Gras haut. Bluß die Spitzen schneid't er ab, de Sense fuchtelt immer in der Luft rum. Oder sie bleibt in eem Maulwurfhaufen stecken. Es ist jämmerlich!"
„Wie lange wird denn Herr Piesecke hier bleiben?" fragte Hanne.
„Das dürfte ich eigentlich nicht sagen", erwiderte ich, „aber ich glaube, ein ganzes Jahr!"
„Um Gott's willen!" stöhnte Barthel. „A Jahr lang! Da hat mir der Kerl 'n ganzen Hof ruiniert. Was soll ooch so 'n Sargfabrikant von der Bauernwirtschaft verstehn."
„Wieso — Sargfabrikant?"
Barthel lächelte überlegen.
„Eener vom Grundhofe kennt ihn. Piesecke is Sargfabrikant in Hannover und heeßt eegentlich Robert Ebbing. Ich hab' das vom Sargfabrikanten gleich geglaubt; denn 'n sehr traurigen Eindruck macht a doch. Aber ich hab' mir gesagt, a muß doch da was von der Tischlerei verstehn. Da sollt' a mir vorgestern 'ne Kiste zunageln. Das hätten Se sehn müssen! Olle Nägel krumm oder in

die Luft gekloppt. Das weeß ich: in een Sarg, den der Piesecke gemacht hat, leg' ich mich amal nich! Eh' da die Sänger mit ‚Es ist bestimmt in Gottes Rat' fertig wären, bräch' der Boden und ich läg' draußen!"

„Also, das alles glaub' ich nicht", warf die blonde Hanne lachend ein; „Piesecke stammt aus einer besseren Familie; das merkt man ihm schon an."

Ich zuckte die Achseln.

„Es darf hier jeder vermuten, was er will."

„Meinetwegen mag er sein, was er Lust hat", sagte Barthel brummig; „Hauptsache, ich wär' ihn los."

„Geduld, Barthel, Geduld!"

„Geduld braucht ma mächtig viel mit den Städtern. Also fünfundzwanzig Stück Kurgäste hab' ich jetzt. Außer mit der klee'n Bärbel hab' ich mit allen Schererei. Na, ich brumm' nicht etwa, Herr Dukter; für die Ärgerei mit a Städtern bin ich ja da, und hab' ich ja mein feines Auskumm'. Ich sag' bloß: Ärger machen se alle."

„Aber doch nicht ich!" rief Hanne.

„Sie ooch", sagte Barthel melancholisch; „meine Alte is uff Sie eifersüchtig."

„Barthel!"

Dem Mädchen blieb der hübsche Mund offenstehen.

„Ja, ja, ich hab' ihr zwar gutt zugered't und gesagt: Alte Schraube, es paßt sich nich, daß du uff deine alten Tage eifersüchtig wirst. Aber se sagt, es paßt sich nich, daß ich su oft mit Ihn'n plaudere, und ich tät Augen machen."

„Was täten Sie machen?"

„Augen! Nu ja, ich kann doch nich als Blindekuh vor Ihn'n stehn!"

Das Mädchen machte ein erheuchelt ernstes Gesicht. „Also, Barthel, diese Augen lasse ich nich auf mir sitzen. Ich werde Ihre Frau Gemahlin zur Rechenschaft ziehen."

„Um Gottes willen nich! Wenn das rumkummt, schrei'n ja die Leute Feuer!"

Da trat Frau Susanne Barthel aus der Haustür.

„Hatt' ich mir's nich geducht? Steht a nich schon wieder?" sagte sie.
„Ja, Frau Barthel", rief Eva, „und er macht Augen auf mich!"
„Nich wahr, Fräulein Hanne, Sie haben ooch Ihren Spaß an dem alten Esel?"
Das Weiblein fing an zu lachen, daß ihr die Augen tränten.
„Also, wenn der Augen macht", schluchzte sie unter Lachen, „da kommt keen gestoch'nes Kalb dagegen auf."
„Weib", schrie Barthel erbost; „du bist eifersüchtig. Du hast keen' Grund dazu!"
„Nee, nee", schlenkerte die dicke Susanne prustend mit den Händen; „du kannst um de ganze Welt rum Augen machen, 's fällt keene druff rein!"
Und sie ging vergnügt ins Haus zurück. Barthel stopfte ob des vernichtenden Urteils über seine männliche Anziehungskraft die Hände in die Hosentaschen und sagte:
„Das is eene Gemeinheit! Immer lacht se, schon wie se noch meine Braut war, lacht' se mich immer aus."
„Seien Sie doch froh, Barthel, daß Sie eine so lustige Frau haben."
„Nee, nee, Herr Dukter, olles mit Respekt gesagt, aber das verstehen Se nich! Sie sind nich verheirat't. Sehn Se, wenn a Weib schimpft, oder wenn se flennt, oder wenn se mit Tellern schmeißt, oder wenn sie furtlooft, könn'n Se sich immer noch Ihren Kopp ufsetzen; aber wenn sie lacht, sind Se geliefert."
Nach dieser Bemerkung hob der Philosoph aus dem Volke den Kopf und lachte selber. Und ich benutzte die Gelegenheit und bat Barthel, mir seine Meinung über seine Kurgäste mitzuteilen. So wenig ich mich sonst um den Stand der von mir persönlich nicht behandelten Kurgäste kümmere — wer auf dem Forellenhof lebt, weiß ich. Ach, ich wollte es mir ja immer noch nicht zugestehn, aber ich glaubte oft, daß ich selbst „Augen" auf die schöne Eva Bunkert mache, die hier „Hanne" heißt. Und wenn ich ehrlich sein will, ist das auch der Grund, warum ich gerade die Besucherliste des Forellenhofes kenne. Jetzt sagte ich gutgelaunt:

„Also, Barthel, schießen Sie mal los mit Ihrem Ärger über unsere Kurgäste."

Ich hatte mich inzwischen zu Hanne auf die Bank gesetzt, Barthel hockte auf einem umgekehrten Kartoffelkorbe uns gegenüber. Er machte ein philosophisches Gesicht und sagte:

„Ärger kann man's eigentlich nich nennen, man muß mehr sagen, keen richtigen Respekt nich. Also, vom Piesecke will ich nich reden, der ärgert mich wirklich. Das is 'n Huhn! Wahrscheinlich hat a zuviel Särge gemacht, zuviel Geld eingenummen und da is es halt su geworden. Aber zum Beispiel der Lempert. Also, in dessen Kurverordnung, die er mir als 'm Hausherrn doch abgeben muß, steht: Aufstehen halb sechs. Um halb sechs geht der Ignaz wecken. Lempert brummt nich amal. Um dreiviertel weckt Ignaz wieder. Lempert schreit: a sull die Schnauze halten! Um sechse geh ich selber und hau an die Tür. Lempert schmeißt seine Stiefel dagegen und schreit, ich sull mich zum Teufel scheren. Um viertel sieben trommeln wir beide so an die Türe, daß 's ganze Haus wackelt, 's rührt sich nischt. Um halb sieben droh'n wir, die Türe einzuhauen. Da kummt Lempert hinter uns die Treppe rauf und fragt seelenvergnügt, warum wir eigentlich vor seiner Tür so eenen Skandal machen; a wär' doch schon lange munter. Is der Kerl heimlich uffgestanden und hat die Türe von außen verschlossen. Nächsten Tag dieselbe Chose. Um halb sechs Ignaz (Lempert brummt), um dreiviertel sechs Ignaz (Schnauze halten!), um sechs ich (er schmeißt mit Stiefeln). ‚Jetzt, Ignaz', sag ich, ‚is Schluß, jetzt steht er heimlich uff.' Um neune is 'n Bote vom Rathaus bei mir, warum der Lempert nich zur Kur gekommen sei? Schläft der Vagabund noch! Da soll ma sich nich ärgern!"

Lempert war ein Rechtsanwalt aus Leipzig.

„Fahren Sie fort, Barthel. Schildern Sie mir noch einige Ihrer Kurgäste."

„Also da ist der Emmerich, der komponiert mir 'n ganzen Hof voll. Auf 'm neubehobelten Kartoffelwagen hat a 'n ganzes Brett vollkomponiert, er komponiert die Hausflurwände voll, er komponiert ans Butterfaß, er komponiert auf die Tischtücher,

er hat sogar (entschuldigen, Fräulein Hanne!) auf den Klosettdeckel einen Rundgesang komponiert. So ein verrücktes Huhn is das! Ich hab'n gefragt, ob er Kapellmeister oder Kantor wär', da hat er gesagt: ‚Nee, er wär' Gesanglehrer in eener Taubstummenanstalt'. Von sein'n Schülern ließe er seine Kompositionen aufführen. Das nennte sich primitive Kunst. Und gerade so'n Schmierfinke wie der Emmerich is der Maler Methusalem. Das is erst eine Nummer! Der behauptet, er wäre 998 Jahre alt. In zwei Jahren zu Pfingsten feiert a seinen tausendsten Geburtstag. Da will er uns alle einladen. Den nächsten Tag tät' er dann sterben, da könnten wir gleich zum Begräbnis dableiben. Die Sache hätte sich so zugetragen, daß er vor etwa tausend Jahren 'n mächtiger König gewesen wär'; aber er hätt' 'n Verbrechen begangen, und da hätt' 'n een sehr kräftiger Fluch getroffen, und da hätt' er gleich nach seinem Tode sich immer wieder aus 'm Grabe rausbuddeln und in anderer Gestalt 'n neues Leben beginnen müssen, und es sei immer sehr bergab gegangen mit sein'n diversen Leben, bis er zuletzt hätte als deutscher Maler auf die Welt gemußt. Da sei das Maß seiner Buße voll geworden, und er dürft' jetzt definitiv sterben. Also — was hat dieser Methusalem gemacht? Ich hab' ein neues Schaff gekauft. 's erstemal kommt's in Gebrauch. Schneeweißes Buchenholz. Da schüttet meine Frau Rüben in das Schaff, pfeift 'm Methusalem und sagt: Methusalem, stampfen Se mal die Rüben hübsch klein! Was macht er? Er beguckt sich das schöne weiße Schaff, dreht's um, schüttet die Rüben auf's Pflaster und malt auf'm auswendigen Boden vom Schaff meine Alte. Die is nu immer wieder hergelaufen gekommen, hat gelacht und geschimpft auf den Methusalem, und er hat sie immer angeguckt und drauflosgestrichelt. Da is se ausgerückt, und er 's Schaff sich über 'n Kopp gestülpt und immer hinter der Susanne her. Und wo er sie erwischte, schnell ihr ins Gesicht geguckt und 'n paar Striche gemacht. Und dann ging die Jagd von neuem an. Das nennt sich nu landwirtschaftlicher Betrieb bei uns!"

„Hat denn der Methusalem die Zeichnung fertiggestellt?"

„Freilich! Fünf Tage lang is a mit sein'm Schaff auf'm Kopp hinter der Susanne wie wahnsinnig hergewest. Se is ganz außer Atem gekommen und hat gesagt, a müßt' wirklich 'n sehr schwerer Verbrecher sein. Aber das Bild is nu fertig. Ich sag' Ihn'n, su 'ne alte Eule haben Se Ihrer Lebtage noch nicht gesehen."

„Kann man das Bild nicht mal sehn? Sie haben dieses Schaff hoffentlich nicht wieder als Schaff benutzt?"

„Nee! Meine Alte hat das Bild abscheuern woll'n, aber da haben alle Kurgäste Lärm gemacht."

„Die Zeichnung ist köstlich!" warf Eva ein.

„Wo ist denn das Schaff?"

„Oben in seiner Stube hat's der Methusalem eingeschlossen. Aber ich hab' ja 'n zweiten Schlüssel."

„Holen Sie's mal!"

„Wenn mich die Susanne erwischt, kommt sie gleich mit der Schmierseife und der Scheuerbürste hinter mir hergesaust."

„Holen Sie es. Wir stehen Posten."
Ich wußte, daß dieser Methusalem ein bekannter ausgezeichneter Karikaturist war. Als Barthel mit dem Schaff ankam und ich die Zeichnung sah, war ich entzückt. Ich sah ein Meisterwerk! Diese ganze pfiffige, durchtriebene, lachlustige, dicke Susanne lebte, atmete, schimpfte, lachte, kommandierte, pfiff auf der Zeichnung.
„Es ist herrlich", rief ich; „es ist zum Küssen schön!"
„Weib!" schrie da Barthel begeistert, „Weib, komm' raus, der Doktor will dir 'n Kuß geben."
Susanne kam heraus, sah das Schaff, kreischte, versuchte ihren wilden Angriff auf ihr Bildnis und erstarrte, als ich ihr sagte, wenn Herr Stefenson die Zeichnung sähe, würde er wahrscheinlich ein- oder zweitausend Mark dafür zahlen.
Die erblaßte Susanne rief:
„Ich kann doch keene so scheußliche alte Schachtel sein wie die da!"
„Das ist keine scheußliche alte Schachtel", sagte Eva freundlich; „das ist eine sehr liebe, lustige Muttel!"
„Siehste, Alte", höhnte Barthel, „wenn du um die ganze Welt reistest, 's könnte dich keen Maler schöner uffmalen, als du eben bist. Aber ich bin nich eifersüchtig, wenn ooch der Methusalem fünf Tage hinter dir hergerast is wie verrückt."
Mit dieser rachsüchtigen Bemerkung schlug Barthel seine Gattin aus dem Felde.
„Holdrioho hoho!" jodelte einer draußen vor dem Tore.
„Um Himmels willen", rief Barthel, „das is der Methusalem. Wenn der spürt, daß ich in seiner Stube gewest bin! Der tausendjährige Kerl hat Kräfte wie 'n Bär."
Und Barthel nahm das Schaff auf den Kopf und verschwand eilends im Hause.
Eva-Hanne sagte:
„Ich hab' immer gern in meinem Leben gelacht, soviel aber wie in den drei Wochen, da ich hier bin, noch nie."
„Lachen ist gesund."
„Ganz gewiß. Ich sehe, wie alle um mich her täglich gesünder

und heiterer werden. Heiter kann man es zwar nicht nennen, mehr ausgelassen."

„Ja, sehen Sie, Eva, die Ausgelassenheit ist nur ein ansteigender Talweg zu dem Berge der Gesundheit und des Glückes, die Heiterkeit ist der letzte, klare Gipfel. Zu ihm gelangen wir spät, erst, wenn wir lange und mühevoll gestiegen sind, erst, wenn es still und einsam um uns geworden ist, erst, wenn unsere Augen weithin sehen können, über alle Tiefen, die unter uns und alle Höhen, die über uns waren."

„Sind Sie selbst schon auf der Höhe?"

„Ich gewiß nicht. Ich bin nichts als ein Wegzeiger, der im Tale steht, die Hand ausstreckt und sagt: Da geht es hinauf!"

„Vielleicht ist's gut so", meinte Eva nachdenklich; „wenn Sie selbst schon oben ständen, könnten Sie nichts anderes als winken. Und da würde sich mancher sagen: was will der winkende Mann auf dem steilen Gipfel; er ist wohl in Not und fürchtet sich allein dort oben?"

„Ich finde, Fräulein Eva, daß wir uns gut verstehn!"

Ich sah ihr heiß in die Augen. Ihr Blick begegnete mir freundlich, aber kühl. Dann senkte sie das Haupt und sah vor sich hin Der lange Ignaz schlurfte vorbei. Er brummte einen Gruß und rückte kaum am Hut.

„Ein unfreundlicher Mensch", sagte ich, nur um etwas zu reden.
„Wenn er nur nicht mal Unheil anrichtet!"
„Der Bauer braucht ihn. Aber er ist mir auch manchmal unheimlich."
„Holdrioho hoho!" jodelte es nun dicht vor dem Tore. Ein starker Kerl erschien, der brachte eine dicke Weibsperson auf einem Schubkarren gefahren.
„Das ist Methusalem", belehrte mich Eva; „er bringt die dicke Cenzi vom Felde heim."
Cenzi war — wie ich wußte — die Gattin eines Berliner Bankiers. In ihrem Dirndlkostüm sah sie ein wenig schnurrig aus. Methusalem fuhr seine holde Last bis in die Mitte des Hofes, kommandierte „Alles aussteigen!" und kippte den Schubkarren um. Cenzi quiekte, überkugelte sich zweimal, kam dann jauchzend auf uns zu in einer merkwürdigen Gangart, die etwa so aussah, wie wenn eine Ente den Trippelschritt einer Taube versucht, und sagte:
„Denken Sie, der schlechte Mensch; auf dem Schubkarren fährt er mich, aber zeichnen mag er mich nicht!"
Methusalem schnitt ein Gesicht hinter ihr, das deutlich ausdrückte: „Lohnt nicht den Faßboden!" Dann sagte er: „Ich bin kein Zeichner; ich bin ein Feldarbeiter. Und das Schubkarrenfahren ist wichtiger für Sie, Cenzi, als das Geporträtiertwerden. Sie haben drei Heukappen auf einen Platz zusammengetragen und waren daher mit Recht so erschöpft, daß Sie per Achse nach Hause gebracht werden mußten."
„Er ist über so viele Steine hinweggefahren", klagte Cenzi; „ich bin buchstäblich wie gerädert."
„Das wird besser werden, Cenzi", tröstete Methusalem, „wenn unser Vater Barthel erst einen Schubkarren mit Federung und Gummirad angeschafft hat. Es ist ein Skandal, daß er noch keinen solchen besitzt. Er ist ein rückständiger Landwirt."
„Oh, Sie Spötter!" flötete Cenzi; „aber passen Sie auf, morgen habe ich wieder drei Pfund abgenommen. Denken Sie, Herr Doktor, neun Pfund habe ich bei Ihnen in zwei Wochen abgenommen, und das ohne jede Medizin."

Sie setzte sich zu mir und wollte mich in den Zauber eines Gesprächs über ihren Gesundheitszustand verwickeln; ich aber sagte, sie möge das alles ihrem Arzt in der Sprechstunde mitteilen. Da war sie auch zufrieden.

Ein Hilfsbriefträger erschien. Er übergab Eva einen Brief. Den Brief hatte die Reichspost mit der richtigen Adresse im Rathaus abgegeben. Dort war der Brief in einen neuen Umschlag gesteckt und mit „Hanne — Forellenhof" adressiert worden. So hatte ihn der Hilfsbriefträger überbracht. Er blieb nach dieser Amtshandlung wartend stehen.

„Nanu, Briefträger", sagte Methusalem, „Sie warten wohl auf 'n Trinkgeld? Sie wissen doch, daß wir alle in diesen gesegneten Landen nicht 'n roten Heller in der Tasche haben."

„Eine Zigarre möcht' ich gern", sagte der Briefträger.

„Gibt's nicht", schimpfte Barthel aus der Haustür heraus. „Drei Stück sull a bloß am Tage roochen und die kriegt a ooch täglich geliefert. Nu is a extra Briefträger geworden, daß a in a Höfen um Tabak rumschnorr'n kann."

Der Briefträger (er war im Zivilleben Fabrikbesitzer im westfälischen Industriebezirk) machte einen niedergeschlagenen Eindruck.

„Drei Stück so leichte Zigarrchen ist ja nichts für einen, der ein so starker Raucher gewesen ist", sagte er. „Die drei Dingerchen hole ich mir früh um sieben ab und verrauch' sie alle drei nach dem Frühstück. Und dann habe ich den ganzen Tag nichts."

„Trösten Sie sich", sagte Barthel grob, „vielleicht werden Sie ooch noch gescheit um 'n Kopp!"

Nur die dicke Cenzi war mitleidig. Sie hatte sich eben eine Zigarette angesteckt und sagte:

„Briefträger, ich krieg bloß zwei Stück am Tag. Aber Sie dürfen einmal dran ziehen."

Sie steckte dem Briefträger ihre Zigarette in den Mund und der sog sich gierig daran fest, blies den Rauch durch die Nase, sog so fest, daß er binnen Sekunden die ganze Zigarette aufgefressen hätte, wenn Cenzi sie ihm nicht entrissen hätte.

„Den laß ich nie wieder ziehen!" sagte sie empört. Eva hielt ihren Brief in der Hand. Sie war ein wenig unruhig geworden.
„Er ist von meinem Vater", sagte sie leise zu mir.
„Begleiten Sie mich bis zum Tor!"
„Also", fuhr sie fort, während wir langsam gingen und sie sich auf mich stützte, „hat er meinen Aufenthaltsort erfahren. Ich mag den Brief jetzt nicht lesen. Ich weiß, daß er nichts Erfreuliches enthält, und ich will mir den schönen Abend nicht verderben."
So war der alte Streit zwischen Waltersburg und Neustadt in einer ganz neuen Form wieder ausgebrochen. Die Tochter des Konkurrenten war bei uns zur Kur, und der Vater protestierte. Anders konnte es nicht sein.
„Es wäre sehr, sehr schade, wenn Sie unser Heim verlassen müßten", sagte ich und fühlte, daß eine heiße Angst in mir aufstieg.
Sie sah finster zu Boden.
Dann riß sie den Brief auf.
„Ich will nicht feig sein!"
Sie las — las — staunte. Dann reichte sie mir den Brief.
„Oh! Das hätte ich nicht gedacht! Lesen Sie!"
„Liebes Kind! Es ist ja nicht nett von Dir, daß Du hinter meinem Rücken ins Lager unseres sogenannten Feindes übergegangen bist. Aber die Sache kann sich noch gut zurechtschieben. Die Neustädter, deren ganze Sache ich auf die Beine geholfen habe, machen mir schon seit langem das Leben sauer und möchten mich nach und nach übrigmachen. Nun erhielt ich gestern von Mister Stefenson aus Amerika einen Brief, in dem er mich fragt, ob ich geneigt sei, den Bau der noch fehlenden zwanzig Höfe in der Waltersburger Kuranstalt zu übernehmen und auch fernerhin die baulichen Unternehmungen dort zu leiten. In diesem Falle möge ich mit der Waltersburger Direktion, die verständigt sei, in Verbindung treten. Ich bin nach Lage der Verhältnisse gar nicht abgeneigt, der Sache näherzutreten, und freue mich jetzt, daß Du bereits Dein Interesse für das jedenfalls sehr aussichtsreiche Waltersburger Unternehmen bekundet hast. In den nächsten Tagen werden wir uns sehen."

Ich gab Eva den Brief zurück.
„Sie werden nicht glauben, daß ich eine Ahnung von diesen geschäftlichen Dingen gehabt habe", sagte sie ängstlich.
„Gewiß nicht; ich habe selbst auch davon nichts gewußt."
Ihre Stirn war finster.
„Es ist schwer für mich, das zu sagen — aber Sie sollen mich nicht falsch beurteilen; es gefällt mir nicht von meinem Vater, daß er von den Neustädtern zu den Waltersburgern übergeht. Er hätte drüben Stange halten müssen — jetzt erst recht!"
„Braves, liebes Mädel!" dachte ich; doch ich sagte, um sie zu beruhigen:
„Sie sind ja auch zu uns gekommen!"
„Das ist etwas anderes. Ich bin nicht Eva Bunkert, ich bin Hanne vom Forellenhof. Ich schade den Neustädtern nichts. Aber mein Vater — der Gründer von allem! Wenn der übertritt!"
„Fräulein Eva, Ihr Vater ist wohl längst da drüben nicht mehr ganz mit dem Herzen dabei. Seine ursprünglichen Waldheime sind dem öden Hotelbetrieb gewichen. Ich glaube, er mag darunter gelitten haben. Kaltherziger Geschäftskonzern spricht allein in Neustadt. Wenn sich nun Ihrem Vater ein Feld neuer Tätigkeit bietet, das ihn mehr befriedigt, ist es recht von ihm, wenn er zusagt."
„Sie sind ein lieber Mensch", sagte sie dankbar, und meine Augen flammten auf, und auf einen Augenblick war es mir, als flöge meine Seele einem seligen Lande zu. Das Herz stockte, der Atem setzte auf Sekunden aus, ein seliger Taumel faßte mich ...
Draußen an der Tür erhob sich ein Singen:

> *„Abend wird es wieder:*
> *Über Wald und Feld*
> *Säuselt Frieden nieder,*
> *Und es ruht die Welt."*

Das alte Abendlied wurde von vierstimmigem Chor gesungen. Da öffnete der lange Ignaz das Tor. Er hatte in der Nische gelehnt, und ich hatte ihn vorher gar nicht gesehen. Vielleicht hatte er alles gehört, was wir gesprochen hatten. Jetzt blickte er mich mit finsterem Gesicht an. Aber ich beachtete ihn gar nicht. Ich sah auf die Sänger, die durchs Tor zogen. Sensen und Rechen trugen sie über die Schultern, alle mit Feldblumen geschmückt, voran schritt Emmerich, der Chormeister, mit einem mit Kornblumen geschmückten Taktstock:

> *„Nur der Bach ergießet*
> *Sich am Felsen dort,*
> *Und er braust und fließet*
> *Immer, Immerfort.*
> *So in deinem Streben*
> *Bist, mein Herz, auch du,*
> *Gott nur kann dir geben*
> *Wahre Abendruh!"*

Als letzte in der Reihe kamen die kleine Luise und eine Frau, die das Kind an der Hand führte. Diese Frau war wohl noch jung; sie war von hoher, schöner Figur. Das Gesicht konnte ich nicht sehen, weil das bunte Kopftuch, das sie trug, weit vorgeschoben war. Luise, die jetzt sehr häufig auf dem Forellenhofe war, schmiegte sich dicht an ihre Begleiterin.
„Wie heißt die Frau, mit der Luise geht?" fragte ich Eva.
„Sie nennt sich Magdalena, ist sehr still und bleibt fast immer für sich allein. Aber das Kind hängt an ihr."
Behutsam zog ich mein Notizbuch. Dort hatte ich die Kurgäste des Forellenhofes verzeichnet.
„Magdalena ... geschiedene Frau Kaufmann Agnes Blassing aus Aachen, behandelnder Arzt Dr. Michael" stand dort verzeichnet.
Das Abendlied verklang; die Leute zerstreuten sich unter Lachen und Scherzen. Ein paar wuschen sich an der Brunnenröhre oder am Bach; die meisten aber zogen doch vor, ihre Abendtoilette auf dem Zimmer zu besorgen.
Draußen auf der Straße knarrte noch ein Wagen. Trotzdem schloß der lange Ignaz das Tor. Das war eine neue Heimtücke von ihm; denn vor dem Tor stand Piesecke mit einem Fuder Klee und wußte nicht, wie er es anstellen solle, die Zügel der

Pferde von denen eines sehr unruhig war, nicht loszulassen und doch an das Tor zu klopfen.

So schrie er: „Es ist zu! Es ist zu! Bitte, machen Sie gefälligst auf!", und es klang wie ein jammernder Hilferuf. Die Leute, die noch im Hofe waren, lachten, und niemand dachte daran, Piesecke in seiner Not beizustehen. Da eilte die kleine braune Anneliese über den Hof und versuchte das schwere Tor zu öffnen. Ich half ihr dabei, und ich sah zum erstenmal, wie reizend dieses Mädchen war. Wie eine süße, junge, rote Rose! Ihre Sternenaugen grüßten mich wieder so freundlich, und ich glaubte, zu ihrem Herzen würde ich den Weg wohl leichter finden als zum Herzen dieser stolzen Eva. Und sah doch wieder zu dieser Eva hin.

Nun sollte zur Abendmahlzeit gerufen werden. In anderen Höfen geschah es durch eine Glocke. Hier im Forellenhof trat Emmerich mit seiner Leibgarde auf. Vier Mann, zwei mit Becken, einer mit einer Trommel, einer mit einer Pauke. Dieser Tischruf war so gewaltig, daß die Leute drunten in Waltersburg wußten, wann im Forellenhof gegessen wurde. Damit aber auch der lyrische Teil dieser Emmerichschen Kunstleistung nicht fehle, wurde ein Kanon gesungen, den Emmerich gedichtet und komponiert hatte:

„Lobt den Herrn, hat's zu bedeuten,
Wenn zur Ruh die Glocken läuten,
Doch dabei nicht zu vergessen,
Kommt zum Essen! Kommt! Kommt!"

Die vier Sänger sangen diesen Kanon mit tiefem Gefühl. Bald sammelten sich die Abendgäste an der großen Tafel im Garten. Emil Barthel saß an der Spitze und präsidierte. Es gab Bratkartoffeln, Milch, Weißkäse, Butter und Brot, grünen Salat, frische Kirschen und Haselnüsse. Dieses Abend-„Menü" hatte ich glatt von Lahmann im „Weißen Hirsch" übernommen, weil es kein besseres gibt.

Piesecke behauptete, wenn er Milch, Kirschen, grünen Kopfsalat und Weißkäse zusammen äße, bekäme er auch zusammen die Ruhr, den Typhus und die Cholera. Er war deshalb mit noch einem anderen Kurgast an einen Extratisch gesetzt und bekam besondere Kost. Nach vierzehn Tagen, als Piesecke sah, daß die Gäste am „Normaltisch" sich sehr wohl fühlten, wurde er seiner Einsamkeit überdrüssig und verlangte zu den anderen.

Ich aß an diesem Abend mit im Forellenhof, und ich hatte große Freude, zu sehen, wie herrlich es den Leuten schmeckte. Auch die Tischgespräche, die geführt wurden, gefielen mir. Weit weg war alles gespreizte, verlogene Getue, weit weg alles Phrasengeklingel, alles ästhetisierende Jongleurtum, alle pseudophilosophische Geistreichelei, jede auch noch so versteckte Prahlerei mit wirklichen oder vermeintlichen Werten aus dem früheren Leben.

Der dicke Franzel erzählte dem dürren Heinrich (einem Zoologen aus München), daß er drei Maulwürfe erlegt habe, worauf Heinrich entrüstet erklärte, das sei eine ungeheure Dummheit, da der Maulwurf als Insektenvertilger und nachweislicher Nichtpflanzenfresser niemals ein Würzelchen der Wiese, dagegen aber täglich soviel schädliche Engerlinge verspeise, wie er selbst schwer sei. Vater Barthel, zum Schiedsrichter angerufen, entschied: „Den Büchern nach ist der Maulwurf sehr nützlich, aber dem Bauernverstande nach schlagen wir ihn tot. Von wegen

seiner Haufen!" Heinrich zuckte die Schultern und sagte, es werde wohl auch in diesen finsteren Aberglauben noch einmal Licht kommen. Vom Ausroden zweier Weiden erzählte einer, vom Pflanzen von Sellerie ein Mädchen, von der Aussaat von Winterrettich und Wirsing eine andere. Die meisten sprachen von der lustigen Heuernte, von dem rotblühenden Kleefeld oder von dem Wiesenwässerlein, über das eine neue, schmale Brücke mit einem birkenen Geländer gelegt worden war. Bäuerliche Themen, manchmal mehr altklug behandelt, wie Kinder schwätzen, als wirklich erfahren, wie Vater Barthel war, der aber sehr wohlwollend alles anhörte. Weil es an St. Barnabas geregnet habe, erklärte ein Rheinländer, würden die Trauben dieses Jahr von selbst ins Faß schwimmen, und wie das Wetter am Johannistag sei, so würde es bis Michaeli sein, behauptete ein anderer. Ich sah mir die Leute an, die so sprachen. Sie gehörten alle zu den gebildeten Schichten der Bevölkerung. Würden sie je in ihrem eigenen Leben solche Unterhaltungen führen, so wären sie Sonderlinge, als komische Käuze, vielleicht als albern gebrandmarkt. Hier wären sie lächerlich, wenn sie von hoher Politik, von gesellschaftlichen Ereignissen und Beziehungen, von künstlerischen oder philosophischen Streitfragen zu reden begännen.
Diese Leute haben wirklich alle Ferien vom Ich gemacht. Und ich sehe, daß ich meine Idee nicht bis in die Einzelheiten selber auszudenken brauche; hier dichten alle mit an dem großen Sturmlied, das wir gegen den Jammer unseres modernen Lebens anstimmen wollen; hier hilft jeder bauen an der Brücke, die über den Strudel der Zeit zu dem stillen Eiland des Friedens führt, hier stützt einer den andern. Betrachtet den Soldaten, der schwer beladen sein junges Leben in täglich vielstündigem mühseligem Marsch gegen die Feuerschlünde der Feinde schleppt — er würde auf seiner furchtbaren Reise erlahmen, liegenbleiben, verzweifeln nach der dritten oder vierten Stunde, wenn er allein wäre. Aber der Rhythmus der Masse hält seine Glieder in Gang; am klingenden Bewußtsein der Gegenwart von tausend anderen hält er sich aufrecht.

So ist es hier auch. Nimm den einzelnen Kulturmenschen, setze ihn in eine Bauernstube, heiße ihn leben und arbeiten, wie es ein Bauer tut, und das Heimweh packt ihn am achten Tage und treibt ihn davon. Mit Hunderten, ja mit Tausenden seinesgleichen aber ist er glücklich, legt er alle Tage Strecken auf dem Wege der Gesundheit zurück, deren er sonst nie fähig wäre, kommt er trotz aller Anfeindung durch sein bequemes, verzärteltes, tyrannisches Ich zum Siege.

Lorelei

Mein Bruder Joachim guckte über den Gartenzaun. Und als sich die Gesellschaft auflöste zum Abendspaziergang, fügte es sich leicht, daß Eva und Annelies, Joachim und ich uns zusammenschlossen. Im Poetenwinkel der Lindenherberge standen die Fenster offen, da sangen zwei junge Männer zur Laute:

> *„Rosenbusch holderblüh',*
> *Wenn i mei Mädle g'sieh —"*

Wir blieben stehen und hörten zu. Die Sänger reichten zwei volle Gläser zum Fenster heraus, und unsere Mädchen nippten daran und lachten.
Annelies hatte meinem Bruder zugetrunken, und es war mir schon aufgefallen, wie seine sonst so ernsten Augen aufleuchteten. Dann, als der fröhliche Singsang überging in „Drauß' ist alles so prächtig und es ist mir so wohl", bemerkte ich, daß Joachim heimlich nach Annelieses Hand faßte, die ihm das Mädchen traumverloren überließ.
Eva stand ans Fenster gelehnt. Der Duft der Wiese schlug mir schwer in die Sinne. Glühwürmchen funkelten durchs Gras. Droben im einsamen Hirtenhaus blies auf seinem Waldhorn der freiwillig Verbannte, dessen Liebesleiden ich kenne, Eichendorffs traurige Weise:

> *„Sie hat einen andern genommen,*
> *Ich war draußen in Schlacht und Sieg,*
> *Nun ist alles anders gekommen,*
> *Ich wollt', es wär' wieder Krieg!"*

Über die Wiese gingen zwei langsam dahin: die Frau vom Forellenhof, die sich Magdalena nannte, und die kleine Luise. Das Kind erkannte mich und eilte auf mich zu. Die Frau blieb abgewandt stehen. Da rief die Kleine:
„Magdalene, Magdalene, kommen Sie doch her! Hier wird so schön gesungen!"

Die Frau schüttelte den Kopf, wandte sich aber doch langsam um. Und ob es auch schon dämmrig war, der Abend hatte mich scharf sehend gemacht; ich sah, daß das Weib, das dort einsam auf der Wiese stand, Joachims erste Frau, Luises Mutter, war. Der Bruder aber sah sie nicht, und seine Augen waren gehalten, und er erkannte auch sein Kind noch immer nicht. Langsam tastete wieder seine weltmüde und doch immer noch glücksuchende Rechte nach der kleinen Anneliese keuscher Hand.
„Magdalene, kommen Sie hierher!" rief das Kind abermals und dringend.
Die aber schüttelte den Kopf und ging davon.
Das Kind schmiegte sich an mich; vom Berge her klang noch immer die Melodie des Eichendorff-Liedes, und ich sah den Bruder an und hörte aus dem Klange des Hornes die Worte:

*„Ich aber war weit schon gegangen,
Jetzt sieht sie mich nimmermehr."*

―――――――――――――――――――――

Die Nacht war schwüler als der Abend. Es war, als ob von irgendwoher heiße Gewitterluft über unsere Häupter getragen würde. Ich saß wach am Fenster. Als ich heimgekommen war, hatte ich einen Brief von Stefenson gefunden. Er machte mir Mitteilung, daß er an den Baumeister Bunkert geschrieben habe und ihm die Leitung unserer ferneren baulichen Unternehmungen übertragen wolle. Dann kam der inhaltsschwere Satz des Briefes: „Ich verhehle Ihnen nicht, lieber Freund, daß meine tiefe Neigung für Fräulein Eva Bunkert, deren ich mir inzwischen ganz klar geworden bin, mich zu dem Angebot an ihren Vater geleitet hat. Dieser Neigung werden Sie — dessen versichert mich Ihre ehrliche Freundschaft — immer Rechnung tragen."
Wie schwül die Nacht war, wie unruhevoll die Seele, schmerzlicher Wünsche, heißer Angst, tiefer Niedergeschlagenheit voll, da das schöne Traumbild von Liebe und Glück von drohendem Wetterleuchten überstrahlt an meinem Himmel stand.

Da bäumte sich der Wille im jungen Herzen auf, und ich sagte mir: Oho, mein Freund, wie kommst du dazu, mir den Verzicht auf meine junge Liebe zu befehlen? Steht dieses Recht in unserem Kontrakt? Ist Liebe ein Schacher, in dem du mich überbieten kannst: Bist du mein Herr und ich dein Sklave, dem du befehlen kannst: Laß ab von jenem Mädchen, das ich für mich will! Oder, wenn du es auf die Freundschaft hinausspielen willst: wo war je in der Welt Freundschaft stärker als Liebe, wo wäre sie im Kampfe mit ihr nicht unterlegen? Komm nur zurück, alter Geschäftemacher, und kämpfe um die Braut! Wenn du zu lange ausbleibst, wirst du sie als die Meine finden und sie mir gewiß nicht mehr entreißen.
So wollte ich das Recht auf mein Lebensglück wahren. Aber neben dem Willen saß der Zweifel. Ich wußte, daß Evas Herz viel mehr zu Stefenson neigte als zu mir. Ich war wohl für das Glück der Liebe nicht bestimmt. Niemals im Leben hatte es mir ernsthaft gewinkt. Vielleicht war ich zu scheu, zu verträumt meinen Lebenspfad gegangen. Auch die kleine Anneliese, die junge, rote Rose, hatte ich übersehen.
Nun streckte der Bruder die Hand nach ihr, und auf der Wiese stand des Bruders Weib und sah mit verlorenen Augen nach ihm hin.
Auch da fühlte ich ein böses Wetter aufsteigen.

Das ist doch ein kostbares Geschenk, das der Herrgott seinen Erdenkindern macht: die Arbeit. Hast du ein Leid im Herzen, das nicht heilen will, das dir den Tag grau färbt und deine Nächte qualvoll macht, geh' zur Arbeit, zu der herben, tüchtigen Frau, sie wird dich mit so klaren Augen anschauen, mit so morgenheller Stimme zu dir sprechen, daß du das Haupt hochheben und tief atmend einen frischen Luftstrom des Lebens einsaugen wirst; bist du einem Irrlicht nachgegangen und auf sumpfigem Pfad von Schlingpflanzen tiefer Verzagtheit umschlungen worden, rufe die Arbeit, die tüchtige Frau, sie wird dich mit derber Hand herausziehen aus deiner Bedrängnis und dich wie-

der auf eine feste Straße stellen; hast du Güter verloren, welcher Art es immer sei, wende dich an die Arbeit, die reiche Frau, die leere Taschen und leere Herzen immer neu zu füllen vermag; sind dir alle Unterhalterinnen des Lebens überdrüssig geworden, laß die Arbeit an deinem Tisch sitzen bis zum letzten Tage deiner Kraft!
Denn sie ist deine beste Freundin; sie schützt deine Gesundheit, sie stärkt deine Muskeln; sie würzt dir das Mahl und salzt es, daß es nicht faule; sie spricht dir alle Tage aufmunternde Worte über deinen Wert ins Ohr und hütet dich doch vor Übermut durch kleine und große Mißerfolge; sie gibt dir für deine Feste das rechte Lachen mit, sie schenkt dir zu deinem Becher den rechten Durst und schließt dir alle Abende mit leisem Finger die Lider!

So bin ich durch die Arbeit über meine Zweifel und Leiden hinweggekommen, so sind meine Eigenwünsche still geworden und wie kleine Heimatbächlein hineingerieselt in den großen Strom des Willens zum Dienst der Allgemeinheit.
Von dem lasse ich mich tragen. Manchmal gluckst noch ein silbernes Stimmlein alter Sehnsucht auf; aber es verklingt, und ich freue mich der starken Alltagswelle, die mein Schiff trägt. Von den Patienten, die zu mir kommen und ihre Lebensbeichte vor mir ausbreiten, haben die meisten an der Liebe gelitten. Männer wie Frauen. Denn nicht immer sitzt auf dem Felsen am Fluß die Lorelei und in dem scheiternden Kahn unten der Mann; oft schwimmt die Lore unten, und der Mann sitzt oben, wenn er sich auch nicht sein „golden Haar" kämmt, sondern vielleicht nur einen schwarzen Bart streicht. Die Tragik ist immer die gleiche; der Kahn kippt um. Steht man dann als Leibes- und Seelenarzt am Ufer und wirft seinen Rettungsring aus, so ist das ein aufregendes, aber schönes Geschäft, und ich denke, nach und nach wird sich bei mir die Aufregung in eine milde Seelenheiterkeit umwandeln. Habe ich so ein pudelnasses Menschenkind, das im romantischen Rheinstrom der Liebe verunglückte, ans Land ge-

zogen, so lasse ich es erst ein wenig zu Atem kommen und dann forsche ich es langsam aus, ob die (oder der), so auf dem Felsen gedudelt hat, nicht auch mancherlei Schwächen haben möge, und wird die Frage ein wenig zähneklappernd bejaht, so frage ich langsam weiter, bis sich ergibt, daß die (oder der), so auf dem Felsen gedudelt hat, eigentlich minderwertig, hingegen der (oder die), so in dem Kahn umkippte, wesentlich wertvoller sei, weshalb die ganze Unglücksfahrt eine Torheit gewesen, nach welcher man klüger geworden und gottlob ans feste Land und in trockene Kleider gekommen sei.

In den meisten Fällen hilft meine Methode; sie führt durch das Türlein: „Er ist es nicht wert, daß ich mich opfere", in den Garten der Gesundung.

Einige Fälle sind hoffnungslos oder doch so schwerer Art, daß immer nur auf die Zeit gerechnet werden kann, die ihren langen Geduldfaden spinnt. Die stehen dann wie verloren und verzürnt in dem lustigen Ferienheim vom Ich, werden zuerst auf einsame Posten geschickt, wo ihnen kein lauter Ton wehe tut, aber wo eine kleine, feste Pflicht sie aufrechthält, und steigen, wenn die Lebenssehnsucht wieder erwacht, Stufe um Stufe ins Tal zurück.

Die „krummbeinige Medizin"

Meine Kurmittel sind nicht ganz gewöhnlicher Art. Es gibt Ärzte, die den Sitz alles Übels im Magen suchen; andere begeistern sich für die Leber; wieder andere schwören auf warme Füße; ganz alte bequeme Knaben geben immer zum Schwitzen ein oder verordnen immer Laxiermittel; wieder andere sagen, außer mit Chinin, Digitalis und Quecksilber sei überhaupt nichts anzufangen; diese werden von den Wasserdoktoren „Giftmischer" genannt, und alle werden von den Homöopathen verachtet. Ich misch' mich da nicht ein; ich sage: ihr habt alle recht, und der, der am wenigsten tut, tut am meisten. Meine Kuranstalt „Ferien vom Ich" ist etwas Neues, und es sind auch meine Kurverordnungen teilweise sehr neu. So habe ich in der kurzen Zeit meiner hiesigen Praxis meinen Patienten in einundfünfzig Fällen die Anschaffung eines Dackels verordnet. Der Dackelhund als Heilmittel ist in der medizinischen Wissenschaft gewißlich ein Novum, aber er ist gleicherzeit — das kühne Bild ist in Tagebuchaufzeichnungen erlaubt — nichts anderes als ein Ei des Kolumbus. Ich habe selbst seit Jahren einen Dackelhund (in Amerika drüben nennen sie ihn german dog), er heißt „Spezi", weil er mir in der Tat ein Spezialfreund geworden ist, und ich kenne die gesundheitsfördernden und erziehlichen Werte seiner Gegenwart zu gut, als daß ich in meiner Nächstenliebe nicht auch anderen das Glück eines solchen Besitzes gönnen sollte. Eine wissenschaftliche Arbeit schreibe ich ja hier nicht; nur eine Tagebuchplauderei. Aber ich will eine erweiterte Abschrift dieses Kapitels meinen Kollegen geben, die ein wenig die Nase über den „Chef" rümpfen, der so viele „krummbeinige Medizin" verordnet, daß neulich sechsundzwanzig Dackel auf dem Lindenplatze eine Art Generalversammlung abhielten und greulichen Unfug verübten. (Dr. Fritzen hat mir damals gekündigt mit der Begründung, daß er ein ernst zu nehmender Arzt sei, und ich habe ihn ohne Trauer ziehen lassen. Hol' der Fuchs alle Spießer, die nur ihr Schuleinmaleins ableiern können!

Einen Dackel verordne ich zunächst demjenigen, bei dem ich als Pfahlwurzel seiner Leiden zu große Eigenliebe erkenne. Die gewöhnt ihm der Hund alsbald gründlich ab. Kein noch so eingefleischter Nietzscheaner behauptet auf die Dauer seinem Dackel gegenüber die „Herrchen"-Natur. Das „Herrchen" ist der Dachs; da kann einer dagegen tun, was er will; es nutzt alles nichts. Zum Beispiel! Der Philosoph, in schwere Gedanken versunken, strebt auf seinem Abendspaziergang gen Westen. Der begleitende Dackel — einen Igel erschnuppernd — biegt gen Süden ab. Der Philosoph wird sich anfangs um den kläffenden Köter ganz und gar nicht kümmern; aber dann wird er pfeifen — einmal, zweimal, dreimal leise — dann laut, immer lauter rufen, drohen, die Fäuste ballen, toben, aus seiner schweren Gedankenbahn geschleudert werden, umkehren, gen Süden wallen und Betrachtungen darüber anstellen, ob nun ein Dachshund oder ein Igel das widerborstigere Tier sei. Der notgedrungene Gleitflug aus der luftarmen Höhe eisigen Denkens ist durch einen Dackel ertrotzt. Gut so — in den Ferien vom Ich!
Oder ein Misanthrop. Sitzt der da in dem ganzen Katzenjammer seines elenden Weltschmerzes, und sein Dachshund setzt sich ihm gegenüber mit der ungeheuerlichen Leidensmiene seiner durchtriebenen Viehvisage: die Stirn in hundert Runzeln, die Ohren hängend, den Schwanz melancholisch eingeklemmt, die Augen verdreht und die Stimme leise jaulend, wimmernd, stöhnend, so wird der Misanthrop dieses Jammerbild nicht lange ertragen, mit dem Vieh auf die Straße flüchten und sich nicht schlecht wundern, daß der scheinheilige Jämmerling plötzlich wie ein Berserker der Lebenslust umherrast. Etwas abfärben wird es schon. Das nächste Mal, wenn er und der Dachs so trübselig einander gegenübersitzen, wird sich der Misanthrop selbst nicht recht trauen und auf die Straße gehen.
Der alten Jungfer, die sich ihr Leben lang nach einem Manne gesehnt und keinen bekommen hat, verordne ich einen Dackel. Dann hat sie endlich den ersehnten Tyrannen, den sie pflegen und füttern kann.
Die kleinliche, ordnungswütige Hausfrau, die ihrem Mann we-

gen eines Zigarrenstäubchens eine Szene machte, und Kinder und Dienstboten teufelte, bis sie zu uns abgeschoben wurde, bekommt einen Dackel und erhält als Antwort auf ihre entrüstete Klage, daß ihr das „entsetzliche Vieh" die Hausschuhe verschleppe und in eine gute gestickte Decke ein Loch geknabbert habe, die Antwort, die Welt sei weit, der Himmel sei hoch, die Hausschuhe und bestickten Decken seien im Universum von nur nebensächlicher Bedeutung und ohne Dackel könne sie nicht gesund werden.

Die ganz unheilbar musikalische Donna Eleonora, von der mir ihr Hausarzt im verschlossenen Briefe mitteilte, sie brächte ihre Nachbarschaft durch ihr ewiges Klavierspielen zur Verzweiflung, erhielt ein Klavier und einen Dachshund verordnet. Das Klavier hat sie aufgegeben; der Dachs hat es so verbellt und verheult, daß ihr die Drahtkommode zur Unmöglichkeit wurde.

Allen den sehr nervösen Herren, die zu mir kommen, und von denen ich weiß, daß sie trotz ihrer krankhaften Gereiztheit draußen in der Welt als Richter oder Examinatoren auf arme Opferlämmer losgelassen werden, verordne ich einen Dackel und bitte sie, sich seiner künftighin auch vor ihren Amtshandlungen zu bedienen. Ich denke dabei an die Wirkung milde ableitender Mittel. Einer, der einen Hund gestreichelt hat, kann keinen Menschen ohne äußerste Not zu Boden schlagen, auch wenn seine Nerven noch so ruiniert sind.

Ferien vom Ich.

Das ist so die fieberstillende Wirkung der „krummbeinigen Medizin". Aber der Dachs wirkt auch stärkend und aufbauend. Einer, der an keine Treue auf der Welt mehr glaubte, bekam einen Dachshund. Nach acht Tagen sagte er mir, der Dachs sei, wie alle Kreaturen, ein „untreues Luder". Er gehe ihm stets durch die Lappen, immer seinem tierischen Instinkt nach, geradeso, wie es die Menschen täten! Vier Wochen darauf war der Mann bekehrt. Er sagte mir:

„Bis ich am Hang am Berge bin", ist der Dackel in alle Winde. Aber wenn ich zwei Stunden dort oben gesessen habe, kommt der Hund zu mir mit schmutzigen Pfoten und lehmiger Schnauze.

Und es ist mir, als ob er treuherzig sagte: Liebes Herrchen, es gibt zwar noch tausend Mäuselöcher, in die ich schnubbern möchte, aber es ist doch am schönsten bei dir! Das ist immerhin eine gewisse Treue!"
Endlich verordne ich einen Dackel allen denen, die ein gespreiztes, hoffartiges Gebaren haben, denen, die „sich tun", wie die Leute sagen. Es sind ihrer sehr viele. Wer „tut sich" heutzutage nicht? Der Dichterling, der reiche Kaufmann, der Herr Beamte, das ganze Weibsvolk. Bindet ihnen nur einen Dackel ans Bein, der sie an den Hosen oder am Humpelrock zerrt, gleich ist ihre Hoheit dahin. Man kann nicht geziert, nicht unnatürlich tun und sein, wenn man mit einem Dackel geht. Das rustikale Viehzeug verdirbt allen aufgeblasenen Stil, zerrt einen widerwillig in die Natürlichkeit zurück.
Gewiß, der Dackel ist ein stobiger Philister, ein täppischer Biedermeier, ein Kleinbürger, aber auch ein Nihilist gegen alle Gespreiztheit, ein genialer Spötter.
Ich wüßte nicht, warum ich ihn nicht als Heilmittel gegen mancherlei Gebrechen unserer Zeit in unseren Kurplan einsetzen sollte!

In der Genovevenklause

Die Genovevenklause ist frei geworden. Den Sommer über wohnte eine Witwe mit ihrem Söhnchen darin. Eine vornehme Dame, die nach dem Untergang ihres Eheglücks aus ihrer bunten Gesellschaft in die Einsamkeit der Klause flüchtete. Das Häuslein ist halb in den Berg hineingebaut, ein Kreuz ist über dem Felsen, der Bach fließt vorbei, ein zahmes Reh grast vor seiner Tür. Es vertritt die Hirschkuh der Legende. Dort bei der Genovevenklause ist meist tiefe Stille; nur ein schmaler Fußweg führt zu ihr hin, und es ist dort recht einsam. Nur die Heimwehfluh mit dem Hirtenhaus ist ebenso still.
Nun ist die Frau fortgezogen. Sie mußte in die Welt zurück und hatte Tränen in den Augen, als sie Abschied nahm.
„Wenn das Grab meines Gatten hier wäre, möchte ich nie mehr ausziehen aus der lieben Klause", sagte sie.
„Sie müssen es wegen Ihres Sohnes", entgegnete ich ihr; „Sie dürfen keinen Schmerzensreich, keinen Parsifal aus ihm machen; Sie müssen ihn vorbereiten für das Leben."
„Mir graut vor dem Leben", sagte Frau Herzeleide und zog davon! ...
Heute war ich in der Direktion. Der Direktor war nicht anwesend, und ich mußte ein wenig warten. Da kam sie zur Tür herein — Magdalena vom Forellenhof —, die Frau meines Bruders Joachim. Als sie mich sah, erschrak sie und strebte zur Tür wieder hinaus. Ich hielt sie zurück.
„Was wünschen Sie, Magdalena? Der Herr Direktor wird gleich wieder hier sein. Warten Sie nur einige Minuten!"
Sie war äußerst verwirrt.
„Ich wollte — ich möchte — ich wollte nur anfragen, ob es vielleicht möglich sei, daß ich in die Genovevenklause ziehen könnte, da sie frei geworden ist."
„Gefällt es Ihnen nicht mehr auf dem Forellenhof?"
Sie wich aus.
„Ich möchte sehr gern in tiefere Einsamkeit."

„Ist der Arzt damit einverstanden?"
„Ja."
Irgendein Angestellter kam und meldete, der Direktor sei zur Bahn gefahren.
„Nun, dann warten wir jetzt vergebens auf ihn, Magdalena. Wenn es Ihnen recht ist, gehen wir zusammen nach der Klause und sehen, wie es dort steht. Ich werde schon dafür sorgen, daß Sie die Klause bekommen."
„Ich bin Ihnen sehr dankbar. Herr Doktor, aber ich möchte Ihnen meinetwegen den Weg nicht zumuten."
„Nicht der Rede wert; ich gehe jetzt sowieso spazieren. Kommen Sie!"
Ich merkte, wie ungern sie mir folgte. Ihr Gesicht war sehr blaß, und ihre Lippen zuckten. Das ehemals so prachtvolle rotblonde Haar war schwarz gefärbt; das veränderte sie am meisten. Aber auch der früher so rosige Teint war verloren; die Haut schimmerte blaß und feucht; die Kinderaugen, die so übermütig blitzen und lachen konnten, hatten wohl ihre wunderbare Schönheit noch, aber sie blickten müde und traurig.
Während wir so gingen, sprach ich über harmlose Dinge, über die Ernte, über Vater Barthel. Sie gab kurze Antworten, blieb immer einen Schritt hinter mir und vermied es, mir ins Gesicht zu schauen. Als wir an den schmalen Pfad kamen, atmete sie ersichtlich auf. Jetzt konnten wir nicht mehr nebeneinander gehen. Sie bestand darauf, daß ich voranschritt.
So kamen wir zur Klause. Hoch ragte das Bild des Erlösers, und ich dachte an jenen kalten Wintertag, da ich grausam zu dieser Frau gewesen war und mir nachher der milde Freund Mariens von Magdala einfiel. Heute wollte ich nicht grausam sein. Diese Frau war so müde, so geschlagen; sie brauchte keine Strafe mehr.
„Magdalena", sagte ich, „ich habe gehört, daß Sie gern mit unserer kleinen Luise gespielt haben. Das Kind ist viel auf dem Forellenhof. Wird es Ihnen hier nicht fehlen?"
Sie seufzte schwer.
„Ja, es wird mir fehlen. Aber auf dem Forellenhof nimmt es

jetzt meist das junge Fräulein, die Bärbel, und mir hat Luise versprochen, daß sie mich alle Tage besuchen will. Sie spielt gern mit dem Reh."
„Und Sie haben dem Kinde auch viele Geschichten erzählt?"
„Ja, sie hört gerne Märchen."
„Haben auch mit ihr gelesen, geschrieben und gerechnet?"
„Ja, ich tue das sehr gern."
„Hm."
Ich machte eine Pause. Dann sagte ich:
„Das Kind ist ja bald hier, bald dort, und es soll sich auch weiterhin austoben. Aber als ständiges Unterkommen hätte ich für die Kleine gern ein stilles Heim. Wenn es Ihnen recht ist, Magdalena, gebe ich Luise zu Ihnen in Pflege."
Da schrie sie kurz und jäh auf.
„Herr Doktor, wenn Sie das tun, erweisen Sie mir eine große Gnade!"
Ich sah ihr in die flammenden Augen und sagte:
„Ich werde es tun."
Nun faßte sie mich an den Händen; ihr ganzer Körper bebte.
„Eine Gnade!" wiederholte sie. „Ich bin so verlassen, und ich habe das Kind so lieb!"
Sie ließ mich los, legte einen Arm über die Augen, trat ein wenig zurück und stand so ein Weilchen still da. Plötzlich begann sie bitterlich zu weinen.
„Was ist Ihnen, Magdalena?"
„Es geht nicht; es geht nicht!" schluchzte sie; „wenn Sie — wenn Sie wüßten, wer ich bin, würden Sie mir das Kind nicht übergeben. Ich bin eine — eine schlechte Frau!"
Ich ging zu der Unglücklichen, legte einen Arm um ihre Schultern und sagte erschüttert:
„Du bekommst das Kind doch, obwohl ich weiß, wer du bist!"
Sie prallte zurück.
„Sie wissen — wer ich..."
„Ja, Käthe, ich hab' dich erkannt!"
Da warf sie die Arme in die Luft, stieß einen Schrei aus und verschwand um den Felsen in den Wald.

Ich eilte ihr nach und holte sie mit Mühe ein.
„Wenn Joachim mich erkennt, schlägt er mich tot!" wimmerte sie.
„Er erkennt dich nicht. Niemand kennt dich außer mir. Und ich werde dich schützen!"
Sie mußte sich an mir festhalten, als ich sie zur Klause zurückführte. Dort setzte ich sie auf die Bank vor der Haustür und streichelte ihren Scheitel.
„Jetzt sind Sie wieder Magdalena, und ich bin wieder der Herr Doktor. Wir kennen uns nicht. Das, was jetzt hier geschah, ist nicht gewesen! Morgen früh bringe ich das Kind. Beruhigen Sie sich, Magdalena, fürchten Sie nichts, ängstigen Sie sich nicht. Das Kind darf sich ja nicht wundern. Es soll ja eine heitere, zufriedene Pflegerin haben. Auf Wiedersehen!"
Ich ließ sie allein.

Meine Mutter hat sich um Luise wenig mehr gekümmert. Sie hat wohl sicher Tag und Nacht an das Kind gedacht, aber nicht nach ihm gefragt. Sie hat keine Freude an dem Mädchen; sie liebt es nicht; sein Dasein aber regt sie auf, läßt sie leiden.
Die Mutter kommt kaum alle zwei oder drei Wochen einmal zu mir heraus. Ich glaube nicht, daß sie an meiner Schöpfung viel Freude hat. Sie ist von stockkonservativer Natur; alles Neue erscheint ihr verdächtig.
Ein- oder zweimal hat die Mutter aber doch Luise flüchtig wiedergesehen. Sie ist dann in schwere Aufregung geraten. Und eines Septembertages, kurz nachdem das Kind in der Genovevenklause untergebracht worden war, sagte die Mutter zu mir:
„Ich quäle mich mit dem Gedanken, ob es nicht unrecht ist, Joachim die Anwesenheit seines Kindes zu verheimlichen."
„Quäl dich nicht, Mutter! Joachim hat bis jetzt dem Kinde seine Anwesenheit auch verheimlicht, ja das Kind nicht einmal wissen lassen, daß er überhaupt existiert."
„Du sprichst immer recht lieblos von deinem Bruder!"

„Ich spreche so, wie ich nach seinem Verhalten sprechen muß!"
Sie wandte sich beiseite, und ihre feine Gestalt zitterte in Zorn und Trotz.
„Ich werde Joachim aufklären!" sagte sie bestimmt.
„Das wirst du nicht tun, liebe Mutter! Du wirst mit mir warten, bis Joachim menschlich wieder so weit ist, sich von ferne wenigstens seiner Vaterpflicht zu erinnern und sich einmal zu erkundigen, was aus seiner Tochter geworden ist. Laß ihn! Er macht jetzt Ferien von seinem völlig verfehlten Ichleben."
„Er ist schuldlos an seinem Unglück!"
„Nein! Er ist nicht ohne Schuld."
„Fritz!"
„Er ist nicht ohne Schuld gegen sich selbst; denn er hat sich durch seinen maßlosen Haß viel tiefer ins Unglück gebracht, als ein kluger Mensch, der sich beherrschen kann, nötig hatte, und er hat sich gegen sein Kind schäbig benommen."
„Das ist unerhört, was du zu behaupten wagst. Nun werde ich Joachim bestimmt aufklären."
„Tue es nicht, Mutter, ich rate dir gut. Joachim wird jetzt noch nicht mit dem Kinde zusammenleben wollen."
„Nun, so müßte man eben das Mädchen vorläufig noch nach einer guten Pension bringen."
„Das würde nicht geschehen; sondern wenn eine Trennung nötig wäre, würde Luise hierbleiben, und Joachim würde von mir entlassen werden."
„Entlassen?"
„Ja, es hat sich so gefügt, daß Joachim gegenwärtig mein Angestellter ist. Er hat einen sehr kurzfristigen Vertrag.
„Du bist maßlos hochmütig und lieblos!"
„Ich handle so, wie es mir mein Herz und meine Vernunft vorschreiben."
„Berufe dich nicht auf dein Herz", sagte sie, „du hast keins!"
Und sie ging.
Ich habe in den folgenden Tagen seelisch gelitten. Nicht nur der Mutter wegen, die ich liebe und mit der ich mich so wenig verstehe, sondern auch, weil ich rundum Leute sehe, die sich

von der Last ihres Alltagslebens befreit in Ferienruhe des Daseins erfreuen, und ich selbst mitten drin stehe im Ichleben, im Familienjammer.
Und da dämmerte mir, daß es gut sei, wenn ich selbst der Liebe fernbliebe, daß ich in freiem, ungestörtem Zölibat meiner großen Idee am besten dienen könne, Herz und Sinne zwar leer von manchem Glück bleiben würden, aber Arm und Fuß frei von jeder auch noch so goldenen Kette, frei zum Vorwärtsschreiten und Handeln.
Zur Mutter ging ich nach drei Tagen. Ich sprach freundlich zu ihr und sagte ihr, daß ich ihre Natur und ihr Handeln ja begriffe und verstünde. Sie schüttelte zwar das schöne Köpfchen, aber sie ließ sich von mir küssen, und ich stieg fröhlich den Berg wieder hinan. Ich kann nicht lange traurig sein; mein Herz wendet sich ab vom Kummer, wie eine Pflanze sich abwendet vom sonnenleeren Nordhimmel.

— — — — — — — — — — — — — —

Die Schlacht bei Waltersburg

Jeder deutsche Kurort hat seine „Sensation der Saison", so wie jedes Affentheater seine „größte Attraktion der Gegenwart" hat. Auch unser Ferienheim hatte seine Sensation.
Anton, der älteste Sohn des Waldschulzen, will Pauline, die älteste Tochter des Forellenbauern, heiraten, und es hat sich darum eine heiße Schlacht entsponnen.
Die Sache hat eine romantische Vorgeschichte gehabt. Das jungfräuliche Herz Paulinens pendelte. Es pendelte zwischen unserem Schulzensohne und einem jungen Gastwirt aus Neustadt hin und her, und so gerieten die beiden Kavaliere in die übliche Rivalenwut und vergerbten sich bei guter Gelegenheit die beiderseitigen Felle. Bis dahin wäre alles in Ordnung gewesen; aber nun mischte sich Piesecke ein und brachte romantischen Schwung in die Geschichte. Piesecke war eines Sommertages in Neustadt gewesen und hatte sein Rößlein in der kleinen Ausspannung des dortigen Paulinenverehrers untergestellt. Von ungefähr hatte er dann von der Sommerlaube im Gärtchen aus dem Gespräch zweier Neustädter Burschen belauscht, die sich verschworen, mit ihrem Freund, dem Gastwirt, und noch zwei anderen am nächsten Mittwoch gen Waltersburg zu ziehen, und falls sie in der Dämmerung am Gartenzaun des Forellenbauern den Schulzensohn im traulichen Gespräch mit Pauline erwischten, diesen greulich zu verbleuen, auch sonst an umherschweifendem Burschenvolk des verhaßten Waltersburg ihr Mütchen zu kühlen.
Als Piesecke solches hörte, kam sein fürstliches Blut in Wallung. (Piesecke stammt aus einer Heldenfamilie. Sein Urgroßvater hatte als General in fünf Treffen gegen Napoleon I. nicht gesiegt!) Während er nun gen Waltersburg heimfuhr, entwarf Piesecke einen Feldzugsplan, wie dem Anschlag der Neustädter siegreich zu begegnen und die Ehre Waltersburgs zu retten sei. Er warb zunächst ein Heer. In dasselbe traten mit großer Begeisterung außer dem Schulzensohn der Komponist Emmerich sowie der Maler Methusalem vom Forellenhof, auch der Sänger

Hagen Korrundt, der immer noch bei uns nachtwächterte, und die gegenwärtigen Insassen unserer Räuberhöhle. Diese letzteren waren vier fragwürdige Gestalten, die sich Schinderhannes, Karaseck, Jaromir und Moor nannten, ein faules, unordentliches Leben führten und nun froh waren, daß sie einmal etwas Rechtes zu tun bekamen. Acht Mann und er, Piesecke, als Anführer gegen fünf Neustädter — mit dieser beträchtlichen Übermacht, hauptsächlich aber durch seine überlegene Strategie, hoffte der Nachkomme des Napoleonbekämpfers den Sieg zu erringen.
In der Räuberhöhle hatte Piesecke seinen Plan entwickelt. Die Schlacht sollte nicht am Gartenzaune stattfinden; denn erstens überlasse ein guter Feldherr die Wahl des Schlachtfeldes nie seinem Gegner, sondern bestimme selbst, wo er sich schlagen wolle, und zweitens könnte am Gartenzaun Vater Barthel und Frau Susanne dazukommen, und dann gäbe es ein Malheur. Anton sollte vielmehr im Abendscheine mit seiner Braut weiter den Wiesenweg gen Waltersburg hinabwandeln bis zweihundert Schritt hinter die nächste Waldecke und daselbst dicht am Bach abwarten, bis er von den lauernden Neustädtern angefallen würde. Alsbald würde er ihm mit noch sechs Mann zu Hilfe eilen, die überraschten Neustädter würden — die Übermacht erkennend und bedrückt durch ihr schlechtes Gewissen — die Flucht hinab gen Waltersburg ergreifen wollen, aber da würden Moor und Schinderhannes, die weiter unten in den Hinterhalt gelegt werden, hervorbrechen, den Neustädtern den Weg verlegen und — die ganze Rasselbande sei gefangen. Er wolle ein für die Neustädter sehr demütigendes Dokument aufsetzen, das die Gefangenen unterzeichnen und in dem sie ihre völlige Niederlage zugeben müßten, und dieses Dokument solle in der Räuberhöhle unter Glas und Rahmen aufbewahrt werden als ein Zeichen, daß der langjährige Kampf zwischen Waltersburg und Neustadt mit dem endgültigen Sieg der Waltersburger geendet habe. Dem unbequemen Mitbewerber um Pauline aber werde man zu einem unfreiwilligen Bad im Bach verhelfen, wodurch alle wärmeren Gefühle, die die Jungfrau etwa in ihrem Herzen noch für den Gastwirt hegen sollte, abgekühlt werden würden;

denn er, Piesecke, wisse aus seinem eigenen bewegten Leben aus vielen Fällen, daß nichts so sicher die Liebe des Weibes ertötet, als wenn der Geliebte vor ihr lächerlich gemacht wird. Während dieser Ausführungen hatte Emmerich bereits auf den Tisch einen Siegesmarsch komponiert und Methusalem auf der einen weißgetünchten Wand die Umrisse zu einem Triptychon großen Umfangs entworfen. Die Seitenteile des Bildes sollten die „Tücke" und der „Kampf" heißen, das Mittelstück aber „Der Sieg".
Die „Tücke" würde Anton und Pauline im Dämmerlicht dahinwandelnd und von den Neustädter Unholden belauert zeigen, der „Kampf" eine besonders dramatische Szene aus der Waldschlacht darstellen und das Mittelstück den Sieg Waltersburg in großer Apotheose feiern. Das Mittelstück war schon etwas aus-

geführt. Im Hintergrund der Forellenhof, auf einem Roß Piesecke als Triumphator voranreitend, ihm folgend Anton und Pauline mit Kränzen im Haar; als nächstes Paar die Vertreter der Künste, Emmerich mit der Harfe und Methusalem selbst mit einem Farbentopf und Pinsel, zuletzt die bärenhäutigen Kriegsgenossen.
Und nun mußte die ganze Kriegsgenossenschaft stundenlang stillsitzen, da der Maler sie zeichnete. Emmerich benutzte die Zeit, ihnen seinen Siegesmarsch, zu dem er rasch eine Textunterlage geschaffen hatte, einzuüben.
„So", sagte nach einer Stunde Methusalem, „der ‚Sieg' ist ganz und die ‚Tücke' teilweise gesichert; fehlt bloß der ‚Kampf'."
„Der wird gigantisch!" rief Piesecke.

― ― ― ― ― ― ― ― ― ― ― ― ― ― ―

Die Sache verlief nicht ganz programmäßig. Zwar gingen die Neustädter wirklich in die Falle und überfielen Anton zweihundert Meter jenseits der Waldecke, aber die Kerle rissen nicht — wie vorausgesehen — durch die Übermacht erschreckt und ihr böses Gewissen beunruhigt aus, sondern blieben da, und da sie sehr handfeste Burschen waren, verhieben sie die Waltersburger jämmerlich. Das kam aber daher, daß sich die in Anrechnung gebrachte Übermacht Waltersburgs alsbald in eine faktische Minorität verwandelte; denn der Feldherr Piesecke wurde gleich bei Beginn der Schlacht dadurch kampfunfähig gemacht, daß ihn ein riesenhafter Neustädter Bräuknecht in die Höhe hob und in den Bach warf; Methusalem konnte sich an dem Ringen auch nicht beteiligen, da er etwas abseits stehen und die Szene mit dem Bleistift in rasender Geschwindigkeit in seinem Skizzenbuch verewigen mußte, und der Musiker Emmerich fühlte sich dazu berufen, ebenfalls abseits zu stehen und den Mut seiner Kameraden durch Absingung seiner Siegeshymne anzufeuern. So kämpften nur der Sänger Hagen Korrundt, der Bräutigam Anton und die Raubgesellen Karaseck und Jaromir, die aber — da sie in ihrem Privatberuf Wiener Gigerls waren — gegen die rohe Gewalt der Neustädter Raufer nicht aufkamen.

Es gab fürchterliche Prügel, und der Maler Methusalem rettete Waltersburgs Ruhm nur dadurch, daß er nachträglich seine Schlachtskizze umkehrte, wodurch alle, die unten lagen, nach oben kamen, und umgekehrt. Moor und Schinderhannes, die hundert Meter weiter unten im Hinterhalt lagen, um den Neustädtern den Rückzug abzuschneiden, hörten den Skandal, lugten um die Baumstämme, kamen aber nicht zu Hilfe, da sie doch eben im Hinterhalt zu liegen hatten.

Wer weiß, wie schrecklich diese Schlacht bei Waltersburg noch abgelaufen wäre, wenn nicht eine starke, auswärtige Macht sich eingemischt hätte. Durch den Wald erscholl plötzlich eine scharfe Stimme:

„Pauline! Pauline!"

Pauline hatte bis jetzt an einer Birke gelehnt und zu einem Vierteil mit Entsetzen, zu drei Vierteilen aber mit Stolz zugesehen, welch grausames Männerwerk da für sie und um sie getan wurde. Als sie nun aber die rufende Stimme hörte, schrie sie:

„Um Himmels willen, die Mutter! Macht, daß ihr fortkommt!"

Darauf rissen die beiden Bräutigame aus, und mit ihnen verlor sich rasch ihr Anhang. Pauline eilte nach Hause zu und bekam von ihrer energischen Mama ein paar Ohrfeigen, weil sie sich „herumgetrieben" habe; alles Mannsvolk aber flüchtete gen Waltersburg.

Und da hat es sich begeben, daß der Neustädter Gastwirt, der den Rückzug der anderen deckte, als er sich außer Frau Susannes Ruf- und Sehweite fühlte, doch noch in die Hände der Waltersburger fiel. Sechs Mann haben ihn gefangengenommen und ihn nochmals verprügeln wollen. Aber Methusalem hat gesagt:

„Pst! Man darf sich an einem geschlagenen tapferen Feinde nicht versündigen! Man soll ihn vielmehr ehren. Deshalb werde ich dem Feinde jetzt mit der schönen grünen Farbe, die ich in diesem Fläschchen habe, einen Lorbeerzweig auf die Stirne malen."

Der Gastwirt hat mit Händen und Füßen geschlagen, aber sechs Kerle haben ihn gehalten, und Methusalem hat ihm einen Lorbeerzweig auf die Stirn gemalt. Mit Ölfarbe!

Der Gastwirt hat sich in Neustadt nicht mehr sehen lassen können und nach drei Tagen Selbstmordgedanken gehabt. Da hat ihm Methusalem ein Mittel geschickt, durch das er die unerwünschte Ehrung abwaschen konnte.
Aus dem Triptychon ist nichts geworden. Nur eine schöne Bleistiftskizze von Methusalem, auf der alle Waltersburger oben liegen, ist unseren Sammlungen einverleibt und zeugt von der Schlacht auf unseren Gemarkungen, die sich gegen den Erbfeind Neustadt abgespielt hat.
Piesecke hat an jenem Abend grollend am Bachrand gesessen, triefend vor Nässe, und alle Schwachheit und Feigheit der Kämpfenden sowie die Niedertracht der nicht in den Kampf eingreifenden Teile seines Heeres mit einem einzigen, aus seinem hochfürstlichen Mund hervorzischenden Wort charakterisiert: „Plebs!"

Herbst

Das erste Halbjahr, da das Ferienheim in Betrieb ist, geht zu Ende. Wenn ich es überschaue, erfüllt mein Herz rechte Befriedigung. Nicht nur der äußeren Erfolge wegen. Unser Unternehmen steht glänzend da. Wir haben lange nicht alle aufnehmen können, die zu uns kommen wollten. Die Ernte auf den Feldern und in den Gärten war gut, unsere Bauern sind zufrieden, und unsere Kassen und Kasten sind gefüllt. Vieles, ja das meiste verdankt dieser äußere Erfolg der glänzenden Organisation, die Stefenson dem Ganzen gegeben hat und die er von Amerika aus geleitet und weiter ausgebaut hat, wenn auch der Sonderling noch immer nicht nach Europa zurückgekehrt ist. Was mich als Arzt und Mensch am meisten freut, ist der Umstand, daß kaum einer unserer Kurgäste ohne großen gesundheitlichen Gewinn von uns fortgezogen ist. Das bestätigt meine eigene Erfahrung, das bestätigen meine Kollegen, das sagen vor allem unsere Kurgäste selbst, die schweren Herzens Abschied nehmen, wenn ihre Zeit abgelaufen ist. Wenn sie nach dem Rathaus kommen, ihre Uhr, ihr Geld zurückerhalten, liegen diese Dinge kalt und fremd in ihren Händen, und wenn sie im „Zeughaus" ihre eigenen Kleider wieder anlegen und, ohne noch einmal umkehren zu dürfen, durch die große Hinterpforte auf die Straße gelassen werden, wo der Wagen wartet, stehen die meisten befangen da wie ängstliches Volk, das zum ersten Male in die Welt zieht. So sicher, geborgen und heimisch haben sie sich in ihren Ferien vom Ich gefühlt.
Sie schreiben alle freundliche Briefe des Dankes und guten Erinnerns und sagen, daß sie draußen unsere Anstalt preisen, und wenn sie dem oft gehörten Einwand begegnen, es sei wohl doch eine etwas kindliche, theatralische Sache, so beklagten sie alle diejenigen, die nicht wüßten, wie herzstärkend und verjüngend die Rückkehr zu kindlicher Schlichtheit sei und wie sie gerade vom Theatralischen erlöse, von der bösen, so raffiniert ein-

geübten und so schwer zu spielenden, immer aber im tiefsten Grunde erfolglosen Theaterei unseres Lebens ...
Auch diejenigen, die organisch leidend waren, haben durch gewissenhafte ärztliche Kunst, sowie durch die Gemütsruhe und Herzensheiterkeit, die sie umfing, die besten Erfolge gehabt.
Der Sommer war gut; es mag Herbst werden. Die Fröhlichkeit stirbt deswegen nicht aus.
Diese großen Kinder der Welt fühlen hier alle die tiefe Schönheit des Herbstes, von dem sie früher nichts wußten, als daß mit seiner Ankunft „Neuanschaffungen" nötig seien, die Gasrechnungen höher wurden und die Theater- und Konzertsaison beginne.

Nach Andeutungen und Schilderungen eines unserer Kurgäste will ich schildern, wie ein Herbstmorgen im Ferienheim verläuft. Der Herbstwind hat gesungen die ganze Nacht. Und wie er an den Fenstern rüttelte und welkes Laub und dürre Zweige an die Scheiben warf, hat sich das Menschlein fest in die Decke gehüllt und mit großen Augen ins Dunkle gestarrt. Langsam ist seine Phantasie an Bord eines schwarzen Wolkenschiffes gegangen, das durch das kalte Meer des Himmels fuhr zu einem unbekannten Ziele. Ein schwarzer Mann stand am Steuer des Schiffes; müde, schweigende Seelen lehnten oder saßen an seinen Bordwänden. Lautlos glitt das Schiff. Nur der Sturm sang seine Melodie, und wilde Gänse schrien ihr Sehnsuchtslied in den Wind. Sie folgten dem Schiff wie große Möwen, und ihr weißes Gefieder zuckte gespenstisch durch die Nacht. Unter dem Wolkenschiff war der große Ozean der Luft. Menschenhäuser lagen wie Muscheln auf dem Meeresgrund, die Wälder standen wie seltsames wirres Gewächs wilder Schlingpflanzen, manchmal ragte ein Berg auf wie eine Insel, um die das Wolkenschiff herumschwimmen mußte. Von der Insel glimmte das Licht einer Berghütte her wie der Schimmer einer Lampe aus einsamem Strandhaus. Ein Felsen ragte auf wie eine Klippe, an der ein unvorsichtiges Schiff zerschellen kann. Das Luftmeer rollte,

grollte, stampfte, es schleuderte die schwarze Flotte der Nacht hin und her. Die wilde Fahrt war voll Grausen, aber auch voll Schönheit. Immerzu, immerzu ging es vorwärts. Da drang ein Läuten aus der Tiefe. Irgendein Vineta lag drunten auf dem Grund, da gingen die Glocken. Nun wurde ein lichter Schimmer am Horizont sichtbar. Dort lagen die weißen Berge des Morgens. Und im Morgenlande lag die Heimat.
Da fielen dem Träumer die Augen zu — er stieg herab von dem dunklen Schiff — stieg ans lichte Land und war zu Hause. Weib und Kind waren bei ihm, und die guten Freunde kamen und schüttelten ihm die Hände.
Er erzählte ihnen, wo er gewesen sei.
Da klopfte es an die Tür.
„Gottfried, stehen Sie auf, es ist halb sieben Uhr!"
Gottfried rieb sich die Augen und besann sich. Richtig, er war nicht auf einem Wolkenschiffe, er war auch nicht zu Hause, er war Kurgast im Ferienheim, richtiger gesagt Bauernknecht auf dem Forellenhofe.
Sechseinhalb! Es war noch ganz dunkel in der Stube. Und kalt war es. Ein feiner Regen spritzte ans Fenster. Jetzt wäre es wohlig, noch eine oder zwei Stunden zu schlafen. Ach, bloß noch ein paar Minuten! Sacht beginnt „Gottfried" wieder einzuschlafen. Aber in dem Augenblicke, da sich das Bewußtsein vom letzten Faden lösen will, schrickt er auf und springt mit beiden Beinen aus dem Bette. Er wird sich doch nicht von dem Barthel — dem Bauern — einen Meldezettel an den Arzt schreiben lassen wie ein Schuljunge, der was „pexiert" hat, von seinem Lehrer. Dieser Barthel ist ein ganz netter Kerl, aber er „klemmt" einen sofort, falls man über die Hausordnung hinweggeht. Und es ist so blöd, sich dann beim Doktor entschuldigen zu müssen. Unglaublich, wie leicht ein Mensch in die alten Pennälerängste zurücksinken kann. Also aufstehen! Beim Anziehen hält man sich hier nicht lange auf, es ist zu kalt in der Bude. Auch das Waschwasser ist kalt. Warmes müßte extra verordnet werden. Und man schämt sich hier unglaublich, wenn man so etwas wie verfeinerte Bedürfnisse erkennen lassen will. Es paßt nicht zu

einem, wenn man Gottfried Stumpe heißt. Eigentlich war's doch schön im Traume, so plötzlich zu Hause zu sein. Wie sie alle zärtlich und besorgt waren und nach den Augen schauten, ob da ein Wunsch abzulesen sei. Hier war das anders, hier hieß es nicht wünschen, sondern gehorchen. Ein Wunder war's ja nicht, wenn man manchmal ein bißchen Heimweh hatte, zumal man fast gar nichts von Hause erfuhr. Gestern war eine Postkarte gekommen, nach sechs Wochen die erste Nachricht. „Lieber Mann! Bei uns ist alles wohl, und es ist alles in guter Ordnung. Wir denken Deiner in Liebe und haben nur den einen Wunsch, daß Du Dich völlig erholst. Mit treuen Grüßen Dein Weib und Deine Kinder." Das war alles. Es war ja eigentlich genug, es war ganz nach dem Herzen der Kurdirektion; aber Details fehlten gänzlich. Ob nun Fritzchen im Griechischen auf das volle „Genügend" gekommen war, ob Lenchen während der Ferien zum Großvater reiste, ob der Kollege Neumann sich wirklich den Adlerorden erschlichen hatte, wer Stadtverordnetenvorsteher geworden war, wie die Elektrizitätsaktien standen — ah, kein Wort! Das ging ihn wahrscheinlich nichts an, ihn, den Knecht Gottfried Stumpe. Auf die gewohnte Anrede „Herr Amtsgerichtsrat" hatte er beinahe völlig vergessen. Sie war ihm wie ein Klang aus sagenhafter Zeit. Er war einfach Gottfried.

„Gottfried", hatte gestern die dicke Susanne gesagt, „helfen Se mir mal meine Brille suchen; ich hab' mir se verlegt und muß die Butterrechnung schreiben."

So wurde man sogar zu persönlichen Dienstleistungen herangezogen. „Man", der Herr Amtsgerichtsrat! Wie oft sich überhaupt dieses Weib, die Susanne, die Brille verlegt, ist unglaublich. Methusalem hat ihr jetzt eine Art Soldatengurt gestiftet, daran hängt wie eine kleine Säbelscheide das Brillenfutteral. Da soll sie ihre Augenwaffe immer bei sich haben. Aber sie trägt das Koppel nicht, sie hat es dem Methusalem um die Ohren schlagen wollen.

Dieser Methusalem ist ein ganz netter Kerl; nur, er erlaubt sich zuviel Frechheiten. Ihn, den Amtsgerichtsrat, hat er gezeichnet.

Aber nur von hinten. Er sagt, er hätte einen interessanten Rücken.

Das Waschwasser ist abscheulich kalt. Und der Spiegel ist klein. Von ordentlichem Frisieren ist keine Rede. Den Nackenscheitel hat er längst aufgegeben.

Richtig, jetzt kommt noch das Schandvieh, der vom Doktor verordnete Dackel, verbeißt sich in die herabhängenden Hosenträger und zieht und zerrt daran. „Man" macht eine Bewegung, wie Pferde, die nach hinten ausschlagen wollen, verliert dabei seinen Pantoffel und bemerkt, daß der Dackel die Hosenträger jählings losläßt, sich auf den Pantoffel stürzt und mit ihm unter dem Bette verschwindet. Mag er. Mag er ihn zerfressen! Der Pantoffel gehört der Kurverwaltung. Und der Dackel ist ihm oktroyiert! Einfach oktroyiert! Er hat Hunde nie leiden mögen. Schon gar nicht als Schlafkumpane. Er hat sie immer als wandelnde Flohfabriken verabscheut. Methusalem hat neulich einen „wissenschaftlichen" Vortrag im Rathaussaal gehalten und vorher durch öffentlichen Anschlag angekündigt. Das Thema lautete: „Kann der Mensch (homo sapiens) von dem Hunde (canis familiaris) einen Floh (pulex irretans) erhalten?" Er — Amtsgerichtsrat Dr. — nein, Gottfried Stumpe, hat den Blödsinn nicht mitmachen wollen. Zuletzt hat er garade an dem Vortragsabend rein gar nichts vorgehabt und — um die Zeit totzuschlagen — hingehen wollen. Aber da hat es geheißen: der Saal sei überfüllt, die Polizei lasse niemand mehr zu. Tags darauf hat am Rathaus eine „Rezension" des Methusalemschen Vortrags ausgehangen. Am Schluß hat es da geheißen: „So wies der Vortragende in seiner lichtvollen, hinreißenden Art aufs überzeugendste nach, daß Hunde- und Menschenfloh zwei ganz verschiedene Spezien sind, daß es einem Hundefloh niemals einfalle, die schön behaarten Jagdgründe seiner tierischen Pfründe freiwillig zu verlassen, um auf dem glatten Parkett der Menschenhaut unglücklich zu debütieren; daß dem Hundefloh das tierische Blut viel besser munde als das menschliche; daß ein bei einem Menschen gefundener Hundefloh eine außerordentliche Ausnahme, einen armen Verirrten dar-

stelle, der höllisch an Heimweh leide, kurz, daß wohl ein Dackel von einem Menschen einen Floh bekommen könne, aber nicht umgekehrt. Eine Resolution, die darauf hinausging: die Mitglieder der Versammlung als Angehörige der Kulturwelt seien fest entschlossen, den alten Aberglauben, daß ein pulex irretans vom canis familiaris freiwillig zum homo sapiens übergehe, auszurotten, wurde mit überwältigender Mehrheit angenommen. Die ohnmächtige geringe Opposition wurde ausgelacht."
Das war also ein „wissenschaftlicher Vortrag" in diesen Ferien vom Ich!
Verrückt! Aber alles Volk lief hin, Herren und Damen! Rauften um die Plätze!
Nun hat das Biest, der Dackel, den Pantoffel wirklich zerfetzt.
Er guckt — mit elenden Plüschüberresten in der Schnauze — höchst durchtrieben unter dem Bette hervor, und seine weit aufgerissenen Augen fragten: Gibt es nun Keile oder nicht?
Er schlägt ihn nicht. Mag Vater Barthel neue Pantoffel besorgen. Er regt sich nicht auf. Dazu ist er nicht da. Früher würde er gekollert haben. Jetzt nicht mehr. Er ist Gottfried Stumpe, dem solche Kleinigkeiten egal sind.
Der Dackel versteckt inzwischen die Zeichen seiner Schandtat weit unter dem Bett, dann kommt er näher, macht ein äußerst treuherziges Gesicht, wedelt mit dem Schwanze und bietet das Bild unverdächtigster Harmlosigkeit. Gottfried sieht ihn an, beschließt, die abscheuliche Heuchelei zu übersehen, und sagt einfach und gelassen: „Du bist ein Schweinekerl!"
Der Dackel blinzelt nach dem Fuße, auf dem sein „Herrchen" in bloßen Socken steht, nimmt den „Schweinekerl" als etwas ganz Selbstverständliches hin und springt dann zärtlich an dem von ihm liebreich geneckten Manne in die Höhe. Und der schabt ihm freundlich den Nacken, dort, wo das Fell so lose sitzt wie ein viel zu weiter Anzug.
„Gottfried, mähren Sie nicht wieder so lange beim Anziehen! Sie erkälten sich!"
Das war Vater Barthel. „Mähren" hatte er gesagt. Der Mann war nicht satisfaktionsfähig. Wenn ihm früher mal einer „Mäh-

ren Sie nicht so lange!" gesagt hätte! Zum Beispiel, als er in Sachen Pimpel contra Karsubke wegen eines Objektes von drei Mark und fünfzig Pfennig neun Termine ansetzte, von dem der letzte drei Stunden dauerte!
Tja — Ferien vom Ich!
Der Treppenflur ist durch den gelbroten Schein von Petroleumlampen erleuchtet. Petroleum ist ein Licht, das aus der Erde

gequollen ist. Darum ist es wahrscheinlich so warm. Leute, die um eine Petroleumlampe sitzen, sehen alle aus wie Bergvolk, das im Innern der Erde haust — halbbeleuchtete Höhlengesichter, die sich an den dunkel bleibenden Wänden doch hell abheben. Alles im Zauberschein stillen, trauten Zusammenhockens, ein Wissen und Bekennen: draußen ist Nacht: Alles andere, grellere Licht lügt den Tag vor.
Im Hausflur unten sagt die hübsche Magd Emilie: „Hoppla!", weil Herr Gottfried an ihre Milchkanne stößt. Und dann tritt er in die große Bauernstube. Da umfängt ihn das ganze große Behagen des zu früh Erwachten, der in eine warme Stube tritt. Alle Glieder dehnen sich in Wohligkeit. Um den Tisch sitzen schon die Genossen und Genossinnen. Viele trinken Kakao, andere löffeln Milchsuppe. Er suppt. Susanne muß ihm den hübschen, wahrhaft künstlerisch geformten Napf zweimal füllen. Die Frühstücksunterhaltung ist spärlich und nüchtern wie überall. Zu Hause würde er jetzt Kaffee trinken und die Zeitung dazu lesen. Das bißchen Koffein würde ihm wahrscheinlich nichts schaden; aber daß er die Zeitung wieder mal auf den Tisch hauen oder zerknüllt an die Wand schmeißen würde — das wäre schlimmer. Hier gibt's keine Zeitung. Es geht auch so. Sollten Amerika und Japan inzwischen Krieg bekommen haben, ihm ist's völlig egal, wer dabei zugrunde geht, gleichgültiger als der vom Dackel zernagte Latschen.
Der Regen spritzt noch immer an die Scheiben. Ein „Sauwetter" würde er zu Hause sagen, die Gummischuhe anziehen, den Mantelkragen hochschlagen und auf dem schnellsten Wege zur Straßenbahn trachten, um zum Gericht zu fahren.
Hier — Gottfried Stumpe — o weh! Gestern war das Wetter nicht viel besser, und er hat Dünger fahren müssen. Die Arbeit verteilt Vater Barthel. Gottfried glaubt, der Bauer habe etwas gegen ihn. Jedenfalls — das steht fest — dieser Methusalem wird immer bevorzugt. Ist's schön und warm, daß er auf dem Kartoffelfelde Allotria mit dem Weibsvolk treiben kann, geht er hinaus; regnet es und bläst der Wind, wird er zu häuslichen Arbeiten verwandt. Alles Protektion auf der Welt! Herr Amts-

gerichtsrat Doktor — nein, Gottfried Stumpe, hätte nie gedacht, es nötig zu haben, sich um das besondere Wohlwollen eines Bauern Barthel oder einer Frau Susanne bemühen zu müssen. Er verschmäht auch alle Liebedienerei, um sich Vergünstigungen zu verschaffen. Dieser Methusalem — er ist ja sonst ein netter Kerl — ist schon fünf Monate hier, aber eigentlich ein Kriecher; denn er soll Frau Susanne auf einem Schaffboden in einer fabelhaft geschmeichelten Weise porträtiert haben, daß er, trotz gelegentlicher Anrempelung, lieb Kind im Hause ist und bleibt. Denn Susannes Bild hängt jetzt in einer Münchener Ausstellung; das schmeichelt natürlich solch alter Schachtel gewaltig.
Die dicke Lene drüben am Nachbartisch — Gottfried müßte sich furchtbar täuschen, wenn er in ihr nicht die Gattin des Juweliers Rosenbaum erkannt hätte — sagt eben Vater Barthel eine plumpe Schmeichelei über seine Uhrkette, die ein klobiges Ding ist und vielleicht einen Taler gekostet hat. Aber Barthel, der ein geriebener Patron ist, merkt den Braten und sagt:
„Ja, ja, Lene, meine Uhrkette is zwar sehr schön; aber Rüben abkloppen müssen Sie heute trotzdem."
„Es ist furchtbar kalt!" stöhnt die Dicke.
„Lene", belehrte sie Vater Barthel wohlwollend; „es ist kalt, das is wahr. Aber Sie sind hier, um dünner zu werden, und Kälte zieht die Körper zusammen."
Sämtliche Frühstücksleute grinsen. Auch Gottfried freut sich. Gestern, als er Dünger fahren mußte, hat er sich bloß damit getröstet, daß es die Arbeiter auf dem Rübenfelde noch schlimmer hatten als er. Die Rüben aus dem naßkalten, manschigen Acker zu nehmen, sie aneinander zu „kloppen", damit überflüssige Erde abfällt, und sie für den Wagen zu sammeln, ist an solchen Regentagen keine schöne Arbeit und nichts weniger als Manikure. Die Finger werden blaurot. Nur Pulswärmer helfen etwas. Scheußlich. Er — Gottfried — freut sich auf seine Düngerfuhre. Da pendelt er so langsam neben seinen beiden nachdenklichen Rößlein einher, und der Ammoniakgeruch, den seine Ladung ausströmt, stört ihn nicht. Der soll sogar ausgezeichnet gesund für die Lungen sein.

„Methusalem, Sie werden heute Holz hacken!" hört er Vater Barthel weiter reden.
Richtig! Es regnete — folglich blieb Methusalem im Trockenen. Gottfried haßte in diesem Augenblick den Methusalem, wie er zu Hause den Kollegen gehaßt hatte, der den Adlerorden erschleichen wollte. Solche Leute verstehen es eben, immer „nach oben" zu schielen.
„Oben" — das waren hier Vater Barthel und Frau Susanne. Barthel tat so, als ob er unparteiisch sei.
„Das sage ich Ihnen aber, Methusalem, gravieren Sie mir heute wieder ein Bild auf die Axt, haben Sie das letztemal Holz gehackt!"
Methusalem gelobte, keine Barthelsche Holzaxt mehr zu verunzieren, sondern fleißig Holz zu hacken. In diesem Augenblick trat der Briefträger in die Stube. Er hatte eine riesige Tasche umgehängt, und in dieser Tasche steckte ein einziger Brief.
„Herrn Methusalem auf dem Forellenhof."
Methusalem öffnete den Brief, las und sank mit einem Seufzer wie ohnmächtig auf die Ofenbank. Die Weiber quiekten, am lautesten Susanne. Barthel hob den auf den Fußboden gefallenen Brief auf und las ihn ohne weiteres vor:

„Sehr geehrter Herr!

Ihre von der gesamten Fachkritik glänzend beurteilte Zeichnung ‚Bäuerin auf dem Schaffboden' ist heute für den Preis von fünftausend Mark verkauft worden."

Die Ausstellungsleitung."

Große allgemeine Verwundernis.
Frau Susanne wurde knallrot. Dann hielt sie sich die Leinwandschürze vors Gesicht. Barthel aber klopfte ihr auf die Schulter und sagte:
„Mutter, schäm' dich nich! Was kannst du dafür, daß du so 'ne interessante Frau bist!"
Methusalem erholte sich, stand auf und bot ein Bild des Jammers.

„Kinder", sprach er mit zerknirschter Stimme, „ihr alle kennt mich und werdet daher Mitleid mit mir haben. Neunhundertachtundneunzigeinhalbes Jahr bin ich alt; einundeinhalb Jahr habe ich bloß noch zu leben. Und nun werd' ich plötzlich ein Krösus. Daß ich in der kurzen Spanne Zeit meines irdischen Wallens nicht die Riesensumme von fünftausend Mark ausgeben kann, werdet ihr einsehen. Und doch muß sie mangels jeglicher Leibeserben weggeschafft werden. Ihr könnt glauben, daß dieser Fall mein Gemüt hart bedrückt. Doch werden wir Mittel und Wege finden, hier so lange Feste zu feiern, bis ich von dem Alp des Geldes erlöst bin."

Gegen diese Auffassung hielt nun Barthel eine zornsprühende Rede über Sparsamkeit, Mäßigkeit und Unvernunft. Manche stimmten ihm zu, andere widersprachen ihm, es gab ein erhebliches Durcheinander. Inzwischen ging Frau Susanne immerfort mit roten Wangen und schämig flimmernden Augen hin und her. „Denken Sie doch, Frau Susanne — fünftausend Mark — in München auf der Ausstellung! Für Ihr Bild!"

„Ruhe!" kommandierte Barthel. „Wir müssen wieder an ernste Dinge denken. Ekkehard, Sie nehmen einen Schubkarren, fahr'n runter nach Waltersburg zum Kaufmann Scholz und hol'n das Fäßchen Heringe ab, das ich bestellt hab'. Lassen Sie sich's aber recht festbinden, daß es nicht runterkugelt!"

„Jawohl!"

„Thusnelda, Emilie Karlotti, Strunzel und Eva helfen beim Buttermachen."

Vierstimmiger piepsiger Frauenchor: „Jawohl!"

„Knusperhase, Friedrich Schiller, Li-Hung-Tschang und Fuhrmann Henschel werden Äpfel pflücken. Bärbel und die lustige Witwe werden die Äppel nach der Äppelkammer tragen."

Septett: „Jawohl!"

„Der alte Dessauer hat Jagdurlaub bis zum Abendbrot; das Veilchen im Winkel wird helfen, die Heringe einzumarinieren, die Ekkehard bringt; Piesecke kommt zwei Stunden lang an die Jauchenpumpe; Andreas Hofer, Moritz Arndt, Fitzlibutzli, der Knecht Elieser, Ali Baba und Jeremias Gotthelf gehen zum

Ackern aufs Feld. Lene und Joachim Hans von Zieten helfen beim Rübenabkloppen. Fehlt noch jemand?"
Herr Amtsgerichtsrat Doktor — nein Gottfried Stumpe, erhob sich.
„Ich!"
„Ach so — Sie, Gottfried! Nu, Sie helfen auch beim Rübenabkloppen."
Gottfried erblaßte. Zu widersprechen wagte er nicht. Er hörte nur noch mit beißendem Ingrimm, daß Barthel den Methusalem aus Anlaß seines Briefes einen Tag beurlauben wollte. Methusalem aber wies die Ehre zurück.
„Nimmermehr!" rief er pathetisch, „denn sehen Sie, Vater Barthel, eine ungeheure Lebenslust, ein Kraftüberschuß durchströmt plötzlich meinen fast tausendjährigen Leib. Ich komme mir vor wie ein Fünfunddreißigjähriger. Wo soll ich hin mit der Freud'? Austoben muß ich mich. Und das kann ich nur, wenn ich Holz hacke. Ich will keinen Urlaub, ich hacke Holz!"
Punkt ein Viertel nach sieben Uhr erklärte Barthel das Frühstück für aufgehoben. Nun gingen alle ihre Wege, die meisten hinauf nach den Badehäusern, um ihre „Anwendungen" zu machen. Auch Gottfried Stumpe schritt hinaus in den fein sprühenden Regen. Er war in sehr schlechter Laune. Auf seinem Kurzettel stand heute ein zehn Minuten langes Bedampfen des Magens (er litt an Magennerven), dann ein Bürstbad mit nachfolgendem kühlen Abguß. Was so die Nervösen bekommen! Früher war er auch massiert worden und hatte im Gymnastiksaale turnen müssen. Jetzt fiel das weg. Wahrscheinlich war er schon zu gesund zu solch anständiger Behandlung. Jetzt mußte er einfach arbeiten. Rüben abkloppen. Mit Mägden und alten Weibern zusammen. Scheußlich!
Es war ein reines Wunder, wie man sich das als Kulturmensch gefallen ließ. Daß man nicht einfach sagte: Rutscht mir den Buckel lang; ich reise ab! Solche Schweinerei, wie Rüben, die im Dreck liegen, abzukloppen, mache ich nicht mit! Man reiste aber nicht ab. Man wußte, daß sich die Kurverwaltung aus einer Abreise rein gar nichts machte, weil schon immer Hunderte darauf

warteten, neu eingereiht zu werden. Alle Widerstandskraft verliert man bei dem Gedanken: sie brauchen dich nicht, du aber brauchst sie. Denn es war nicht zu leugnen, daß man hier absolut, von Grund auf gesünder wurde.
Also bis acht Uhr war er mit seinen Anwendungen fertig; dann mußte er sich nach der kühlen Abgießung eine halbe Stunde lang warm laufen; dann durfte er eine halbe Stunde lang in irgendeinem bequemen Lehnstuhl des Kurhauses verpusten.
Dann aber mußte er unwiderruflich aufs Feld.
Rüben abkloppen! Wenn nur inzwischen der elende Sprühregen aufhörte. Ein einziger Trost war, daß bei solchem Wetter das Äpfelpflücken vom nassen Baum auch kein Heidenspaß war. Wie kämen sonst gerade Friedrich Schiller und Fuhrmann Henschel dazu, daß sie ...
Neid und Mißgunst plagten ihn immer noch etwas; auch war er noch reichlich oft schlechter Laune. Das kam wahrscheinlich vom Magen. Aber es war doch schon zehnmal besser mit ihm als zu Hause. Wie hatte er da oft getobt und gekollert, mit dem Gerichtsdiener, mit den Angeklagten, mit den Zeugen, ja mit Weib und Kind. Die Fliege an der Wand ärgerte ihn, das Klopfen des Regens ans Fenster regte ihn auf. Jetzt — wer diesen Dackel und diesen Vater Barthel vertrug, ohne tobsüchtig zu werden, mußte schon sehr gesund sein.
Bei seinem Spaziergange traf Gottfried seinen Freund Emanuel Geibel vom Sonnenhof. Das war der Mann, mit dem er sich am besten verstand, mit dem er wirklich befreundet war. Sie hatten sich eines Tages beim Pilzesuchen an einem Waldrande getroffen, jeder mit einem Körbchen und einem Messer bewaffnet, hatten einander gegenübergestanden und gelacht. Dann hatten sie sich einander vorgestellt: „Emanuel Geibel vom Sonnenhof" — „Gottfried Stumpe vom Forellenhof." „Freut mich!" „Freut mich!" Und am sonnigen Waldrande gesessen und geschwatzt. Allmählich aber waren sie in zivilisiertes Gespräch gekommen, auf Hygiene im allgemeinen, auf Volkswirtschaftliches, auf hohe, schließlich auf ganz hohe Politik, dann noch höher hinauf auf die Kunst, haben sogar einen etwas torkeligen Aufstieg in meta-

physische Gebiete versucht, sich in die Firnenzonen der Philosophie und Religion verklettert und sind dann mit einem waghalsigen Sprung auf die letzte Gipfelhöhe der Menschheit gesetzt — auf den im Blauschnee glitzernden, allen gewöhnlichen Sterblichen ewig unerreichbaren Gaurisankar der heiligen Jurisprudenz.

Da ist dem Amtsgerichtsrat etwas schwindelig geworden. Emanuel Geibel entpuppte sich als ein hervorragender Jurist, als eiskalter Verstandsmensch, als einer, der nicht nur über den Hanswurst, den jetzigen Justizminister, spottete, der mit seinem geistigen Zwergenmaß die Riesenschleppe des Ministertalars gar zu possierlich schleifte, sondern der auch an die Dogmen der anerkanntesten juristischen Größen mit geradezu souveräner Überlegenheit die Sonde legte. Wie er allein über List urteilte. Dem Amtsgerichtsrat war klar, daß der Mann, der sich unter dem Namen Emanuel Geibel versteckte, eine eminente Größe der Rechtswissenschaft war, hoffentlich der künftige Minister. Dann würde vieles an den unhaltbaren, verrotteten Zuständen der heutigen Rechtspflege gebessert werden. So beschloß der Amtsrichter dreierlei: erstens lieber gar keine, als eine dumme Bemerkung zu machen, sondern zumeist den andern reden zu lassen und ihm zuzustimmen; zweitens ganz leise durchschimmern zu lassen, daß er durch ein ungerechtes Schicksal, vielmehr durch widrige Gegenströmungen, ins Dunkle gestellt worden sei und gewissermaßen auch etwas mit der Jurisprudenz zu tun habe; drittens privatim sich als Gottfried Stumpe treuherzig die Sympathie Emanuel Geibels zu erwerben. Das alles ist gelungen. Eines Tages hat Geibel sogar mit ihm Brüderschaft gemacht. Denn Emanuel hatte bei allem messerscharfen Verstand ein poetisches Gemüt, und der Mann, der eben noch Worte gesprochen hatte, von denen jedes mit Schwefelsäure getränkt war, konnte plötzlich traumversunken stehenbleiben und seufzen:

„Oh, darum ist der Lenz so schön,
Mit Duft und Strahl und Lied,
Weil singend über Tal und Höh'n
So bald er weiter zieht."

Oder, weil ihm eben einfiel, daß gar nicht Frühlingszeit sei:

> *„Herbstlich sonnige Tage*
> *Mir beschieden zur Last,*
> *Euch mit leiserem Schlage*
> *Grüßt die atmende Brust*
> *Oh, wie waltet die Stunde*
> *Nun in seliger Ruh;*
> *Jede schmerzende Wunde*
> *Schließet leise sich zu."*

Der eiskalt schließende Jurist hatte sich ganz in die süßen goldenen Melodien Geibelscher Lyrik eingesponnen. Und darum wohl hatte er des Dichters Namen für seine Ferien vom Ich gewählt. Die Gegensätze berührten sich auch hier. Diesem Emanuel Geibel begegnete Gottfried Stumpe, als er sich an jenem feuchtkalten Herbstmorgen nach der Abgießung „trocken lief". Die Begegnung war nicht ganz zufällig. Gottfried wußte, daß Emanuel abreiste. Er habe nur sechs Wochen Urlaub, hatte Geibel ihm gesagt, er könne nicht länger abkommen. Natürlich, es gab eben im Justizdienst unersetzliche Kräfte.

Wortkarg stiegen die beiden Freunde miteinander zum „Zeughaus" hinunter.

„Nun gehe ich da hinein", sagte Emanuel traurig, „und komme nicht mehr durch diese Tür in unser liebes Heim zurück, sondern trete auf der anderen Seite in meinem Weltanzug auf die Straße hinaus, die ins kalte Leben zurückführt. Ach, mein Freund, mir ist sehr schwer ums Herz. Ich wollte, wir wären jetzt oben im Walde und suchten Pilze. Ich hab' dich gern gehabt."

Gottfried Stumpe wandte sich zur Seite. Emanuels Seele aber wurde wieder vom Geiste seines Meisters umfangen, und er sagte mit leisem Beben:

> *„Wenn sich zwei Herzen scheiden,*
> *Die sich dereinst geliebt,*
> *Das ist ein großes Leiden,*
> *Wie's größ'res nimmer gibt;*

Es klingt das Wort so traurig gar:
Fahr' wohl, fahr' wohl auf immerdar!
Wenn sich zwei Herzen scheiden,
Die sich dereinst geliebt."

Wohl verwunderte sich Gottfried über diese große Zartheit, aber sie packte ihn, und die Augen wurden ihm feucht.

Der Freund ging hinein ins Zeughaus. Auf der anderen Seite würde er nun hinaus auf die Straße treten, die aus diesen friedlichen Ferien zurückführt in die harte Schule des Lebens. Gottfried ging um das Zeughaus herum und gelangte durch ein Seitenpförtlein ebenfalls hinaus auf die Straße. Er wollte den Freund noch einmal sehen. Mochte er zu spät auf Barthels Feld kommen, es war ihm einerlei.

Nach einer Viertelstunde kam Emanuel. Fast hätte ihn Gottfried in dem nüchternen Reiseanzug nicht erkannt.

„Ah, da bist du noch!"

„Ja, ich wollte dich noch einmal sehen."

„Das ist lieb von dir!"

Emanuel zog die Uhr — eine einfache silberne Taschenuhr.

„Ganz fremd mutet mich das Ding an. Es ist so grausam pedantisch. Es zählt Minuten und Sekunden. Drinnen in der Heimat ist es besser, da dürfen einem nur eine Glocke oder der Großknecht oder Mond und Sterne sagen, wie spät es ist. Und dann das Geld, das bedrückt mich am meisten. Was soll ich mit den paar Kröten tun? Mir eine Burg des Glücks davon bauen? Lieber Gott!"

„Du wirst noch hoch hinauf kommen!" tröstete ihn Gottfried.

„Nein!" sagte Emanuel bitter. „Da drinnen, da ist es ja geboten, über das eigene Ich zu schweigen. Aber hier draußen auf der Landstraße will ich mich dir gegenüber nicht verbergen. Ich hab' Pech gehabt. Hätt' gern studiert. Aber wie ich in der Unterprima war, starb der Vater. Da mußte ich abgehen von der Schule. Wurde ein Subalternbeamter. Ich bin Sekretär am Amtsgericht zu H."

„Emanuel!"

Gottfried rang die Hände ineinander. Ein Subalternbeamter! Dieser Ministerstürzer! Dieser List-Kritiker! Dieser gewaltige Umstürzler von oben! Ein Sub — sein Duzbruder! Wenn das sein akademischer Stammtisch wüßte!
„Emanuel!"
Gottfried stand so verdattert da, daß in die weichen Züge Emanuel Geibels wieder die essigsaure Schärfe trat, die aber doch nur zu den resignierten Worten führte:
„Gottfried! Sie waren da drinnen Gottfried und ich Emanuel — wer wir draußen sind, braucht uns nicht mehr zu kümmern, braucht Sie nicht zu genieren."
„Ich bin Amtsgerichtsrat Doktor Stein", sagte Gottfried noch ganz benommen.
„Dann erlaube ich mir, dem Herrn Amtsgerichtsrat eine weitere erfolgreiche Kur zu wünschen", sagte Emanuel höflich, verneigte sich tief, ergriff seine kleine Handtasche und wollte gehen. Da aber hatte ihn Gottfried am Arm.
„Nein, lieber Emanuel, wir bleiben Freunde — auch draußen — verstehst du? Von dem blödsinnigen Kastengeist bin ich im Ferienheim befreit worden."
Emanuel setzte die Handtasche auf die Straße.
„Ich danke dir!" sagte er schlicht, aber in tiefer Freude.
Sie schieden voneinander. Der Amtsgerichtsrat ging mit beklommenem Herzen, das jeder hat, der von einem Freunde Abschied nahm, nach dem Rübenfelde. Da waren die Leute fleißig an der Arbeit. Nur Joachim Hans von Zieten, der auch zum Rüben „abkloppen" kommandiert war, sprang in kühnen Husarensprüngen über ein lustig brennendes Feldfeuerchen hinweg, um sich warm zu machen, in Wirklichkeit aber — wie der Amtsgerichtsrat mit neidischem Grimm bei sich feststellte — um sich von der Arbeit zu drücken.
Zehn Minuten später sprang er mit über das Feuer, bis von ferne die Gestalt Barthels auftauchte.
Da begaben sich die beiden Drückeberger schleunigst an die Arbeit.

Von der weiblichen Putzsucht und Herrn Pieseckes Leiden

Gestern vormittag traf ich die kleine Luise, die sich eben von einem Haufen spielender Kinder trennte.
"Willst du schon aufhören zu spielen, Luise? Die Sonne scheint doch so schön."
"Ich will zu meiner Mamma."
"Zu deiner Mamma?"
"Ja, nach Hause!"
"Sagst du zu Magdalena jetzt Mamma?"
"Ja. Alle Kinder haben eine Mamma. Ich will auch eine haben. Meine Mamma soll Magdalena sein."
"Hast du deine Mamma lieb?"
"Lieber als dich!"
Das klang nicht frech, nur tief überzeugt.
"Sa. Hm. Lieber als mich! Das glaube ich gern. Ihr spielt wohl schön zusammen?"
"Nein, wir schneidern. Wir machen ein Kleid für mich. Aber es paßt immer nicht richtig, weil Mamma das Schneidern nicht gelernt hat, und da will uns jetzt die Selma kein neues Zeug mehr geben."
Selma ist die Beherrscherin unserer weiblichen Schneiderei, eine etwas schwierige Alte. Das Mädchen ging neben mir her. Mit großer Munterkeit sagte es:
"Wenn Papa Stefenson da wäre, würde er die Selma mächtig ausschimpfen, weil sie sagt, es ist zu teuer, wenn man für ein Kinderkleid vierzig Mark verbuttert und nichts zustande kriegt. Ach, es wird doch so schön! Wir nähen alle Tage neue Schleifen dran."
"Ich werde mit Selma sprechen."
"Ja? Wirst du wirklich? Fürchtest du dich nicht? Dann sage ihr, wir müssen einen Meter schottische Seide haben und unten ein bißchen Pelzbesatz. Ich hab' mir's so ausgedacht: oben an dem Kleid will ich einen Matrosenkragen, in der Mitte will ich schottische Seide und unten Pelzbesatz. Das wird sehr fein!"

„Ja, das glaube ich. Will das deine Mamma auch so?"
„Mamma will so, wie ich will."
Das war das Mädel, das vor einem Jahr in der Berliner Ackerstraße Schnürbänder verkaufte! Die Erinnerung an diese elende Vergangenheit ist in ihr völlig erloschen. Gut so! Und auch ihre Kleiderwünsche verstand ich. Die Kinder hupfen bei uns alle in einer gesunden, einfachen Tracht umher. Aber ein Mädchen hatte geprahlt, es hätte zu Hause ein Matrosenkleid, ein anderes hatte sich mit einem Kleide mit schottischer Seide groß getan, ein drittes sogar von Pelzbesatz gefabelt. So war in Luise der Wunsch entstanden, alle diese Herrlichkeiten in einem einzigen Kleid zu vereinigen. Die Weibermode setzt über die höchsten Mauern, die man um ein Ferienheim ziehen kann. Dagegen läßt sich nichts tun. Auch unsere weibliche Ferienkleidung wird mit tausend Spitzfindigkeiten „modernisiert" und „stilisiert". Was man allein mit einer heimlich angebrachten Sicherheitsnadel alles „raffen" kann, wieviel „Schick" man durch solch einfache Mittel in die vorgeschriebene Gewandung bringen kann, grenzt ans Wunderbare. Wenn in meinem Ferienheim überhaupt mal ein Aufstand entstehen sollte, wird es eine Frauenrevolution sein. Anfangs wollte ich für alle weiblichen Feriengäste ein und dieselbe Tracht. Aber selbst Selma, die, eine Asketin an Einfachheit und an Grobheit einem preußischen Kammerunteroffizier, der Helme und Stiefel „anprobiert", weit überlegen ist, kam mir schließlich mit dem Vorschlag, vier verschiedene „Modelle" müßten eingeführt werden, eins für die Dicken, eins für die Dünnen, eines für die Langen, eins für die Kleinen. Damit habe ich mich einverstanden erklärt; inzwischen ist bereits noch durchgesetzt worden, daß die Blonden blaue, die Schwarzen rote Blusen bekommen. Für die kühlen Abende werden farbige Umschlagtücher geliefert. Oh, wie groß sind die Wunder der Schöpfung! Manche unserer Damen drapieren das Tuch vom Gürtel abwärts um den Kleiderrock, die meisten tragen das Tuch rechts oder links über die Schulter malerisch geworfen, andere machen sich eine „ungarische Schürze" daraus, wieder andere einen Muff; Turbane um den Kopf werden ebenso geschickt aus dem Tuch hergestellt wie

schlichte Nonnenschleier; einige tragen das zusammengelegte Tuch nur über dem Arm, und einige wenige greifen auf den ursprünglichen Zweck zurück, die schlagen das Tuch um die Schultern.
Dr. Michael hat die Putzsucht der Frauen für eine unheilbare Krankheit erklärt. Ich bin nicht seiner Meinung. Diese Putzsucht ist keine Krankheit, sondern eine Naturnotwendigkeit; das Weib muß sich putzen, so wie sich das Kätzchen beschlecken muß.

―――――――――――――――――――――

Neulich kam Piesecke zu mir, außerhalb der Sprechstunde. Er war noch erregter, als er sonst oft ist, und sprach zunächst eine Menge wirres Zeug durcheinander, auf dem hervorgehen sollte, daß er der unglücklichste Mensch der Welt sei. Ich unterbrach ihn.
„Piesecke, ich glaube jedes Wort, was Sie sagen, aber sprechen Sie langsamer! Sprechen Sie recht gelassen! Sagen Sie mir ohne alle Umschweife, was los ist."
Er rang die Hände ineinander und jammerte:
„Ach Gott, ich liebe sie, ich liebe sie!"
„Wen? Mich?"
„Ach, doch nicht Sie, sondern sie!"
„Also Hanne vom Forellenhof."
„Woher wissen Sie...?"
„Ich weiß es. Sie haben sich oft genug auffällig benommen."
„Und wissen Sie auch, daß sie fortzieht?"
„Ja, morgen nachmittag. Sie hat ein gutes Engagement an ein Stadttheater bekommen."
„Ich ertrag' es nicht; oh, ich ertrag' es nicht. Sehen Sie, Herr Doktor, Sie können machen mit mir, was Sie wollen, Sie können der beste Arzt der Welt sein, Sie können hundert Sanatorien für mich bauen, wenn mich dieses Mädchen verläßt, bin ich verloren."
„Gruselig!"
„Was sagten Sie?"
„Gruselig!"

„Herr Doktor, spotten Sie nicht! Diesen Verlust ertrage ich wirklich nicht; er bedeutet mein Ende."
„Dann wird in Ihrer Landeszeitung ein schöner Nekrolog über Sie erscheinen."
Er war empört.
„Sie haben kein Herz für mich. Aber es ist gut, daß Sie von unserer Landeszeitung gesprochen haben. Schließlich bin ich doch ein Prinz!"
„Hier nicht! Hier sind Sie Piesecke."
„Das weiß ich; aber ich vergesse nicht, was ich draußen bin. O nein! Sehen Sie, und das habe ich ihr gesagt."
„Was? Wem?"
„Der Hanne habe ich gesagt, daß ich ein Prinz bin."
„Sie sind wohl verrückt geworden, Piesecke. Auf solche Indiskretionen steht die Strafe der Entlassung aus unserer Anstalt."
„Schimpfen Sie nicht, Herr Doktor; ich bin heute schon genug ausgeschimpft worden."
„Was hat denn Fräulein Hanne zu Ihrer Quasselei gesagt?"
„Ausgelacht hat sie mich. Sie hält mich für einen Sargfabrikanten aus Hannover. Stellen Sie sich vor, Herr Doktor, ausgerechnet für einen Sargfabrikanten hält sie mich."
„Das Geschäft eines Sargfabrikanten ist ein sehr ehrbares."
„Ach Gott, nun sind Sie auch noch gegen mich. Und ich hatte meine ganze Hoffnung auf Sie gesetzt. Sie sollten ja Fräulein Hanne sagen, daß ich wirklich ein Prinz bin und daß sie ein Engagement an unserer Hofoper annehmen soll."
„Was hätten Sie denn davon, wenn Fräulein Hanne in Ihrer Residenzstadt sänge und Sie inzwischen hier bei uns Dünger fahren müßten?"
„Ich hatte gehofft, Sie würden mich für ein paar Wintermonate beurlauben."
„Daran denke ich nicht im Traume. Bis zum Mai bleiben Sie laut unserer Abmachung hier. Das entspricht auch ganz den Intentionen Ihres Herrn Bruders, des regierenden Fürsten."
Piesecke saß gebrochen vor mir.
„Mit mir ist's alle", sagte er tonlos.

„Mit Ihnen war es alle, mein Lieber, als Sie zu uns kamen. Inzwischen haben Sie sich aber bei uns einen ganz netten Fonds neuer Lebenskraft gesammelt."
Er schüttelte trostlos den Kopf.
„Wohl bin ich gesundheitlich vorwärtsgekommen; aber das nützt mir alles nichts mehr — ich muß sterben. Es gibt Dinge, die ein Mensch nicht überwinden kann.
Ich stand auf.
„Entschuldigen Sie, Piesecke, aber das Mittagessen wartet auf mich. Ich hab' Hunger. Wenn Sie also aus dem Leben scheiden wollen, gehaben Sie sich wohl! Es freut mich, Sie mal kennengelernt zu haben. Mahlzeit!"
Da faßte ihn der Zorn.
„O nein, Herr Doktor, so entkommen Sie mir nicht! So mit einfach ‚Mahlzeit', wenn es um mein Leben geht! Ich bin nicht mehr der willenlose Mensch, der ich im Mai war. Ich wehre mich meiner Haut. Und da muß ich Ihnen sagen, daß Ihr Sanatorium eine Mördergrube ist."
„J, der Dauz!"
„Jawohl, Dauz! Ich werde Sie schon bedauzen! Wissen Sie, wer der neue Kurgast auf dem Forellenhof ist, der sich Fritz Steiner nennt?"
„Nein!"
„Ein Geheimpolizist aus meiner Vaterstadt ist er. Ich habe ihn wiedererkannt; denn ich hatte früher mal mit ihm zu tun. Nun habe ich gedacht, er sei hergeschickt, um mich zu überwachen. Denn er hat mich früher schon einmal überwacht. Aber nein, wie ich in gestellt habe, hat er mir gesagt, daß er auf den langen Ignaz auf dem Forellenhof abzielt. Er wird den Beweis erbringen, daß Ignaz ein langgesuchter Raubmörder ist, ein früherer Fleischergeselle."
Ich setzte mich wieder.
„Also, Piesecke, ist das wahr?"
„Habe ich Sie je belogen, Herr Doktor?"
„Nein, Piesecke, belogen haben Sie mich nie. Aber täuscht sich auch Herr Steiner nicht?"

„Das weiß ich nicht. Er wartet noch etwas vom Gericht ab — ich glaube Fingerabdrücke oder so etwas — und dann will er zur Verhaftung schreiten."
Mir wurde unbehaglich.
„Haben Sie auch eine Auseinandersetzung mit dem langen Ignaz gehabt?"
„Jawohl. Er will mich umbringen."
„Bitte, erzählen Sie!"
„Er hat mich schon immer verfolgt und gemißhandelt; er ist ein sehr roher Kerl. Wie ich nun Fräulein Hanne das gesagt hab', daß — nun, daß ich eben doch ein Prinz bin, glaubte ich, ich sei mit ihr und mit Vater Barthel allein in der großen Stube. Auf einmal kommt der lange Ignaz hinter dem Ofen hervor, hat grüngelbe Augen und packt mich an der Kehle. Ich habe mich gewehrt; aber wenn Vater Barthel und Fräulein Eva mir nicht geholfen hätten, hätte mich der Kerl erwürgt. Wir haben dann den Mordgesellen zur Tür hinausgeworfen, aber er hat gedroht, er werde mich schon erwischen."
„Hm. Also, lieber Piesecke, ich gebe Ihnen gern zu, daß mir dieser Knecht Ignaz auch in hohem Grade unheimlich und widerlich ist. Ist er ein Schuft, der sich in mein ehrliches, sauberes Heim eingeschlichen hat, dann werde ich der erste sein, ihn den Behörden auszuliefern zu helfen. Aber auch wenn er nicht der von den Gerichten Gesuchte ist, wird der brutale Mensch entfernt werden. Das verspreche ich Ihnen."
Piesecke sank schon wieder in sich zusammen.
„Ach, selbst dieser Raubgesell ist in die blonde Eva verliebt. Und ich soll sie verlieren! Mag mich doch der Ignaz umbringen. Dann ist es wenigstens alle mit mir. Ich habe niemand, niemand, der mich gern hat, nicht einmal einen guten Freund!"
Da tat er mir leid.
„Piesecke", sagte ich, „das dürfen Sie nicht sagen. Sie haben einen guten Freund. Und das bin ich. Ich will Ihnen das dadurch beweisen, daß ich Ihnen etwas sage, was niemand von mir gehört hat. Auch ich, Piesecke, habe die schöne Eva sehr lieb ge-

habt und mir nichts sehnlicher gewünscht, als daß sie meine Frau werde.
Er starrte mich an.
„Auch Sie, Herr Doktor? Und warum haben Sie die Eva nicht genommen?"
„Weil sie mich nicht will."
„Sie nicht will?" wiederholte er verwundert. „Sie will nicht mal Sie, und da soll sie mich wollen?"
Es lag eine rührende Demut in dem Ton, in dem er das sagte.
„Sehen Sie, Piesecke, wenn man jemand wirklich lieb hat, darf man nicht an sich selbst denken, soll man nur denken: Werde du glücklich! Es ist etwas Großes und Schönes um das Verzichten! Wir werden es zusammen tragen. Es gibt Frauen, die das Glück oder vielmehr das Unglück haben, daß alle Männer sich in sie verlieben, und gerade das Leben solcher Frauen bleibt oftmals ganz leer. Wir wollen unserer Eva wünschen, daß sie glücklich wird, und wir zwei wollen zusammenhalten."
Seine leichtsinnigen und doch so grundgutmütigen Augen schauten mich feucht an.
„Ich glaube, daß Sie es gut mit mir meinen, Herr Doktor!"
„Ich habe Sie gern, Piesecke", sagte ich und legte ihm die Hand fest auf die Schulter.

Abschiedsabend

Am Abend ging ich nach dem Forellenhofe. Die schöne „Hanne" nahm Abschied von uns. Von Mai an war das Mädchen bei uns, und jetzt, da es gehen wollte, war mir's, als schwänden Sommer und Sonne dahin, und es könne nun nichts mehr geben als graue Tage. Ich litt wie Piesecke; ich jammerte nur nicht so. Aber auch vielen anderen Leuten ging Evas Abschied nahe; ich hörte, daß die dicke Susanne schon tagelang mit rot verquollenen Augen herumlaufe.
Wenn der November kam, würden sich wahrscheinlich unsere Kurgäste an Zahl vermindern; dann wollte ich auch mal ausspannen, wollte für ein paar Wochen Ferien machen. Ich erwischte mich bei dem Gedanken, daß ich dann wahrscheinlich nach einer großen Stadt reisen würde, nach Berlin oder Wien. Ich bin nun schon so lange in dieser Einfachheit und in diesem ruhigen Frieden, daß ich mich wahrhaftig manchmal sehne, in einer elektrischen Straßenbahn zu fahren, ein gutes Theater zu besuchen, mal in einem vornehmen Restaurant zu speisen. Es kann gar nicht anders sein: wenn der Doktor aus dem Friedensidyll einmal Ferien vom Ich machen will, muß er in Glanz und Lärm hinein. Variatio delectat. Ich nehme es unseren Bauern nicht übel, daß sie sich zuweilen sonntags nach Neustadt hinüberschleichen, um dort ins Kino zu gehen, und die hämischen Bemerkungen der „Neustädter Umschau" über diesen Fall beweisen nur, daß das Blatt keine Ahnung von dem Abwechslungsbedürfnis des Menschen hat. Wer immer im Lärm sitzt, wird stumpf, wer immer in der Stille ist, auch; nur die wechselnde Welle trägt des Menschen Schiff.
Daß mich neben diesen Erwägungen auch der Gedanke leitete, ich könne meine Ferienreise vorteilhaft über die Stadt verlegen, wo Eva diesen Winter singen würde, wollte ich mir kaum zugestehen. Denn ich hatte doch ein Ende gemacht mit meiner Liebe; ich wußte doch recht gut, daß ich nicht eher ein idealer Leiter dieses Ferienheims sein würde, als ich nicht selbst von

allen persönlichen Banden und Sorgen befreit war, daß ich immer noch selbst zu sehr in der alten Haut steckte...
Die große Stube im Forellenhof war dicht besetzt mit Menschen. Viel alte Freunde kamen, um sich von Eva zu verabschieden. Ein paar Kränze von Astern hingen an den Wänden, die letzten Rosen des Gartens blühten auf dem Tische. Wenn ein Kurgast von uns Abschied nimmt, erhält er als Andenken ein Album überreicht, in dem einige gute Bilder nach Radierungen, Heliogravüren, Aquarellen und Zeichnungen von unserem Heim enthalten sind, außerdem aber eine Anzahl Photographien, auf denen der betreffende Gast in irgendeiner Situation, die er miterlebt hat, verewigt ist. Denn photographiert wird bei uns viel. Bei der Arbeit, vor dem Bauernhaus, beim Feldfeuerchen, bei irgendeinem Ulk, beim Waldfest, beim Kirchgang, bei tausend anderen Gelegenheiten wird von unseren Kurgästen photographiert. Und jeder, der auf einem Bilde freiwillig oder unfreiwillig mit aufgenommen ist, bekommt einen Abzug in sein Album geklebt. Eva bekam ein Album in vier Bänden. Sie war sehr lange bei uns, und es hatten gar zu viele Amateure nachgesucht, wenigstens eine ihrer Aufnahmen in Evas Album zu bringen. Methusalem hatte einige reizende Bleistiftskizzen beigesteuert. Die letzte war ein Stimmungsbild von der Landstraße, die unten am Zeughaus vorbeiführt, zeigte einen im Abendschein entschwindenden Wagen und hatte die Unterschrift: „Die Sonne geht unter."
Auch du, mein Sohn Brutus? — Es fiel mir auf, wie lustig Methusalem sein wollte, wie zerstreut er war, wie gemacht heute sein Lachen klang. —
Eva saß im Scheine der großen Hängelampe und durchblätterte das Album. Sie sagte nicht viel, aber mit einem Male rannen große Tränen über ihre Wangen. Dann wischte sie sich energisch das Gesicht ab und sagte:
„Nein, ich darf mich wohl nicht allezusehr unterkriegen lassen. Aber diese Bücher sind herrlich. Sie werden mein liebstes Besitztum sein. Alle, alle sind drin — nur einer fehlt. Ignaz, war-

um sind Sie nicht auf einem einzigen Bilde? Mir ist das aufgefallen."
Ignaz, der am Ofen lehnte, wandte sich weg und drückte die Wange gegen die Kacheln des Ofens.
„So ein ekliger Kerl wie ich ist nicht für Bilder", sagte er mit seiner knurrenden Stimme. Aber es klang wie ein Schluchzen darin.
„Es tut mir leid, Ignaz", sagte Eva freundlich; „Sie waren gut und treu zu mir!"
Da ging der Knecht stumm zur Tür hinaus. Ich sah, wie der Kurgast „Steiner", von dem ich nun wußte, daß er ein Detektiv war, dem langen Ignaz mit einem messerscharfen Blick nachschaute.
Barthel hatte zu Ehren des Abends ein Fäßchen Moselwein angezapft und hielt eine Rede:
„Meine Damens und Herr'n! Der heutige Abend is nich so wie sonst, sondern anders. Es is ein ernster Abend, weil Fräul'n Hanne fortzieht, und deshalb hab' ich Sie zu einem Gläschen Wein eingeladen, und ich wünsche, daß er Ihnen allen recht wohl bekommen möge. Wir sind alle sehr traurig; denn wir verlieren Fräul'n Hanne sehr, sehr ungern."
Der Redner wurde unterbrochen. Frau Susanne weinte und prustete so heftig, daß sie sich zur Tür hinaus retten mußte. Auch Barthel fuhr mit der Hand nach den Augenwinkeln.
„Sehen Sie, meine Herr'n, meiner Alten geht es auch nahe. Eine Zeitlang — ich kann das wohl jetzt ruhig sagen — is sie wegen Fräul'n Hanne und mir eifersüchtig gewesen. Aber es war bloß blinder Lärm; ich weiß doch, was ich mir schuldig bin!"
Wieder eine Unterbrechung. Zwei Herren und eine Dame hielten sich das Taschentuch vor den Mund. „Sehen Sie, meine Damens und Herr'n, mit einem Hausvater, wie ich, ist das ein reines Elend, obwohl es mir gut geht. Denn sehen Sie, die Leute, die hierher kommen, verstehen alle rein gar nichts, und die meisten sind sehr faul und haben das Arbeiten nicht gelernt. Ich muß sie erst alle mühsam zurechtstutzen. Und wenn man dann

mal so 'ne Perle bekommt wie die Hanne, die so famos Butter machen kann, und sie zieht wieder fort, dann..."
Mit Barthels Fassung war es aus. Er weinte in sein rotgeblumtes Taschentuch und konnte schließlich nur noch sagen: „Nun trinken wir halt auf Fräul'n Hannes ihre Gesundheit!" Das Mädchen war sehr bewegt. Es wurden noch einige kurze Ansprachen von Gästen gehalten, die Hanne feierten und in denen auch Vater Barthel unmäßig viel Weihrauch gestreut wurde, und schließlich mußte Hanne singen. Sie war ruhiger geworden, stimmte ihre Laute und sang mit ihrer zarten, lieblichen Stimme das Lied, das aller Abschiedslieder Krone ist und bleiben wird:

„Morgen muß ich fort von hier
Und muß Abschied nehmen —"

Während des Liedes öffnete sich leise die Tür. Der lange Ignaz schlich sich herein, lehnte den Kopf an die Wand und preßte die Hände an die weiße Mauer.
Die Lampe flackerte; die Spätherbstrosen blühten auf dem Tisch. Als Eva das Lied beendet hatte, stürzte plötzlich einer vor, warf sich dem Mädchen zu Füßen und rief:
„Gehen Sie nicht fort — gehen Sie nicht fort, Fräulein Hanne; ich muß sonst sterben!"
Es war Piesecke. Und da sah ich auch schon, wie sich der lange Ignaz umdrehte, wie ein wilder, giftiger Blick über Piesecke und das erschreckte Mädchen hinfuhr, und im nächsten Augenblick hatte Ignaz den zarten Piesecke erfaßt, schleuderte ihn sich wie einen Sack über die Schulter und verschwand mit ihm durch die Tür.
„Daß kein Unglück geschieht!" rief ich und eilte nach. In aufgeschreckter Unordnung drängte alles nach dem Hofe. Dort hatte der starke Ignaz den zappelnden Piesecke bereits mit gewaltiger Wucht auf den großen Düngerhaufen geworfen. Es war dem so schmählich Behandelten weiter kein körperliches Unheil zugestoßen; aber ich war doch so erzürnt ob der neuen Gewalttat des Knechtes und der Störung unserer schönen Stimmung, daß ich sagte:

„Ignaz, Sie gehen jetzt schlafen! Und morgen früh werden Sie Ihr Bündel schnüren. Dafür werde ich sorgen!"
Er wandte sich trotzig zur Seite. Ich ging aufgeregt nach der Stube zurück und traf daselbst den Detektiv Steiner, der allein zurückgeblieben war und ein Blättchen Papier, auf dem Fingerabdrücke zu sehen waren, sorgsam mit den schwachen Spuren verglich, die des Knechtes Ignaz Arbeitsfäuste an der weißen Mauer hinterlassen hatten. Ohne auf mich zu achten, ging der Beamte in den Hausflur hinaus, in den eben der lange Ignaz eingetreten war, trat auf den Knecht zu und sagte:
„Josef Wiczorek, ich verhafte Sie im Namen des Gesetzes!"
Die Umstehenden starrten den Sprecher an.
„Was wollen Sie, Herr Steiner?" fragte der Bauer Barthel erschrocken.
„Ich heiße nicht Steiner, ich bin Geheimpolizist und habe meine Legitimation in der Tasche. Ich bitte, daß mir Gelegenheit gegeben wird, den verhafteten Josef Wiczorek, der sich hier unter dem Namen Ignaz Scholz aufgehalten hat, sofort nach dem Amtsgerichtsgefängnis in Waltersburg zu transportieren."
Josef Wiczoreks Augen verglasten sich. Ein kurzes Grunzen — und plötzlich schlug er mit beiden Fäusten um sich, machte sich Platz und verschwand blitzschnell im dunklen Hofe.
„Haltet ihn!" rief der Polizeimann; „er ist ein lange gesuchter Raubmörder!"
Wir schrien alle, wir rannten. Ich stieß mit Barthel zusammen und machte meinem Grimme Luft.
„Barthel, das haben wir Ihnen zu verdanken, Sie haben den mir längst unheimlichen Gesellen gehalten; Sie haben behauptet, Sie kennen ihn von Jugend auf als ehrlichen Kerl. Nun kommt diese Schande über uns."
„Herr Doktor, lieber Herr Doktor, verzeihen Sie mir", wimmerte Barthel, „ich konnte nicht anders!" Er verlor sich von meiner Seite ins Dunkel.

Gerichtliches

Wie wenn ein Marder in einen Taubenschlag eingebrochen ist, so war es. Alles flatterte wirr durcheinander in Aufregung und Angst. Alle Höfe öffneten sich, von Mund zu Mund flog die Kunde, auf dem Forellenhof sei ein Raubmörder ertappt worden, aber entwichen. Der lange Ignaz! Die Weiber kreischten und schauten neugierig aus Fenstern und Türen, die Männer wagten sich mit Stöcken bewaffnet fünfzig Meter vors Haus, ihre Frauen jammerten von der Haustür aus über diese Tollkühnheit und riefen die Männer zurück — es war abscheulich! Der Löw' ist los, und alles verliert den Verstand. Nur einige Mutige stürmten hinaus, den Unhold zu fangen, taten sich zu Gruppen zusammen, bewaffneten sich in der Eile, so gut sie konnten.

Ich schüttelte in der nebligen Abendluft erst meine Gedanken zurecht, sagte mir, daß die Verfolgung bei dieser Rabenfinsternis ganz aussichtslos sei, und ging nach der Direktion, um den Direktor zu sprechen. Er war nicht zu finden. Dafür traf ich den Geheimpolizisten an. Er stand am Telephon. Nach Waltersburg telephonierte er, nach dem Neustädter Bahnhof, nach zehn anderen Stationen im Umkreis, nach der Provinzialhauptstadt. Immer dasselbe: „Im Ferienheim Waltersburg hat sich unter dem falschen Namen Ignaz Scholz, genannt der lange Ignaz, der Raubmörder Fleischergeselle Josef Wiczorek aufgehalten. Ist soeben nach erfolgter Verhaftung entwichen." Darauf folgte genaue Beschreibung und Aufforderung zur abermaligen Verhaftung.

Ich saß ganz zerschlagen auf dem Schreibtischstuhl unseres Direktors, der immer noch nicht aufzufinden war, und hörte zu, wie „Herr Steiner" telephonierte. Er schnarrte mit seiner scharfen Polizistenstimme die Schande meines lieben Ferienheims in alle Winde. Endlich war er fertig. Er wandte sich an mich.

„Herr Doktor, Sie sind der verantwortliche Leiter dieses Sanatoriums?"

„Nur vom ärztlichen Standpunkt aus verantwortlich."

„Und wer trägt die Verantwortung für die gesetzliche Ordnung?"
„Mister Stefenson und in seiner Vertretung Direktor von Brüning."
„Wo ist der Direktor?"
„Ich weiß es nicht."
„Wo ist Mister Stefenson?"
„In Amerika."
Der Polizeimann notierte alles in sein Buch.
„Was ist Ihnen von diesem angeblichen Knecht Ignaz Scholz bekannt, Herr Doktor?"
Ich sagte ihm, daß mir dieser Knecht Ignaz allerdings persönlich stark unsympathisch gewesen sei, daß ich aber — außer einigen Grobheiten oder auch Roheiten, die er begangen — keine Veranlassung gehabt habe, den Menschen für einen Verbrecher zu halten, zumal mir der Bauer Barthel, dem ich vertraue, erklärt habe, er kenne Ignaz von Jugend auf als ehrlichen Menschen.
„Dieser sogenannte Ignaz hieß laut Anmeldung Scholz?"
„Jawohl, Ignaz Scholz."
„Hm! Wenn einer schon Scholz heißt! Jeder Scholz verkrümelt sich unter der Masse der Scholze wie ein Körnlein im Sand des Meeres. Ich möchte Sie bitten, Herr Doktor, mich vorläufig nicht zu verlassen."
„Das soll doch nicht heißen..."
„Das soll nur heißen, daß ich Ihrer in jedem Augenblick bedürfen könnte."
Der Ton, den der Polizist anschlug, verletzte mich, aber ich fühlte mich ganz wehrlos, als der Mann seine amtlichen Vollmachten vor mir ausbreitete.
„Ich möchte nur bemerken, Herr Doktor, daß ein Kurort wie der Ihrige, wo niemand unter seinem wahren Namen auftreten darf, ein geradezu großartiger Schlupfwinkel für verfolgte Verbrecher ist."
Was sollte ich erwidern? Daß in jedem Kurort, in Zoppot, Ostende, Abazzia, sich jeder Mensch ohne Legitimation unter irgendeinem Namen niederlassen könne? Ich unterließ es.

„Kommen Sie!"
Das war Befehlston. Ich blieb sitzen. Der Gewaltige wollte wohl eben ein strenges Wort sagen, da wurde die Tür aufgerissen, und Piesecke trat ein. Flugs stand der „Geheime" stramm und schlug die Hacken zusammen. Piesecke sah schlimm aus. Er hatte ein verschwollenes Auge, und sein Anzug war schmutzig und zerrissen. Trotzdem nahm er dem Polizeimann gegenüber eine echte Herrenhaltung an und sprach in einem so völlig veränderten Ton, daß ich seine Stimme nicht wiedererkannte:
„Mann, wie kommen Sie dazu, den Knecht im Forellenhof zu verhaften?"
„Melde Euer Hoheit untertänigst, der Knecht Ignaz ist identisch mit dem Fleischergesellen Josef Wiczorek, der am 17. Februar dieses Jahres seinen Meister ermordet und beraubt hat."
„Woher wissen Sie das?"
„Die Verdachtsgründe häuften sich: das Signalement des Steckbriefes stimmt, eine Prüfung der Fingerabdrücke gab die Gewißheit."
Piesecke sah den Mann durchdringend an.
„Ich kenne Sie! Als Kriminalbeamter haben Sie nicht allzuviel getaugt; da sind Sie dazu auserlesen worden, Späherdienste am Hofe zu leisten. Auch jetzt sind Sie hierher gekommen, um mich zu beobachten. Ich habe Sie gestellt; Sie sagten mir, Sie seien nur des Knechtes wegen da. Aber das ist Schwindel. Sie sind meinetwegen da. Ja oder nein? Diese Geschichte mit dem Knecht ist nur Ausrede."
„Ich darf Euer Hoheit darüber keine Auskunft erteilen."
Piesecke lachte verächtlich.
„Unser Hausminister hat patente Leute. Am dritten Tage, als Sie da waren, habe ich Sie erkannt trotz Ihres falschen Namens und Ihrer Maske. Also berichten Sie nach Hause, es sei mir völlig egal, ob Sie hier seien oder nicht; falls Sie mir zu lästig fielen, so könnte ich mich vergessen und Ihnen gelegentlich die Peitsche um die Ohren knallen."
Der Polizeimann wurde dunkelrot.
„Haben Sie verstanden, was Sie dem Minister berichten sollen?"

„Zu Befehl, Hoheit!"

„Wenn Sie nun dazu ausersehen sind, mich zu belauern, wie kommen Sie dazu, hier eine außerhalb Ihrer Bestimmung liegende polizeiliche Handlung, wie die Verhaftung dieses Knechtes, vorzunehmen?"

„Ich berichtete meinen Verdacht an den Ersten Staatsanwalt und erhielt die nötigen Vollmachten."

„Dagegen läßt sich wohl nichts tun?"

Diese Frage war an mich gerichtet.

„Nein — nichts!"

„Wie urteilen Sie über diesen Fall, Herr Doktor?"

„Es ist ein Unglück für unsere junge Anstalt. Aber es liegt uns natürlich fern, der Festnahme eines Verbrechers irgendwelche Hindernisse zu bereiten."

„Selbstverständlich! Ich begreife nur den Bauern Barthel nicht. Er ist doch ein ehrlicher Mann, und er hat doch versichert, den langen Ignaz von Jugend auf zu kennen. Haben Sie dafür eine Erklärung, Herr Doktor?"

„Nein! Ich bin um so bestürzter, als Barthel mir nach der Verhaftung eben sagte: ich möge ihm nicht zürnen, er habe nicht anders gekonnt. Ich sage das ganz offen vor Ihnen, Herr Kommissar, damit Sie sehen, daß von hier aus nichts verschleiert wird."

Der Kommissar verneigte sich.

„Hoheit" preßte die Lippen aufeinander.

„Hm! Ich will nicht wünschen, daß dem guten Barthel da eine Tragik erwachse, daß dieser sogenannte Ignaz vielleicht ein Freund oder gar ein naher Verwandter von ihm ist, den er in seiner Gutmütigkeit versteckt hat. Und Sie, Kommissar, Sie brauchen mir das von vorhin nicht übermäßig übel zu nehmen. Schreiben Sie also dem Minister: Se. Hoheit ist bei besserer Gesundheit und hat daher einen Aufpasser nicht mehr nötig. Jetzt will ich Sie nicht mehr aufhalten. Wohin wollen Sie zunächst?"

„Nach dem Forellenhof zurück, den Bauer Barthel zu vernehmen oder eventuell zu verhaften."

„Schön, wir werden Sie begleiten, wenn Ihnen das zulässig erscheint."
„Ich bitte untertänigst um die Begleitung, Hoheit."
Der Kommissar öffnete die Tür, stand stramm, und „Hoheit" ging in lässig vornehmer Haltung an ihm vorbei.
Ein kleiner Anlaß von draußen aus der alten Welt, und durch die Bauernjacke schimmert der hochgeborene Herr. Ich aber als Arzt freute mich trotz meiner gedrückten Stimmung, als ich sah, daß durch seine Gesundung langsam aus dem Piesecke wieder ein Prinz wurde, ja, ich hätte das Wort „Piesecke" jetzt nicht zu sagen, nicht einmal zu denken gewagt.
Im Forellenhof war schwerste Bestürzung. Die dicke Susanne lag kurz und krampfhaft weinend in einem Korbstuhl; die Frauen bemühten sich um sie. Barthel war nicht zu Hause. Auf dem Tisch standen noch die Rosen, an den Wänden hingen die Asternkränze.
„Welch ein entsetzlicher Abschluß!" klagte Eva.
Ich betrachtete die Fingerabdrücke an der Wand. Sie waren deutlich. Der lange Ignaz hatte, ehe er sich an die Wand lehnte, das Kohlenfeuer besorgt. Der Kommissar trat zu mir und dem Prinzen und sagte:
„Es tut mir leid; aber ich muß zurück zur Direktion und von den Behörden telephonisch auch die Verhaftung des der Begünstigung dringend verdächtigen und verschwundenen Bauern Barthel fordern."
Der Prinz kniff den Mund zusammen. Dann sagte er:
„Tun Sie das! Wenn ich mich auch hier getäuscht habe, glaube ich an nichts mehr auf der Welt. Dann soll alles zum Deibel gehen!"
Er schaute mich mit halbem Blick an. Da sagte ich: „Ich werde morgen früh mit Einverständnis unseres bevollmächtigten Direktors den von Ew. Hoheit unterzeichneten, bis Mai verpflichtenden Revers vernichten, und Ew. Hoheit steht ohne alle Weiterungen frei, die Anstalt zu verlassen."
Er antwortete nicht. Ich dachte daran, daß er durch seinen Kniefall vor der schönen Hanne, durch eine ganz direktionslose Tat,

den Anlaß zu all diesen Scherereien geschaffen hatte. Und er dachte wahrscheinlich selbst daran; denn er sagte:
„Ich weiß, daß ich noch lange nicht geheilt bin; aber ich kann wohl überhaupt keine Heilung finden. Weil ich keine Treue finde!"
Ich wandte mich ab, trat zum Tisch und zerpflückte gedankenlos eine Rose.
Da tat sich die Tür auf. Barthel erschien. Verstört. Als er den Kommissar sah, wollte er zurück, aber der Polizist war bereits an seiner Seite. Susanne begann zu schreien, und ich war froh, als sie und alle Frauen das Zimmer verlassen mußten.
Als wir allein waren, wurde Barthel verhaftet. Er sank gebrochen auf die Bank am Ofen.
„Die Schande! Die Schande! Ach, hätt' ich es nicht getan!"
Der Kommissar schritt zum sofortigen Verhör.
„Barthel, Sie haben behauptet, den Knecht Ignaz von Jugend auf zu kennen. Ist das wahr?"
Barthel rührte sich nicht.
„Heißt dieser Knecht in Wahrheit Ignaz Scholz?"
In Barthels Gesicht kam ein verstockter Ausdruck. Er schwieg.
„Wollen Sie mir nicht Rede stehen, Barthel?"
Keine Antwort.
„Sie machen sich unglücklich. Warum antworten Sie nicht?"
„Ich kann nicht!"
Nun wandte ich mich an Barthel.
„Lieber Barthel, denken Sie nicht ein ganz klein wenig an den guten Ruf unserer Kuranstalt? Habe ich es nicht immer gut mit Ihnen gemeint? Warum bereiten Sie mir diese schwere Ungelegenheit?"
Da begann er zu weinen.
„Ich kann es nicht mehr ändern. Verzeihen Sie mir...!"
Ein Knecht wurde aufgefordert, ein Pferd vor einen Wagen zu schirren. Darauf fuhr der Kommissar mit Barthel nach dem Waltersburger Amtsgerichtsgefängnis. Frau Susanne lag in Schreikrämpfen, auch die anderen Frauen weinten laut.
Ich verließ den Forellenhof. In allen Stuben unserer Ferienanstalt

brannte Licht. Ich wußte, in den meisten erörterte man die sofortige Abreise. Ich ging nach der Direktion. Der Direktor war noch immer nicht aufzufinden. So setzte ich mich in seinen Schreibtischstuhl und starrte ohne eigentlich klare Gedanken ins Licht der Lampe. Draußen kehrten kleine Trupps von Verfolgern zurück. Sie hatten von dem Flüchtling nichts entdeckt, wie zu erwarten gewesen war. Kurz nach zehn Uhr läutete das Telephon. Verbindung von Neustadt.

„Der polizeilich gesuchte Josef Wiczorek, alias Ignaz Scholz, ist soeben, als er in einen Wagen vierter Klasse des neun Uhr siebenundvierzig Minuten hier abgehenden Personenzuges steigen wollte, verhaftet worden..."

Ich sandte nach dem Prinzen, bestellte einen Wagen und wir fuhren nach Neustadt. Auf der Polizei wurde uns weiter keine Auskunft erteilt, als daß Wiczorek eingesperrt sei und wir alles Weitere abzuwarten hätten.

Wir blieben in Neustadt über Nacht. Am nächsten Morgen stand in der „Neustädter Umschau" ein Artikel mit der zentimetergroßen gedruckten Überschrift „Kuranstalt Waltersburg ein Hehlernest???"

Mit der ganzen Niederträchtigkeit, deren der vertrottelte Redakteur dieses Blättchen fähig war, hetzte er gegen unsere Anstalt. Alle Spießerinstinkte, alle Philisterbedenken, alles Kopfschütteln beschränkter, phantasieloser Köpfe wurde gegen die Grundidee unserer Kuranstalt wieder lebendig; die Schimpferei begann wieder, der alte lendenlahme Spott humpelte neu auf den Plan. Der Artikel endete mit einer schamlosen Denunziation: „Das Gesetz, das bei uns in Neustadt heilig gehalten wird, verbietet uns, zu behaupten, daß sich die ‚Kuranstalt Waltersburg Ferien vom Ich' infolge ihrer mehr als eigentümlichen Einrichtungen, wie Verbot, den eigenen Namen zu führen, die eigene Kleidung zu tragen usw., zu einem Zufluchtsort lichtscheuen Gesindels auswächst. Immerhin wird der aufsehenerregende Fall, daß sich ein Raubmörder auf einem der besuchtesten ‚Höfe' mit Wissen des Bauern monatelang verstecken und daselbst allerhand Roheiten ausüben konnte, zu schwersten Bedenken Anlaß geben,

denen sich auch die Behörden nicht werden verschließen können."
Ich sah unser Heim aufs schwerste bedroht, sah eine fürchterliche Waffe in der Hand unserer Feinde Eben wollte ich den Fall an Stefenson kabeln, da wurden wir zur Polizei beschieden. Es handelte sich, wie uns eröffnet wurde, um eine Konfrontation mit dem gestern Verhafteten, der plötzlich behauptete, weder der gesuchte Raubmörder Josef Wiczorek noch der Knecht Ignaz Scholz zu sein.

Da mich der Polizeibeamte persönlich kannte, hatte ich nicht notwendig, mich zu legitimieren, wurde aber aufgefordert, Herrn Pieseckes Persönlichkeit festzustellen, und zwar nach seinem wahren Namen und Stand, nicht nach dem Pseudonym, das er bei uns führte. So sagte ich: „Se. Hoheit Prinz Ernst Friedrich von..."

„Ist das — ist das Ihr Ernst, Herr Doktor?" fragte der Beamte nicht ohne Bewegung.

„Nicht nur sein Ernst, sondern sogar sein Ernst Friedrich", sagte Piesecke hohnvoll und hielt dem Beamten seinen Siegelring hin. „Kennen Sie dieses Wappen?"

Der Beamte sah auf das Wappen mit der Krone, stand auf und verneigte sich tief.

Da erschienen zwei Gerichtsdiener mit dem Verhafteten.

Ich faßte mir an den Kopf: ich glaubte eine Wahnvorstellung zu haben. Der da eintrat, war — Mister Stefenson.

„Stefenson", rief ich, „Stefenson, wie kommen Sie..."

„Melde gehorsamst, Herr Rat", sagte der eine der Gerichtsdiener, „der Gefangene hat eine Perücke und den Bart abgenommen, hat sich gewaschen und sieht jetzt auf einmal ganz anders aus als gestern abend."

„Wer ist dieser Mann?" fragte der Beamte mit einem Blick auf mich.

„Es ist Mister Stefenson, mein Kompagnon, der Begründer unseres Ferienheims", brachte ich heraus. Ich mußte mich setzen.

„Und wer behaupten Sie selbst zu sein, Verhafteter?"

„Ich behaupte dasselbe wie der Herr Doktor", sagte dieser gelassen; „allerdings mit einer kleinen Einschränkung. Ich war und gelte noch als Mister John Stefenson, Kaufmann aus New York, Chicago, Trinidad; aber ich habe mich unterdessen auf meine reindeutsche Abstammung besonnen und heiße mit Genehmigung der hohen deutschen Behörden seit etwa vierzehn Tagen Johannes Stefan — Stefan, wie meine hanseatischen Vorfahren seit etwa vierhundert Jahren geheißen haben."
Der Beamte fing an, an den Fingern abzuzählen: „Josef Wiczorek — Ignaz Scholz — John Stefenson — Johannes Stefan — und hier Prinz Ernst Friedrich — ich möchte die Herren darauf aufmerksam machen, daß das Gericht von Neustadt keine Waltersburger Spielerei, sondern eine staatliche Behörde ist, die nicht mit sich spaßen läßt."
Der Beamte hatte ja ganz recht. Ich beteuerte ihm nochmals, daß ich in dem Manne, wenn er auch wirklich mit dem gestern ver-

hafteten angeblichen Josef Wiczorek, alias Ignaz Scholz, identisch sei, zweifelsfrei meinen Kompagnon John Stefenson wiedererkenne.
„Und Sie wollen in der ganzen Zeit, da sich dieser Mann bei Ihnen aufhielt, keine Ahnung gehabt haben, wer er eigentlich ist?"
„Ich habe in der Tat von Stefensons Anwesenheit in Waltersburg nicht das mindeste gewußt, sondern während all der Monate mit Stefenson nach Amerika telegraphisch und brieflich verhandelt."
„Sie kennen doch aber die Schrift Ihres Kompagnons?" fragte der Beamte weiter. „Waren die amerikanischen Briefe in dieser Schrift geschrieben?"
„Jawohl!"
„Wie ist das möglich?" wurde der Verhaftete gefragt.
Der zuckte die Achseln und sagte verbindlich:
„Das ist Geschäftsgeheimnis!"
„Wir werden der Sache auf den Grund gehen", entgegnete der Beamte ernst, „und Ihnen zeigen, daß hier kein Ort für Maskeraden ist."
Die Lage wurde kritisch.
Da wurde zum Glück „Herr Steiner", unser Geheimpolizist gemeldet. Der Kommissar verneigte sich tief vor Piesecke und darauf mit etwa zehn Prozent dieser Verneigung vor uns anderen insgesamt und sagte:
„Herr Rat, es ist mir soeben auf meine gestrige Meldung von der zuständigen Staatsanwaltschaft der telegraphische Bescheid zugegangen, daß der gesuchte Wiczorek vorgestern in Braunschweig verhaftet worden, daß seine Identität festgestellt ist und auch bereits ein Geständnis vorliegt. Ich bitte also, den Knecht Ignaz Scholz aus der Haft zu entlassen, da sich der Verdacht als unbegründet erwiesen hat."
Stefenson lächelte freundlich. Der Richter machte ein enttäuschtes Gesicht.
Es gab noch allerlei Formelkram zu erledigen, dann wurden wir alle, Stefenson eingeschlossen, entlassen.

Aufklärungen

Auf der Straße trat der Kommissar an den Prinzen heran und sagte: „Ich bitte Ew. Hoheit untertänigst um Verzeihung wegen der Behelligung."
Hoheit legte dem Manne huldvoll die Hand auf die Schulter.
„Mein Lieber, ich hab' gar nischt gegen Sie. Aber tun Sie mir 'nen Gefallen: reisen Sie ab. Sie sind hier übrig. Lenken Sie mal die Aufmerksamkeit des Ministers auf den Prinzen Emanuel. Der scheint mir ein lockeres Huhn und der Beaufsichtigung sehr bedürftig zu sein. Er ist gegenwärtig in Syrakus. Sie haben keine Ahnung, Mann, wie schön es in Syrakus ist. Da machen Sie sich mal nützlich! Glückliche Reise und viel Vergnügen!"
Der Kommissar reiste ab...
Mich ging das alles kaum etwas an. Ich dachte nur an Stefenson. Er war zunächst nach seiner Zelle zurückgegangen und hatte uns durch einen Gerichtsdiener sagen lassen, wir möchten im Hotel „Bristol" auf ihn warten. Nach einer reichlichen Stunde kam er. In mir war inzwischen das Gefühlsbarometer hinaufgeschnellt und heruntergestürzt, vom Glutwetter der Bewunderung bis zum Regensturm der Wut — hin und her, her und hin. Ich konnte diesem unberechenbaren Manne gegenüber niemals zu ruhiger Beurteilung kommen. Schließlich beschloß ich, ihm offene Feindschaft anzusagen.
Als er kam und sein Glas Sherry bestellt hatte, sagte er so ruhig, als ob er eine eben abgebrochene Unterhaltung wieder aufnehme: „Dieser Redakteur von der ‚Neustädter Umschau' ist ein schwerfälliger Kopf. Nicht mal richtig stenographisch aufnehmen kann der Pinsel. In meinem Artikel von gestern abend waren mehrere Dummheiten."
„Ah — Sie haben den Artikel über Ihre Verhaftung in der Umschau selbst geschrieben?"
„Na, selbstverständlich. Der Trunkenbold kann's doch nicht. Als ich so unerwartet verhaftet werden sollte, bin ich zunächst nach der Redaktion des feindlichen Blattes gegangen, hab' dort einen

Artikel diktiert (und natürlich auch bezahlt) und bin dann nach dem Bahnhof hinaus und hab' mich da festnehmen lassen. Der Artikel über die Verhaftung war eher fertig als die Verhaftung selbst. Das ist man doch in solchem Fall seinem Unternehmen schuldig."

Das Barometer stieg wieder. Aber es lag noch eine schwere Depression über mir, und ich sagte:

„Ich glaube, nicht gerade begriffsstutzig zu sein; aber Ihre Art, sich zu geben und zu handeln, ist so überaus merkwürdig, daß ich nicht mehr mitkann, sondern Ihnen aufs ernsthafteste erklären muß..."

„Ein Extrablatt!"

Ein Bote stürmte ins Zimmer.

„Bitte, lesen Sie!" sagte Stefenson ruhig.

Die „Neustädter Umschau" vertrieb ein Extrablatt. Es war ungefähr ein halbes Quadratmeter groß und enthielt in Fettdruck die Nachricht:

EHRENERKLÄRUNG

Die ‚Neustädter Umschau', immer bemüht, ohne nach rechts oder links zu schauen, lediglich der Wahrheit die Ehre zu geben, erklärt: Die gestrige Verhaftung des Waltersburger Knechts ist zu Unrecht erfolgt. Der als ‚Raubmörder Wiczorek' von einem übereifrigen Beamten (dessen amtliche Maßregelung bevorsteht!) hier auf dem Bahnhof verhaftete Mann war kein anderer als der geniale Gründer der Kuranstalt ‚Ferien vom Ich' selbst, Herr John Stefenson — oder, wie er in Begeisterung für sein angestammtes reines Deutschtum sich jetzt mit Bewilligung unserer Behörden nennt, Herr Stefan! Dieser Multimillionär, dessen Einfluß in Amerika unbegrenzt ist, hat in der demütigen Gestalt eines Bauernknechtes (nicht als Kurgast) den ganzen Sommer über in Waltersburg gelebt, alle Lasten, Mühen und Zurücksetzungen des von ihm gewählten geringen Standes getragen, um unerkannt die Probe auf sein gigantisches Exempel zu machen, um als Fremdling, selbst von seinem nächsten Freunde unerkannt, von unten her sein Werk zu prüfen. Diese Prüfung ist so glücklich ausgefallen, daß Stefan mit Freuden in die irrtümlich verhängte Haft ging. Den Neustädter Behörden zollt er für ihre Gewissenhaftigkeit alle verdiente Anerkennung. Heute morgen neuneinhalb Uhr stellte sich bei den Behörden der unbegründete Verdacht heraus. Der wahre Josef Wiczorek sitzt — laut amtlicher Depesche — in Braunschweig in Untersuchung; der bei uns Verhaftete wurde nicht nur von dem leitenden Arzt von Waltersburg, sondern auch von Sr. Hoheit dem Prinzen Ernst Friedrich von ... als Herr Stefenson identifiziert. Die ‚Neustädter Umschau', deren Devise ‚Ehre und Wahrheit' ist, scheut sich nicht — errare humanum est — ihren gestrigen Artikel Wort für Wort zurückzunehmen.

„Diesen Artikel haben Sie wohl auch diktiert?" fragte der Prinz.
Stefenson nickte.
„Ja, direkt dem Setzer. Ich hab' noch die Korrektur gelesen, ehe ich hierher kam."
„Sie sind ein smarter Kerl!" sagte Hoheit voll Anerkennung.
„Nu sagen Sie mir bloß, was haben Sie gegen mich gehabt? Warum haben Sie mich immer so miserabel behandelt? Noch gestern haben Sie mich auf den Mist geworfen, direkt auf den Mist. Ist das anständig?"
Stefenson zuckte die Schultern. Dann sagte er mit aufrichtiger Wärme:
„Sehen Sie mal, lieber Piesecke — ich möchte Sie der Einfachheit halber noch mal so nennen — ich hab' gar nichts gegen Sie gehabt! Im Gegenteil! Sie haben mir besser gefallen und mehr imponiert als die meisten anderen. Nur, daß Sie so hinter meiner Braut her waren, das konnte ich mir nicht gefallen lassen."
„Hinter Ihrer Braut?"
„Ja, also sagen wir: hinter der Forellenhof-Hanne! Mit der werde ich mich heute oder morgen verloben."
Piesecke prustete los und sagte lachend:
„Also Ignaz oder Stefan oder Wiczorek oder Stefenson oder wie Sie sonst heißen mögen — mir ist ja das ganz egal — da werden Sie kein Glück haben! Die Hanne mag keinen; nicht mal den Herrn Doktor da hat sie gemocht."

„Also haben Sie doch?" fragte Stefenson mit einem Blick auf mich.
„Gar nichts habe ich", sagte ich zornig. „Gar nichts! Im übrigen möchte ich um einige kurze Aufschlüsse bitten, von denen es abhängen wird, ob ich noch länger an diesem Tisch sitzen bleibe oder nicht."
„Oho — oho! Also, was ist aufzuschließen?"
„Waren Sie der Journalist Brown, der im Mai zu uns kam?"
„Ja, natürlich war ich der! Aber Sie hätten mich doch damals beinahe erkannt. Deshalb habe ich ja meine Maske geändert und bin als Knecht Ignaz wiedergekommen."
„Wie kamen Sie damals dazu, mir den seltsamen Brief zu geben?"
„Na, den hatte ich doch selbst geschrieben, in der Annahme, Sie mit den beiden Mädchen zu treffen. Wäre meine Voraussetzung nicht zugetroffen, so hätte ich eben den Brief in der Tasche behalten. Das war doch nur Bluff."
„Wie konnten Sie aber in der ganzen Zeit Briefe aus Amerika an mich schreiben, da Sie doch bei uns waren?"
„Es gibt Kabel, lieber Freund, durch die man anordnen kann, was zu schreiben ist."
„Und Ihre Handschrift? Ich bekam fast alle Briefe handschriftlich, nur wenige in Maschinenschrift."
„Ja, da habe ich in einem meiner Büros einen Spezialisten, der meine Handschrift so täuschend nachmachen kann, daß ich selbst nicht zu unterscheiden vermag, was von mir oder von ihm geschrieben ist. Ein goldehrlicher Mann, einem anderen dürfte man die Ausübung der äußerst gefährlichen Kunst nicht gestatten. Na, sehen Sie, es gibt für einen Großkaufmann wie mich täglich mindestens zwei Dutzend Anlässe, wo er handschriftlich schreiben muß: an Verwandte und gute Freunde, wo Maschinenschrift zu kalt wirkt; an Geschäftsgenossen, mit denen man intime Dinge verhandeln will, die kein Angestellter wissen darf; an alle Leute, die etwas darauf geben, wenn ein vielbeschäftigter Mann sich die Mühe und Zeit nimmt, einen handschriftlichen Brief zu senden; schließlich an alle offenen und verkappten Autogrammjäger — für sie alle ist Mister Jenkins da, und er machte seine

Sache für zweitausend Dollar im Jahre geschickt und reell. Er hat auch in Ihrem Falle sehr brav gearbeitet."

„Großartig! Großartig!" klatschte der Prinz in die Hände. Mein Barometer aber fiel auf Sturm. „Ihr Verhältnis zu Bauer Barthel", sagte ich kalt, „brauchen Sie mir nun nicht mehr zu erklären. Er hat gewußt, wer Sie waren, deshalb hielt er Sie, deshalb log er, er kenne Sie von Jugend auf; deshalb hat er Sie sogar gestern nicht verraten."

„Stimmt! Aber das dürfen Sie dem Barthel nicht übelnehmen. Wir haben ein schriftliches Abkommen, laut dessen er fünfhundert Mark an mich hätte zahlen müssen, falls er mich je verraten hätte. Denken Sie mal — fünfhundert Mark! Es ist klar, daß sich da Barthel lieber einsperren läßt."

„Hat sonst noch jemand auf dem Forellenhof Sie gekannt?"

„Nein. Auch Susanne nicht."

„Das ist mir lieb. Aber der Direktor Brüning hat Sie gekannt und sich wahrscheinlich stets heimlich mit Ihnen besprochen. Deshalb erschienen mir alle seine Anordnungen immer so von Ihrem Geiste diktiert."

„Auch das ist richtig. Ich war nur der lange Ignaz, aber in Wirklichkeit leitete ich die ganze Anstalt durch den Direktor. Wir hatten alle Tage eine kleine Konferenz. Ich war immer von allem unterrichtet. Außer Barthel und dem Direktor hat aber niemand gewußt, wer ich war, nicht mal die kleine Luise, und das ist mir schwer geworden."

Seine Augen schimmerten warm bei dem Gedanken des Kindes, und das Wort, das ich über seine Abgefeimtheit sprechen wollte, unterblieb. So sagte ich nur kühl und gemessen:

„Wollen Sie mir sagen, Herr Stefenson, warum Sie diese ganze Komödie mit uns gespielt haben?"

„Komödie?" verwundert er sich; „wieso Komödie? Darf in den Ferien vom Ich nicht jeder auftreten, wie er will? Ist das nicht Ihre eigene Idee? Und was meinen Sie, was ich selbst von dieser Idee, die mir gefiel und für die ich viel Geld gewagt habe, gehabt hätte, wenn ich als Mister Stefenson dagebliebenn wäre? Der Direktor wäre ich gewesen, einen langweiligen Verwaltungs-

posten hätte ich gehabt, nichts von dem Zauber trauten Geborgenseins, den unsere Anstalt spendet, hätte ich genießen können. Nein, am eigenen Leibe wollte ich ausprobieren, wie es tut, wenn man Ferien macht vom Ich. Deshalb wurde ich Bauernknecht. Ich habe mich wohlgefühlt als ‚langer Ignaz', ich habe beobachtet, erlauscht, geprüft von unten her, was an unserer Sache ist, ob sie absurd, phantastisch, unfruchtbar, oder ob sie im Kern echt und gut ist, und ich hatte das Glück zu sehen, daß wir auf dem richtigen Wege sind. Nicht nur die gute geschäftliche Bilanz, die ich erwartet hatte, hat mich belehrt, daß ich mich unserer Gründung freuen darf, sondern das, was ich sah und hörte, als ich unerkannt mitten unter der Feriengästen war."
„Sie haben auch mich prüfen wollen?" sagte ich.
„Ja, auch Sie! Ganz natürlich. Ich werde wieder nach Amerika zurück müssen, weil leider meine Ferien aus sind, und ich will wissen, wem ich das Werk hier, ich kann sagen den Liebling unter all meinen Unternehmungen, den einzigen Ausflug ins Romantische, den ich je gemacht habe, hinterlasse. Ich kann ruhig scheiden. Ich werde jetzt wirklich hinübergehen. Weil ich muß! Weil mich die Pflicht ruft. Ich weiß, das Heim ist in guten Händen. Und eines, lieber Freund, vergesse ich Ihnen mein Lebtag nicht. Es gab einen Sommerabend, an dem Sie die Hände ausstreckten nach der schönen Hanne. An diesem Abend fanden Sie meinen Brief, in dem ich Ihnen sagte, daß ich Fräulein Eva Bunkert, die Forellenhof-Hanne, als meine Braut betrachte. Und seit diesem Abend sind Sie dem Mädchen aus dem Wege gegangen. Sehen Sie, das habe ich auch nur als Knecht Ignaz erfahren können, daß ich an Ihnen so einen treuen Freund habe. Das allein lohnt ein halbes Jahr Bauernarbeit."
Er sprach mit großer, ehrlicher Wärme. Ich aber sagte: „Sie täuschen sich. Ich hätte das Mädel zu gewinnen gesucht; aber ich wußte, daß sie immer nur an Sie dachte, daß Ihnen ihr Herz gehört."
„Ist das möglich? Ist das möglich? Fräulein Hanne will wirklich..."

Der Prinz sank in sich zusammen. Er war plötzlich wieder vollständig Piesecke.

Es ist noch viel geredet worden; ich weiß nicht mehr, was alles. Schließlich habe ich Stefenson recht geben müssen, daß er sich unerkannt unter unser kurioses Völklein mischte. Was sollte er sich nicht überzeugen, wie seine Gründung wirkte? Ich überwand meinen Unmut, so gut ich konnte, aber ein Stachel blieb, daß Barthel und der Direktor mehr gewußt hatten als ich. Eine Freundschaft zwischen Stefenson und mir wollte ich nicht mehr gelten lassen.
Piesecke schlich sich ins Heim zurück ohne uns. Er wollte weiterhin Piesecke sein, und vergebens zerbrachen sich unsere Kurgäste die Köpfe, wer der in der „Neustädter Umschau" genannte Prinz sein möge. Der „Verdacht" blieb schließlich auf einem Referendar sitzen, der im Grundhof wohnte und sich die Rolle des heimlichen Herzogs wohl gefallen ließ. Dieser Referendar lehnte alle grobe Arbeit von nun an ab. Die Damen waren entzückt über seine hocharistokratischen Hände. Sie rühmten die edle Zurückhaltung in Ton und Gebärde, die Güte, die nie zur Vertraulichkeit wird, sondern immer Güte bleibt, die Sprache, die trotz ihres leise verschleierten Timbers und ihrer entgegenkommenden Art doch unabweisbare Befehle gibt, die Augen, die so wissend, so durch den Höhenblick von Jugend auf geschärft zu blicken wußten; sie rühmten selbst kleine Nonchalancen, die sich eben nur der unter dem Kronenhimmel Geborene gestattet. Dieser Mann lachte und lächelte nicht; er zuckte nur mit den Mundwinkeln. Er sagte nicht „nein" zu irgendeinem Verlangen, sondern dieses Verlangen erstarb von selbst vor einem einzigen Faltenwölkchen, das sich auf der Stirn des Hohen bildete; er konnte aber auch durch ein einziges freundliches Lidersenken gewähren, „ja" sagen, wie kein anderer Mensch „ja" zu sagen vermag.
Keine Erziehung führt zu solcher Haltung. Kein Emporkömmling kann sie erlernen. Rasse! Vererbung von Herreninstinkten

durch Jahrhunderte! Das ist's! Und der heimliche Herzog ging in schlichter, leutseliger Würde durch das Gewimmel aller derer, die ihm täglich in den Weg zu laufen wußten. Er empfing keine Besuche — er erteilte Audienzen; er plauderte nicht — er hielt Cercle. Mir machte alles dieses soviel Spaß, daß ich den Direktor ersuchte, dem heimlichen Herzog noch auf weitere zwei Wochen die wesentlich erleichterten Zahlungsbedingungen zu gewähren; denn der Referendar hatte bisher nur gelegentlich geringe Remunerationen genossen, und sein Vater, der ein biederer Sattlermeister war, hatte auch nicht viel Geld übrig.
Das alles hatte mit ihrem Artikel die „Neustädter Umschau" getan. An Piesecke dachte kein Mensch... Barthel, der Heimtücker, war inzwischen auch aus der Haft entlassen worden. Er ließ sich bei mir melden, aber es wurde ihm gesagt, ich sei nicht zu sprechen. Da kam er nach einer Stunde mit seiner Susanne wieder, „Herr Doktor", sagte Susanne mit kirschrotem Kopf, „daß er ein Lump ist, weiß ich. Unsern guten Herrn Doktor so zu beschwindeln wegen lumpiger tausend Taler, der er jetzt von Ignaz, der ja Stefenson gewesen ist, Schweigegeld kriegt. Was soll uns das Geld? Was geht uns Herr Stefenson an? Wir halten uns an unseren guten Herrn Doktor. Aber, was das Schlimmste ist, mich hat er auch beschwindelt mit dem langen Ignaz. So ein Lump! Sein eigenes Weib belügt er. Ich hab' ihm nie getraut, nie im Leben! Nicht über den Weg! Aber jetzt laß ich mich scheiden; er hat gesessen, und mit einem Zuchthäusler hat eine anständige Frau nichts zu tun."
Was blieb mir übrig, als für den in erbärmlichem Zustand dastehenden Barthel Partei zu ergreifen und der empörten Susanne gut und mild zuzureden? Sie wollte aber auf keinen Zuspruch hören. Sie blieb dabei, sie müsse sich scheiden lassen, da er „gegessen" habe. Schließlich weinte sie.
„Und was er für ein Liedrian ist, Herr Doktor!" schluchzte die brave Frau. „Für die tausend Taler, der er jetzt von Stefenson kriegt, will er sich eine Dreschmaschine kaufen, wo ich ihm doch sage, daß er das Geld lieber in die Sparkasse tragen soll."

Da erkannte ich, daß das Barthelsche Eheglück noch nicht hoffnungslos verloren war, und ich entließ die beiden, indem ich sie meines Wohlwollens versicherte.

Ich saß allein in meiner Klause. Ich war in einer Stimmung, die ich nicht kannte. Wie war das, was ich in den letzten vierundzwanzig Stunden erlebte — war das traurig, war es komisch, war es erbärmlich? Sollte ich lachen, sollte ich zürnen?
Sollte mir das Herz weh tun, weil die blonde Hanne fortzog?
Sollte ich grollen, weil Stefenson dem Direktor und einem Bauern mehr Vertrauen geschenkt hatte als mir, den er seinen Freund nannte?
Sollte ich mich ärgern über den Barthel, weil er profitsüchtig gewesen war?
Es blieb ganz still in mir. Wahrscheinlich waren das alles ganz gute, liebe Leute. Nur das Leben schüttelte die Menschen durcheinander, wie ein Kind die Steinchen schüttelt, die es in ein Säcklein gesammelt hat. Wenn es eine Reibung gibt, was schadet es? Ein Krümlein alter, weicher Heimaterde bröckelt ab, und der Stein schimmert durch, hart und widerstandslustig. Dem Stein aber kann keine Reibung mehr schaden, kann ihn nur glätten.
Alte, weiche Heimaterde, wie du mich umsponnen hattest! Jedes Käferwürmlein konnte an dir zehren! Ich möchte dich ja halten, denn du bist gut und weich, aber das Leben schüttelt zu hart. Doch ich bin getrost, ein gut Teil Krümlein werden mir bleiben, darauf will ich mich heimlich betten, und die glatte Fläche wird nur nach außen sein ...
Als am nächsten Morgen die blonde Hanne in mein Zimmer trat, pochte mein Herz nicht rascher, als käme eine Patientin. Wohl war das Mädchen blasser, als ich es je gesehen.
„Sie kommen sich verabschieden, Eva?"
„Ja. In zwei Stunden fährt drüben in Neustadt mein Zug ab."
Wir schwiegen beide. Plötzlich begann Eva laut und heftig zu weinen. Ich hätte hingehen mögen, um über ihre Stirn zu streichen; aber ich tat es nicht.

„Eva, Sie wissen, daß Stefenson hier ist — daß er die ganze Zeit hier war?"
Sie nickte.
„Er hat wohl mit Ihnen gesprochen?"
Da stand sie auf. Tränenlos, zornig sagte sie:
„Ja, er hat mit mir gesprochen. Er war so dreist, mich um meine Hand zu bitten. Ein halbes Jahr lang hat er neben mir gewohnt, ohne daß ich ihn kannte, hat mich beobachtet, belauert, geprüft, ob ich wohl — der hohen Ehre würdig sei, seine Gattin zu werden, ob ich nicht am Ende ein kokettes leichtfertiges Weib sei, das heut dem, morgen jenem zulächelt; er hat diese Prüfung angestellt, weil ich beim Theater bin, weil ich keine der unter hermetischen Verschluß stehenden Misses von New York bin, die heimlich oft liederlich genug sind; er hat mich, ohne daß ich es wußte, geprüft, und ist nun so gnädig, mir zu sagen: du hast deine Prüfung bestanden. Aber ich — ich werfe ihm sein Diplom vor die Füße! Was ist denn die Liebe? Liebe ist doch blindes Vertrauen. Welcher Mann hat denn eine Garantie? Das Mädchen, der Vater, die Mutter, alle Muhmen und Vettern können ihn belügen, wenn sie wollen, er ist machtlos dagegen. Der Mann muß das Mädchen sehen, er muß wie von einer himmlischen Erleuchtung geführt sagen: Du bist rein, ich lege meine Ehre und mein Glück in deine Hände. Sonst..."
Sie sank weinend auf den Stuhl zurück.
Hochauf loderte der glimmende Funke meiner Liebe wieder zu diesem schönen Mädchen, als ich so sein ehrliches, weibliches Empfinden sah. In plötzlicher Müdigkeit stützte ich den Kopf in die Hände.
Ich zwang die Welle in meinem Herzen. Es wurde ganz still in mir. Eine unheimliche, aber große Stille. Wie in der Wüste. Nur von ferne hörte ich die Tränen rinnen, wie Wasser einer fremden Oase. Ich hätte lange so mit dem aufgestützten Haupt sitzen mögen. Wie viel Zeit verging, weiß ich nicht. Da hörte ich Evas Stimme:
„Haben Sie keinen guten Rat für mich, lieber Freund?"
„Lieber Freund!" Unter allen Gestirnen, die an unserem Him-

mel flimmern, ist dieses Wort wohl eines der hellsten. Aber wenn es ein Weib sagt, das man liebt, bekommt dieser Stern ein überweißes Licht, ist wie ein Schimmer aus einer Welt, die in Eiseskälte untergeht.

„Warum sagen Sie nichts? Wissen Sie nicht einmal als Arzt etwas zu sagen?"

Da erhob ich mich.

„Wohl, liebe Eva! Ich glaube, ich kann Ihnen die Sache richtig auseinandersetzen."

Ich war über mich selbst verwundert. Wie ein trockener, etwas pedantischer Magister sprach ich:

„Sehen Sie, Eva, Sie stecken zu tief in der Romantik! Sie denken sich den Freiersmann so wie Lohengrin, der als Fremdling ans Ufer steigt, die Holde, die von aller Welt geächtet wird, an der Hand nimmt und sagt: ‚Frei aller Schuld ist Elsa von Brabant'. Und drei Minuten später: ‚Elsa, ich liebe dich!' Unser Stefenson ist nicht von dieser Schwanenritterart, er fährt auf dem Passagierdampfer, ist hausbacken, nüchtern, verfährt vorsichtig."

„Verstellen Sie sich doch nicht, lieber Freund! Das ist doch nicht Ihre Art, zu sprechen!"

„Doch, doch! Es ist ganz meine Art, so zu sprechen! Eva, ich will Ihnen ehrlich folgendes sagen: Stefenson hat nicht nur Sie prüfen wollen, sondern auch mich, auch unsere ganze Anstalt. Er schätzt wahrscheinlich drei Dinge: Erstens das Geld, das er für ein Unternehmen anlegt (und das ist ihm als Kaufmann durchaus nicht überzunehmen), zweitens seine Geschäfstfreunde, unter denen er keine unfähigen Gesellen haben will (auch das ist ohne weiteres zu billigen), und drittens die Liebe oder die Ehe, in welcher Richtung er durchaus klar sehen will. Die Beurteilung dieses dritten Punktes wage ich nicht, da ich von Liebe nichts verstehe."

In diesem Augenblick wurde die Tür geöffnet. Stefenson erschien.

„Ich bitte um Entschuldigung", sagte er, „und versichere, daß ich an der Tür nicht gehorcht habe. Ich entlasse Dienstmädchen ob solch schmählicher Schwäche. Aber der Herr Doktor hat so

 deutlich gepredigt, daß jedermann, der den anstoßenden Korridor entlang ging, Wort für Wort verstehen mußte. Darf ich mir zu der Sache das Wort erlauben?"
„Bitte!"
„Erstens mal das Geld. Schön! Ich schätze es! Ich halte es für einen sehr guten Freund. Für einen, der nicht nur die Stube ausmöbliert und das Essen schafft, sondern auch für einen, der einem eine vernünftige Körperpflege gönnt, der die Theater und Museen aufschließt, einen in der Welt herumführt, der gestattet, sich gegen ärmere Mitmenschen anständig zu benehmen, der den Doktor ruft, wenn man krank ist, und der einen schließlich ein Denkmal setzt, wenn sich kein Mensch um den Grabhügel bekümmert, ja, für den einzigen Freund, der einem, wenn man zum Beispiel in der Wut eine Gewalttat begangen hat und ins Zuchthaus oder sonst ins Elend gekommen ist, hinterher wieder die Hand reicht und zu einem ordentlichen Leben zurückverhilft. Ein gutes Bankdepot ist wirklich ein außerordentlich reeller Freund. Nur dumme Kerle und verärgerte arme Schlucker können es leugnen.
Zweitens: Geschäftsfreunde dürfen noch eher in mäßigen Grenzen unreell als dumm, rückständig, faul oder sonstwie borniert sein.
Drittens: Jeder Mensch, der ein Pferd kauft, das er übermorgen weiterverkaufen oder schlachten lassen kann, überlegt es nach zwanzig Rücksichten. Einer, der eine Frau nimmt, die er zeit seines Lebens auf dem Halse behält, und der weniger vorsichtig verfährt, ist ein Dummian."

Stefenson brachte diese Sätze ohne alle Gemütsbewegung vor wie einer, der unwiderlegbare Behauptungen aufstellt.
Die blonde Eva hat ihn bisher nicht angesehen.
Jetzt stand sie auf, blickte ihm voll in die Augen und sagte kühl:
„Alles, was Sie da sagen, ist nach Ihrer Meinung klug und richtig. Aber ich — ich mag das nicht! Ich mag das alles ganz und gar nicht!"
Sie verließ das Zimmer. Wir riefen ihr beide nach. Sie gab keine Antwort mehr.
Stefenson ging langsam durch das Zimmer, zündete sich eine Zigarre an und sagte nach einer Weile:
„Das ist daneben gegangen!"
„Ja, ganz daneben!"
„Sie freuen sich wohl?"
„Ach, ich kann nicht sagen, daß ich verärgert bin."
„Das kann ich mir denken!"
Darauf zündete auch ich mir eine Zigarre an, und wir setzten uns gegenüber und rauchten dicke Wolken.
„Was war denn eigentlich los?" fragte Stefenson.
„Nun", sagte ich, „Sie sind ein Mann, und sie ist ein Weib."

Vom Bruder und seiner Frau

Mit Eva Bunkert verließ uns auch die kleine Anneliese. Am Abschiedsabend hatte sie sich nicht beteiligt. Es hieß, „Bärbel" sei nicht wohl und habe sich zeitig zur Ruhe gelegt. Wie mein Bruder mit dem Mädchen stand, wußte ich nicht. Joachim war verschlossener als je. Am Abend des Tages aber, da die Mädchen abgereist waren, kam er zu mir.
Ganz unvermittelt sagte er: „Fritz, ich möchte fort. Morgen oder übermorgen."
„Fort? Wohin?
„Wieder hinüber."
„Nach Amerika?"
„Ja."
Ich sah ihn schweigend an.
Da sagte er:
„Du hast wohl gemerkt, daß ich eine Neigung für Fräulein Anneliese hatte. Ich hoffte, es könnte mir ein neues Glück in der Heimat erblühen. Diese Hoffnung hat mich betrogen — wie alle anderen."
„Ist es aus zwischen euch?"
„Ja. Das Mädchen hing an mir, und es war alles verabredet für baldige Hochzeit. Da hielt ich mich gestern für verpflichtet, ihr mein Leben zu schildern. Droben am Hange sind wir gewesen. Da habe ich ihr das Schwere gesagt. Sie hat sehr geweint und sich schwer von mir losgerissen; aber sie bleibt dabei, daß sie den geschiedenen Mann einer noch lebenden Frau nicht heiraten dürfe. Du weißt wohl, warum?"
„Ja. Ihre katholische Religion verbietet Anneliese solche Ehe."
Er fing an zu toben, an den Ketten zu zerren — ich ließ ihn reden und toben.
Zuletzt sagte er:
„Und ich weiß nicht einmal, ob dieses — dieses Weib noch lebt."
Ich blieb still.

„Weißt du etwas von ihr? Weißt du, ob sie noch lebt?"
„Sie lebt."
Er stöhnte. Ich merkte, wie sehnsüchtig er auf den Tod seiner Frau gehofft hatte.
„Und — das Kind, wo ist es?"
„Es ist bei seiner Mutter."
„Das habt ihr zugegeben? So gewissenlos seid ihr gewesen?"
„Das Kind ist wohl aufgehoben bei ihr."
Er lachte rauh und ergoß eine Flut schwerster Schimpfworte über seine Frau. Wieder ließ ich ihn reden und toben. Zuletzt stieß er hervor:
„Wo hält sich das Scheusal auf?"
„Deine Frau? Das sage ich dir nicht."
„Das *mußt* du mir sagen!"
„Nein, Joachim, ich sage es dir nicht!"
Er ballte die Fäuste und trat mit dem Fuß auf. Dann ließ er die Arme schlaff hängen und sagte in feindseligem Ton:
„Gut! Was ich wissen will, werde ich auch ohne dich erfahren."
Ohne Gruß verließ er mich. Ich trat ans Fenster und sah ihn unten über die Wiese gehen. Das war der Mann, dem ich fünf Jahre lang um die ganze Welt nachgereist war. Weil er der Sohn meiner Mutter war. Nun würde ich eine solche Familienaufgabe nicht mehr übernehmen. Ich öffnete nicht einmal das Fenster, um ihm nachzurufen.
Ich setzte mich an den Schreibtisch und begann zu arbeiten. Es ging schwer. Ich war von der Aufregung der letzten Nacht und des Tages ganz benommen. Es fiel mir ein, Joachim werde nun wohl zur Mutter gehen. Aber die wußte ja auch nichts von Katharina, die bei uns Magdalena hieß, hatte keine Ahnung von ihrer Anwesenheit hier im Heim. Es wurde spät. Ich wollte nur noch meine letzte Zigarre ausrauchen, dann schlafen gehen. Wie gleichmütig mich der Abschied des Bruders ließ! Freilich, die Mutter würde wieder sehr mit mir zürnen. Aber ich konnte das nicht ändern. Ich war aller Familiensimpelei müde geworden.

Als ich noch so still dasaß, hörte ich auf einmal jemand den Korridor entlangeilen.
Die Tür wurde aufgerissen.
Magdalena stand vor mir.
Mit wirrem Haar, in unordentlicher Kleidung. Entsetzt. Verstört.
„Helfen Sie — helfen Sie — sie haben mir das Kind genommen."
„Was? Was sagst du, Käthe?"
„Das Kind haben sie mir genommen — Luise — o Gott!"
„Wer hat es genommen?"
„Er — Joachim — er ist mit einem fremden Mann gekommen — sie haben das Kind fortgeschleppt — meine Luise — meine Luise!"
Ich wollte die zitternde Frau auf einen Stuhl nötigen.
„Nein, kommen Sie bald — sie haben mich ja in die Kammer eingeschlossen gehabt — eine Stunde ist es wohl schon her, daß sie mit dem Kinde fort sind — ich habe die Kammertür nicht aufgekriegt — kommen Sie schnell — schnell!"
Die Frau schluchzte und zuckte in namenlosem Schmerz. Ich sah alles wie durch einen Schleier. Wie kam Joachim nach der Genovevenklause? Wer hatte ihm den Weg gewiesen?
Plötzlich wurde mir alles klar. Ich war so unvorsichtig gewesen, Joachim zu verraten, daß Luise bei ihrer Mutter sei, und da unsere Mutter wußte, wo das Kind war, fanden sie auch die Frau. Oh, ich Tor! Ich sah, daß Käthe am Halse rote Striemen hatte.
„Hat er dir etwas getan, Käthe? Hat er dich etwa gar geschlagen?"
„Ich weiß es nicht. Aber das Kind ist fort, das Kind ist fort!"
Sie hatte wohl mit dem Manne gerungen, und er hatte sie mit irgendeinem Helfershelfer in die Kammer gesperrt und das Kind entführt. Der brutale Kerl! Ein wütender Haß gegen ihn schlug in mir auf.
„Erbarmen Sie sich, Herr Doktor, helfen Sie mir!"
„Nenn' mich nicht Herr Doktor, Käthe, nenne mich Fritz! Wir sind Verwandte. Ich werde dir helfen, so gut ich irgend kann."

Demütig und furchtsam wie ein geprügelter Hund stand sie vor mir.
Ich zog mir den Mantel an.
„Ich bitte dich, Käthe, geh' nach Hause. Du kannst nichts tun. Ich werde mich sofort auf die Suche machen."
„Ich kann nicht nach Hause gehen; ich muß Luise suchen."
Mit irrsinnig flimmernden Augen sah sie mich an.
„Du kannst nichts tun, Käthe. Ich werde sofort hinab zu meiner Mutter gehen, dort werde ich wahrscheinlich Joachim treffen und mit ihm abrechnen."
„Ich will mit. Ich fürchte mich nicht, wenn sie mich auch schlagen."
„Du mußt mir jetzt gehorchen, Käthe! Sonst verdirbst du alles; sonst kann ich dir nicht helfen!"
Da senkte sie stumm den Kopf.
Wir eilten auf einem Nebenpfade gen Waltersburg hin. Als der Weg nach der Genovevenklause abbog, gebot ich der Frau zu gehen und zu warten, bis ich ihr Nachricht brächte. Sie schlich davon. Aber als ich den Berg hinabeilte, merkte ich, daß mir von ferne ein Schatten folgte.
Das Haus der Mutter war hell erleuchtet. Die Haustür stand offen. Ich eilte nach dem ersten Stock, nach dem Zimmer der Mutter, und trat ein, ohne anzuklopfen. Mitten in der Stube stand Joachim; er war allein. In offener Feindeseligkeit blickten wir uns an.
„Wo ist das Kind? Wo ist Luise?"
„Nicht hier."
„Wo ist die Mutter?"
„Auch nicht hier."
„Willst du mir sagen, wo beide sind?"
„Nein! Aber ich will dir sagen, daß ich das Mädchen der Obhut des Frauenzimmers, dem du es übergeben, entrissen und in eigene Erziehung genommen habe. Morgen früh geht die Reise los. Ich nehme das Kind mit. Das ist mein Recht. Das Kind gehört mir."
Ich konnt vor Zorn kaum sprechen.

„Ah — und es ist wohl auch dein Recht, in eines unserer Häuser einzubrechen und ein wehrloses Weib seiner Freiheit zu berauben?"

„Das tat ich nur, um sie zu hindern, hinter uns herzuschreien und Skandal zu erregen. Um allen Skandal zu vermeiden, bringt Mutter das Kind schon jetzt nach auswärts."

„Oh, wie bist du rücksichtsvoll! Du willst keinen Skandal. Du vergissest nur das eine: daß es ein großer Skandal ist, wenn man sich benimmt wie ein Bandit!"

„Hüte dich nur!"

„Ich fürchte mich nicht vor deiner Brutalität. Ich kann dich — wenn es mir beliebt — wegen der Schandtat eines Einbruchs in eines unserer verschlossenen Häuser jeden Augenblick einsperren lassen. Ich werde es höchstwahrscheinlich auch tun und mich um keinerlei Skandal kümmern."

„Du nimmst in sehr merkwürdigerweise Partei für jenes Weib."

„Ja, sie steht trotz ihres Fehltrittes gerechtfertigter, ich will ruhig sagen, viel anständiger vor meinen Augen als du!"

„Das bitte ich mir zu beweisen", sagte er heiser vor Wut. Er setzte sich auf eine Tischkante; ich lehnte an einem Schrank ihm gegenüber.

„Ich erinnere dich daran, Joachim, daß das schöne Mädchen, das Katharina hieß, damals zwar deine blinde, wahnsinnige Leidenschaft erregt, aber daß sie dich niemals geliebt hat, daß sie so ehrlich war, es dir zu sagen."

„Hör auf damit!"

„Nein, da liegt die Wurzel zu allem Unheil, das kam. Als du von dem Mädchen abgewiesen warst, tatest du das, was du immer tatest, wenn du einen Wunsch durchaus durchsetzen wolltest, du hingst dich an die Kleiderrockfalten der Mutter."

Er sprang herunter vom Tisch und trat drohend vor mich.

„Benimm dich immerhin auch in dieser Stunde noch mit einigem Anstand. Joachim! Du hast mir soviel von meinem Leben genommen, fünf volle blühende Jahre, daß ich ein Recht habe, dich als meinen Schuldner zu betrachten und endlich mit dir abzurechnen."

Er wich zurück, lachte verächtlich und trat ans Fenster.
„Ich habe dich nicht aufgefordert, mir zu folgen."
„Nein, aber die Mutter hat es getan, die dich von Kind auf zu einem jämmerlichen Egoisten erzogen hat."
„Sag noch ein Wort gegen die Mutter, und ich halte mich nicht länger!"
„Du sprichst wie ein Raufbold, Joachim, und ich schäme mich für dich. Wie ich innerlich zur Mutter stehe, geht daraus hervor, daß ich auf ihren stillen Wunsch hin, dich wiederzuhaben, meine Jugend opferte. Aber nicht davon wollte ich sprechen, sondern von deinem Verhältnis zu Katharina. Das Mädchen sagte dir damals, daß seine Liebe einem anderen gehörte, deinem Freunde..."
„Hör auf — ich ertrage das nicht!"
„Ich weiß, trotz deiner Brutalität anderen gegenüber bist du, was die eigene werte Person anlangt, sehr feinfühlig; nicht einmal eine wahrheitsgemäße Aussprache erträgst du. Aber ich erspare sie dir nicht. Ich halte dir den Spiegel vor, damit du weißt, wenn du von hier fortziehst, daß es jemand auf der Welt gibt, der keine Spur von Mitleid, ja nicht einmal von Achtung mehr für dich hat, und das ist dein Bruder, der dich unter allen Menschen auf der Welt am besten kennt."
Er erwiderte nichts mehr; er starrte mich nur an. Ich setzte kaltblütig die Abrechnung fort.
„Du wandtest dich damals an die Mutter, und die Mutter setzte bei den Eltern des Mädchens alle Hebel für dich ein. Die Leute hatten sechs Töchter. Eine von ihnen versorgt zu sehen, war ihr sehnlichster Wunsch. Du warst approbierter Arzt, der andere, dein Freund, ein vermögens- und aussichtsloser Kandidat. Da wurde dem Mädel Tag und Nacht zugesetzt, bis sie dich nahm. Das war in diesem Falle die Grundlage für die schwere Ja-Frage am Altar nach dem ‚freien, ungezwungenen, selbst ungenötigten Willen'."
Joachim war in einen Sofawinkel gesunken. Mir war das Herz so kalt und leicht wie einem Staatsanwalt, der auf „schuldig" plädiert.

„Während du die Flitterwochen hieltest, ging dein Freund beinahe zugrunde. Nach einem Jahre hieß es, er habe sich beruhigt. Er kam zu euch. Die alte Sehnsucht trieb ihn. Und da geschah Katharinas Unglück. Du warst natürlich in deiner Ehe sehr tief verletzt. Ich sah das ein. Erst jetzt begreife ich, daß in jener Ehe deine Gattenehre nicht von Gottes, sondern von Mutters und Geldsacks Gnaden war. Das Weib hat gefehlt, ohne Zweifel, Zweimal.

Nicht nur, als sie dir die Ehe brach, sondern schon, als sie die Ehe mit dir einging. Aber du und die Mutter — und wir alle, die wir schürend oder doch stillschweigend mitgewirkt haben, sind wir Gerechte? Leute, die Steine aufheben dürfen? Oder Pharisäer, die verdienen, die Geißel des Messias ins Gesicht zu bekommen?

Katharina hat ihre Schuld gebüßt. Nicht durch deinen rohen Revolverschuß, nicht dadurch, wie sie dich vor Gericht reinwusch, indem sie aussagte, sie habe sich selbst die Wunde zugefügt. Nein, mit abertausend Tränen. Erst jetzt weiß ich, wie ihr Mutterherz gehungert hat, wie sie durch all die Jahre nach dem Kinde gesucht hat. Dieses Weib hat vielleicht an einem Tag und in einer Nacht mehr gelitten und heißer zum Himmel gerufen als du in der ganzen Zeit. Jetzt auf einmal erscheinst du wieder in der ganzen Pracht und Herrlichkeit deines gesetzmäßigen Richtertums und beginnst deine Brutalitäten aufs neue. Und deshalb, sage ich, ist deine Frau ein hundertmal anständigerer Mensch, als du bist!"

Er stand auf, zuckte ein wenig mit den Armen durch die Luft, als ob er reden wollte, setzte sich aber wieder. Ich behielt ihn scharf im Blick und fuhr fort:

„Das ist die Abrechnung, die deine Frau betrifft. Da kommst du immer noch gut dabei weg, weil nicht nur dein eigenes, sondern auch das andere Konto belastet ist. Nun komme ich auf dein Verhältnis zu deinem Kinde zu sprechen. Und da — nichts für ungut, lieber Bruder — hast du dich glattweg benommen wie ein Lump. Das Tier bekümmert sich um sein Junges, trägt ihm die besten Bissen zu, sorgt für seine Sicherheit. Du hast für deine

eigene Sicherheit gesorgt, die besten Bissen selbst gegessen, dem Kinde nicht einen Pfennig, nicht ein armseliges Spielzeug, nicht ein Wort oder einen Blick gegönnt. Der verkommenste Proletarier, der von zehn Mark, die er verdient, nun versauft und eine Mark seiner Familie gibt, ist ein besserer Vater, als du bist, denn du hast auch die zehnte Mark für dich genommen."
„Die Mutter...", ächzte Joachim.
„Ja, die Mutter hat die sogenannten Erziehungsgelder gezahlt. Nebenbei gesagt, nicht nur von deinem, auch von meinem Erbteil. Ich wundere mich, daß ich so etwas sagen kann; aber alle Sentimentalität ist mir wahrscheinlich abhanden gekommen. Wir alle haben gefehlt, auch ich! Ich hätte dir nicht nachlaufen, ich hätte mich lieber um das Kind kümmern sollen. Aber ich war ein unerfahrener, wehleidiger Geselle. Ich bin erst jetzt, da ich ein großes Werk angefangen habe, dazu gekommen, die Dinge, die um mich her sind, klar und leidenschaftslos zu sehen und zu beurteilen. Wenn ich nun, Joachim, alles zusammenfasse, so bist du weder deiner Frau noch deinem Kinde gegenüber im Recht. Du hast dich bis jetzt unbarmherzig zurückgehalten und bist plötzlich brutal hervorgetreten, als deine neue Liebe scheiterte, als dich das von dir herbeigeführte Band, das Priesterhand schlang, hinderte, nach deinem Wohlgefallen jetzt ein neues zu schlingen. Was dich jetzt leitet, ist nicht Moral, sondern ist Wut, ist enttäuschte Selbstsucht! Du kannst die Lage deines bis heute verleugneten Kindes nicht bessern; denn einen unfähigeren Erzieher, als du bist, kann es nicht geben!"
Joachim erhob sich.
„Meinst du, daß ich mir diese Grobheiten gefallen lasse?"
„Es sind nicht Grobheiten, es sind Wahrheiten, Joachim."
„Willst du jetzt dieses Zimmer und dieses Haus verlassen?"
„Nein, ich werde warten, bis die Mutter kommt."
„So werde ich gehen; ich verschmähe es, weiter mit dir zusammen zu sein."
„Ganz in meinem Sinne. Ich verbiete dir aber, unser Ferienheim oben noch einmal zu betreten. Außerdem ist es noch deinem bru-

talen Verhalten selbstverständlich, daß du als Arzt von uns entlassen bist."
Er antwortete nicht mehr; er nahm Mantel und Hut und tappte die Treppe hinab. Ich konnte mir zunächst über das, was ich gesprochen hatte, keine klare Rechenschaft geben.
Ich hatte nur ein Gefühl der Erleichterung, hatte mir einmal das Herz abräumen gekonnt.
Jetzt fiel unten die Haustür zu. Ich sah Joachim vom Fenster aus, obwohl eine mondscheinlose Nacht und die Straßenbeleuchtung sehr kümmerlich war. Joachim ging auf den Johannesbrunnen zu. Mit einem Male löste sich von dort ein Schatten los. Ich erschrak. Katharina! Sie hielt den Bruder jedenfalls für meine Person. Ich sah, wie die beiden aufeinander zugingen, aufeinander einsprachen, wie das Weib entsetzt die Arme hochhielt, sich dann vor dem Bruder auf die Knie warf, wie er sie emporriß. Sie klammerte sich fest an seinen Arm; er versuchte, sich loszulösen; sie rangen miteinander.
Ich riß das Fenster auf.
„Katharina", rief ich hinunter, „sei vernünftig!"
Sie hörte nicht, ließ nicht los, schließlich rang sie weiter mit ihm, und ich hörte sie um das Kind bitten. Sie standen dicht am Brunnenrand. Da gab Joachim dem Weibe einen gewaltigen Stoß, sie taumelte zurück und fiel über den niederen Brunnenrand ins Wasser.
Joachim blieb still stehen, wohl im Schreck, zwei, drei Sekunden lang; dann beugte er sich über das Becken.
Da sprang das Weib aus dem Wasser heraus und rannnte davon.
Ich hatte all diesen sich schnell abspielenden Vorgängen sprachlos zugesehen, dann war ich mit einigen Sätzen unten auf dem Markte. Joachim stand noch am alten Fleck.
„Ah", lachte er, „du hast zugesehen — da wirst du wohl jetzt behaupten, ich hätte das Weib ertränken wollen."
„Das werde ich nicht behaupten. Du hast sie nur zurückgestoßen, und sie ist unglücklich gefallen."
„Na also! Ich lasse mich auf der Straße nicht anfallen, verstehst du? Eure Komödien verfangen nicht bei mir!"

„Joachim, wir müssen ihr nach, wir müssen sie suchen."
„Suchen? Ich denke nicht daran. Was geht sie mich an?"
„Joachim, sie muß völlig durchnäßt sein, es ist eine kalte Nacht; sie ist halb irrsinnig vor Aufregung wegen des Kindes. Es kann ein Unglück passieren!"
Er antwortete nicht, wandte sich um und ging nach Mutters Haus zurück. Ich sah ihm nach, hörte, wie er von innen den Haustürschlüssel umdrehte. Dann eilte ich die Straße hinunter, in der ich Katharina hatte verschwinden sehen.
Ich rannte durch die ganze Stadt, auch stückweise hinaus auf die Landstraßen. Es verging wohl eine Stunde und mehr Zeit; ich fand nichts. Es hatte angefangen zu regnen, und es blies ein rauher Wind. Endlich sah ich ein, daß ich allein nichts ausrichten könne. Ich eilte hinauf nach unserem Heim, überzeugte mich, wie ich schon angenommen hatte, daß die Genovevenklause leer sei, weckte dann Stefenson, Barthel, Piesecke und noch einige andere verläßliche Leute, und wir gingen nach verschiedenen Richtungen auf die Suche.
Morgens drei Uhr kehrte ich todmüde nach Hause zurück. Die anderen waren auch noch nicht lange da. Niemand hatte eine Spur von Katharina entdeckt...
Noch ehe aber der späte Morgen graute, wurde die unglückliche Frau gebracht. Ein Waltersburger Bauer, der zeitig nach Neustadt fahren wollte, hatte am Chausseerand ein bewußtloses Weib gefunden und an ihrer Kleidung erkannt, daß sie uns gehörte. Er hatte die völlig durchnäßte Frau auf das Stroh seines Wägelchens gebettet und sie mit einer Pferdedecke zugedeckt.
Ich ließ die Bewußtlose nach einem unserer Krankenzimmer am „Stillen Weg" schaffen und Doktor Michael rufen. Ihn verständigte ich über das Vorgefallene, und wir begannen sofort unsere ärztlichen Maßnahmen. Wir verhehlten uns beide nicht, daß wir vor einer sehr ernsten Aufgabe standen. Sämtliche Männer, die um das traurige Vorkommnis wußten, auch der Bauer, gelobten Stillschweigen.
Ich blieb fast den ganzen Vormittag bei der Kranken. Gegen

zehn Uhr schlug sie die Augen auf. Sie lächelte mich an, ohne daß sie bei klarer Besinnung war und sagte:
„Der heilige Johannes hat mich getauft; nun bin ich rein von Sünden!"
Die Augen fielen wieder zu, öffneten sich aber bald aufs neue.
„Ich habe Luise gefunden. Als ich ganz müde war und auf die Straße fiel, ist sie zu mir gekommen."
Dann wieder tiefe Bewußtlosigkeit.
Gegen Mittag ließ sich meine Mutter bei mir melden. Sie war sehr blaß und rang die Händchen ineinander.
„Um Gottes willen, wie konnte das geschehen?"
Ich sah sie streng an.
„Es konnte geschehen, weil ihr so unbarmherzig waret, dieser Frau ihr Kind zu entreißen. Sag mir das eine, Mutter, hast du darum gewußt, daß Joachim in die Klause eindringen wollte?"
„Nein, ich habe ihm bloß gesagt, wo das Kind ist, und dann nichts erfahren, bis er Luise brachte."
„Das ist mir lieb. Und wo ist Luise jetzt?"
„Ich — ich habe sie nach Neustadt gebracht zu einer Freundin von mir. Wir wollten keinen Skandal in Waltersburg oder bei dir hier oben. Joachim wollte auch bald am Morgen fort."
Ich dachte daran, wie sicher der mütterliche Instinkt die unglückliche Katharina geleitet hatte. Auf dem Wege nach Neustadt war sie zusammengebrochen.
„Was wird nun werden?" fragte die Mutter. „Wie steht es?"
„Es steht sehr schlecht. Du kannst deinem Sohne Joachim sagen oder schreiben, daß sein sehnlichster Wunsch, diese Frau möge sterben, wahrscheinlich in Erfüllung gehen wird. Er mag sich einstweilen freuen."
Die Mutter weinte.
„Fritz, du mußt nicht so von ihm denken. Er hat doch auch viel gelitten. Gestern hat er unrecht gehandelt. Er ist dann die ganze Nacht wach geblieben, und ich glaube, wenn die Frau jetzt stirbt, wird es sein Gewissen sehr bedrücken. Er ist ja deswegen auch noch nicht abgereist."
Ich lachte.

„Hab keine Sorge, Mutter, Joachims Gewissen ist recht robust."
„Ihr werdet euch nicht verstehen."
„Nein. Niemals! Mit solch einem Kerl niemals!"
Sie saß noch ein Weilchen da. Ich fand kein gutes Wort für Joachim, auch nicht für sie, fragte auch nicht, was die beiden wohl nun mit Luise vorhätten, und so ging sie ...
Unsere Patientin war schwer krank, und eine heftig einsetzende Lungenentzündung nahm uns bei der schlechten Beschaffenheit des Herzens fast alle Hoffnung.
Am zweiten Tage abends wurde von Waltersburg aus wieder nach Katharinas Befinden gefragt.
Ich schrieb auf einen Zettel:
„Joachim mag sich noch etwas gedulden; es ist bald aus."
Am selben Abend hörte ich draußen vor den Fenstern ein helles Kinderlachen. Da sah ich Luise draußen. Stefenson hatte das Mädel um den Hals gefaßt und führte sie die Straße herauf. Ich ging hinaus. Das Kind stürzte auf mich zu.
„Onkel, lieber Onkel", rief es selig; „denke dir, Pappa ist wieder da."
Stefenson strahlte über das ganze Gesicht. Er flüsterte mir zu:
„Es ist nicht so gegangen, wie ich wollte. Ich hatte mir einen genialen Plan zurechtgelegt, dem Kerl das Mädel zu nehmen; da gab er es leider freiwillig her."
Das Kind klammerte sich an mich.
„Onkel, lieber Onkel, laß doch nicht mehr den bösen Mann zu mir kommen. Ich hab' so schreckliche Angst vor ihm!"
Ich sagte ihr nicht, daß der „böse Mann" ihr Vater sei. Es gibt Hunderttausende von Kindern, für die der eigene Vater der „böse Mann" ist. Die männlichen Schweine fressen zuweilen den eigenen Nachwuchs auf; ich schätze menschliche Väter, die ihrer Kinder Jugendglück vergiften, noch um einige Grade niedriger ein als die selbstsüchtigen Borstentiere. Denn im Schweinekoben ist der Schmerz kurz, bei lieblosen Menschenerziehern dehnt er sich Jahr für Jahr. „Kommt der böse Mann wieder?"
„Nein, Luise, er kommt nicht mehr!"
„Dann mußt du Magdalena sagen, daß wir nicht mehr in der

Genovevenklause wohnen wollen; wir wollen lieber wieder in den Forellenhof ziehen."
„Hast du Magdalena lieb, Luise?"
„Ja, ich will wieder zu ihr. Wo ist sie?"
„Sie ist krank; aber vielleicht wird sie wieder gesund."
„Sie wird doch nicht sterben?" fragte das Kind weinerlich.
„Nein, Herzchen", sagte ich mit unsicherer Stimme.
Langsam ging Stefenson und ich mit dem Kinde den „Stillen Weg" entlang ...
Keinem unter allen Sündern hat Christus so streng die Verdammnis angedroht wie den Unbarmherzigen. Was er für sie hat, ist die „ewige Finsternis, wo Heulen und Zähneknirschen ist". Diese Höllenstrafe trifft die Unbarmherzigen schon auf dieser Welt. Denn Unbarmherzigkeit ist Finsternis, und Haß heult und knirscht mit den Zähnen und ist verbannt von allem Frieden und allem Glück.
In diesem Lichte sah ich meinen Bruder. Und als ich wieder einmal bei der röchelnden, fiebernden Frau war, als ich ihre heißen Hände sich die Wand hinaufkrallen sah, ihren qualvollen Husten hörte, schickte ich auf neue Anfrage aus Waltersburg einen Zettel an Joachim:
„Du bist als Amerikafahrer mit indianischen Gebräuchen vertraut. Freue dich, deine Frau hängt am Marterpfahl!"
Daraufhin ließ er sich bei mir melden, aber ich empfing ihn nicht ...
In ihren Fieberträumen schrie die Frau immer wieder:
„Taufe mich, heiliger Johannes, taufe mich!"
Und sie jammerte nach dem Kinde.
Als sie das erstemal bei klarem Bewußtsein war, als sich der Fieberblick in Angst und Todestraurigkeit verlor, wußte sie nichts zu sagen als: „Luise ist fort!"
Da sah ich sie lächelnd an.
„Nein, liebe Käthe, Luise ist hier. Du bist nur jetzt noch krank; du bildest dir bloß ein, daß Luise fort ist."
„Ich — ich bilde es mir bloß ein?"
Ein kleines, halb irres Lachen flog um ihren Mund.

„Ich bilde es mir bloß ein!"
„Ja, liebe Käthe — du denkst das bloß so..."
„Ich denke es bloß so? Wo ist denn Luise? Warum ist sie denn nicht bei mir?"
„Sieh nur, Käthe, du bist krank; das Kind lärmt zu sehr. Du weißt es doch, wie es lärmt."
„Es ist so schön, wenn es lärmt!"
Und sie lächelte lieb und seltsam und schlief ein.

Es ging auf die Krisis zu. Wie das so ist in solchen Fällen: das Befinden schwankte; einmal ging es der Kranken etwas besser, ein anderes Mal wieder war es ganz zum Verzweifeln. Immer der eine Satz: „Wenn das Herz aushält, dann..." Ja, wenn!
Am siebenten Tage ließen wir Luise zu der Kranken. Wir hatten das Kind wohl vorbereitet.
„Du darfst nicht schreien oder weinen oder lärmen. Du darfst nur ganz leise auf den Zehen ans Bett gehen, der Magdalena die Hand küssen und sagen: ‚Mamma, ich hab' dich lieb!'"
So hat es das Mädchen getan. Die Kranke lag mit verklärtem Gesicht, und in ihren Augen war ein Strahlen, als ob ihr der Himmel offen stände.
Als das Kind das Zimmer verlassen hatte, ging ein Frösteln über den Körper des Weibes:
„Es ist alles nicht wahr gewesen — ich hab' das Furchtbare nur geträumt — Luise ist wirklich da...!"
Am zehnten Tage wußten wir, daß Katharina am Leben bleiben würde. Freilich würde sie nie mehr ganz gesunden. Das Herz war schon vor der Erkrankung nicht in Ordnung gewesen und hatte nun schwer gelitten. Es würde ein sehr stilles Leben sein, was Katharina fortan führen müßte.
Am hellen Mittag trat mir auf dem „Stillen Weg" der Bruder entgegen. Er gesellte sich zu mir, ohne daß wir uns die Hände reichten.
„Lebt sie noch? Ist die Krise vorbei?" fragte er mit offener Furcht in den Augen.

„Ja, es ist überwunden!"
Da atmete er auf.
„Ich habe schwere Tage und Nächte hinter mir", sagte er etwas stockend; „deine Worte lagen mir immer in den Ohren, und du hast es mir auch durch deine Botschaften nicht leicht gemacht. Aber ich hatte es wohl verdient."
Ich antwortete nicht. Er fuhr fort:
„Ich werde nun abreisen. Ich bitte dich, Käthe zu einer Zeit, wo du es für angemessen halten wirst, einen Brief von mir zu übergeben. Er ist offen; du sollst ihn vorher lesen. Der Brief enthält nichts als einen kurzen Abschied, und daß wir jetzt, durch Land und Meer für immer getrennt, ohne Feindschaft aneinander denken wollen."
Ich wandte den Kopf zur Seite.
„Und Luise?"
„Luise werde ich ihr lassen."
Wir gingen schweigend nebeneinander hin. Dann sagte er:
„Daß ich von dem Kinde ohne Abschied fortgehen muß, fällt mir sehr schwer. Du wirst es nicht glauben; aber es ist wahr. Das Kind würde sich fürchten, wenn es mich wiedersähe. Ich bitte, daß du dich weiter des Mädchens annimmst. Mit einem Kapital werde ich es ausstatten.
Willst du die Sache übernehmen?"
„Ja!"
„Ich danke dir!"
Wieder gingen wir ein Stückchen wortlos weiter.
„Ich könnte nun gehen, Fritz; aber das Schwerste habe ich noch zu sagen."
Ich sah in fragend an. Da brachte er heraus:
„Die Mutter will mit mir nach Amerika."
Ich blieb stehen.
„Du mußt nicht glauben, Fritz, daß ich Mutter dazu überredet habe. Sie hat es von selbst gewollt."
„Ja, ich kann es mir denken."
Etwas unendlich Bitteres quoll mir durch die Seele.
„Wann wollt ihr denn fort?"

„Morgen. Die Mutter läßt dich fragen, wann sie sich von dir verabschieden kann. Willst du am Nachmittag zu ihr hinunterkommen?"
Ich mußte erst ein paarmal Atem holen, dann sagte ich:
„Ja, ich werde kommen."
Joachim blieb stehen.
„So hab' ich dir alles gesagt, Fritz. Nun kann ich mich von dir verabschieden. Wenn du zu Mutter kommst, werde ich euch nicht stören, werde ich schon fort sein."
Es wurde ihm schwer.
„Leb wohl, Fritz; hab keinen Groll mehr gegen mich. Ich danke dir für alles Gute — auch, daß du mich fünf Jahre lang gesucht hast — auch, daß du neulich so mit mir gesprochen hast."
Die Stimme stockte ihm, und auch ich brachte es kaum heraus, als ich sagte:
„Behüte dich Gott, Joachim!"
Als er sich schon abgewandt und die ersten Schritte gemacht hatte, erscholl jenseits eines kleinen Gebüsches das selige Kinderlachen Luises.
Joachim wandte sich noch einmal um.
„Ist sie das?"
Ich nickte mit dem Kopf.
Da legte er die Hand über die Augen und ging schwer und langsam den Berg hinab.
Und noch einmal erscholl das Lachen des spielenden Kindes hinter ihm her.

Freund Stefenson

Nun war es vorbei. Ich stieg von Neustadt aus den Weihnachtsberg hinauf. Der Zug, der meine Mutter in die weite Welt davongeführt hatte, war längst nicht mehr zu sehen. Der Bruder war schon gestern bis zur Provinzhauptstadt vorangereist; ich hatte ihn nicht mehr getroffen.
Die Bitterkeit war aus meiner Seele gewichen und hatte einer stillen Trauer Platz gemacht. Die letzten Stunden, die ich mit meiner Mutter verlebt hatte, waren voll reinster Liebe gewesen, ohne Eifersucht, ohne Neid, ohne Groll auf den Bruder, um dessentwillen sie mich und die alte Heimat verließ. Joachim sollte nicht wieder einsam und verbittert durch die Welt irren; die Mutter wollte nicht wieder Tag für Tag sehnsüchtig am Fenster stehen und auf das schwermütige Plätschern des Johannesbrunnens lauschen.
Mich wußte sie in Sicherheit, mit einer großen Aufgabe betraut, die mein Herz ausfüllen würde. So ging sie mit dem anderen, dem Einsamen.
Es war weiblich, es war mütterlich; es konnte wohl nicht anders sein.
Aber wie ich auf die andere Seite des Weihnachsberges kam und mein altes Waltersburg liegen sah, den Marktplatz mit dem Brunnen und mein verlassenes Vaterhaus, da setzte ich mich todmüde an den Wegrand ins welke Gras. Ich barg das Gesicht in den Händen und saß lange so.
Als ich endlich aufblickte, sah ich mir gegenüber auf dem anderen Wegrande Stefenson sitzen. Ich war unwillig, daß er sich so angeschlichen hatte, aber er kam mir mit teilnehmendem Gesicht, ganz ohne seine sonstige spöttische Art, entgegen, so daß mein Ärger verflog.
Stefenson setzte sich neben mich und legte mir die Hand aufs Knie:
„Sehen Sie, alter Junge, so etwas tut weh. Das begreife ich. Aber da müssen Sie auch begreifen, daß ich Sie nicht allein lassen kann,

daß ich mich um sie kümmern muß. Ich bitte Sie, daß Sie mir einige Minuten zuhören. Sie brauchen mir gar nicht zu sagen, was für Gefühle Sie bewegen, aber ich bitte Sie, mir zu erlauben, daß ich als Ihr Freund zu diesen Gefühlen Stellung nehme. Zunächst mal, ob Ihrer Mutter der Aufenthaltswechsel auch bekommen wird. Daran denken Sie wohl an erster Stelle. Nun, ich meine, sie ist von guter Natur; Rio ist ein ganz gesunder Wohnort; Ihr Bruder ist Arzt, der sie ständig überwachen kann; außerdem ist er in der Lage, ihr das Leben so angenehm wie möglich zu gestalten, dann, Ihre Mutter sieht einmal die Welt. Nicht mehr mit der Aufnahmefähigkeit, der Spannkraft, dem Überschwang der Jugend, aber mit dem ganzen Hochgenuß, mit dem ein feiner, reifer Kopf Schönheiten dieser alten Erde betrachten kann. Und gar Rio de Janeiro! Dort hören die Tauben die Vögel singen, dort sehen die Blinden die Blumen blühen; das wissen Sie ja selbst, Ihre Mutter wird leben wie im Paradies. Aber das wird freilich alles nicht hindern, daß sie das Heimweh bekommen wird — nach dem alten Nest da unten — nach dem Hause am Brunnen — auch nach Ihnen. Schütteln Sie nur nicht den Kopf, lieber Freund; eine Mutter liebt immer am meisten das ihrer Kinder, das nicht bei ihr ist. Und da denken Sie nur daran, daß sie eines schönen Tages wieder da sein wird. Inzwischen lassen Sie unten in dem Hause am Markt alles, wie es ist; lassen Sie alle

Tage die Möbel wischen, alle sechs Wochen frische Gardinen aufstecken, im Winter die Stuben heizen, im Sommer die Polster einmotten, auch Kupfer und Zinn in der Küche putzen und den Kanari gut im Futter halten, damit Ihre Mutter alles in Ordnung findet, wenn sie wiederkommmt."
„Stefenson", sagte ich dankbar, „Sie sind ein seelenguter Mensch."
Das verdroß ihn. Er sagte zunächst gar nichts, spuckte dann mit großem Geschick bis zum gegenüberliegenden Wegrand und meinte endlich in gänzlich verändertem Tone:
„Sie verstehen mich immer noch nicht. Das müssen Sie doch wissen, daß so 'n alter Fuchs wie ich immer seine Hintergedanken hat, wenn er mal 'nen Abstecher ins Gefühlsmäßige macht. Zum Beispiel jetzt habe ich gerade ein wichtiges Geschäft, bei dem Sie unbedingt mitwirken oder dem Sie wenigstens zustimmen müssen, und da ist es mir natürlich verdrießlich, wenn Sie in verkaterter Stimmung sind."
„Und deswegen suchten Sie mich zu trösten?"
„Ja, nur deswegen!"
Ich lächelte. Er sah es und wurde erbost.
„Mensch, lachen Sie nicht! Was gehen mich denn Ihre Familienangelegenheiten an? Glauben Sie, daß ich mich bei meinen tausend Geschäftsfreunden darum kümmern kann, ob sie mal Krach mit einem Bruder haben, ob mal ihre Mutter verreist, ob die Motten in ihre Möbel kommen oder ihr Kanarienvogel verhungert? Hätt' ich viel zu tun. Aber wenn zwei Feldherren miteinander in den Krieg ziehen und der eine von ihnen Zahnschmerzen hat, hat der andere dafür zu sorgen, daß der Zahn gezogen oder wenigstens plombiert wird. Sonst wird nichts aus ihrer Chose."
Ich lächelte nicht mehr, aber ich erwiderte auch nichts.
Da sagte Stefenson fast niedergeschlagen:
„Wenn Sie etwas Geschäftssinn hätten, hätten Sie mich längst gefragt, um was für ein Geschäft es sich handelt."
„So sagen Sie es mir — bitte!"
Er war verstimmt.

„Nun, ich kann ja den Weihnachtsberg auch ohne Sie von den Neustädtern zurückkaufen."
„Den Weihnachtsberg wollen Sie zurückkaufen?"
„Ich sagte es Ihnen eben. Wir müssen unser Heim bis zum Gipfel des Berges ausdehnen, sonst spucken uns die Neustädter auf den Kopf."
„Sie werden den wichtigen Aussichtspunkt nie hergeben."
„Trösten Sie sich. Wozu habe ich in der Neustädter Umschau seit drei Wochen Artikel gegen den Weihnachtsberg veröffentlicht? Zum Beispiel, daß ein Besuch von Neustadt aus außerordentlich zu wünschen übrig lasse, weil der viel bequemer zu erreichende Ochsenkopf eine viel bessere Aussicht bietet, daß die Rentabilität außerordentlich gering sei, die Pächter nichts zu leisten vermöchten und solchen Kram mehr. Die Neustädter sind bereits mürbe. Denn sie sind wieder mal im Dalles. Nun habe ich vorgestern einen Artikel gebracht, man solle den Weihnachtsberg, wenn sich eine gute Gelegenheit böte, an irgendeine neutrale Person je eher je besser verkaufen, damit er ja nicht mal in Waltersburger Hände fiele, was die Konkurrenz drüben stärken würde."
„Was bezwecken Sie damit?"
„Daß mein Vertrauensmann, der sich als Privater um den Kauf der Weihnachtsbergkuppe bemüht, die Sache billig bekommt. In vierzehn Tagen, denke ich, können wir oben einziehen."
Wir waren inzwischen aufgestanden und stiegen langsam den Berg hinab. Stefenson sprach immerfort von seinen Plänen und brachte es wirklich zuwege, daß meine Bangigkeit nachließ und ich ihm wenigstens mit halber Aufmerksamkeit zuhörte. Er begleitete mich bis in mein Arbeitszimmer. Dort sagte Stefenson: „Nun gestehen Sie es sich mal selber, lieber Freund: die ganze Zeit, da unser Heim besteht, haben Sie, der die Lehre von den Ferien vom Ich erfunden und gepredigt hat, selbst mit Haut und Haaren mitten im dicksten Ichleben gesteckt. Hauptsächlich wegen Ihrer Familienangelegenheiten. Jetzt erst, wo sich alles in Frieden löst, werden Sie Ihrer Idee ganz und mit Freuden dienen können. Sie lehren selbst: in den Ferien vom Ich los von

der Familie! Deshalb habe ich auch von Anfang an gemeint, wenigstens einer von uns beiden müsse ganz ohne Familie sein."
„Und welcher von uns beiden soll das sein?"
„Sie!"
Fast hätte ich über den alten Egoisten lachen müssen. „Sie wären aber doch viel geeigneter, Stefenson; denn Sie sind doch schon ohne Familie."
„Sie vergessen, daß ich eine Braut habe."
„Eva Bunkert? Ich meine, dieser Verlobtenstand ist einseitig."
Er lachte.
„Bah — wegen der Auskneiferei — wegen dieser Marotte? Ich habe an Eva einen vernünftigen Brief geschrieben, habe ihr gesagt, ich würde ihr gern nachreisen, wenn es nicht zu dumm wäre, und wenn ich Zeit dazu hätte. Sie solle ja nicht annehmen, daß ich jetzt plötzlich an ihrem Theater als Coiffeur, Portier, Kulissenschieber oder dergleichen auftauchen würde, um sie weiter zu beobachten. Das würde abgeschmackt sein; denn ich mache keinen Witz zweimal. Im übrigen liebte ich sie unverändert weiter und überließe ihr, zu bestimmen, wann unsere Hochzeit sein solle. Diesen Brief habe ich vor acht Tagen geschrieben und noch keine Antwort. Das ist doch ein sehr günstiges Zeichen."
„Ich würde dieses Zeichen anders auslegen."
„Nein. Sie grämt sich. Sie kann gar nicht schreiben. Wäre ich ihr egal, hätte sie mir einen schnippischen, und wäre sie ein oberflächliches Weib, sofort einen freundlichen Verzeihungsbrief geschrieben. So ist sie ein braves Mädel, das mich liebt, und schreibt gar nicht."
„Es kann schon so sein", sagte ich müde; „ich hoffe, daß es Eva gut geht!"
„Nun so ... so ... Vor fünf Tagen hat sie das erstemal auf der Oper gesungen. Zwei Kritiker haben sie bestehen lassen; einer hat sie etwas mitgenommen. Mit dem habe ich mich telephonisch verbinden lassen. Ich habe den Mann aufgeklärt, um was es sich handelt — so in großen Zügen natürlich — und ihm gesagt, daß er mir einen Riesengefallen tun würde, wenn er Fräulein Eva Bunkert nach Strich und Faden verrisse und an der Oper

unmöglich mache. Meine eventuelle Erkenntlichkeit für ihn habe ich dem Kritiker wirklich nur ganz diskret und delikat angedeutet. Trotzdem hat mir der Grobian gesagt, es sei schade, daß sich telephonisch keine Ohrfeigen austeilen ließen; im übrigen sei Fräulein Bunkert ein außerordentlich hoffnungsvolles Talent. Das habe ich davon. Nun wird sie auch dieser Kerl loben. Ach, du lieber Gott, die deutschen Zeitungsschreiber sind sehr verschiedener Art."

„Und Sie fürchten gar nicht, daß Eva Bunkert Ihnen verlorengehen könnte?"

„Nicht eine Minute. Sie hat gebissen. Ich halte sie fest. Wenn sie doch ein wenig herumzappeln will, kann ich ihr den Spaß ja gönnen."

So purzelte Stefenson draufgängerische, frische Art durch den bangsten Tag meines Lebens. Und als ich am nächsten Morgen nach tiefem Schlaf erwachte, fühlte ich mich gesund und munter, stark genug, dem Leben ins Auge zu schauen und mit Lust und Freude an meinem schönen Werke weiter zu schaffen.

―――――――――――――――――――――

Etwa drei Wochen später besuchte mich Stefenson wieder in meinem Arbeitszimmer. Auf dem Tische lag die neueste Nummer der „Neustädter Umschau".

„Ich habe diesmal nichts drin", sagte Stefenson und wies auf die Zeitung. Trotzdem schlug er sie auf. Und mit einem Male riß er die Augen auf, trat ans Fenster ...

„Haben Sie schon — haben Sie schon gelesen?" fragte er aufgeregt.

„Was denn? Was steht denn wieder in dem Schundblatt? Ich habe noch gar nicht hineingeschaut."

„Da — da ..."

Er wies auf eine kleine Notiz. Ich las:
"Verlobung. Die Opernsängerin Eva Bunkert, Tochter unseres verflossenen Baurats August Bunkert, hat sich mit dem Grafen Hanns von Simmern, Sohn des herzoglichen Kammerherrn Grafen Eugen von Simmern, verlobt. — Eine rasche Künstlerkarriere!"
"Da haben wir's", sagte ich. "Die Sache ist in der Tat sehr rasch gegangen."
"Rasch gegangen! Ist das alles, was Sie zu dieser Schandtat zu sagen wissen?" brüllte Stefenson.
"Ja, was soll ich in meiner Überraschung dazu sagen? Es tut mir natürlich leid um Sie!"
"Leid! Ich brauche Ihnen nicht leid zu tun. Niemand brauche ich leid zu tun. Ich verbitte mir das! Denn ich kann froh sein, daß ich diese Gans los bin. Ich bin auch ganz kolossal froh. Nach kaum vier Wochen ist dieses flattrige Ding mit ihrer Lebenswahl fertig. Von einem zum andern. Immer zu, immer zu! Was verliere ich dabei? Weil er ein Graf ist, weil sie sich bei ihm in Taschentücher mit einer neunzackigen Krone die Nase schneuzen kann, deshalb gibt sie mich auf. Einen Mann wie mich, der diese bankerotte Baurotstochter gegen alle Vernunftsgründe geliebt hat und sie heiraten wollte, gibt sie auf!"
Er sank in einen Stuhl. Sein Schmerz war maßlos. Aber ich blieb kühl.
"Lieber Freund", sagte ich, "es ist sicher für unsere Gründung ganz gut, wenn Sie familienlos bleiben, wenn Sie Ihre Selbständigkeit, den ruhigen, klaren Blick..."
"Halten Sie den Mund! Kommen Sie mir nicht mit solchem Blödsinn. Satt hab' ich's, satt! Meinetwegen mag die ganze Geschichte hier zum Teufel gehen. Mir liegt an nichts mehr etwas, an gar nichts mehr!"
Er wand sich in dem Lehnstuhl, in dem er saß, wie in Krämpfen. Ich stellte mich ans Fenster und zündete mir eine Zigarre an. Da knirschte er:
"Sprechen Sie wenigstens; sagen Sie etwas zu mir. Das kann ich doch wohl verlangen."

„Sie lassen mich ja nicht zu Worte kommen, Stefenson. Und dann, ich weiß selbst nicht, was ich zu der Sache sagen soll."
„Jawohl, Sie machen sich eben nichts aus mir. Sonst könnten Sie sich jetzt nicht so pomadig eine Zigarre anzünden. Schöner Freund! Glauben Sie denn, daß sie mit diesem Grafen, diesem neunmal gehörnten Kerl, glücklich sein wird?"
„Das kann ich nicht beurteilen."
„Das müssen Sie beurteilen können! Sie müssen wissen, daß solche sogenannten Mesalliancen nie zum Glück führen, daß dieses Weib im Hause ihres gräflichen Gatten als Eindringling entweder gar nicht zugelassen oder sub Luder behandelt werden wird, daß der Mann ihrer überdrüssig sein wird, wenn ihre Schönheit verblüht, daß sie dann im Elend sitzen wird."
„Das kann schon alles so kommen, es kann aber auch anders sein. Es kommt ganz auf den Mann an. Prophezeien kann dann niemand, höchstens unsere alte Wahrsagerin unten in Waltersburg."
„Wollen Sie mich verspotten? Sich über mich lustig machen? Ist das Ihre Freundschaft?" Er war wütend.
„Lieber Stefenson, Sie sind jetzt sehr aufgeregt. Was immer ich auch jetzt sagen möchte, würde Ihnen nicht gefallen. Warten wir also ab, bis Sie sich etwas beruhigt haben, und daß Sie dann ganz auf mich rechnen können, wissen Sie ja doch!"
„Ich werde mich nie beruhigen", sagte er. „Über das komme ich nicht weg!"
Wohl zehn Minuten vergingen, während deren Stefenson im Zimmer auf und ab schritt. Manchmal blieb er stehen, sprach leise mit sich selbst oder fuchtelte mit seinen langen Armen durch die Luft. Endlich fragte er:
„Was ist das mit der Wahrsagerin in Waltersburg, die Sie erwähnten?"
„Ah, Stefenson, das war doch nur Scherz. Es wohnt da unten im alten Zollhaus, kaum dreihundert Meter unter unserem Grundhof am Waltersburger Weg, ein Weib, das schon uralt war, als ich noch in kurzen Hosen ging. Sie nennt sich nach ihrem Beruf Sybille. Wie sie eigentlich heißt, wie alt sie ist, weiß kein

Mensch. Für fünfundzwanzig Pfennig prophezeit sie den Bürgern, Bauern und Köchinnen die Zukunft."
„Und stimmt es, was sie sagt?"
„Ja, das weiß ich nicht. Ich hab' mich um das alte Fernrohr in die Zukunft nicht gekümmert. Als Jungen haben mal Joachim und ich fünfundzwanzig Pfennig zusammengeschossen und uns weissagen lassen. Da hat sie gesagt, wir würden bald eine mächtige Tracht Prügel bekommen. Und das ist auch eingetroffen. Es kam nämlich heraus, daß wir die fünfundzwanzig Pfennig zur Sybille getragen hatten, und wir bekamen Prügel dafür."
Ich wußte, daß Stefenson abergläubisch war. Viele sonst sehr kluge Menschen sind es. Stefenson fing an einem Freitag kein Geschäft an, es beunruhigte ihn, wenn eine Katze über seinen Weg lief, und er hatte immer ein altes Hufeisen auf seinem Schreibtische liegen. Er stammte ja auch aus Amerika, wo der Aberglaube zu Hause ist. Jetzt fühlte er das Bedürfnis, sich ein wenig zu rechtfertigen, und sagte: „Es ist durchaus falsch, alle Hellseherei von vornherein als Unsinn zu erklären. Es können da Naturkräfte wirken, die wir nicht kennen."
„Gewiß — gewiß!"
Er versank wieder in tiefe Traurigkeit.
„Vor vier Tagen habe ich ihr einen Brief geschrieben, habe sie gebeten, sie möge doch von ihrem Groll ablassen. Wenn sie es schon gar nicht einsehen wolle, daß ein Mann, der sein ganzes Lebensschicksal an eine Frau ketten wolle, zu deren gründlichster Prüfung berechtigt sei, so solle sie halt denken, daß es mir doch auch keinen Spaß gemacht habe, mal in den Ferien vom Ich eine unerkannte Rolle zu spielen, und daß ich doch eigentlich als Knecht Ignaz um sie gedient habe wie Jakob um die geliebte Rahel. Sehen Sie, von diesem Brief glaubte ich, er sei eigentlich zu deutsch, zu sentimental. Aber es war mir so ums Herz, und so schickte ich ihn ab. Der Brief wird gerade zu ihrer Verlobung zurechtgekommen sein."
Es schüttelte ihn vor Schmerz und Zorn.

Der Fuchs und die Sibylle

Es war Abend, als ich am Grundhof vorbeischlich und mich an der Reihe windbrüchiger Weiden, die am alten Waltersburger Weg stehen, hinab zum Hause der Sibylle schlängelte. Das kleine Anwesen sah schäbig und unordentlich aus. Die Tür stieß einen grämlichen Quieker aus, als ich eintrat. Der Hausflur war finster, aber in dem daranstoßenden Zimmer, dessen Fenster mit buntem Kattun verhängt waren, brannte eine kleine Lampe. Die „Sibylle" erhob sich und kam mir entgegen. Mit krummem Rücken, auf einen Stock gestützt, hob sie ihr verrunzeltes Gesicht, das in dem trüben Lichte der kleinen Lampe ganz gespenstisch aussah, zu mir empor.

„Wird er kommen?" fragte sie.

„Ich weiß es nicht. Aber ich hoffe es; denn ich habe es ihm kräftig eingeredet. Ich gehe einstweilen in die Nebenstube und passe auf. Halten Sie sich genau an unsere Abmachungen."

„Jawohl!" nickte das Weib.

Ich mußte eine Stunde lang warten und gab den Plan, den ich gefaßt hatte, beinahe auf. Noch zweimal hatte Stefenson heute von der Wahrsagerin angefangen, und ich hatte ihm einige sehr merkwürdige Fälle erzählt, in denen die Voraussagungen der Sibylle in verblüffender Weise eingetroffen waren. Nun kam er doch nicht. Schon wollte ich meinen Lauscherposten verlassen, da sah ich den alten Fuchs um die Wegkrümmung treten und vorsichtig umherspähen.
„Er kommt!" sagte ich der Sibylle durch die Tür. „Nun machen Sie Ihre Sache gut."
Fünf Minuten später hörte ich nebenan Stefenson eintreten.
„Guten Abend", sagte er etwas verlegen. „Ich komme mal zu Ihnen. Sie brauchen sich deswegen nicht etwa einzubilden, daß ich auf Ihren Quatsch etwas gebe — aber ich habe von Ihnen gehört, und da will ich mal einen Versuch machen — der Wissenschaft halber, verstehen Sie?"
Die Sibylle rührte sich nicht. Sie sah greulich aus. Die Gestalt war in ein geflicktes Umschlagetuch gehüllt, vor Stirn und Augen hatte sie einen grünen Lichtschirm, über dem der graue Scheitel struppig herausragte. Das alte Weib betrachtete ihre ausgebreiteten schmutzigen Karten und sagte kein Wort.
„Nun?" mahnte Stefenson ungeduldig.
Keine Antwort.
„Ja, wollen Sie nun gefälligst mit mir sprechen?" brauste der Amerikaner auf.
„Scheren Sie sich hinaus!" krächzte die Alte.
„Wa—as?"
„Hinausscheren sollen Sie sich!" wiederholte der häßliche Rabe.
„Das ist stark!" sagte Stefenson verblüfft. „Nun bleibe ich natürlich hier!"
Er schob sich den wackligen Stuhl, der an der Wand lehnte, zurecht und sah mit stoischer Ruhe zu, wie das alte Weib ihre Karten mischte und legte, ohne ihn auch nur im geringsten zu beachten. Ich vergnügte mich an meinem Guckloche königlich.
Endlich stand Stefenson auf, legte auf die Tischkante eine Münze

und sagte mit erzwungener Höflichkeit: „Madame, ich möchte gern durch Ihre Kunst meine Zukunft erfahren."
„Warten Sie!" schnarrte der Rabe.
Und Stefenson wartete. Sibylle betrachtete indes unverwandt ihre Karten. Endlich schien sie fertig zu sein. Sie warf einen Blick auf das Geldstück und sagte: „Auf zwanzig Mark kann ich nicht herausgeben. Es kostet fünfundzwanzig Pfennig."
„Behalten Sie nur das Goldstück", erwiderte Stefenson. Da schnipste sie mit dem Finger die Münze vom Tische hinab auf den Fußboden und kreischte wütend:
„Fünfundzwanzig Pfennig kostet es!"
Stefenson kramte in einer Westentasche und legte fünfundzwanzig Pfennig auf den Tisch.
„Stecken Sie das Goldstück ein!" befahl die Alte.
Stefenson leuchtete mit Streichhölzern gehorsam den Fußboden ab, bis er die Goldmünze fand, und steckte sie ein. Darauf mischte Sibylle die Karten, ließ Stefenson dreimal abheben und sagte:
„Sie sind neunundvierzig Jahre alt!"
Stefenson lachte ärgerlich.
„Neununddreißig bin ich."
„So sehen Sie nicht aus!"
Darauf wurden die Karten auf den Tisch gebreitet. „Richtig — erst neununddreißig", sagte die Wahrsagerin.
„Am vierzehnten April geboren."
„Das stimmt!" rief Stefenson verblüfft.
„Es stimmt alles, was ich sage", knurrte die Alte. „Sie haben weder Vater noch Mutter, Bruder noch Schwester. Sie sind nicht aus diesem Lande, Sie sind über das Wasser gekommen."
Stefenson setzte sich staunend auf den Stuhl.
„Sie sind sehr reich", fuhr die Alte fort, „und werden immer reicher werden; aber Sie haben Unglück in der Liebe."
„Ja", murmelte Stefenson.
„Ihre Braut heiratet einen anderen."
„Ist das wahr?"
„Ja. Aber Sie sind selbst schuld; Sie haben Ihre Braut schlecht behandelt und sie betrogen."

Stefenson stöhnte leise. Die Alte fuhr fort:
„Wenn Sie sich mit dem neuen Bräutigam Ihrer Braut duellieren, werden Sie ihn töten."
„A—ah!"
„Ja, aber es wird Ihnen schlimm ergehen, weil er ein vornehmer Herr ist, und das Mädchen wird doch einen anderen nehmen."
„Wird sie glücklich werden?" fragte Stefenson.
„Sie wird mit jedem Manne glücklich werden, den sie nimmt. Nur mit Ihnen wäre sie unglücklich geworden."
„Das ist nicht wahr!" rief Stefenson.
„Das ist ebenso wahr, als daß Sie nach einem Jahre eine reiche Amerikanerin heiraten werden."
„Schwindel!" rief Stefenson erbost. „Ich werde nie eine andere heiraten. Sie schwafeln da einen ungeheuren Blödsinn zusammen!"
„Scheren Sie sich hinaus!" kreischte der Rabe wütend und klappte die Karten zusammen.
„Ich bitte, daß Sie weiter sprechen", beruhigte sich Stefenson gewaltsam.
Die Alte erhob sich und humpelte der Nachbartür zu.
„Bleiben Sie da", rief Stefenson; „ich habe doch fünfundzwanzig Pfennig bezahlt."
Sie gab keine Antwort, verschwand hinter der Tür und schob den Riegel vor.
In diesem Augenblick sprang ich im Nebenzimmer aus dem Fenster hinaus in den Garten, ging ums Haus herum und trat durch den Flur in die Vorderstube.
Als Stefenson und ich uns sahen, prallten wir voreinander zurück.
„Sie — Doktor?"
„Sie — Stefenson?"
Er lachte außerordentlich verlegen. Leise sagte er:
„Aber wissen Sie — nur der Wissenschaft halber..."
„Ja — ich natürlich auch nur der Wissenschaft halber. Waren Sie schon dran?"
„Ja. Und es hat merkwürdig gestimmt. Jetzt ist die Alte da

hinein und hat sich abgeriegelt. Aber ich warte, bis sie herauskommt; ich will noch mehr erfahren."
"Wenn es Sie nicht stört, warte ich mit."
Ich sah, daß ihm mein Erscheinen gar nicht recht war, aber ich setzte mich auf den Tisch und ließ die Beine herabbaumeln. Eine halbe Stunde verging; es wurde langweilig. Ein paarmal hatte Stefenson an der Tür der anderen Stube geklopft, aber keine Antwort erhalten. Endlich hörten wir drin ein Gekrabbele. "Sind Sie noch da?" krächzte die Sibylle.
"Jawohl!" antwortete Stefenson.
Ein Scharren kam von nebenan, dann sagte die Alte:
"Ich werde Ihnen für Ihre fünfundzwanzig Pfennig jetzt noch zeigen, wie Ihre künftige Frau aussieht, und dann scheren Sie sich endlich fort."
"Ich will nichts wissen von einer künftigen Frau, ich bleibe ledig!" widersprach Stefenson. "Kommen Sie lieber heraus und geben Sie mir noch auf einige Fragen Auskunft."
"Nein!" brummte der Rabe. "Sie werden nur noch Ihre künftige Frau sehen!"
Die Tür sprang auf, und in ihrer Öffnung stand Eva Bunkert in ihrer ganzen strahlenden Schönheit.
Stefenson faßte sich an den Kopf.
"Eva!"
"Ja, ich bin's!" sagte das Mädchen, blieb stehen und lachte.
"Wie ist das möglich? Wie ist das nur möglich?"
Stefenson machte den Eindruck verdatterster Hilflosigkeit. Da sprang ich vom Tisch herunter, brach in Gelächter aus und schrie jubelnd:
"Wir haben einen alten, sehr alten Fuchs gefangen. Horrido!"
Eva hatte glührote Wangen. Sie trat auf den wie angewurzelt dastehenden, staunenden Stefenson zu, reichte ihm die Hand und sagte mit warmem Ton in der Stimme:
"Mein Lieber, Sie werden mir wegen dieser Komödie nicht zürnen. Eine kleine Strafe wenigstens hatten Sie für Ihre Ignaz-Maskerade doch wohl verdient."
"Ich verstehe nichts — nichts von allem", stammelte Stefenson.

Da griff ich ein.

„Also, lieber alter Fuchs, ich will Ihnen kurz erklären, was jetzt Ihr in eine Wolfsgrube gefallener Verstand doch nicht von selber findet! Die Sibylle, die Sie befragt haben, war niemand anders als Fräulein Eva selbst."

„Oh — oh — und die wirkliche Sibylle?"

„Sitzt in der Dachkammer und hat uns gegen Gold und gute Worte ihr Amtslokal mal vorübergehend überlassen. Ist das nicht gut?"

Er sagte nicht, daß das „gut" sei. Ganz förmlich wandte er sich an Eva.
„Mein gnädiges Fräulein, es ist ja recht, recht liebenswürdig, daß Sie mit mir zu scherzen belieben; aber ich darf wohl einigermaßen erstaunt sein, da ich erst heute morgen in der Zeitung —"
Ich griff wieder ein.
„Die ‚Neustädter Umschau' war die zweite Wolfsgrube, in die Sie glitten, verehrter Fuchs, oder vielmehr die erste. Denn die Notiz habe ich geschrieben, habe sie in die ‚Umschau' lanciert, aber nicht etwa in die ganze Auflage, sondern nur in die beiden Exemplare, die bei Ihnen und bei mir abgegeben werden. Da ist eben für diese zwei Nummern im Satzspiegel eine kleine Änderung gemacht worden."
„So ist wohl alles gar nicht wahr?"
„Nein, es ist nicht wahr", sagte Eva und wurde in dem Maße röter, als Stefenson bleicher wurde. Ich fürchtete mit einem Male, der Scherz könne noch schief ausgehen, und sagte deshalb:
„Nanu, Stefenson, spielen Sie, bitte, nicht die gekränkte Unschuld. Da wären Sie gerade der Rechte dazu. Was haben Sie uns genarrt! Mit der Ignaz-Geschichte und mit Ihren Umschau-Artikeln, auch als Journalist Brown. Ihr Sündenregister ist in dieser Hinsicht so groß, daß unsere kleine List eine äußerst gelinde Strafe ist."
„Und — und der Graf Simmern — und der herzogliche Kammerherr?"
„Himmel, Stefenson, sind Sie heut schwer von Begriffen, diese Simmerns existieren doch gar nicht."
„Ah — so ist das gewesen? Die Anzeige war gefälscht, und die Wahrsagerin waren Sie selbst. — Es — es ist ja sehr witzig. Gnädiges Fräulein, Sie haben die alte Sibylle ausgezeichnet gemimt. Ich glaube, Sie sind eine große Schauspielerin."
Es war mir, als ob in Evas Augen eine geheime Angst träte. Ich sagte:
„Na, sehen Sie, ob nun ein Mister Stefenson in den Ferien vom Ich in die Tracht eines Bauernknechtes kriecht oder ob eine

Opernsängerin mal in das Habit einer Wahrsagerin schlüpft, bleibt sich ganz gleich. Das ist doch selbstverständlich."
Seine Augen irrten umher.
„Ich fürchte, die wirkliche Sibylle wird sich in der Bodenkammer erkälten. Man sollte sie jetzt herunterrufen."
Die Stimmung wurde frostig. Ich sah, daß Evas rote Wangen verblichen. In diesem Augenblick humpelte die wirkliche Sibylle ins Zimmer. Sie lachte albern und blinzelte verlangend mit den Augen.
„Na, Sibylle", sagte Stefenson, „Sie werden ja von den Herrschaften schon bezahlt sein; da haben Sie auch von mir noch ein Trinkgeld."
Er legte ein Fünfzigpfennigstück auf den Tisch. Die Alte fauchte unzufrieden; mir ging die Laune aus. „Gehen wir hinaus!" sagte ich. Ich half Eva den Mantel umlegen und fühlte, wie das Mädchen erregt war. Schweigend stiegen wir den Weg hinauf. Ich hatte einen mächtigen Groll auf Stefenson. Er selber hänselte alle Welt, aber einen Scherz gegen seine eigene hohe Person vertrug er nicht. Da hatte mir nun in all den Wochen die schöne Eva brieflich ihren Liebeskummer geklagt, ich hatte ihr langsam den Zorn gegen Stefenson, den sie der Ignaz-Maskerade wegen hegte, ausgeredet, sie hatte endlich den Brief mit der Stelle von Jakob, der um Rahel dient, erhalten, war, dadurch gerührt, heimlich in Waltersburg angekommen und hatte sich in der Wohnung ihres Vaters, unseres jetzigen Baurats, versteckt. Liebesselig und voller Sehnsucht. Ich, der das Mädchen selbst geliebt hatte, war mit mir fertig geworden, guter Laune zu sein und ihr zu einem unschuldigen Racheplan gegen den Geliebten zu helfen. Nun scheiterte alles am Hochmut dieses Hausnarren.

Wir waren kurz vor dem Grundhof, da blieb Stefenson plötzlich stehen und fing unbändig an zu lachen. Es war schon gar kein Lachen mehr, es war ein Kollern.
„Also", sagte er, „nun haben sie den Fuchs gefangen, und da sie ihn in der Falle haben, machen sie beleidigte Gesichter, weil

der Gefangene knurrt, was doch selbstverständlich ist. Lieber Doktor, Freund und Menschenkenner, bitte, gehen Sie mal freundlichst voran bis zur Lindenherberge und erwarten Sie uns im Poetenwinkel. Wir kommen langsam nach."
Ich ging voran, und als die beiden anderen im Poetenwinkel eintrafen, sah ich in ihnen ein glückliches Paar.

―――――――――――――――――――

Es war noch nicht spät, wir waren im Poetenwinkel allein, die Feriengäste noch alle beim Abendbrot. Als wir mit dem allerbesten Wein, den der Herbergsvater besaß, angestoßen hatten, sagte Stefenson so ganz nebenher zu mir:
„Daß der Kerl von der ‚Umschau' zwei Mark für die Zeile der gefälschten Verlobungsnotiz von Ihnen genommen hat, war unverschämt. Eine Mark wäre auch genug gewesen."
„Woher wissen Sie den Preis?"
„Na ich war doch drüben in der Redaktion."
„In der Zeitung? Wann? Heute nachmittag?"
„Ja, natürlich! Ich witterte etwas und wollte wissen, woher die ‚Umschau' die große Neuigkeit habe, und da kriegte ich mit Hilfe einiger Überredungskunst und einigen Papiergeldes den ganzen schönen Schwindel heraus."
„Das ist infam!" rief ich.
„Er hatte alles gewußt", sagte fassungslos die schöne Eva.
„Jawohl, alles!" schmunzelte Stefenson. „Dann, als ich von Neustadt zurückkam, ging ich gleich wieder zu unserem Herrn Doktor, und als mir der so ganz geschickt und ganz und gar unauffällig suggerierte, ich solle doch durchaus mal zu der alten Sibylle gehen, da sagte ich mir: Hm, da ist was dahinter! Da werden die Schlauberger mit dir wohl noch was vorhaben. Und ich ging zu der alten Sibylle.
„Er hat mich sofort erkannt", klagte Eva. „So schlecht habe ich gespielt."
„Du hast herrlich gespielt!" rief Stefenson; „du bist eine große Künstlerin. Die Sprache — zum Fürchten; das Äußere zum Schlechtwerden. Zum Beispiel diese borstigen Warzen an Kinn

und Hals. Ich habe nie eine schrecklichere Theaterhexe gesehen."
„Es ist aus mit meiner Bühnenlaufbahn", seufzte Eva. „Das ist die furchtbarste Kritik, die ich bekommen konnte. Ich kann ihm nie, nie was vormachen!"
„Nein", sagte Stefenson mit großer Befriedigung, „und weil ich jetzt weiß, daß du mir nie etwas vormachen kannst, heirate ich dich. Ich heirate dich mit großer innerer Ruhe und mit sehr großem Vergnügen!"
Daß uns aber auch diesmal der alte Fuchs übertölpelt hatte, ärgerte mich so, daß mir der gute Wein nicht mehr schmeckte.

Advent

Es ist nun still geworden bei uns. Stefenson ist nach Amerika hinüber, um in Eile seiner künftigen Frau ein Heim zu bereiten. Diesmal ist er wirklich abgereist; ein Vertrauensmann vor mir hat ihn in Hamburg an Bord gehen sehen. Eva wohnt zwar bei ihrem Vater, hält sich aber allermeist im Forellenhof auf, der ihre zweite Heimat geworden ist. Der Bauer Barthel hat seit dem Abenteuer seiner Verhaftung an Reputation etwas eingebüßt und steht jetzt ganz unter dem Regiment der dicken Susanne; aber der alte Friede ist wiedergekehrt.
Nur ein wenig still ist es. Methusalem und Emmerich, die lustigen Burschen, haben auch längst schweren Herzens von uns Abschied nehmen müssen, um in ihr bürgerliches Leben zurückzukehren, und Piesecke ist vom Forellenhof fortgezogen. Er wohnt jetzt in der Waldschölzerei. Er sagte mir, „er habe an Barthel und Susanne mit der Zeit ein Haar gefunden" und wolle auch Eva aus dem Wege gehen. In Wirklichkeit hegt sein leichtbewegliches Herz bereits eine neue Sehnsucht, und diese Sehnsucht wohnt in der Waldschölzerei. Sie heißt Agathe.
„Lieber Herr Doktor", sagte er dieser Tage zu mir, „wenn mich die kleine Agathe will, dann möchte ich sie heiraten und mit ihr immer hier bei Ihnen im Heim bleiben. Vielleicht kann ich mich mit etwas Kapital beteiligen und eine kleine Stellung, so als Subdirektor oder ähnlich, bekommen. Ich möchte nicht wieder fort von hier; die große Welt hat allen Reiz für mich verloren."
„Wir wollen abwarten und überlegen, lieber Piesecke."
„Ich soll immer abwarten, nie handeln", sagte er betrübt.
„Sie haben eben in Ihrem früheren Leben etwas zu viel gehandelt, lieber Freund. Deshalb sind Sie ja jetzt in den Ferien."
Da fügte er sich. —
Mit dem schweizerischen Namen „Heimwehfluh" ist eines unserer kleinen Anwesen benannt, das in einer Waldecke so abseits vom Wege liegt wie die Genovevenklause. Auf der Heimwehfluh

wohnt jetzt Käthe mit ihrem Kinde. Die Frau ist blaß und von zartester Gesundheit; aber ich habe nur mit Mühe durchsetzen können, daß sie eine Bedienerin annahm. Sie wollte mit Luise ganz allein sein.

Das Mädchen ist viel ruhiger geworden. Wohl hindert es die Mutter nicht, zu anderen Kindern zum Spielen zu laufen; ja, sie drängt es oft dazu, aber das Kind bleibt am liebsten daheim. Dort ist es in einem ewig sonnigen Paradies der Mutterliebe. Die Mutter dichtet Geschichten um Geschichten, die Mutter spielt so schön, wie niemand spielen kann, die Mutter macht selbst das Lernen zur Lust.

Käthe und das Kind sind noch die einzigen Kameraden, die ich hier habe. Sie stören mich nicht. Ich weiß, daß sie im Frieden sind und daß sie mir, wenn ich frage, wie es ihnen geht, immer nur die Antwort geben werden: „Es geht uns gut!" Es ist schön, Menschen zu begegnen, die sagen, daß es ihnen gut gehe; es ist wie ein herzstärkender Blick auf ein heiteres Gelände, der sich bei einer so lieben Antwort auftut.

Im Forellenhof wird jetzt viel geschneidert, gestrickt, gebastelt. Eva schafft an ihrer Ausstattung, und alles Weibsvolk ist ganz närrisch, ihr dabei zu helfen. Es ist sehr heimlich in der großen Bauernstube. Der Wind zieht um die Giebel oder pfeift auf dem Schornstein wie auf einer großen Flöte, der Regen knistert am Fenster, das Feuer flackert im Herd, die alte Uhr geht freundlich ihren Weg hin und her mit ihrem Schlenkerbein. Manchmal erzählt eine der Frauen eine Geschichte, manchmal rattert eine Nähmaschine, manchmal spielt Vater Barthel auf der Ziehharmonika, oft kommt einer von den „Mannsvölkern" in die Stube, schüttelt sich wie ein Pudel, wärmt sich am Ofen und sagt etwas Nettes oder etwas Dummes, über das gelacht werden kann. Was bei der Hausarbeit herauskommt, kann ich nicht beurteilen. Eva wird eine sehr reiche Frau sein, aber vielleicht sind ihr einmal diese mit recht verschiedenartigem Talent im Ferienheim gestickten Monogramme und Schneidereien lieb und wert ... Ich bekam eben einen Eilbrief von Methusalem aus München.

„Lieber Doktor!

Unser Freund Stefenson (wo hätte ich den Heimtücker in dem langen Ignaz vermutet!) hat mich von Amerika aus mit der ehrenvollen Aufgabe betraut, die äußeren Feierlichkeiten seines Hochzeitsfestes in Regie zu nehmen. Trotz meines hohen Alters will ich die Aufgabe übernehmen. (Nota bene: Was sagen sie als Mediziner dazu, daß ich mit neunhundertachtundneunzig und dreiviertel Jahren noch einen Weisheitszahn kriege?) Also übernehmen! Die bewilligten Mittel sind generös. Man könnte damit alle Einwohner eines deutschen Herzogtums drei Tage lang freihalten. Ich werde mit einem Bruchteil des Geldes auskommen, und das Fest wird dennoch glänzend sein. Mein Freund Emmerich, bekanntlich Gesanglehrer an einer Taubstummenanstalt und auch sonst ein berühmter Musiker, übernimmt den musikalischen Teil. Das Fest soll am ersten Weihnachtsfeiertag im Rahmen eines großen deutschen Weihnachts- und Weihespiels stattfinden. Es ist allerhöchste Zeit, mit den Vorbereitungen zu beginnen. Erwarten Sie mich also schon morgen; sagen Sie Frau Susanne, daß ich vor Sehnsucht nach ihr brenne, durch welch schöne Redewendung sie erinnert sein soll, mein Zimmer gut zu heizen, und bewegen Sie Freund Piesecke, in den intimeren Festausschuß einzutreten.
Ihr getreuer Methusalem.

Nachschrift! Ich habe heute aus Freude, so bald nach dem geliebten Waltersburg zurückkehren zu können, bereits fünf Purzelbäume in meinem Bette geschlagen. Ich finde das zwar unpatriarchalisch, aber es mußte sein!
Methusalem."

Frau Susanne strahlte, als ich ihr Methusalems baldige Ankunft verkündigte, und rannte spornstreichs nach dem Kohlenkasten. Sie kann ihren ältesten Sohn nicht lieber haben als diesen Maler, der sie doch ständig ärgert und über den sie ständig schimpft.
Mit Piesecke dagegen hatte ich Schwierigkeiten.
„Ich lehne ab, dem Festausschuß beizutreten", sagte er kalt, als ich ihm Methusalems Brief vorgelesen hatte. „Denn erstens, dieser

Stefenson, der mich als Knecht Ignaz gemißhandelt hat, verdient von mir keine Gefälligkeit, und diese Eva auch nicht. Was aber Methusalem und Emmerich anbelangt, so habe ich mich einmal mit ihnen eingelassen und die traurigsten Erfahrungen mit ihnen gemacht."

„Lieber Piesecke", sagte ich. „Sie werden sich das noch überlegen. Was Stefenson anlangt, so sind Sie eine viel zu große Natur, um nachträgerisch zu sein. Und mit Methusalem und Emmerich dürfen Sie sich ruhig verbinden. Ich gebe zu, daß sich die beiden in der Waltersburger Schlacht feig und schäbig benommen haben. Während Sie kämpften, hat der eine gezeichnet, der andere seine Hymne gesungen. In den Kampf eingegriffen haben sie beide nicht, obwohl es ihre Pflicht war. Sie sind eben keine Helden. Ein Fest aber ist keine Schlacht; da werden die zwei ihren Mann stellen. Im übrigen gebe ich Ihnen zu bedenken, daß, falls sie sich fernhielten, Fräulein Agathe aus der Waldschölzerei den schweren Verdacht schöpfen könnte, Sie hätten Ihren Gram um die verlorene Eva immer noch nicht verwunden."

„Oh", rief Piesecke, „den hab' ich gründlich verwunden. Aber Sie haben recht, der Verdacht läge nahe. Also mache ich mit!"

Schon am nächsten Morgen kehrte unter ungeheurem Hallo

Methusalem und Emmerich nach dem Ferienheim zurück. Eine Stunde später fand die erste „Geheime Sitzung des intimeren Festausschusses", bestehend aus Methusalem, Emmerich und Piesecke, statt. Ich hatte bescheiden angefragt, ob ich eine beratende Stimme im Ausschuß haben dürfte, dieses aber war abgelehnt worden.

Was haben wir für einen schönen Heiligen Abend! Auch über die Festtage war unsere Anstalt mit Gästen gut besetzt, aber die Leute waren alle kurz vor dem Christabend etwas stiller geworden. Ich merkte, wie viele an Heimweh litten. Durch einen besonderen Anschlag war rechtzeitig bekanntgegeben worden, daß jeder Feriengast ein Paket nach Hause senden und ein solches von Hause erbitten solle. In den letzten Tagen trafen viele solche Liebesgaben bei uns ein. Sie wurden in der Direktion aufgestapelt. Wie nun der Abend kam am 24. Dezember, dieser heiligsüße Abend, an dem alle Herzen anders gehen als sonst, ritt auf schneeweißem Roß Knecht Ruprecht von Haus zu Haus. Hinter ihm fuhren in einem mit Silber, Gold und Tannengrün geschmückten Schlitten vier Engelein, von denen eines die kleine Luise war, dann kam ein Bläserchor, zuletzt stampften Zwerge und Waldgeister durch den Schnee, die schleppten alle Pakete auf den Schultern und taten, als ob sie schwer daran zu tragen hätten. Vor jedem Bauernhof wurde haltgemacht. In der großen Stube brannte der Christbaum; Knecht Ruprecht trat ins Zimmer und sagte seinen Weihnachtsgruß, die Engelchen sangen ein Lied, der Bläserchor blies vor dem Hause einen Choral, und die Zwerge und Waldgeister schleppten Pakete herbei. — Grüße aus der Heimat.
Da hat keinem von unseren Feriengästen die Weihnachtsstimmung gefehlt.
Auch ich hatte meine Weihnachtsfreude. Am Nachmittag erhielt ich ein Kabeltelegramm von der Mutter aus Rio:
„Sehne mich nach dir. Grüße von Joachim und mir an dich, Luise, Käthe und die Heimat. Eure Mutter."

Frieden auf Erden! Ich ging nach der Heimwehfluh. Käthe saß am Fenster, spähte nach dem Lichtschein der Fackeln, die den Schlitten begleiteten, darin ihr Kind saß, und hörte auf die alten Weihnachtslieder, die aus dem Tale drangen.
Ich gab ihr das Telegramm. Sie las es und wurde zum ersten Male wieder ein wenig rot im Gesicht.
„Schenke es mir zu Weihnachten", bat sie.
„Ich habe es dir ja gebracht."
Ich blieb bei ihr, wollte Luises Rückkehr abwarten.
Da sagte sie im Laufe des Abends:
„Ich weiß wohl, daß es nicht mehr allzulange mit mir dauern kann. Aber sage mir, ob ich übers Jahr zu Weihnachten noch leben werde."
„Bestimmt, Käthe!"
Da trat ein Lächeln auf ihre Züge.
„Das ist noch eine lange Zeit zum Glücklichsein!"

Hochzeit und Ende

Stefensons Hochzeit fand am späten Nachmittag des ersten Christfeiertages in aller Stille in der Waltersburger Kirche statt. Nur Evas Vater und ich waren als Trauzeugen gegenwärtig. Wir waren nicht über den Marktplatz, sondern auf einem Umweg nach der Kirche gefahren. So war das von Methusalem angeordnet worden. Auf demselben Wege, den wir gekommen, mußten wir auch wieder nach Hause fahren. Ich merkte, daß Stefenson verwundert war. Die heilige Handlung in der Kirche hatte ihn gerührt, und er hatte wohl erwartet, daß es von der Kirche direkt nach dem Marktplatz zu einer stimmungsvollen großen Weihnachts- und Hochzeitsapotheose gehen würde.
Wir fuhren aber nach dem Heim zurück, und zwar nach dem „Rathaus", und wurden dort im großen Saal von zahlreichen Feriengästen erwartet. Das Brautpaar wurde mit Heilrufen empfangen und zu seinen Ehrensitzen geleitet. Ein schönes Mädchen mit roten Rosen im Haar überreichte den zwei Glücklichen einen goldenen, mit Wein gefüllten Pokal, das Hochzeitsgeschenk des Heimes, und sprach dazu Verse, die ein im Heim anwesender Dichter geschaffen hatte:

„Alles Wünschen geht zur Ruh':
Du bist ich, und ich bin du!
All dein Schmerz und Leid ist mein,
All mein Gut und Glück sind dein!
Wo dein Fuß geht, ist mein Ziel,
Was zum Dienst dir, ist mein Spiel;
Deine Blumen pflanze ich,
Deine Tänze tanze ich;
Ich will deinen Kummer klagen,
Du sollst meine Kränze tragen;
Ich kann nimmer müde sein,
Ehe du nicht schlummerst ein;
Ja, mein Gott grüßt mich von fern,
Strahlt auf dich ein goldner Stern."

So sprach der Dichter in den Ferien vom Ich zu dem Brautpaar.

Schöne Lieder wurden gesungen, die Musikmeister Emmerich eingeübt hatte. Ansprachen wurden gehalten von unserem Direktor, von je einem Vertreter der Kurgäste wie der Angestellten, schließlich sprach auch ich ein paar Freundesworte. Stefenson war bewegt, als er für die Liebe, die er erfuhr, dankte, als er sagte, er habe in diesem deutschen Tale den Frieden gefunden, den er drüben im Lande der rücksichtslosen Dollarjagd niemals gekannt hatte. Hier habe ich nach einem Leben voll Aufregung, Überarbeit und gelegentlichen wilden Genüssen nicht nur Ferien, sondern Feierabend gemacht. Er wisse, jetzt, da er die Frau seines Herzens gefunden habe, daß ein höheres Glück ihm Gott nicht mehr geben könne, und so wolle er drüben in Amerika seine

Beziehungen klug und vorsichtig zu lösen suchen und dann ganz nach Deutschland ziehen, das ja doch seine wahre Heimat sei.

*

„Und nun", kommandierte Methusalem, „großer Festkorso auf den Weihnachtsberg."
Draußen war es stockdunkel; die Straßenbeleuchtung war ausgeschaltet; aber Fackeln und Laternen leuchteten phantastisch, und der Schnee schimmerte. Wohl fünfzig Schlitten hielten da. Dem Zuge voran leuchtete eine riesige, ballonartige Laterne, die an hohen Stangen getragen wurde. Auf der einen Seite zeigte die Ballonhülle das liebliche Bild der „Hanne vom Forellenhof", auf der anderen eine scheußlich anzusehende, aber genial gezeichnete Karikatur Stefensons. Ein Meisterstück Methusalems.

Vom Berg herab kam uns viel Volk entgegen; die Leute trugen Laternen mit transparenten Bildern: Methusalem hatte sich selbst verewigt, als tausendjährigen Greis voller Güte und Abgeklärtheit, Emmerich war von einem Mückenschwarm fliegender Noten, Violinschlüssel, Kreuze, Auflösungszeichen und Fermaten umgeben, die dicke Susanne strahlte in zinnoberrotem Licht und schimpfte fürchterlich, als sie ihr Konterfei sah, Barthel als gefesselter Verbrecher war zu sehen, Piesecke als Gott Mars in furchtbarer Rüstung, schließlich auch mein etwas ins Sentimentale karikierter Kopf, den ein Kranz von heulenden, bellenden, hochnäsigen, sich Flöhe schabenden Dackeln lieblich umrahmte. Lauter Meisterwerke des liebenswürdigen Greises und Vergnügungsleiters Methusalem.
Als wir der Weihnachtsburg näher kamen, erstrahlte sie in farbigen Lichtern, Böllerschüsse hallten über Berg und Tal, und ein Chor blies vom grauen Turme herab:

„O du fröhliche, o du selige,
Gnadenbringende Weihnachtszeit."

Gleich hinterher aber:

> *Wenn Weihnachten ist,*
> *Wenn Weihnachten ist,*
> *Dann kommt zu uns der heil'ge Christ;*
> *Bringt jedem eine Muh,*
> *Bringt jedem eine Mäh,*
> *Bringt jedem eine wunderschöne*
> *Schnätterättättä!"*

Unter den Klängen dieser großen Hymne der Fröhlichkeit zogen wir in die Weihnachsburg ein.
Der große mit Tannenreis ausgeschmückte Saal der Weihnachtsburg füllte sich mit Menschen; Bräutigam und Braut waren zunächst nicht zu sehen. Nach etwa einer halben Stunde aber erschienen beide auf einer kleinen Empore. Sie hatten ihre hochzeitlichen Kleider abgetan und waren in phantastischen Kostümen, er als Winterkönig, sie als Königin. Regie Methusalem! Mit donnerstimmigem Heilruf wurde das Brautpaar begrüßt. Holdselig lächelnd grüßte die Braut in den Saal; steif und ungelenk verneigte sich Stefenson. Er fühlte sich als Winterkönig sichtlich unbehaglich. Der Thron stand auf einer amphitheatralisch ansteigenden Bühne. Ich selbst war als „Kammerherr" neben Stefenson plaziert.
Scheinwerfer warfen auf uns wechselnde Lichter. Atemlos stand das schlichte Bergvolk. Alle Märchen- und Himmelsträume schienen vor ihm erfüllt. Feierliche Weisen erklangen, und dann sprach nicht der Winterkönig Stefenson, wie alle vermutet hatten, sondern Herr Methusalem sprach, der die Tracht eines mittelalterlichen Notarius angelegt hatte. Er entfaltete ein Pergament und verkündete:
„Edles Gefolge des Königs und der Frau Königin! Ich als Kanzellarius Seiner Majestät König Stefensons des Ganzgroßen und Hochdero majestätischer Gemahlin Hanne der Einzigen verkünde, damit es männiglich erfahre, feierlich, öffentlich und unwiderruflich folgendes:
Wir Stefenson der Ganzgroße und Höchstmeine erlauchte Ge-

mahlin Hanne wollen, daß dieser glückliche Tag ein Andenken hinterlasse. Darum machen wir für Waltersburg eine Stiftung von hunderttausend Mark mit der Bestimmung, daß alljährlich ein Drittel der Stiftungszinsen alten bedürftigen Eheleuten, ein zweites Drittel den Waltersburger Schulkindern zugute komme; das dritte und letzte Drittel aber ist zu Hochzeitsgeschenken für die in jedem Jahre Heiratenden bestimmt, von welcher Stiftung sich keines, auch nicht das wohlhabendste Brautpaar ausschließen soll, auch wenn es nur ein Blumensträußchen annimmt; den ärmeren aber soll ein guter Happen für den Nestbau gegeben werden."
Eine brausende Welle des Beifalls donnerte durch den Saal.
Ich sah verwundert auf Stefenson und flüsterte ihm zu:
„Wissen Sie etwas von dieser Stiftung?"
„Kein Wort! Der Kerl verschenkt mein Vermögen."
Mir wurde doch etwas schwül. Oh, dieser Methusalem — dieser Regisseur!
Methusalem fuhr fort:
„Stefenson fragt nicht nach Ehre und Ruhm, nicht nach Beifall und Dank. Nur Liebe und Vertrauen will er. Auf diesem goldenen Untergrunde will er mit euch leben und schaffen für das Gedeihen seiner Gründung, für den Ruhm Waltersburgs, für das Heil der Menschheit. Nun wißt ihr vielleicht alle, daß unter den vielen Geplagten, die in der harten Schule des Lebens müde und krank geworden, hier in dieses schöne Tal kommen, um Ferien zu machen, einer daherhumpelte, von langer, langer Reise, auf der er Arbeit und Mühe in erträglichem Maße, Verkennung und Not in Überfülle, echtes Glück und wahre Freude aber wenig fand. Dieses Mannes Leben war lang, er war Methusalem. Hier in Waltersburg aber fand Methusalem Freude und Friede. Methusalem ist der Leiter dieses Festes, Methusalem ist aller Weltweisheit und Welterfahrung voll, darum soll auch die Stiftung, die Stefenson heute macht, nicht Stefenson-Stiftung, sondern Methusalem-Stiftung heißen."
Das Volk staunte.
„Auch das noch!" sagte Stefenson neben mir.

„Ja, es ist frech; außer den fünftausend Mark, die Methusalem neulich für Susannes Bild erhielt, hat er sicher nicht einen roten Heller. Und macht eine Methusalem-Stiftung von hunderttausend Mark!"
Da erhob sich Stefenson zur Rede. Tiefe Stille. „Meine lieben Waltersburger, von allem, was Methusalem an meiner Statt hier gesagt hat, muß ich nur einem widersprechen, das betrifft die Stiftung."
Bestürzung. Schweigen.
„Methusalem, mein bevollmächtigter Hochzeitskanzler, hat sich in einem Irrtum befunden, den ich berichtige. Die Stiftungssumme beträgt nämlich nicht hunderttausend Mark, sondern dreihunderttausend Mark!"
Erst Stille. Dann knallartig losbrechender, rasender Tumult. Die Braut stand auf, der Bräutigam sprach auf sie ein, während die Leute lärmten; die Augen der glückseligen Braut glänzten, sie schmiegte sich fest an den Arm des starken Mannes. Methusalem stand mit eigentümlichem, fast weinerlichem Lächeln daneben. Stefenson verschaffte sich wieder Gehör.
„Bürger von Waltersburg! Nur die Stiftungssumme hatte ich zu berichtigen, alles andere bleibt, wie es der weise Methusalem angeordnet hat, die Verteilung der Zinsen wie auch der Name: Methusalem-Stiftung."
Da fing der Methusalem, durchtriebene Methusalem, der aussah, als sei er fünfunddreißig Jahre, und doch nach seiner eigenen Angabe neunhundertneunundneunzig war, an richtig zu heulen. Und zwar nicht so wie ein tausendjähriger Mummelgreis, sondern wie ein Mann der Dreißiger gelegentlich mal heult.

―――――――――――――――――――

Nach meiner Mutter Haus hatte Methusalem, der Leiter des Festes, die Koffer des Brautpaares schaffen lassen. Dort kleidete sich das Paar, als sich der Trubel verlaufen hatte, zur Reise an. Dann fuhren sie noch heute mit dem Nachtzuge davon.
Wir waren in der Wohnstube der Mutter. Ein paar nahestehende Freunde waren da.

Zum Abschiede sagte Stefenson zu mir:
„Es gibt kein besseres Band, das Freundschaft bindet, als das gemeinsame Schaffen an einem erfolgreichen Werke. So werden wir zwei immer gute Freunde sein. Wir wollen ‚Du' zueinander sagen wie Brüder!"
Ich schlug in die dargereichte Hand.
„Wann kommst du wieder?"
„Ich weiß es noch nicht; ich weiß nicht, wie und wann ich drüben loskomme. Aber loskommen werde ich. Was ich dann tue, kann ich noch nicht sagen. Vielleicht tauchen eines Tages zwei Feriengäste bei euch auf, irgendein Herr Schulze mit Frau, und vielleicht kommen dir diese Gäste bekannt vor. Ich werde nie anders dann als Gast im Ferienheime einkehren; ich will diese meine Lieblingsschöpfung mir nicht zum Verwaltungsbezirke, nicht zum Arbeitsgebiete werden lassen, sondern hier soll mir eine Ferienzuflucht, eine glückliche Heimat für immer bewahrt sein."
Eva hörte ihm zu und war ihm dankbar für diese Worte. O ja, diese beiden paßten zu einer Ehe, der starke Mann und das schöne, fröhliche Weib.
„Du freilich, lieber Freund, du hast hier keine Ferien; du hast hier deine Arbeitsstätte. Und wenn du einmal ausspannen willst, dann kommst du zu uns, dann fahren wir mit dir, der dann der Stille entronnen ist, dorthin, wo die Welt laut und bunt ist. Dort machst du dann Ferien von deinem stillen Ich, und wenn du nach Hause zurückkehrst. wird dir das alltägliche Leben wieder schmackhaft sein."
„Ja, so wollen wir es halten!"
„Nun denn, so wären wir wohl für diesmal hier fertig."
Stefenson zog ein Notizbuch heraus und blätterte darin. Sein Gesicht bekam wieder die alte Geschäftsmiene.
„Halt, da ist noch etwas zu erledigen. Ich habe mir mal als Knecht Ignaz von dem Schuhmacher Röhricht die Stiefel besohlen lassen. Er hat auf die Rechnung geschrieben: Sohlen und zwei Absätze zwei Mark und fünfundachtzig Pfennige, hat aber nur einen Absatz zu machen gehabt. Ich habe ihm daher fünfundzwanzig Pfennige abziehen wollen, und wir haben so lange

gestritten, bis ich inzwischen verhaftet wurde und dann alles das andere kam. So steht der Posten noch offen. Ich bitte, erledige das, lieber Freund! Aber nicht zwei Mark und fünfundachtzig Pfennige, sondern nur zwei Mark und sechzig Pfennige, hörst du wohl? Ein Knecht kann nicht fünfundzwanzig Pfennige umsonst hergeben. Vergiß es nicht! Röhricht heißt der Mann, Hintermarkt 15, drei Stiegen!"

Ein vergnügtes Lachen ertönte aus der Ecke von meiner Mutter Sofa.

„Was lachen Sie denn, Piesecke?"

„Ja, Pardon, Herr Stefenson, aber erst dreihunderttausend Mark verschenken und dann wegen fünfundzwanzig Pfennigen — so in der Abschiedsstunde — das — das ist — Pardon — merkwürdig!"

„Gar nicht merkwürdig, lieber Piesecke. Weil ich immer die Rechnungen auf die Fünfundzwanzig-Pfennig-Bilanz geprüft habe, kann ich mal gelegentlich dreihunderttausend Mark verschenken."

„Sehr — sehr kaufmännisch! Sehr lehrreich!"

„Jawohl! Aber nicht für Sie! Für Sie wäre das zu unfürstlich."

Wenig fehlte, so wären auch in letzter Stunde die alten Gegner, der rechnende Kaufmann und der leichtfertige Fürstensohn, noch aneinander geraten. Die dicke Susanne wälzte sich zwischen beide und löschte mit einer Flut von Abschiedstränen den entstehenden Brand.

Sie sind alle fort. In tiefer Stille liegt der Marktplatz. Ich öffne das Fenster. Die Luft ist milder geworden. Am hocherhobenen Arm des heiligen Baptista hängt ein glitzernder schwerer Eiszapfen wie ein Schwert. Am Himmel stehen zwischen dem Gewölk ein paar freundliche Sterne. Im Schneemantel schaut der Heilige herüber zu mir. Suchen seine Augen die kleine, feine Frau, die sonst so oft zu ihm hinüberträumte?

Sie ist in weiter Ferne, bei dem, den ihre Sehnsucht suchte in all den alten Tagen. Das Haus ist leer. Ich sehe mich in der großen Stube um, und es ist mir auf einmal bange zumute wie einem Kinde, das nach Hause gekommen ist, wenn Vater und Mutter nicht da sind. So schließe ich das Fenster. Unschlüssig bleibe ich noch ein Weilchen stehen, dann ziehe ich die Uhr auf, fühle noch einmal an den Ofen. Endlich lösche ich die Lampe aus und tappe die Treppe hinab...

Ich habe jetzt große Ferien vom Ich. Mutter und Bruder sind fort, der Freund mit der Frau fort, die ich geliebt habe, auch Methusalem und die anderen lustigen Käuze verschwinden bald wieder. Ich stehe ganz frei und ganz allein auf dem Marktplatz von Waltersburg. Schließlich ist der alte Baptista jetzt noch mein einziger ständiger Freund hierzulande.

Ob die anderen wiederkehren werden? Wer kann es wissen? Wie lange die stille Frau auf der Heimwehflucht sich noch ihres Kindes freuen wird, ein, zwei, drei Jahre...? Ob dann, wenn sie Ferien macht für immer, die kleine Anneliese, die jetzt als Schullehrerin in einem verlassenen Gebirgsdorfe lebt, doch noch Joachims Frau werden und übers Meer zu ihm ziehen wird? Und ob dann die Mutter heimkehren wird in ihre schöne, alte Stube? Lauter Fragen ohne Antwort. Das Leben bringt nichts so leichthin zum Abschluß wie ein Theaterstück oder ein Buch; es ist nie am Ende, es beginnt immer von neuem.

So gehe ich von diesem alten Marktplatz hinweg, steige den Berg hinauf zu meinem Werk.

Eine köstliche Siedlung ist da entstanden auf leeren Halden, im öden Walde. Hundert Fenster blitzen in goldigem Lampenlicht, Singen und Lachen kommt aus den Bauernhöfen. Alle Leute, die mir begegnen, grüßen mich oder rufen mir freundlich zu. Hier bin ich nicht allein. Bei meiner Arbeit bin ich zu Hause.

In der Wüste sah ich einmal einen Mann mit gefüllten Wasserschläuchen am Brunnen der Oase stehen, als sich unsere halbverschmachtete Karawanne fieberglühend auf sie zu schleppte. Da dachte ich, es müsse schön sein, mit gefüllten Wasserschläuchen Verdurstenden entgegenzusehen. Ich will so sein wie jener Mann.

Alle, die zu mir kommen von der heißen Straße des Alltags, will ich laben aus dem kühlen Brunnen, den ich grub.
Dann wird es mir so gut ergehen, daß ich nichts anderes vom Leben mehr verlangen will; denn es ist die größte Lust des Lebens, anderen die Last des Lebens zu erleichtern.

Eine Auswahl lieferbarer Titel von Paul Keller

Waldwinter. Roman
320 Seiten. 12,5 × 19 cm. Broschur

»Waldwinter«, 1902 zum ersten Mal erschienen, war Paul Kellers erster Roman. Er leitete die Erfolgsserie des Autors ein. Der Grund für die anhaltende Popularität des bedeutendsten schlesischen Volksdichters beruht darauf, daß er »offen, ohne Hinterhalt« (Arno Lubos) dem Leser aller Schichten aus der Seele spricht. Die abermalige Neuauflage des »Waldwinter« fällt in eine Zeit, in der seine Thematik hochaktuell ist. Großstadt- und Zivilisationsmüdigkeit drängen den Romanhelden in die Natureinsamkeit des romantischen schlesischen Waldwinters: »Nein, ich wollte nicht dreimal in der Woche ins Theater gehen ..., ich wollte nicht nächtelang im Café sitzen, ich wollte – ja richtig: ich wollte keine Zeitung lesen.« Durch die ungekünstelte Erzählweise, die Ansprache ewig menschlicher Gefühle wie Liebe und Naturverbundenheit sowie die gemütvolle Einbeziehung der schlesischen Landschaft ist das Buch ein Beispiel gelungener Heimatdichtung. Man muß aber kein Schlesier sein, um Freude an ihm zu haben.

Hubertus. Roman
285 Seiten. 13 × 20 cm. Leinen

Das Hohelied des Waldes. Hubertus sieht sein tausendfältiges Wachsen und Vergehen und die Leidenschaften der Menschen, die in ihm wohnen. Eindringlich weiß er wie keiner zuvor den Wald zu schildern, der teilhat an dem dramatischen Geschehen, und seine Worte wirken, als wären sie aus der Seele der Landschaft gesprochen.

Marie Heinrich. Roman
275 Seiten. 13 × 20 cm. Leinen

In der Gestalt Marie Heinrichs stellt Paul Keller einen Menschen seiner Heimat vor: kraftvoll, zuverlässig und treu. Unvorbereitet fällt ihr als jungem Mädchen die Aufgabe zu, die Leitung des väterlichen Erbes zu übernehmen. In ihr hat Paul Keller eine Frauengestalt geschaffen, die in die Literatur eingegangen ist und dem Leser unvergeßlich bleibt. Der Roman ist eine treffliche Schilderung ländlichen Lebens.

Das Märchen von den deutschen Flüssen
22 Seiten. 12 × 18 cm. Broschur

Alle Flüße Deutschlands geben sich bei Frau Elbe ein Stelldichein: Main und Rhein, Neckar, die Oder und der Pregel, die Donau und die Weser und die vielen anderen. Eine kleine Kostbarkeit aus der Feder Paul Kellers.

Der Sohn der Hagar. Roman
318 Seiten. 13 × 20 cm. Leinen

Paul Keller schrieb diesen Roman wider jene, die sich durch die Almosen um Menschlichkeitspflichten drücken und sich aus Bequemlichkeit von keinem fremden Leid anrühren lassen. Der Stoff ist mit tiefem Verständnis und sittlichen Ernst gestaltet. Dieses Werk wurde zuletzt wegen der Geschlossenheit seines Aufbaus und der bewegten Handlung ein weiterer Welterfolg.

Bergstadtverlag Wilhelm Gottlieb Korn, Würzburg